暗处

DARK PLACES

GILLIAN FLYNN
［美］吉莉安·弗琳 著
张思婷 译

中信出版集团 · 北京

图书在版编目（CIP）数据

暗处 /（美）吉莉安 · 弗琳著；张思婷译 . -- 北京：
中信出版社，2017.6

书名原文 :Dark Places

ISBN 978-7-5086-5625-0

Ⅰ. ①暗… Ⅱ. ①吉… ②张… Ⅲ . ①推理小说－美
国－现代 Ⅳ . ① I712.45

中国版本图书馆 CIP 数据核字（2017）第 045290 号

暗　处

著　　者：［美］吉莉安 · 弗琳
译　　者：张思婷
出版发行：中信出版集团股份有限公司
（北京市朝阳区惠新东街甲 4 号富盛大厦 2 座　邮编　100029）
承 印 者：北京楠萍印刷有限公司

开　　本：880mm×1230mm　1/32　　印　张：13.25　　字　数：307 千字
版　　次：2017 年 6 月第 1 版　　印　次：2017 年 6 月第 1 次印刷
京权图字：01-2015-6419　　广告经营许可证：京朝工商广字第 8087 号
书　　号：ISBN 978-7-5086-5625-0
定　　价：48.00 元

服务热线：400-600-8099
投稿邮箱：author@citicpub.com

献给我英俊的丈夫布雷特·诺兰

目 录

丽比·天
/
现在

卑鄙像器官，实实在在地长在我的身体里；把我的肚子剖开，它会掉出来滑到地板上，多肉且黝黑，让你尽情地踩。它在天家的血液里。天家的血统大有问题。我从小就不乖，在那件凶杀案后更是越来越爱使坏。小小年纪就成了孤儿，被爸妈的亲友丢来丢去，有时住表姐家，有时住姑妈家，有时住爸爸的朋友的朋友家；我在堪萨斯州四处为家，在各种活动式房屋、乡间平房里长大，长成阴郁又没骨气的个性。我穿着死去姐姐的旧衣服上学，衬衫腋下都已泛黄，长裤后面太宽，所以臀部松垮垮的，只能用一条有裂痕的皮带扣住最后一格孔洞。照片里，我的头发总是乱成一团，发夹歪歪地卡在纠结的发丝中间，好像头上沾着脏东西；而且眼睛下方总有眼袋，像酒鬼一样泡泡肿肿的；原本应该上扬的嘴角，也似乎总是不满地下垂。一副很哀怨的样子。

我从小就不得宠，长大后更是没人爱。如果要画我的灵魂，大概会是一张满是獠牙的涂鸦。

凄惨的 3 月，天气阴湿到骨子里，我躺在床上，一心想着要自杀。我的嗜好是在午后的白日梦里纵情徜徉：猎枪，我的嘴巴，砰，头颠一下，两下，血飞溅到墙壁上，唰，唰。大家七嘴八舌地议论：“她要土葬还是火葬？应该请谁来参加葬礼？”没人知道答案。前来观礼的人（天知道有谁会来），一个个盯着彼此的鞋尖，或者拼命看着对方的肩膀。礼毕，一切归于沉默，有人煮水，泡咖啡，动作轻快，器皿乒乒乓乓。咖啡跟猝死真是绝配。

我从棉被底下伸出一只脚，却没办法把脚踩到地板上。大概我有抑郁症。这二十四年来，我每天都为抑郁症所苦。我觉得在我这发育不良的幼小身体里还藏着另外一个善良的丽比，她可能躲在肝脏后面，或是脾脏底下，她要我站起来，做点事情，她要走出阴影，快快长大，但最后还是卑鄙占了上风。七岁那年，大哥杀了我们全家。妈妈死了，两个姐姐走了。从此以后，我再也不用努力，反正没人指望我会有任何成就。

十八岁那年，我继承了321 374美元，这是各地善心人士多年来的捐款，这些大善人读了关于我的报道，得知我悲惨的境遇，对我感到由衷的同情。每次我听到这句话（我还是能经常听到的），我就会想象一颗颗大大的爱心，中间画着花哨图案，两边是小鸟的翅膀，扑扇着飞往我童年住过的各个破屋；小小的我倚在窗边，挥着手，抓住一颗颗鲜艳的爱心，花花绿绿的钞票从天上洒下来，谢谢，谢谢，感激不尽！

我还小的时候，大人帮我把捐款存在户头里，只要每过三四年哪个杂志或电视台报道我的近况，户头里的数字就会暴增。譬如：“小丽比崭新的一天：堪萨斯大屠杀的生还者出落成青涩甜美的十岁少女”（照片上的我梳着两条辫子，站在黛安阿姨的房车前面，四周是散发着负鼠尿骚味的草坪。黛安阿姨难得穿裙子，站在我后面，一双象腿扎根在黄色草堆里，跟我一起入镜）。或是："勇敢的丽比·天，甜美的十六岁！"（生日蜡烛照亮我的脸庞，我的个头仍然娇小，但上衣胸前鼓胀，丰满的罩杯让我就像漫画里的美少女：滑稽而色情）。

这十三年来，我都靠着这笔财产生活，但也花得差不多了。我下午要见一个人，以确定我还有多少钱可用。多年来有个总瞪大眼睛、气色红润，名叫吉姆·杰弗里的银行员，专门负责管理我的账户，而且每年都坚持要请我吃一顿午餐，说是"例行察看"；我们通常都吃二十美元左右的餐点，边吃边聊近况。他可是从我"这么高"的时候，就认识我直到现在，至于我，我对吉姆·杰弗里一无所知。我从来不问他任何问题，一直还是用小时候的眼光看待我和他之间的约会。我告诉自己要有礼貌（但通常事与愿违），快点吃完快点了事。我通常只用一个字回答他的问题，或是不耐烦地叹气（我只对吉姆·杰弗里的一件事感兴趣，那就是我猜他是基督徒，而且很虔诚。他很有耐心，又很乐观，因为他相信"上帝正在看着"）。虽然"例行察看"是八九个月后的事，但吉姆一直来电唠叨，还留了好多语音消息，用正经八百的口气压低嗓子说他已经尽量妥善利用"账户里的存款"，但现在是进入"下一阶段"的时候了。

说到这里，我卑鄙的一面又显露出来：我想起另一个也常上报纸的小女孩，叫什么婕米的，也是在1985年成了孤儿。她爸爸那时放了一把火，烧死了除她以外的其他家人，害得她局部毁容。每次我去提款的时候都会想起这个叫婕米的女孩，想当年要不是她抢了我的风头，我的存款一定比现在多一倍。该死的婕米现在一定拿着我的钱在百货公司里购买珠宝和名牌包，顺便买化妆品遮盖脸上的烧伤。有这种想法实在很可怕，至少我还明白这点。

我呻吟了一声，终于、终于、终于让自己从床上爬起来，慢吞吞地踱到房子前面。我住的是平房砖块屋，左邻右舍也都是；这一整排平房砖块屋整齐划一地蹲踞在一块峭壁上，俯瞰底下的堪萨斯城[①]，以前这整片都是广袤的放牧场。我说的堪萨斯城，是指密苏里州的堪萨斯城，不是堪萨斯州的堪萨斯城。这两者可不一样。

我住在一个被人遗忘的角落，连个地名也没有，路人提到这里都说“就是那边再过去”。这里是个诡异的次级城区，布满死胡同和狗屎。一堆上了年纪的老人家挨挨挤挤地住在其他平房砖头屋里，他们在砖头屋完工的那一年就住进来了。老人们坐在纱窗后面，灰扑扑的，如木偶一般，一双眼睛整天往外面看。有时，他们会蹒跚地踩着小碎步，小心翼翼地走到车子旁边，这让我过意不去，总觉得好像该扶他们一把才对，但他们偏偏又不要人扶。

这些老人一点也不和蔼可亲，个个瘪着嘴，满脸不高兴，不欢迎我当他们的邻居，嫌弃我这个新来的。整个社区流传着对我不以为然的耳语，还有那帮老人的轻蔑。隔壁人家的那条狗会狂吠，瘦巴巴的，一身红色毛皮，早上汪汪叫，晚上常哀号，这不变的叫声总是吵到你快疯掉了才停止。

---

① 此处的堪萨斯城（Kansas City）指的是密苏里州西部的一座城市，位于密苏里州与堪萨斯州的交界处，面对堪萨斯州的堪萨斯城。——编者注

小区里唯一令人欢喜的声音，是一大早我在睡梦中听到的咿咿呀呀：一群脸蛋圆滚滚的幼童，身上裹得密不透风，摇摇摆摆地从我的屋子后面走过。他们要穿过比老鼠窝还脏乱的街道去上托儿所，大家排成一路纵队，手上拉着绳索，跟着最前面的大人。每天早上，他们都像企鹅似的左摇右晃地经过，但我从没见过他们折返。我想他们应该是环游世界一圈后，在隔天早上同一时间回来，刚好又从我窗户外面经过。呵呵，想太多了。

总之，我很喜欢这些小朋友。有三个女孩和一个男孩，他们都很喜欢穿红色外套。如果我早上睡过头，没有看到他们经过，我的心情就会很“蓝”，比平常还“蓝”。我妈妈不喜欢“忧郁”这么严肃的字眼，她喜欢说“心情有点蓝”。我的心情已经“蓝”了二十四年了。

我换上衬衫，套上裙子，准备赴约；成年女装对我来说总是太大，穿在身上感觉好像小矮人。我号称身高一米五，实际上只有一米四六，但，四舍五入嘛。我今年三十一岁，但大家总爱用娃娃音跟我讲话，把我当成是手上沾满颜料的小朋友。

我走下屋前荒草遍地的斜坡，邻居的狗又多管闲事地狂吠起来。我走到车子旁，地上有两具被车碾过的雏鸟骸骨，鸟嘴和翅膀都被压扁了，看起来倒像是爬虫类的尸体。这两只幼鸟已经横尸在这里一年了。我每次上车前都会忍不住瞥一眼，希望哪天发大水，把它们的尸体冲走。

街对面有两个老太婆站在屋前的台阶上聊天，我感觉她们故意不往我这边看。我不知道那两个老太婆叫什么，要是哪天其中一个死了，我才不会假惺惺地说："查林斯太太过世了，真是可怜。"我一定会说："对面那个老家伙终于完蛋了。"

我觉得自己像个小幽灵，悠悠地坐上我那辆杂牌车；不论怎么看，这辆车都像塑料做的。我一直等着哪天制造商跑过来，开门见山地说："不好意思，这车根本不能开。"

我出神地开着我的玩具车，到市中心与吉姆碰面。十分钟后，我驶进一家牛排馆的停车场，迟到了整整二十分钟，我知道吉姆只会慷慨一笑，对我的迟到不予置评。

本来我到了以后应该给他打电话，让他冲出来护送我进餐厅。这家老式牛排馆附近都是人去楼空的建筑，这让他很担心，仿佛这些空屋里长年盘踞着一群强奸犯在等我上门。吉姆誓死保护丽比，不让她受到任何伤害。丽比好勇敢，这个红头发蓝眼睛的七岁小女孩逃过了"堪萨斯疯狂杀人事件"（又称"牧场大屠杀""魔鬼活人祭"），孤苦伶仃地活了下来。我妈和两个姐姐都惨遭班恩毒手，只有我逃过一劫，跳出来指认元凶。大家都说我是好孩子，将我那崇拜魔鬼的哥哥绳之以法。我那时红得不得了，照片曾经登上《国家询问报》的头版，标题是"天使的面孔"。

我瞥了一眼后视镜，镜子里反射出我儿时的轮廓：雀斑淡了，牙齿也矫正过了，但我的鼻子还是很塌，眼睛也还是像猫咪的眼睛一样圆。我把头发染成白金色，但根部的红发已经长出来，在夕阳余晖下我的头皮好像在流血。挺吓人的。我点了一支烟。我好几个月没抽烟了，但这时突然觉得：我需要烟。我就是这样，一点恒心也没有。

我大声说："走吧，宝贝。"每当我厌恶自己时，就会这么叫自己。

我下了车，往牛排馆走去；右手拿烟，这样就不用看我残废的左手。天快黑了，浮云像水牛，成群结队地飘过天空；夕阳西斜，给万物涂上一层粉红。往河边望去，在千回百转的交流道中间，荒废旧谷仓外墙的升降机黑压压一片，大而无当。

我独自走过停车场，脚下的碎玻璃像天上星斗一样闪闪发光。我没有遭受任何袭击。毕竟现在才刚到下午5点。吉姆晚餐吃得很早，而且引以为傲。

不出我所料，我走进牛排馆时，他正坐在吧台喝汽水，一看到我就马上把手机从外套口袋里掏出来，盯着屏幕使劲看，好像疑心手机坏了。

"你给我打电话了吗？"他眉头紧锁。

"没有，我忘了。"我骗他。

他笑一笑："那，好吧。人来了就好。准备好要谈正事了吗？"

他大手一盖，把两美元钱留在吧台上，然后带我走进一间包厢。里头的红色真皮座椅上，黄色海绵从破损处爆出来。我坐上去，刚好坐在裂口上，破裂的表皮刮擦我的大腿后侧，椅垫散发着陈年的烟臭味。

吉姆从不在我面前喝酒，也不会问我要不要来一杯，不过侍者来点餐的时候，我故意点了一杯红酒，然后瞟了他一眼，看他有没有强装镇定、失望透顶，或是有任何不像他会有的反应。侍者追问：

哪一种红酒？我对酒没有概念，真的！我向来记不住那些红酒白酒的名字，而且永远搞不清楚那些简称，所以我随便点了一杯。他点了牛排，我点了双馅焗烤马铃薯，然后侍者带着菜单离开，他便像医生似的叹了一口气说："呃，丽比，我们要一起迈向崭新的人生阶段了。"

"那么，到底还剩多少？"我一边问，心里一边默念一万一万一万。

"你看我寄给你的财报了吗？"

"有时候会看。"我又撒了谎。我喜欢收信，不喜欢读信。那叠财报应该是堆在我家的某个角落。

"你听我的留言了吗？"

"我觉得你的手机好像怪怪的，信号时断时续。"（我听是听了，但一听到有麻烦三个字就立刻挂掉电话，通常他一讲完那千篇一律的开头我就挂掉了：我是吉姆·杰弗里，丽比……）吉姆不满地噘着嘴，左手指尖与右手指尖对碰，又弹开，再回碰，弹开。

"余额只剩九百八十二美元十二美分。我跟你说过了，如果你肯找份全职工作，定期存款，可能还撑得下去，可是……"他双手一摊，扮了个鬼脸，"看来事情没有想象中顺利。"

"那本书呢？那本书不是……"

"丽比，对不起，那本书一点帮助也没有。我每年都这样跟你讲。这不是你的错，但那本书就是没用。唉，算了。"

前几年，我满二十五岁时，有家出版社想借机大捞一笔，写信来问我愿不愿意出书，谈一谈我如何克服"往日的阴霾"。虽然我根本没摆脱任何阴霾，但我还是一口答应，反正有个在新泽西州的女人会帮我捉刀，我只要通过电话口述就行。书在2002年圣诞节出版，封面上的我顶着一头据说是充满动感的随兴短发，但看起来跟鸟窝没两样，书名叫《崭新的丽比！她不只克服了儿时创伤，甚至超越了自己，开创新生活！》。书里有我和我家人的合影，还有两百多页琐碎的废话教读者如何正向思考。

出版社付给我八千美元的酬劳，之后陆续有一些生还者互助会邀我去演讲。我曾飞去俄亥俄州的托莱多市，听众跟我一样从小就是孤儿。我还飞去俄克拉何马州的塔尔萨市，台下来参加聚会的青少年都很特殊，他们的妈妈都是死在自己的爸爸手中。

我帮一群张大嘴巴的笨小孩签书，他们问的问题都让人心头一紧，譬如我妈会不会烤苹果派。我帮一群银发老先生签书，他们的目光从老花镜后面射出来，嘴巴张开就可以闻到胃酸和咖啡焦掉的味道。我在书上写下“开创美丽的一天！”或是“美丽的明天近在眼前！”

我很庆幸我的姓可以有各种变化。我的书迷都神色憔悴，一副走投无路的样子，个个裹足不前，零零落落地围在我身边。来听演讲的观众很少。后来我发现演讲没有酬劳可领，就再也不肯出席了，反正书的销路那么差。

我嘀咕道：“出书应该很赚钱才对啊。”我真的很希望那本书可以帮我大赚一笔。我跟小孩子一样死脑筋，以为只要天天祷告，上天就会实现我的愿望。上天应该实现我的愿望啊！

“我知道。”吉姆苦口婆心地劝了我六年，劝到现在已经无话可说了。他静静看着我喝酒。“不过，丽比，换个角度想，这个时间点很妙，正好是你步入下一阶段的契机。也就是说，你现在长大了，有没有想要做什么？”

我知道他是一番好意，但一谈到工作我心里就有气，因为他妈的我就是什么也不想做。

“真的没有钱了吗？”

吉姆哀伤地摇摇头，拿起盐巴往刚送来的牛排上撒，红色的肉躺在血泊里，跟樱桃汁一样红艳。

“会不会有新的捐款呢？二十五周年纪念日就快到了。”我再次感到怒火中烧，恼火他为什么要逼我把心里的盘算说出来。

1985 年 1 月 3 号凌晨 2 点，班恩噬血狂欢，这是我们一家惨遭杀害的日子，而我却期待这一天到来。谁会像我这么没良心？为什么账户里面连五千美元都没有？

他再次摇头。“不会再有人捐款了，丽比。你都多大了？三十？你已经是成年人了，谁还理你。大家还要帮助其他小女孩。”

“没人要理我了，这是真的吗？”我觉得自己遭人遗弃，好像小时候被某阿姨、某表姐丢到某某阿姨、某某表姐家。我受够了，换你照顾她。新接手的阿姨或表姐一开始都对我很好，铆足全力想讨好顽劣的我，但是过了一个星期，她们都再也无法忍受。

老实说，都是我的错。真的都是我的错，不是我非要自责。我曾在某某表姐家的客厅到处喷发胶，然后再放一把火烧掉。黛安阿姨是我妈的姐姐，她是我的监护人，也是我在世界上最喜欢的人。她把我接过去住，再送走；又接回去，再送走，来来回回不下六七次，最后再也不准我踏进她家大门。这都要怪我对她实在太过分了。

“丽比，在这个世界上，恐怕每天都有新的谋杀案发生。”吉姆又开始说教，“人的注意力很短暂。你看看现在大家有多关注那个莉赛特·斯蒂芬斯。”

莉赛特·斯蒂芬斯是个漂亮的二十五岁褐发女孩，在与家人吃完感恩节大餐的回家路上失踪了。整个堪萨斯城，大家有钱出钱、有力出力，全部动员起来帮助寻找她；只要打开电视，就会看到她的照片冲着你笑。今年2月初，她的新闻更是闹到全国家喻户晓，但这一个月来案情没有突破，不用想也知道莉赛特·斯蒂芬斯已经死了，但没有人肯放弃寻找。

吉姆继续说：“不过，我想大家都希望你有很好的发展。”

“嗯。”

“要不要考个大学？”他咬了一大口牛排。

“不要。”

“那么安排你到公司打杂，比如整理文件？”

“不要。”我防备起来，点的菜一口也没动，只顾着发泄怨气。我妈以前常说，心情很差的时候，为了发泄怨气而说出来的话也许会伤人于无形。

“嗯，要不给你一周的时间，你回去好好考虑一下？”他狼吞虎咽地吃着牛排，叉子在嘴巴和盘子之间迅速移动。吉姆想离开了。吉姆也受够了。

他离开前交给我三封信，还露齿笑了笑，要我乐观点。那三封信怎么看都是垃圾。以前吉姆给我的信都是用鞋盒装着的一整箱，每封信里几乎都有支票。我把支票签好交给他，然后捐款人就会收到一张感谢信，上面印着我方方正正的大字："感谢您的捐款。因为有您，我才能期待光明的未来。丽比竟上。"我真的把"敬上"写成"竟上"，吉姆却认为我是故意的，想让大家看了会更心疼。

收到整箱捐款的岁月已经过去了，现在我手里只剩三封信以及一个不知如何打发的夜晚。我开车回家，看到迎面驶来的车刺眼的大灯时，才赫然想起自己没开车灯。堪萨斯城的天际线在东边闪烁，一栋栋不起眼的企业大楼、一座座高耸入云的广播电视塔。我想象自己工作赚钱，从事各种大人的工作：戴着护士帽，手拿温度计；穿着贴身的女警制服，护送小朋友过马路；系着花围裙，戴着美美的珍珠项链，在厨房准备晚餐等老公回来吃。我心想：看看你有多不长进，对成人世界的看法还停留在图画书阶段。虽然我脑子里这样责怪自己，心里的画面却是我拿着粉笔，正在黑板上教眼睛明亮的小学一年级学生写 ABC。

我逼自己想象一些实际的工作，跟计算机相关的，例如数据输入员，这也算是一种工作吧？或是去当客服？我记得看过一部电影，女主角以遛狗为生，她每天穿着毛衣和连体裤，手里捧着花，牵着一群流口水的可爱小狗。不过我不喜欢狗，狗好可怕。

最后，我终于想到了：对了，我可以种田！我们家世代都以务农为生，到我妈那一代都还是种田的，只不过班恩把妈的头砍掉了。

田地后来也卖了。卖掉就算了，反正我也不会种田，我只有一些农忙时节的回忆：班恩翻动冰冷的春泥，一边鞭打挡路的牛犊；妈妈粗糙的手伸进樱桃红的种子包衣里，这些像弹丸一样的小家伙以后会结出高粱。谷仓里传出蜜雪和黛比的尖叫声，她们在一捆一捆的干草堆里跳上跳下。

“痒死了！”黛比每次都这么抱怨，抱怨完却又继续跳。我不敢沉醉在这些回忆里太久，我把这些记忆列为危险禁区，是深埋在心底的黑暗之处。我妈急中生智修咖啡机的身影；蜜雪穿着针织睡衣，中筒袜拉到膝盖上，在一旁乐得手舞足蹈；想着想着，一不留神，我的心灵就被吸进暗处：鲜血哗啦哗啦地在暗夜里疯狂泼溅；节奏单调的斧凿声不免又在耳畔响起，有如劈柴般，随之而起的是走廊上的枪响，还有我妈松鸦般的惊惶尖叫。她的头被砍伤，却依然誓死护卫着孩子。

行政助理要做什么？我暗自揣测。

我把车停在家门口，跨出车门，踩上人行道，刚好踏到一块刻着字的水泥砖：“吉米爱蒂娜”，应该是好几十年前刻的吧！我脑海里有时会闪过这对情侣的下场：男的在小联盟打棒球，女的在匹兹堡持家兼抗癌；男的是离过婚的消防队员，女的是律师，去年在墨西哥湾溺毙；女的执教鞭，男的死于动脉瘤，享年二十岁。这种脑力激荡很不错，只是很残忍。我总是把他们其中一个杀掉。

我看着我租来的屋子，心想屋顶是不是一边高一边低？不过就算屋子倒塌了，我也没什么损失。我身边没有任何值钱的东西，只有一只叫美元的老猫忍受我这个主人。屋前的木头台阶潮湿凹陷，我拾级而上，听见美元在屋内愤愤不平地喵呜喵呜叫，这才想起今天还没有喂它吃东西。我打开大门，老猫缓慢地跛着脚蹭过来，像一辆爆胎的老爷车。

家里的猫粮吃完了，我本来写在纸条上提醒自己要买，但过了一星期还是没办成；我走向冰箱，拿出几片瑞士芝士打发美元，便兀自坐下来拆信。我的手好臭，都是馊奶味。

我看完第一封就不想再读其他信了。

亲爱的天小姐：

你好像没有开通个人网站，但愿这封信能顺利到达你手上。我已经关注你的新闻好几年了，想知道你的近况，也想了解你接下来有什么打算。你愿意在公开场合亮相吗？只要你答应，我们社团愿意付你五百美元的出场费。欢迎你随时跟我联络，我很乐意提供你更多信息。

莱尔·沃斯敬上

附注：此系合法的工作。

要我露点？还是拍 A 片？几年前出版的那本书里有一章是“丽比的成长过程”，刊登了我从小到大的照片，其中最显眼的是我十七岁那张：我穿着俗气的吊带裙，几乎包不住我颤动的成熟双峰。有好几家杂牌色情杂志征询我有没有意愿出镜，不过他们出价太低，我想都没想就直接拒绝。就算是现在，五百美元就要我全裸出镜，好像还是太低了。但说不定（凡事多往好处想，乖宝宝！）这真的是一份合法的工作，对方是某某失亲会的成员，希望我去露个面、抛砖引玉，让大家说出各自的心路历程。五百美元换几个小时的同情，可以考虑一下。

信件内容是电脑打印字体，只有最下面一行的电话号码是手写字，字体刚劲有力。我按照上面的号码拨过去，内心祈祷能直接转进语音信箱；没想到，在一段洞穴般的空寂过后，电话接通了，只是没人开口。我觉得很尴尬，好像朋友开派对没邀请我，我却在大家玩得正嗨时突然闯入。

三秒后，电话另一头响起男人的嗓音："喂？"

"嗨，请问是莱尔·沃斯吗？"美元的鼻子在我脚边磨蹭，急着讨吃的。

"你是谁？"电话那头是一片巨大的空无，他仿佛置身在矿坑底部。

"我是丽比。你之前写信给我。"

"哦哦……不会吧！真的吗？丽比。嗯，你现在人在哪里？你在城区吗？"

"你指哪个城？"

电话另一端的男人（或许是男孩，他的声音听起来很年轻）不知回头跟谁嚷了句什么，好像是"我早就做好了"之类的，接着便回来对着话筒说话。

"你在堪萨斯城吗？你住在堪萨斯城，对吧，丽比？"

我正想挂电话，但那小子开始"喂？喂？"地喊了起来，好像在呼唤上课心不在焉的我。

我说我的确住在堪萨斯城，然后问他到底想要干什么。他嘿嘿嘿地笑，好像在说你一定不敢相信世界上居然会有这种事。

“这个嘛，我说过啦，就是想请你亮个相之类的。”

“亮相？”

“嗯，我们这个俱乐部很特别……我们这周刚好有个特别的聚会，然后……”

“什么俱乐部？”

“嗯，我们跟别人不太一样，有点类似地下组织……”

我没接话，让他继续吹牛。我听他一开始讲得头头是道，现在竟然支吾起来。很好。

“嗯，在电话里根本讲不清楚！我能不能，嗯，请你喝杯咖啡？”

“现在喝咖啡太晚了。”说完后我才意识到，说不定他根本没有想要请我今晚喝咖啡，而是想在这周另外找时间，那我接下来五个小时要怎么打发才好。

他问：“那喝啤酒呢？还是要喝红酒？”

“什么时候？”

他顿了一下。“今晚？”

“好。”

莱尔·沃斯的外表很像杀人狂魔，这表示他大概不是杀人狂魔。一个人如果真的变态残酷，会尽量把自己装扮得尽可能像正常人。莱尔·沃斯坐在烧烤店正中央。桌面非常肮脏。克拉克烧烤店是一家低级酒吧，开在跳蚤市场里，向来以烤肉闻名；店面装修过，店里的常客是白发老头和头发垂下盖到眼睛、身穿紧身牛仔裤的瘦巴巴型男，整体画面并不协调。但莱尔·沃斯不是老头也不是型男。他大概二十出头，一头褐色的自然卷发，可能为了抚平自然卷而抹了大量发胶，只可惜抹错了地方，以至于油亮的太油亮、毛躁的还是毛躁。他戴着无框眼镜，穿着会员专属紧身风衣，配上一条紧身牛仔裤——不过就只是很紧而已，并没有帅气的感觉。他的五官很精致，但男人要粗犷才有魅力。男人的嘴唇像花苞是一种罪过。

我走向他，他与我对视，上下打量，一脸茫然，完全没认出我来；等我走近他的桌子，他才把照片跟我本人联系起来：雀斑，小鸟似的骨架，越看越扁的鼻子……

“丽比！”他喊了出来，喊完后似乎觉得太过亲昵，又补上我的姓：“天！”他站起来，为我拉开折叠椅，接着似乎后悔自己太过殷勤，又默默坐了回去。“你把头发染成了金色。”

“嗯。”我冷淡地应了一声。我讨厌别人一开口就聊一些既定事实，这要我怎么回答？对啊，今天真的好热？

我看看四周，想找服务员来点酒。一个女服务员用她美丽的背影对着我们，她穿着紧身迷你裙，丰盈的黑发起伏如波浪。我用手指头敲了敲桌面，她转过身，一张少说也有七十岁的面孔，浓妆艳抹，脂粉全卡在皱纹里，紫色的微血管爬满她的手背。她弯腰帮我点餐，不知哪里的关节“喀啦”一声。我说我只要一杯蓝带啤酒，她就用鼻孔出气。

莱尔说：“这里的牛排很好吃。”不过他自己没点菜，只是一个劲儿吸着奶昔的残渣。

我不吃肉，真的不吃，自从看到我家人遭到开肠破肚后就不吃了。我还在努力忘掉吉姆中午大啖牛肉的模样。我耸耸肩，表示不用，接着便耐心等待我的啤酒，像观光客一样左顾右看。

莱尔的指甲很脏，这是我注意到的第一件事。服务生大婶的假发歪了，露出底下汗湿的白发，一绺一绺黏在颈背上。大婶把白发塞回去，再从加热灯底下拿了一包酥脆的薯条。我们隔壁桌坐了个胖子，一面啃牛排一面检视他从跳蚤市场买来的战利品。那是一只俗气的旧花瓶，瓶身画着一条美人鱼。他用油腻的手指玷污了美人鱼的胸部。

大婶一声不响地把啤酒放在我正前方，然后转头去招呼隔壁桌的胖子，娇媚地叫了他一声“帅哥”。

“请问你们社团是做什么的？”我主动发问。

莱尔满脸通红，开始在桌子底下抖脚。

“嗯，你知道有些男人喜欢搜集棒球卡，或是组梦幻足球队？”我点点头。“有些女人喜欢看八卦杂志，八卦到对明星的大小事全都如数家珍，连他小孩叫什么、老家在哪里都知道。”

我把头斜向一边，警觉地点了一下。

“嗯，我们社团差不多就像这样，只是，嗯，我们的名字比较特别，叫‘杀手俱乐部’。”

我灌了一大口啤酒，鼻子上冒出汗珠。

“听起来很怪，但其实还好。”

“听起来真他妈的怪。”

“你知道有人就是喜欢解不开的谜，有人就是沉迷于犯罪纪实的报道。我们社团有很多这种人，每个人都有自己着迷的案子，像莱西·彼得森[①]、杰弗里·麦唐诺[②]、莉兹·波顿[③]……你和你们全家。你在我们社团太红了，真的很红，比选美小皇后琼贝妮特还红。”他看到我的脸皱了一下，赶紧补上一句：“悲剧，这一切都是悲剧。还有你哥，他被关了……多久？二十五年有吧？”

“不用同情班恩。他杀了我们全家。”

“嗯。没错。”他含着一颗奶昔冰块。“那，你跟你哥聊过这件事吗？”

我突然起了戒心。有一群局外人坚称班恩是无辜的。他们会把班恩的报道剪下来寄给我，但我从来没读过，一看到他的照片就直接扔进垃圾桶。记得照片里的他红发披肩，跟耶稣的发型一样，刚好搭配他容光焕发的安详脸庞。他快四十岁了。这些年来我从没去监狱探望过他。他被关在我老家堪萨斯州金纳吉镇[④]的郊外，就是

① 莱西·彼得森（Laci Peterson，1975—2002）在怀胎七个半月时，与儿子一起离奇失踪，其丈夫史考特被指控为凶手，电影《与杀手共枕》（*The Perfect Husband: The Laci Peterson Story*）即根据此真人真事改编。——编者注

② 杰弗里·麦唐诺（Jeffrey MacDonald，1943— ）1970年谋杀怀孕中的妻子和两个女儿，当事人辩称凶手另有其人，检方亦因证据不足而撤销对麦唐诺的诉讼，经过漫长的调查，直至1979年才将其定罪。——编者注

③ 莉兹·波顿（Lizzie Borden，1860— ）美国马萨诸塞州人，她的父亲及继母在1892年被人以手斧砍杀，莉兹·波顿是首要嫌犯。媒体追踪报道每一场审判，此案举国哗然，后来莉兹·波顿因罪证不足而被释放，却成为民间传说当中的恶女象征。——编者注

④ 金纳吉镇为作者虚构的美国地名。——编者注

当年凶案发生的地方，我去探监也方便，但我毕竟不是恋旧的人。

班恩的拥护者大多是女性：耳朵很大，牙齿很长，头发烫卷，穿着裤装，一个个抿紧了嘴，一副义正词严的坚毅模样。她们偶尔会出现在我家门口，眼神里闪动着执拗的光芒。她们说我的证词有误，说我那时候脑筋糊涂了，我才七岁，一定是受人强迫才会出卖我哥，竟然一口咬定他就是凶手。她们通常会口沫横飞，对着我吼叫，有几个甚至扇我巴掌。她们满脸通红外加歇斯底里，眼神充满轻蔑、嘲笑以及刻薄，如果她们对我好一点，也许我还会说实话。

“没有，我跟班恩没有联络。如果你们找我是为了这个，那我没有兴趣。”

“不是不是不是，不是这样的。你只要人来就好，这有点类似我们的社团聚会，你听我们发问就可以了。你真的从来不会去想那天晚上发生的事吗？”

“不会。”

“那你可能会听到一些有意思的事情。我们社团里有一些粉丝……嗯……专家，他们比警探更了解这件案子，其实这也没多难。”

“这么说你们社团里有一堆人想说服我班恩是无辜的。”

“……大概吧。不过你也可以说服他们班恩有罪。”我觉得他的口气有点过于自信。他凑近我，耸着肩，很兴奋的样子。

“我要一千美元。”

“我可以给你七百。”

我扫视室内一圈，没有说出我真正的想法。其实不管莱尔开价多少我都会收，不然我很快就得找事做了。我一点都不想工作。我没把握可以一周连上五天班。周一周二周三周四周五？哪怕让我连续五天下床都有困难。连续五天固定吃三餐也很不容易做到。要我每天都到办公室报到，一坐就是八个小时（一天待在外面整整八个小时！）我做不到。

“七百就七百吧。”我说。

“太好了。到时候会有很多收藏家过来，你最好多带一些纪念品……呃……多带一点你小时候的东西来卖，包你轻松就赚两千美元。有信的话就带信，内容越私人越好，接近案发日期的更好。1985 年 1 月 3 号嘛。”他很熟练地说，“或是你妈的任何东西都好。大家都对你妈……很感兴趣。”

大家都对我妈很感兴趣。大家都想知道，什么样的妈妈会被亲生儿子杀死吧？

佩蒂·天
/
1985年1月2号，早上8点02分

他又在打电话了。她听到房门后面传来他的声音，叽哩呱啦叽哩呱啦，像卡通人物似的。他一直想装一部分机，他说他们学校一半以上的同学都有自己的电话号码，还说是“少年专线”。她听完哈哈大笑，他看到她笑就生气了，她看他生气也跟着生气了。（开玩笑，少年专线？这些小孩真是被宠坏了！）母子俩后来不再提起这件事，因为两人都怕尴尬。

几周后，他放学回家，低着头，拿出购物袋里的东西给她看：电话分线器。这东西可以让两部电话使用同一个号码，还有一部轻得出奇的电话，塑料壳的，外观就像女儿过家家的玩具电话；她们以前都用那个粉红色电话玩秘书游戏，拿起话筒就说“班恩先生的办公室”，想拉哥哥跟她们一起玩，班恩一开始还会笑，请她们留下信息，后来就不理她们了。

自从班恩买了电话和分线器回家后，“该死的电话线”就变成天家人最新的口头禅。那条电话线从厨房的插座牵出来，沿着料理台，穿过走廊，一路螺旋状旋转前进，从他深锁的房门底下钻进房间里。家里每天至少会有一个人被那条电话线绊倒，然后传来一声尖叫（女儿之一）或是一句“三字经”（佩蒂或班恩）。她一天到晚命令他把电话线沿着墙壁粘好，他也一天到晚把她的命令当作耳边风。她努力说服自己，青少年有主见很正常，但班恩这样简直是叛逆，她担心他是在发脾气，或是个性懒散，或是出于什么她连想都不敢想的原因。他到底在跟谁打电话？在他莫名其妙加装电话之前，根本很少有人打电话找他。他跟穆勒家的两兄弟是好朋友，那对农家子弟总是穿着背带裤、沉默寡言，有时候打来一听到是佩蒂就立刻把电话挂掉，然后佩蒂会转告班恩：不知道是吉姆还是艾德找你。但以前他不会关着房门讲这么久，这种现象是最近才出现的。

佩蒂怀疑儿子交了女朋友，常常有意无意调侃他，害得他浑身不自在，苍白的脸透出青光，琥珀色的雀斑微微发亮，好像亮起警告。于是她投降。她不是那种爱过问孩子大小事的妈妈，毕竟班恩十五岁了，家里又都是女孩子，他很难拥有自己的隐私。有一天他放学回家，发现蜜雪乱翻他的抽屉，立刻去买了一个挂锁回来装在房门上。挂锁跟电话一样，都是先斩后奏：拿个槌子敲敲打打，三两下就搞定，从此有了自己的少男天地。这不能怪他。自从路尼离开后，家里的摆设就越来越柔：窗帘、沙发、蜡烛，一律都是杏桃色，而且还缀着蕾丝边；抽屉、柜子一打开，发夹、碎花内衣、小花内裤、粉红童鞋通通散落出来；相较之下，不难理解班恩微弱的男性宣言：阳刚的金属挂锁，螺旋状的电话线。

房门后面传出一阵笑声，听得她心里七上八下。班恩从小就不爱笑，八岁的时候还曾经冷冷地看着妹妹，宣告“蜜雪有笑笑病”，仿佛爱笑是一种错。佩蒂说班恩不苟言笑，但班恩已经克制到无人能及的境界。他爸爸路尼拿他没办法，先是跟他嬉闹，在地上滚过来滚过去，但班恩全身僵硬，毫无反应；继而对他冷嘲热讽，大声埋怨他个性古怪又娘娘腔，但不见班恩有所改变。佩蒂的情况也好不到哪儿去。她最近买了一本青少年教养指南，把它像色情书刊似的藏在床铺底下。书上说要父母勇于发问，教孩子据实回答，但佩蒂做不到。最近这几天，她一找班恩问话，班恩就暴跳如雷，然后用沉默跟她冷战，气得她很难受。她越想了解他，他就越是逃避，躲在房间里不出来，跟她不认识的人通电话。

她的三个女儿也起床了。虽然农场欠了一屁股债，入不敷出，外人连瞧都懒得瞧一眼，但身为农家子弟还是得早起，就连冬天也一样。三个女儿都在雪地里玩雪。她把女儿们当小狗似的赶到外面，省得吵醒班恩，没想到立刻听见班恩在打电话，才知道他早就醒了。为了弥补刚才对女儿的亏欠，她开始做三姐妹最爱吃的薄饼。班恩和三姐妹都怪她偏心：班恩抱怨为什么非要礼让那些绑着缎带的小丫头，三姐妹则抱怨为什么一定要安静不能吵哥哥。蜜雪在三姐妹中排行老大，十岁，老二黛比九岁，老三丽比七岁。（她仿佛可以听到班恩在教训她：“天啊，妈，你是母猪吗？生那么多！”）她透过薄薄的窗帘往外看着三姐妹尽情玩耍：蜜雪是老大，黛比是她的随从，两人正在合盖一座雪堡，却不肯跟丽比说她们在玩什么。丽比在一旁怯生生地也想加入，一会儿递雪球，一会儿递石头，接着又递上一根快要断了的长木棍，两个姐妹看也不看就说不要。最后丽比膝盖微蹲，放声尖叫，把雪堡踢倒。

佩蒂转过身，接下来就是拳打脚踢和号啕大哭，她实在没有心情看。

班恩的房门“咿呀”打开，走廊尽头响起他沉重的脚步声。她看也不看就自言自语道：又是那双讨厌的黑色军靴。他穿迷彩裤她也会唠叨，每次一抱怨他就顶嘴：“爸不是也穿迷彩裤吗？”然后她就会纠正班恩：“那是要去打猎时才穿。”她怀念以前的班恩，他那时候只穿朴素的衣服，永远是格子衬衫配牛仔裤，头发是深红色的自然卷，对飞机非常痴迷。现在他走过来了，黑色牛仔外套、黑色牛仔裤，毛帽拉得低低的几乎盖住眼睛。他咕哝了几声，便朝大门走去。

她喊道：“没吃早餐不能出门。”他停下脚步，侧身面对她。

“我有事出去一下。”

“可以啊，但先跟我们一起吃完早餐。”

“我讨厌薄饼。你又不是不知道。”可恶。

“我再帮你做别的。坐下。”直接命令他，他总不会反抗吧？母子俩对视了几秒，就在佩蒂要放弃的时候，班恩酸酸地叹了一口气，重重在椅子上坐下。他把盐罐拿起来玩，先把盐倒在桌上，再用手指把盐粒堆成小山。

她差点要叫他住手，但在最后一秒忍住了。他肯坐下来吃早餐就够了。

“你刚才在给谁打电话？”她一边问，一边帮他倒了一杯柳橙汁。她知道他不喜欢柳橙汁，一定碰也不碰，故意气她。

“几个朋友。”

“几个朋友？”

他挑起眉毛。

纱门啪地打开，砰一声撞在墙壁上。佩蒂听到雪靴在踏垫上蹭来蹭去的声响，心想还是三姐妹家教好，不会把泥沙带进家里。蜜雪和黛比正在争论要看什么卡通。丽比一个人踱步进来，坐在班恩旁边，甩甩头，把雪片从头上甩落。三姐妹里只有丽比知道如何卸除班恩的心防：她抬头看他，对他使个眼色，然后直视前方。

蜜雪和黛比走进厨房，佩蒂看到班恩又缩回壳里。她们嘹亮的告状声充斥在厨房里。

“妈，哥哥把桌子弄乱了。”蜜雪大叫。

“不要紧，乖，薄饼快好了。班恩，要鸡蛋吗？”

“为什么哥哥有鸡蛋？”蜜雪哇哇叫。

“我也要。”黛比说。

“你又不喜欢吃鸡蛋。”丽比生气了。她总是帮哥哥说话。“哥哥吃鸡蛋是因为他是男孩子。”

班恩听了嘴角微微上扬，让佩蒂特地挑了一片最圆的薄饼给丽比。她把薄饼分别盛在盘子上，能用这么少的食材变出五人份的早餐，还是很值得自豪的。这是最后一顿像样的早餐，从圣诞节留到现在的，不过她现在也没空烦恼以后要怎么办。先吃完早餐再说吧。

“妈，黛比把手肘撑在桌上。”蜜雪又进入管家婆模式。

“妈，丽比没有先洗手。”还是蜜雪。

“你也没有洗啊。”黛比说。

“大家都没有洗。”丽比哈哈大笑。

“肮脏鬼。”班恩说着，戳了一下丽比的腰。那是他们兄妹之间的玩笑，佩蒂也不知道是怎么开始的。丽比仰头大笑，笑得比刚才更大声，像在演戏一样，故意逗班恩高兴。

“跟屁虫。”丽比很有默契地回他，咯咯咯笑个不停。

佩蒂用毛巾沾了肥皂水递给孩子们，这样大家就可以留在座位上。班恩居然有心情跟妹妹开玩笑，这可是百年不遇。佩蒂以为只要大家坐着不动，她的好心情就可以持续下去。她需要好心情，就像彻夜不眠后需要呼呼大睡，白天辛苦工作需要梦想着晚上可以倒头就睡。每天早上起床，她都会发誓再也不要让农场成为她的负担，不要因为经营不善（她三年前就该还清贷款了，可三年过去了，到现在还是一筹莫展）就让自己变成她向来讨厌的女人：闷闷不乐、斤斤计较，无法享受人生。她每天早上都会跪在床边薄薄的地毯上，然后祈祷（虽然其实是自我洗脑）：我今天绝对不骂人，绝对不会哭，绝对不会蜷缩起来坐以待毙。我要好好享受今天。可惜她的士气顶多只能持续到中午。

大家依序坐好，洗手，祷告，一切都很顺利，偏偏蜜雪又开始啰唆。

“哥哥还没摘掉帽子。”

天家吃饭向来不能戴帽子，家规如铁令，佩蒂想不到连这个也要她唠叨。

“没错，班恩，你需要摘掉帽子。”佩蒂温柔地敦促他。

班恩低下头，头顶正对着她。她涌出一阵焦虑感。不太对劲。

班恩的细眉原本是铁锈般的红褐色，现在却变成了两条黑线，而眉毛下的皮肤黑得发紫。

“班恩？”

他摘下帽子，露出乱七八糟的黑发，像只老迈而邋遢的拉布拉多犬。太令人震惊了，就像一口气灌下太多冰水。她儿子那头红发是他最重要的标记，但就这样没了。眼前的他看起来老成、圆滑，仿佛她熟知的班恩受不了眼前这个班恩的欺侮，所以自动消失了。

蜜雪尖叫起来，黛比放声大哭。

“班恩，乖，怎么回事？”佩蒂说。她告诉自己不要反应过度，但她实在无法控制。这只不过是青少年幼稚的反抗伎俩，却让她对母子关系感到绝望。班恩垂下眼睑盯着桌面，傻笑，把女人们的大惊小怪隔绝在外，佩蒂内心在拼命替他的叛逆找借口；他从小就讨厌红发，因为红头发害他被人嘲笑，说不定到现在还是。说不定他染发是为了要肯定自我。这倒是好事。不过话说回来，红头发是佩蒂遗传给班恩的，现在班恩把红发染黑了，这不是对她的挑战是什么？另一个也遗传了她红发的丽比显然也这么认为，她正用两根皮包骨的手指夹住一绺红发，呆呆地看着。

“够了。”班恩把鸡蛋咕噜一口吞下去，从椅子上站起来。“别那么大惊小怪。不就是染了头发嘛。”

“你原本的头发就很好看啊。”

他顿了一下，好像在思索这句话的含义，但随即摇一摇头。她不知道这是在响应她说的话，还是在回应这整顿早餐；总之，他踏着沉重的步伐往大门走去。

“冷静一点。”他头也不回地说，“我出去一会儿就回来。”

她本来以为他会摔门，但他轻轻把门带上。这感觉更糟。佩蒂呼了一口气，眼光在餐桌上扫视一圈，三双睁得大大的蓝眼睛盯着她，看她作何反应。她弯起嘴角，轻轻笑了一声。“这孩子怪里怪气的。”

女儿们听她这么说，精神一振，连坐姿都挺起来了。

“哥哥真奇怪。”蜜雪附和道。

“他的头发刚好配他的衣服。”黛比说，并叉起一块薄饼送进嘴里。

丽比只是紧盯着盘子，肩膀往内缩，背部拱起，小孩子垂头丧气时的标准动作。

“没事的，丽比。”佩蒂说完，故作潇洒地拍拍她，免得两个姐姐说她偏心。

“怎么会没事！”丽比说，“哥哥讨厌我们。”

丽比·天
/
现在

五天前跟莱尔喝了啤酒后，今天我从我住处所在的峭壁开车往下到平地，再从平地开到低地，一路往堪萨斯城西边的工业区驶去。这一区在畜牧业兴盛时代非常繁荣，近几十年则萧条至极；如今放眼望去，只见一栋栋高大而安静的砖造建筑，墙上仍挂着诸如雷夫瑞冷冻、伦敦啤酒、丹豪泽牛犊企业等招牌，而那些公司早已不复存在。少数几栋陈旧建筑改建成鬼屋游乐园，只在万圣节前后会开灯，变身成五层楼高的滑梯和吸血鬼城堡，醉醺醺的青少年把啤酒藏在绣着英文字母的外套底下。

3 月初的工业区举目荒凉。我驶过宁静的街道，偶尔瞥见人影在建筑物里进出，不明白他们在这里做什么。

我一路开到密苏里河附近，这块工业区先前空了一半，现在更是死寂，弥漫着不祥之气，徒留一片耸立的废墟。

我停在一栋四层楼高的建筑前面，上面写着托曼企业，心里的不安顿时浮出水面。我后悔自己当初没多交几个朋友，或者说，我后悔自己连个朋友都没有。我应该找人陪我一起来的。就算没人陪，也应该要有人知道我来这里并等着我汇报情况，但实际情况是：我在自家楼梯上留了字条，写下我去了哪里，还附上莱尔的信。万一我真的失踪了，警方至少知道从哪里开始找。当然啦，如果我有朋友的话，她一定会跟我说：打死我也不让你去。女人讲话总是这样，带着几分保护的口吻。

或许只是我多虑了。亲人遇害之后，我面对任何状况都无法正常反应，什么事都往坏处想，毕竟坏事总会发生的。

话说回来，我，丽比，再遭遇横祸的概率应该微乎其微吧？我应该可以平安度过余生吧？以统计数据来说这样才合理吧？由于我无法决定未来是好是坏，所以我若不是小心过头（睡觉时家里的灯全部开着，还要在床边放一把我妈的左轮手枪），就是马虎到可笑（一个人跑到空旷的建筑来参加什么杀手俱乐部）。

我穿着粗跟的靴子，顿时比平常高出七八厘米。因为脚受过伤，右脚的鞋子穿起来感觉松松的。我想舒展筋骨。我觉得全身紧绷。天哪，我的牙齿在打战。怎么会有人贪钱到这种地步？我努力克制自己不要鄙视我现在的行为。我昨天是怎么想的？我记得我把自己想得挺高尚的：他们对我的家人很有兴趣，我为我的家人感到骄傲，我可以提供他们别人没有的情报。如果他们听完要付我钱，那我就收下，这是我应得的。

不过，老实说，我一点也不以我的家人为骄傲。天家的人向来不讨人喜欢。我爸路尼既是疯子又是酒鬼，个子很矮，会一点拳脚功夫，脾气粗暴却不能服人；我妈生了四个小孩，而她又照顾不过来。我们是赤贫人家的穷孩子，身上散发恶臭，心机重，上学的每一天都在显露我们的窘境：没吃早餐，衬衫有破洞，挂着鼻涕或喉咙发炎。我们三姐妹短短的小学生涯里，四度把跳蚤传染给全校同学。肮脏的天家人。

二十多年后的我，依然走到哪里都需要帮助。说穿了就是钱的问题。我牛仔裤后面的口袋塞着一张字条，是蜜雪在案发前一个月写给我的。她从活页笔记本撕下来一页，然后把参差不齐的页边小心翼翼地裁掉；写完字后，再大费周章地把信纸折成箭的形状。信里面写着蜜雪小学四年级的心事，比如班上的男生、啰唆的老师，还有某某富家女在生日时居然收到名牌牛仔裤。都是些无聊的琐事，不值一提。我有好几箱这种东西，每次搬家都跟着我移动，但我从来没有打开箱子再看过。蜜雪这封信我要卖两百美元。一想到我还有好多这种垃圾可卖，我就心虚地雀跃了一下。我还有一堆纸条、照片等等我没勇气扔掉的废物。

我下车，深呼吸，转动一下脖子。夜晚的气温很低，但透着宜人的春意。一轮黄色的明月高挂天空，恰似一盏灯笼。

我踏上沾满淤泥的大理石台阶，趿着靴子踩过肮脏的枯叶，传来老骨头断裂的病态声响。这栋建筑有好几扇厚重的铁门。我上前敲门。等了一会儿，又伸手敲了三下，然后就杵在月光里，像被观众喝倒彩的杂耍演员。我正要用手机拨电话给莱尔时，铁门突然敞开，一个长脸的高个子正在打量我。

“嗯哼？”

“呃，莱尔・沃斯在吗？”

“我们这里怎么会有莱尔・沃斯呢？”他面无表情地说。他想整我。

“去你妈的。”我脱口就骂，然后转过身，觉得自己像个白痴。我走下三级台阶，长脸突然把我叫住。

“喂，等一下，你脾气怎么那么暴？”

对，我天生脾气就暴，我想象自己生下来就歪七扭八，四肢五官全长错位置。我很容易失去耐性，但还不至于张口就说脏话，不过现在似乎也快到这个程度了，没说几个字就来句脏话。

我停下脚步，面对下楼的方向，两脚一上一下各踩着一级阶梯。

“好好好，我认识莱尔・沃斯，可以了吧。”长脸男子说，“是有人邀请你来吗？”

“我不知道。我是丽比・天。”

他大吃一惊，下巴都快掉了下来，吸了一口口水又阖上，然后像莱尔那样确认我的身份。

“你把头发染成金色了。”

我对着他挑眉。

“来吧，我带你下去。”他说着，帮我把门打开。“来吧，我又不会咬人。”

只要听到“我又不会咬人”这句话，我的火气马上就上来了；还有一句话能让我翻脸翻得更快，那就是当某个脸长得像火腿的醉汉看到我经过就大声嚷着：笑一个嘛，笑笑又不会死！

呸！就是会死，老色鬼。

我转身往上走，恶狠狠赏了他一个白眼，而且我故意放慢脚步，让他得撑住门更久一点儿。混蛋。

我走进洞穴般的前厅，只见墙上嵌着黄铜灯饰，形状像麦秆。头顶天花板挑高十二米，上面画着湿壁画，只能隐约看出是乡村男女在荷锄或掘土的身影，其中有个女孩，脸蛋已经消失，手里似乎握着跳绳或是蛇之类的东西；西边角落的天花板不知何时塌陷，原本画上的橡树应该绿叶成荫，可是却缺了一角，被室外的蓝色夜空取代。透过缺口，我能看见月光的清辉，却看不到月亮。虽然前厅没有电，很暗，但我依稀认出堆在角落的垃圾。俱乐部成员把霸占此处的人赶走，接着拿出扫帚打扫室内。不过还有一股尿骚味。墙上有一个以意大利面条固定着的陈年安全套。

我咕哝道：“你们就不能租个，呃，宴会厅吗？”我听见大理石地板嗡嗡嘤嘤，看来所有的活动都在楼下进行。

那个长脸男说：“我们不是什么超人气俱乐部。”他看起来很年轻，一张丰腴的脸长了很多痣，还戴着一副绿松石耳环。我总是直接将这种人归类到爱打游戏的宅男，通常饲养雪貂，而且觉得魔法很酷。他说：“这栋建筑有某种……氛围。1953 年，托曼家族有人就在这里举枪自尽。”

“哦。”

我们停下脚步，凝视着对方，他的面孔在幽暗中游移模糊。我看不出我们该如何下楼。左边那几部电梯显然不能用：电梯厢发黑，卡在上下两层楼中间。我想象里面有一群穿西装打领带的鬼魂，等着电梯再度启动。

“我们现在要去哪里？”

“哦，对了……我想跟你说……关于你家的事，我很遗憾。虽然过了那么多年,但我确定……我还是无法想象那种情况。那简直，简直跟爱伦·坡写的恐怖小说一样。”

“我试着不去回想这些事。”我回他一句我碰上这种问题时的标准答案。

他哈哈大笑。“哎呀，那你跑错场子了。”

他带我拐了个弯，进入另一条走廊，走廊两边以前应该是办公室。我踩着碎玻璃，每经过一间就往里面瞥一眼：空的，空的，有手推车，有粪便，有营火的余烬；一个醉鬼正在喝一升装的啤酒，兴高采烈地“嗨”了一声。

长脸男说:“他叫吉米。他看起来很正常，我们就让他留下了。”

我心里想着：真有爱心！却只是跟吉米点了个头。我们来到一面防火墙前，墙上有一扇门；一推开，就听到从地下室传来弦乐、重金属乐以及人们彼此喊叫的噪音。

他说:“女士优先。”但我不动。我不喜欢有人走在我后面。“好吧，那我先进去，你跟我来。”

我原本考虑趁机脚底抹油,但一想到假如我开溜,这个长脸——这个他妈的扮成文艺复兴时代街头艺人的死家伙——就会跑下楼跟他的朋友说：她吓坏了，逃跑了！然后所有人大声嘲笑，而他一定会跟他朋友说：她跟我想象的不太一样，然后比出一米五的高度，让大家知道我从小学毕业以后就没再长高。想到这里，我心里默念着坚持坚持坚持，继续走在他身后。

我们往下走一层楼，走到地下室的门口，这扇门上贴满了传单："22号摊位：珍藏莉兹·波顿！欢迎前来交换贩卖相关收藏品！""28号摊位：卡拉·布朗[①]咬痕的论证。""14号摊位：角色扮演质问凯西·安东尼[②]。""15号摊位：汤姆上菜——今日菜单：琼斯镇惨案[③]和小范妮分尸案[④]。"

接着，我看到一张印得很粗糙的蓝色传单，传单一角有一张我的大头照："可怕的一天！堪萨斯牧场大屠杀——欢迎跟我们一起抽丝剥茧，与神秘嘉宾面对面。"

我心里再次挣扎着是否离开，但这时地下室的门敞开了，我被引进一间非常潮湿、没有窗户的房间，里面挤了大约两百人，大家你靠着我、我靠着你，对着彼此的耳朵吼叫，手搭着对方的肩。眼前情景，跟以前念书的时候老师给我们看的美国中西部蝗灾影片简直一模一样：一双双眼睛瞪大看着我，下颚嚼呀嚼的，手肘弓起来。

---

① 卡拉·布朗（Karla Brown）于1978年在新家的地下室遇害，案发四年后才由死者身上的齿痕，比对出凶手是其未婚夫。——编者注

② 凯西·安东尼（Casey Anthony）涉嫌在2008年杀死两岁女儿柯莉，遭检方以一级杀人罪起诉，2011年开庭，最后被无罪释放，舆论哗然。——编者注

③ 1978年，913人在传教士和人民圣殿教教主吉姆·琼斯（Jim Jones）的指示下，在南美洲圭亚那琼斯镇集体自杀。913人中的绝大部分是被杀害，且是在违反当事人意愿的情况下遭人注射毒药，史称"琼斯镇惨案"。——编者注

④ 小范妮分尸案发生于1867年英国汉普郡，年仅八岁的范妮·亚当斯（Fanny Adams）惨遭分尸杀害，凶手是二十九岁的律师助手弗莱德里克·贝克（Frederick Baker）。——编者注

室内布置得很像跳蚤市场，总共有几排摊位，摊位之间则用廉价的铁丝网隔开。每一桩谋杀案各有一个摊位。我扫视一圈，大概有四十几个。一台发电机有气无力地运转着，连供一串灯泡发亮都很困难，那串灯泡沿着地下室吊在电线上，不规律地摆动着，打光的角度非常差，把人照得跟死尸一样。

站在地下室另一端的莱尔看到我来了，马上用肩膀顶开路，横着身子，像箭一样射过人群，火速朝我走来。

他在这里显然是大人物，大家都想拍他马屁、跟他说话。他弯下腰，让一个男孩附在他漂亮的耳边嘀咕，然后他直起腰杆，头不小心撞上天花板的手电筒，惹得众人哈哈大笑，手电筒则像警灯一样三百六十度旋转，照得大家的脸一明一暗。男人的脸。男孩的脸。整间地下室里女孩不多，我总共只看到四个，她们都戴眼镜，长相平庸。那群男人也没多帅，有些是留胡子的专业人士，有些是住在郊区的平凡老爹，人数最多的是二十来岁的青年，他们顶着廉价的发型、戴着数学怪胎才会戴的眼镜，格调跟莱尔和带我下楼的男孩相同：没有出色的外形，却自命不凡，认为自己聪明绝顶。呸，跟廉价剃须膏一样。

莱尔走到我面前，那群男孩在他背后一边偷笑一边打量我，把我当成他新交的女朋友。他摇摇头说：“抱歉，丽比，本来你到的时候肯尼应该打电话给我，由我亲自带你下来。”他的视线越过我的头，看了肯尼一眼，肯尼耸一耸肩就转身离去。莱尔用一根手指坚定地抵着我的肩膀，推着我走向人群。沿途有不少身着奇装异服的人。有个头戴大礼帽、身穿黑背心的男子推挤着从我身边经过，他顺手递给我几颗糖果，冲着我大笑。莱尔翻了翻白眼说："他是贝克迷。我们过去几年一直想把这些角色扮演的人赶出去，可是——"

"你在说什么呀？"我担心我快要发飙了。我被夹在一堆肩膀和手肘中间，进三步退两步。"妈的，这地方到底是怎么回事！这里的人实在太多了。"

莱尔不耐烦地叹了口气。他看了看手表。"我们的人午夜才会到齐，要不我先带你到处逛一逛，了解情况？"

"先把钱给我再说。"

他咬着下唇，从后裤袋抽出一个信封塞进我手里，凑在我耳边小声地要我晚一点再数钱。信封摸起来很厚，我放下一颗心。

"我带你到处看看吧！"我们沿着地下室的周边逛，左右两边林立的窄小摊位以铁丝网隔开，让我联想到狗屋。莱尔再次用手指抵着我的手臂，戳着我一路向前。"这个杀手俱乐部……先别批评，我们也知道这个名字不好，反正大家都这样叫。但是呢，这个杀手俱乐部（Killer Club）英文简称'KC'，这就是我们选在这里举办年会的原因：堪萨斯城（Kansas City）的简称也是'KC'……呃，好，回到正题。正如我之前说的，成立杀手俱乐部是为了要破案。每个人都有自己关注的凶案，例如小范妮分尸案……"

"小范妮是谁？"我没好气地说。我在吃醋，我应该是唯一的特别来宾才对。

“她被大卸八块，1867 年死于英格兰，死的时候才八岁。刚刚我们遇到的那个男的，头戴大礼帽那个，就是在扮演杀死小范妮的凶手，弗莱德里克·贝克。”

“真够变态。”这么说她已经死喽。太好了。这下没人跟我争了。

“嗯，这的确是一桩丧尽天良的凶杀案。”他看到我扮了个鬼脸。“对，就像我之前说的，他们的摊位比较无聊，那些案子大多已经侦破了，所以也没什么好推理的。对我而言，加入这个社团就是为了要破案。我们的人有些是律师，有些以前当过警察……”

“那我的案子呢？我是说……有人变装成我的家人吗？”有个发色耀眼的大块头，手里拿着穿红裙子的充气娃娃，在人群中停下脚步，完全没有发现我的存在，差点儿把我给撞飞。充气娃娃的塑料手指搔着我的脸颊。

我身后有人大喊：“是史考特[①]！”我推开大块头，搜寻人群里有没有打扮成我妈或是班恩那个混蛋的家伙，头戴红色假发、手拿斧头挥舞。我握起拳头。

“没有没有，绝对没有。”莱尔说，“想都别想，我才不会允许这种事发生。什么角色扮演。门儿都没有。”

“为什么这里都是男的？”附近摊位就有两个男的，略胖，身穿马球衫，正为了密苏里州南部的杀童案争得口沫横飞。

① 史考特指的是杀害莱西·彼得森的凶手，见第一章注。

“并不都是男的！”莱尔口气里带着防备，“为了破案而来的大多是男的，可是换做是填字游戏的年会，我看也差不多都是男的吧。女人参加社团是为了交朋友，大家一起喝咖啡、说自己在家也被老公虐待，对于受害者特别同情，再买张老照片带回家做纪念；可是我们一定要很小心，她们有时候实在太……滥情了。”

“是啊，还是不要太同情这些人比较好。”哈，我这个人口是心非，还好莱尔没听到。

“像她们现在就迷莉赛特·斯蒂芬斯迷得要死。”他指了指身后那群挤在电脑旁边的女人，个个脖子伸长，头垂得很低，好像一群母鸡。我径自走向她们所在的摊位。原来她们在看莉赛特的剪辑影片：莉赛特和闺密、莉赛特和宠物狗、莉赛特姐妹花。

“知道我的意思了吧？”莱尔说，“她们不是来推理的，只是来看一些在家就能上网看的照片。”

莉赛特·斯蒂芬斯案件的问题在于找不到任何侦破线索。她没有结婚、没有男朋友、没有讨厌的同事，也没有可疑的有前科的罪犯到她家去修水管。她就这样莫名其妙地消失了，唯一值得一提的是她是个大美女，美到走在路上时路人会回头看，失踪时媒体会大肆宣传报道。

我往前挤，摊位上摆着一叠印着“放莉赛特回家”的长袖T恤衫，一件二十五美元，但这群女人似乎对上网比较感兴趣。她们抓着鼠标，一条一条点击留言板上的留言。留言者通常都会放出高清图，那些高清图通常都很吓人。“莉赛特，我们爱你！你一定会平安回来！”对话框旁的照片显示为三名中年妇女，背景是海边。

众人回到首页，画面上跳出媒体最爱的照片——莉赛特与妈妈紧紧相拥，脸贴着脸。

我耸耸肩，不想担心莉赛特的死活，努力不要对她产生妒意。我根本不认识这个人啊！这里的摊位那么多，我希望我们天家的摊位是最大的。一股骄傲感让我的脸一红，心想：我们天家人才是最棒的！我突然想起妈妈，她红色的头发扎成一束马尾辫，蹲下身子帮我脱掉薄靴，一根一根帮我按摩脚趾，暖暖大拇指，暖暖小拇指。想起这段往事，烤面包的香味从记忆中溢出来，我不知道那时候厨房有没有在烤面包，只知道那时我还有脚趾。

我打了个哆嗦，像一只冻坏的猫。

“怎么啦？有人从墓园走过吗？”莱尔说完，才发现这句话有多讽刺。

“还有什么好逛的？”前方有一群人堵在“连环杀人犯鲍伯[①]”的摊位前面。摊子后面的男人嘴上贴着一撮大胡子，正稀里呼噜地喝着汤；他身后有块木板，板子上挂着四个骷髅，旁边标示着“最后四个”。大胡子男人吵着要莱尔介绍我给他认识，莱尔只是挥一挥手，拉着我穿过人海；他耸耸肩，附在我耳边说：“又来一个玩角色扮演的。”

“鲍伯·白德拉，”莱尔调皮地朝他挤眉弄眼，“这位是丽比·天，

① 鲍伯·白德拉（Bob Berdella，1949—1992），美国密苏里州堪萨斯城的连环杀人犯，于1984至1987年间强暴并杀害了至少六名男性。——编者注

她的家人死于……堪萨斯大血案。没错，就是那个天家人。”

“鲍伯·白德拉”倾身越过桌面，整张脸凑到我面前。他牙缝里卡着汉堡肉屑，肉屑上沾着唾液。“如果你有老二，看我不把你碎尸万段才怪，”他轰一声大笑，“绝对让你死无全尸哟。”

他一掌挥过来，我出于本能往后退，怒火直冲脑门。我气得双手握拳，朝着“鲍伯”直扑过去。揍他鼻子！

揍到他流鼻血！把他卡在齿缝的汉堡肉屑打飞！再揍！但我的拳头还来不及落在他脸上，他就用屁股把椅子往后一顶，双手举得老高，对着莱尔而非对着我咕哝道：“哎哟，演戏嘛，又没真的伤到谁。”他好像把我当成小孩，道歉时完全不用正眼瞧我。趁他在跟莱尔抱怨，我冲上前。无奈我不够高，一出拳只打在他的下巴上，好像在教训小狗一样。

“去你妈的。”

莱尔这才唯唯诺诺道了歉，迅速把我从摊位旁拉开。我死命握紧拳头，倔强地噘着下巴，离开时狠狠踢了鲍伯的桌子一脚，可惜力道不够猛，桌子只摇晃了一下，把他刚才喝的汤翻倒在地。早知道干脆爬过桌面赏他一拳。没有什么比因为太矮而揍不到人更丢人的了。我想象莱尔把我架走，我一双短腿气得在空中乱踢。我回头瞄了一眼，那人只是待在原地，双手不知道往哪里摆，下巴泛红，脸上的表情看不出是懊悔或愤怒。

莱尔说：“算了，反正我们杀手俱乐部里有人打架也不是一天两天的事；不过这次实在很莫名其妙。”

“我讨厌别人威胁我。”

“他又不是真……算了，我懂，我懂，”莱尔自言自语，“就像我之前说的，这些搞角色扮演的迟早会出去另外组团，只留下我们这些真心想破案的人。我们天家社的人你一定会很喜欢。”

我嘟哝道：“你确定你们叫天家社？不是堪萨斯大屠杀社？”

“好吧，是叫堪萨斯大屠杀社。”前面的走廊又被人群挤得水泄不通，莱尔想帮我开路，结果却被挤到我身边。我的脸距离前面人的背不到十厘米。那人穿着蓝色牛津布衬衫，浆得笔挺，中间有一条完美的褶子害我忍不住直盯着看。我背后有个大肚男，一直用他那浑圆的肚子顶我，逼我往前走。

“不知道为什么，大家都喜欢加上‘撒旦’两个字，”我说，“例如‘撒旦大屠杀’‘堪萨斯撒旦谋杀案’。”

“是啊，但我们不吃魔鬼崇拜这套，所以从来不用这两个字。让一下！”他一面钻过人群，一面说。

“只不过是不想有污名嘛。”我嘴巴上挖苦他，眼睛直盯着那件蓝色衬衫。我们转了个弯，来到空旷的角落，凉爽的空气迎面扑来。

“你还想再多看几个社团吗？”他指了指左边，31号摊位前面聚集了一小群人，全都顶着百元理发店剪出来的发型，其中几个蓄着胡子，服装则以双排扣衬衫为主。他们正低声地激烈争论。“别看他们这样，其实这些人特别酷。”莱尔说，“他们有自己的一套推理方法，推导出连环杀人犯的动机：他跨越州界，以杀人为义举，在密苏里、堪萨斯、俄克拉何马州出没，帮助有家庭负担又有财务困难的男性了结生命，其中有几位是高龄老人，个个债台高筑，被信用卡债、房贷压垮，找不到生活的出路。”

“他专挑没钱的人下手？”我冲莱尔翻了一个白眼。

“不是这样的。他们认为这个连环杀人犯就像凯欧克因[①]，替欠债不还但买了保险的人了结余生。他们封他为‘债务天使’。”

31 号摊位的社员偷听到莱尔的话，热切地转过头来——原来是个兔唇的年轻人。他说：“我们认为债务天使上个月在艾奥瓦州作案，死者拥有一栋豪宅和四个小孩，作案手法完美，看起来像一场雪地摩托车意外，但其实死得蹊跷。他去年大约每个月作案一次。真是精心策划啊！”

他还想继续讲，想把我们拉到他们的摊位。只见桌上散落着图表、月历和坚果，每个人都大把大把地将零食往嘴里塞，花生和蝴蝶饼哗啦哗啦地掉落到他们的球鞋上。我对莱尔摇摇头，把他带到没有摊位的地方去，呼吸没有盐味的新鲜空气，接着看了看表。

“可以啦。”莱尔说，“看得差不多了。我们过去吧！你一定会非常欣赏我们社员，我们比这些家伙认真得多。你看，已经有人来了。”他指向角落一个摊位，相比之下桌面果然整齐一点。一个顶着钢丝头的胖女人正拿着一大壶咖啡啜饮；两个清爽的中年男子在一旁双手叉腰、环顾四周，完全忽视她的存在，大概是警察吧；中

① 杰克·凯欧克因（Jack Kevorkian，1928— ）是美国的一位病理学家，美国第一位提倡安乐死的医生，曾经帮助一百多人自杀。——编者注

年男子后面有个上了年纪的秃子，弯腰驼背地坐在一张折叠桌前面，正在文件上飞快地写着；有个大学男生在他肩后聚精会神地看着；摊位最里面还有一群模糊的人影，不知道是在翻找活页夹还是纯粹来看热闹的。

“看吧，我就说也有女士吧！”莱尔指着钢丝头庞大的身躯，语气难掩得意。“你要现在过去吗？还是要等一下再隆重登场？”

“现在吧。”

“我们的社员都聪明又认真，你一定会喜欢，没准还可以从他们身上学到东西。”

我哼了一声，但还是跟着莱尔走了过去。钢丝头抬起眼皮瞄了我一眼，接着突然瞪大眼睛。她手里拿着一个文件夹，上面贴着我高中时期的照片，照片上的我戴着善心人士寄来的金色心形项链。她拿文件夹的姿势像在发传单，好像等着我接过去一样。我看了那张照片一眼，发现她在我头上加了一对魔鬼的角。

莱尔搭了一下我的肩，接着松开手说：“嗨，各位，我们的特别来宾到喽，欢迎本年度杀手俱乐部最耀眼的一颗新星——丽比·天。”

几个人扬起眉毛，纷纷赞许地点了点头，长得像警察的家伙说了声“哇靠”，举起手来似乎想和莱尔击掌，举到一半忽然念头一转，停在半空。老秃子低头回避我的视线，在文件上做笔记。我心里一沉：该不会要我来段开场白吧？但我只冷冷地打声招呼，就顺势坐了下来。

大家像平常一样打招呼，问了一些常见的问题。对，我住在堪萨斯城。没有呢，我目前待业中。没有，我没有跟班恩联络。有啊，他每年都会写两三封信给我，但是我一拿到就扔掉了。不会，我一点也不会好奇他写了什么。好啊，下次收到我就拿来卖。

“呃……”莱尔煞有其事地打了岔，“天家血案的关键人物就站在你们面前，丽比·天是这整件案子的目击者，我们是不是应该问些严肃一点的问题？”

长得像警察的家伙侧过身，一副皮笑肉不笑的样子，“如果你不介意我直接切入正题，我有个问题想请教。”

他在等我回答“我不介意”。

“为什么你要作证说你哥哥杀死了你们全家？”

“因为人是他杀的啊，”我说，“我当时就在现场。”

“你那时候不是躲起来了吗？如果你真的当场看到他杀人，怎么可能现在还活着？”

“我就是看到了！”我的情绪又开始激动。每次都这样。

“胡扯！还不是他们引导你说看到什么你就说看到什么，只因为你是个乖巧、被恐吓的小女孩，想要帮警察叔叔的忙。警方什么也查不出来，因此利用你、挑软柿子下手。没见过有人办案这么懒惰的。”

“我那时候在家里……”

“好啊，那你给我们描述一下，你妈是怎么中枪身亡的？”这家伙简直是咄咄逼人，他把手支在膝盖上，上半身往前凑。“班恩手上可是一点硝烟反应也没有……”

“各位先生，”老秃子再度打岔，左右摇动他那肥短弯曲的手指，“还有各位女士，”他油腔滑调地补上一句，对着我和钢丝头点头示意。“我们不妨先回顾整件案子的来龙去脉。我们必须照规矩来，否则就跟网络聊天室没区别了。难得稀客来访，我们必须确保双方的信息对等。”

大家咕哝了几声，不过没有人表示异议。老秃子舔了舔嘴唇，清一清喉咙，犀利的目光从老花眼镜上方射出来。这人说起话来虽然架势十足，但是看起来病恹恹的；我想象他独自在家、在厨房料理台开桃子罐头来吃，一边喝甜汤一边咂嘴。正想着，他就开始朗读他的笔记了。

“1985 年 1 月 3 日，时间大约午夜 2 点，住在堪萨斯州金纳吉镇的天家人惨遭灭门，死者包括蜜雪·天，十岁；黛比·天，九岁；一家之主佩蒂·天，三十二岁。蜜雪·天遭人绞死，黛比·天被斧头砍死，佩蒂·天身上除了有两处枪伤和斧伤，还遭到博伊猎刀砍伤。”

我觉得血液直冲脑门，只能不停告诉自己：这些事我早就知道了，用不着惊慌。我从来没有仔细听过这整桩案子的细节，每次都是左耳进、右耳出，好像魂飞魄散的癌症患者把医学术语当耳边风，只知道现在事态严重。

老秃子继续说道：“老幺丽比·天，七岁，案发当时人在屋内，事发后从母亲房间的窗口逃走，因此躲过杀手或杀手们的毒手。老大班恩·天，十五岁，声称案发一早和母亲大吵一架，案发当晚自己在朋友家的谷仓过夜。他没有不在场证明，加上对警察态度恶劣，处境不利。根据邻居传闻，班恩·天加入撒旦崇拜，天家的墙上全是和撒旦崇拜相关的符号和文字，用佩蒂·天的血写成，警方因此将班恩·天逮捕定罪。”

老秃子在此戏剧性地停下，看了大家一眼后，将目光移回笔记本上。

“整件案子最该死的莫过于他幸存的妹妹丽比的证词。她说她亲眼看到班恩·天犯案。尽管丽比年龄尚小、证词可疑，但是班恩·天因此被判有罪。整个定案过程没有找到任何实体证据。因此我们成立社团，讨论整件案子的是非曲直，还天家人一个公道。我们讨论的结果是我认为整件案子可以追溯到1985年1月2日，那天一定出了什么大事——我没有要玩文字游戏的意思。”大家窃笑几声。我突然内疚起来。“天家人当天起床时还毫无危机意识，那天一定出了什么大事。”

犯罪现场的照片从老秃子的活页夹里露出来。一条血淋淋、肥嘟嘟的腿。一件薰衣草紫的睡衣一角。那是黛比。

老秃子发现我在看，便把照片塞回去，好像怪我多管闲事似的。

“我想大家已经有了共识，认为路尼·天才是凶手。”钢丝头边说边在皮包里翻找，一团一团的卫生纸掉了出来。

猛然听见爸爸的名字，我着实吓了一跳。路尼·天。可悲的家伙。

“我没说错吧？”她继续说，“他去找佩蒂，逼她交钱出来，结果跟平常一样空手而归，一气之下头脑发热。我说这人本来就疯疯癫癫的，对吧？”

钢丝头不知从哪里变出一个瓶子，像演电影那样脖子一挺，把两颗阿司匹林扔进嘴里，然后盯着我，等着我附和。

“呃，我想是吧！我跟我爸不熟。他和我妈大概在我两岁的时候就离婚了，后来也没什么来往。他有一年夏天回来跟我们一起住，就是出事前那个夏天，可是……”

“他现在人在哪里？”

“我不知道。”

她对我翻了个白眼。

“但是那个男人的鞋印又怎么说？”摊位里面有人发言了，“警方没有解释为什么屋子里会有男人的血脚印，天家又没有人穿皮鞋……”

“警方根本也没解释什么啊……”老秃子说。

“对呀，就拿那摊血迹来说吧，”莱尔转头看着我，“蜜雪的床单上沾到了一摊血，血型跟你们天家人都不符；可惜那条床单是从慈善机构领的，所以警方认为那很可能是前任物主的血。”

“爱心床单，品质良好。”没错，我们天家人是“爱心”系列产品的使用者，例如爱心沙发、爱心电视、爱心台灯、爱心牛仔裤，甚至连窗帘都是从慈善机构领来的。

“你知道要去哪里找路尼·天吗？”大学生问，“可以帮我们请教他几个问题吗？”

“如果能联络上班恩当年的朋友更好。你在金纳吉镇有门路吗？”老秃子补充道。

有人开始议论路尼·天好赌成性、班恩的朋友们，以及警方办事不力。

“嘿！”我嚷了一声。“那班恩呢？你们就这样放过他了？”

“这个案子就是有史以来最离谱的误判，”钢丝头女士疾言厉色地说，“少在那儿装蒜，该不会是想袒护你老爹吧？不觉得自己的所作所为很可耻吗？”

我恶狠狠地瞪了她一眼。她的钢丝头上黏着一坨蛋黄。三更半夜的，谁吃鸡蛋啊？我心想。还是说那坨蛋黄从早上就在那里了？

“玛格达对这个案子深表关切，巴不得赶快帮你哥洗清冤情。”老秃子说，不以为然地扬了扬眉毛。

“班恩很优秀，”玛格达马上回应，冲着我抬起下巴。“他会作曲又会写诗，总是为身边的人带来希望。我说丽比，你应该要多多了解他才是。”

玛格达面前堆着一叠活页夹，天家人每人一个，她正用指甲在上面比画。最厚的那叠活页夹上面贴满了我哥的照片：小时候的班恩一头红发，面无表情地拿着一架玩具轰炸机在玩；黑发的班恩刚落网，拍照时一脸惊慌；现在的班恩蹲在牢里，红发长回来了，表情变得认真，双唇微启，好像有话说到一半。第二厚的是黛比的活页夹，照片上的她打扮成吉普赛人，准备要去参加万圣节变装舞会。她红红的脸颊、红红的嘴唇，棕色的头发上绑着妈妈的红色头巾，屁股翘到一边卖弄性感。照片最右边是我长满雀斑的手臂，我当时正伸手要去牵她。这是我们家的照片，应该从未曝光过才对。

“你从哪里找到的？”我问。

“到处找喽。”她用肥厚的手掌遮住照片。

我垂下眼睛看着桌面，克制自己想扑上去的冲动。黛比尸首的照片又从老秃子的活页夹里溜了出来。我越过桌面，抓住老秃子的手腕。

“把那鬼东西给我收好！”我声嘶力竭地威胁他。他把照片塞回去，像拿盾牌那样将活页夹挡在胸前，对我眨了眨眼睛。

这下大家全都好奇又有点不安地看着我，好像本来以为我是只温顺的小白兔，没想到发作起来竟像得了狂犬病。

“丽比，”莱尔像脱口秀的主持人那样柔声安抚我，“没有人怀疑你当时不在屋内，也没有人怀疑你经历了其他孩童无法忍受的苦难。不过，你说你亲眼看到整个案发经过是真的吗？还是别人要你这么说的？”

我突然想念起黛比，想起她用肥短但灵巧的手指帮我编蜈蚣辫，还说蜈蚣辫比一般的辫子还难编，并一边冲我的脖颈哈热气，发出烟熏香肠的味道。她在辫梢系上绿色蝴蝶结，像绑礼物那样绑起来，然后扶着我站在浴缸边缘，让我可用手拿镜子看到洗手台上面的镜子倒映出我扎着蜈蚣辫的后脑勺。这就是黛比，她什么事情都非要做得漂漂亮亮不可。

“没有证据可以证明是班恩之外的人杀了我们全家。”我的思绪回到现在，回到活人的世界，回到我一个人孤零零的世界。“更何况他自己也没有上诉啊！也从来没想过要出狱！”我没有和罪犯打交道的经验，只知道他们动不动就要上诉，那是他们生活中唯一的乐趣，即使胜诉的机会微乎其微。每次说到监狱，我就想到橘色的工作服和黄色的文件夹。班恩是因为自己无动于衷才会被定罪的，跟我的供词一点关系也没有。

“他有足够的理由可以上诉八次！”玛格达盛气凌人地说。原来她跟那些来我家门口叫骂的女人是同一阵营的。万幸莱尔没有我家地址。“丽比，没有上诉不代表有罪，而是你哥哥当时心灰意冷。”

“心灰意冷就心灰意冷吧。”

莱尔睁大了眼睛。

“哎哟，我的天啊，你真以为人是班恩杀的。”他忍不住大笑。虽然他是不小心的，也只笑了一声就忍了下来，但他是打从心底觉得我很好笑。“对不起。”他小声地道歉。

我从来没有被人嘲笑过。不管我说什么或是做什么，大家总是严肃看待。没有人敢嘲笑一名受害者，而我也不是提供欢乐的小丑。

“好啊，爱怀疑你们就自己怀疑个够吧！”说着我从椅子上跳下来。

“不要这样嘛。”警察脸说，“有本事就留下来说服我们啊。”

“他。没。有。上。诉。”我像幼儿园老师一样一个字一个字慢慢地说。“对我而言，这就说明了一切。”

“那我只能说你是白痴。”

我朝他比了中指，力道之猛，足以让手指插进冰天冻地的土壤里；比完后我掉头就走，其他人在我背后窃窃私语：“还是当年那个说谎精啊。”

我冲回人群中，在众人的腋下甚至是胯下推挤，一路挤回凉爽的楼梯间，将喧哗声抛在身后。我这晚唯一的胜利是口袋里那一沓钞票，以及了解到这群人其实跟我一样可悲。

我回到家，打开所有的灯，抱着瓶身黏糊糊的朗姆酒上床，侧躺着，细细打量蜜雪折成箭形的纸条。刚才忘了要卖。

那天晚上，我的宇宙倾斜了。本来世界上就有相信班恩有罪和相信班恩无罪的人，两群人马平均分配在天平的两端；现在，地下室那摊位上的十二个陌生人在口袋里放了砖头，啪哒啪哒全跑到支持班恩无罪的那一端，轰的一声，局势突然一面倒。什么脚印呀、血迹呀、爸爸发疯呀；什么玛格达、班恩写诗、带给众人希望呀。自从班恩入狱以来，这是我第一次和跟我意见相左的人正面交锋，而我却完全没有做好准备，对自己的说辞也没有几分把握。换作是平常，我顶多对这耸耸肩、一笑置之，但是这群人是如此笃定，又如此轻蔑，好像他们早就对我讨论到不想再讨论，讨论到已经没有拷问我的必要。我去之前还以为他们会像我以前遇到的人一样，愿意帮助我、照顾我，解决我的难题；没想到他们却嘲笑我。难道我真的那么幼稚？意志那么容易动摇？

“不！我是真的看到了！我是真的看到了！”我在心里反复告诉自己，但我知道我这是在自欺欺人，我根本什么也没看到。那又怎样，不行吗？严格说来我的确什么也没看到，但是我听到了。我之所以只听到是因为当我的家人纷纷死去时，我正躲在柜子里，而我是个没用的胆小鬼。

那天晚上，我在我们三姐妹的房间里醒过来，四周一片漆黑，屋内寒气逼人，窗户上结了一层霜。黛比睡到半夜跑来跟我挤一张床，我们常常睡在一起取暖，她肉肉的屁股贴着我的肚子，把我挤到冰冷的墙角。我从会走路开始就会梦游，所以不记得自己有没有跨过黛比身上，只记得蜜雪睡在地板上，跟往常一样把日记本抱在怀里，一边做梦一边吸着钢笔，口水和墨水混合，顺着下巴往下流。我们家又冷、又挤、又吵，所以大家都需要睡个好觉，不管吵醒谁都是在讨打；因此我没有试着叫醒蜜雪，要她回床上睡。我把黛比留在床上，打开房门，竖耳倾听走廊另一头班恩房里的动静。尽管嗓音压低，但还是跟噪音一样嘈杂。说话的人自以为声音很轻。光线从班恩的门缝底下透出来，我决定去跟妈妈一起睡。我轻手轻脚走过走廊，掀开床单、钻进妈妈的被窝里，贴着妈妈的背取暖。妈妈冬天睡觉都穿两条运动裤外加好几件毛衣，抱起来好像大个的毛绒娃娃。平常我爬上床她都没反应，但是那天晚上我记得很清楚，她迅速翻过身来，我还以为她生气了，没想到她竟一把抱住我，还在我的额头亲了一下，跟我说她爱我。她很少把“我爱你”三个字挂在嘴边，所以我记得特别清楚。说是这样说，不过也有可能是我事后添油加醋。总而言之，她说完“我爱你”之后，我就再度迅速进入梦乡。

不知过了几分钟还是几小时，我醒过来发现妈妈不见了。门外传来班恩的叫嚣和妈妈的号啕，但是因为房门关着，我什么也看不见。此外还有其他声音：黛比在哭，哭喊着叫妈妈、妈妈、蜜雪、蜜雪，接着就是斧头划过空气的声音。我当时就知道那是斧头了。

铁器切开空气的声音，绝对错不了。

奇怪，怎么都没听到蜜雪的声音？平常都是她叫得最大声，怎么今天没了声响？妈妈尖着嗓子大喊快跑！快跑！

我像定格似的在房间里聆听房门外的动静。震耳欲聋的枪声。有东西倒在地上，连我脚下的地板也跟着震了起来。胆小的我只希望这些事情离我越远越好。我半个身子缩在衣柜里，半个身子露在衣柜外，身体前后摇摆，嘴里喃喃念着走开走开走开。门轰然打开。杂沓的脚步、凄厉的哀号，班恩发了疯似的自言自语；一阵怒号，一阵男性低沉的怒号，是班恩的声音；我知道那是班恩的声音，他大叫着丽比！丽比！

我打开窗户，爬出带破洞的玻璃窗，窗口离地面将近一米，我屁股着地跌在积雪上，袜子湿了，头发被矮树丛的枝丫勾住。我拔足狂奔。

丽比！我回头看，屋里一片漆黑，只有一盏灯亮着。

我跑到池塘边，蹲在芦苇丛里，两只脚丫冻得红通通的。我像妈妈一样包得紧紧的，睡袍底下还穿了一条棉毛裤，却依然冷得发抖。北风吹掀睡袍，从衣角灌进来，吹得我的肚子冷飕飕的。

手电筒的光胡乱照在芦苇丛的叶尖，落在不远的树丛，打在我面前的空地上。丽比！又是班恩的声音。他找过来了。小乖乖，待在原地不要动哦。好乖！待在原地不要动！手电筒的光越来越近，靴子踩过雪地的声音越来越响，我把脸埋在袖子里嘤嘤哭泣，想破头也不知道该怎么办，真想干脆站起来，反正牙一咬就过去了。正想着，光束突然掉头，脚步声渐渐远去，只留下我一个人在黑暗中等着活活被冻死。屋内的那盏灯也熄了，我待在原地，动也不动。

几个小时就这样过去，我冻僵了站不起来，只能就着微弱的晨曦爬回屋内；我的脚掌比铁还硬，握拳的双手也冻得张不开。到了家门口，正门大开，我一跛一跳地进了屋子，厨房门口的地板上有一摊呕吐物，豌豆和胡萝卜的碎末儿清晰可见。除此之外，整间房子一片血红。妈妈躺在我们三个女儿的房间门口，黛比仰倒在妈妈旁边，眼睛睁得大大的，脸颊上有一道血痕。我大喊蜜雪的名字，但其实心里明白她已经死了。我踮脚走回我们的卧室，只见蜜雪手里抱着娃娃，弓着身体侧躺在床上，脖子上有明显的勒痕。

放眼望去，没有一样东西完好如初，不是破了、裂了，就是彻底地毁了。玻璃罐装食物被砸到墙上，家乐氏玉米片撒得满地都是，其中一片还掉在妈妈胸前的伤口上；这真是一场混乱的大屠杀。而蜜雪的鞋子被鞋带绑在便宜的吊扇上，在半空中左摇右晃。

我步履蹒跚地走进厨房，将电话扯到地上，拨了黛安阿姨家的电话，这是我唯一会背的电话号码。阿姨一接起电话，我立刻尖叫大家都死了，声音尖到连我自己都耳朵发疼。我钻进冰箱和烤箱中间，等待阿姨来接我。

到了医院，护士用镇静剂让我镇定下来，医生切除了我三根冻死的脚趾和半根无名指。从那天起，我的人生就只剩下等死。

我在昏黄的灯光下直挺挺地坐着。我把思绪从儿时出事的家中拉回来，回到我长大后睡卧起居的房间。我健康得跟一条猎犬似的，想死恐怕还要等好几年，所以必须从长计议。多亏我有一个精打细算的天家头脑，我的心思立刻从死人身上转到我自身的利益上。丽比·天找到未来的路了！你说这是求生本能也好，但说穿了不过就是两个字：贪财。

那些“天家血案的狂热分子”，那些“想侦破天家血案的知识分子”，他们想要的绝对不只有泛黄的信件。

他们不是想知道爸爸的下落吗？不是想知道哥哥朋友的联络方式吗？我敢说他们铁定肯掏腰包向我买更多情报！

那些小丑会记我家的房屋平面图，会搜集满满一袋犯罪现场的照片，而且个个都对凶手是谁有自己独特的推论；可惜他们都是怪胎，根本没人肯和他们说话，所以非要我来帮忙不可。警方对我这可怜虫是有问必答，那几位嫌犯对我大概也是百依百顺。如果他们真的想要我跟我爸说话，我可以找我爸聊！如果我找得到他的话。

就算这么做也不保证案情就能水落石出。等等，我提醒自己，我现在平安无事地待在有着昏黄灯光的家里，而班恩……

班恩是有罪的！不为什么，反正他非有罪不可，我没有办法接受他无罪的事实，如果他无罪我就活不下去；这是我二十四年来第一次想好好活下去！我非得活下去不可！我开始在脑中飞快地盘算：联系警方，开价五百美元；联系班恩的朋友，四百；找寻爸爸的下落，一千；盘问爸爸，两千。我相信那群粉丝手上一定有一长串名单，等着我这可怜的孤儿去拜访。光是这些人就够我拖上好几个月了。

我抱着朗姆酒沉沉睡去，在心里一遍又一遍地安慰自己：班恩是凶手，班恩是真正的凶手。

班恩·天

/

1985年1月2号，早上9点13分

班恩在冰上狂飙，自行车的轮胎左、右、左、右猛烈晃动。这条路在夏天时是越野自行车道，冬天时路面又会结冰，所以只有班恩这种笨蛋才会骑自行车。偏偏他接下来的动作更愚蠢：他在这凹凸不平的路面上狂蹬自行车。

道路两旁刚收成的玉米秆刺人，班恩一边骑一边想把计速器上的蝴蝶贴纸撕干净——不知道是他哪个妹妹贴的，已经黏在那里好几个星期了，实在碍眼，看了就一肚子火。他猜八成是黛比：贴纸才漂亮！那个两眼无神的白痴！班恩好不容易把那张贴纸撕掉一半，突然路面露出泥巴，前轮九十度往左打滑、后轮猛然弹起，班恩差点飞了出去；但是因为一只脚卡在轮子里，所以他只是震了一下，连人带车摔了出去，右手臂擦过碎玉米，右腿压弯在自行车底下，脑袋瓜重重撞上泥巴路，牙齿像撞钟一样嗡嗡作响。

这一摔摔得他过了十秒钟才能喘一口大气，才感觉到温热的血液从他眼睛旁边蜿蜒流过。太好了。他用指尖把血往脸颊上擦，马上又有血从额头的伤口流下来。早知如此就再撞得更用力一点。他这辈子从来没断过一根骨头，他只在被逼问下才会承认这件事。

真的吗？长这么大，一根手指也没断过？你妈把你包在棉花里养大的吗？

去年春天，他跟一群男生偷偷闯进镇上的游泳池，他站在跳板上，在心里怂恿自己来个后空翻，年轻就该好好疯一回。他在跳板上踮了踮脚，灌了一大口威士忌，再上下晃动几下，最后还是退回去找那群男生。其实他根本不认识他们，他们也从来没有用正眼瞧过他。

歼灭。

他脑海中突然冒出这两个字。他的脑筋不太好，常常只想到几个字或浮出几段旋律就卡住。歼灭。挪威海盗挥舞斧头的画面从他眼前一闪而过。他纳闷了几秒（真的只有几秒），心想自己说不定上辈子是挪威海盗，而这段前世的记忆如尘埃般乱纷纷地落在他眼前。他撇开这个念头，弯腰扶起自行车。他已经不是十岁小孩了。

他蹬着自行车，右半边的屁股发麻，手臂因擦伤而灼热难耐，也许整条胳膊都肿了起来。这下黛安卓可开心了，她一定会用指腹沿着伤口边缘画圈，一圈、两圈，接着戳得他痛到跳起来。黛安卓就是这样。她喜欢看别人的反应，越夸张越好，至于她自己，大笑时总是乱哭乱叫的，惊讶时总爱把眼睛瞪得很大、眉毛扬得老高，高到接近发际线。她最爱从门后面跳出来吓他，好让他假装追着她跑。黛安卓——他可爱的女友，这名字既像公主又像脱衣舞女，他也分不清楚她究竟比较像哪一个。可能两个各像一点吧！有一点贵气，也有一点俗气。

不知道他的自行车哪里的零件松脱了，脚踏板附近的声音像是摇晃装着铁钉的铁盒。他停下车检查，但看不出个所以然来；寒风中，他的手又红又皱，像个老头子，就连没力气这点也很像。他努力想找出问题，但越来越多的血流入眼角。真是废物。爸爸离家时他还那么小，根本来不及学一些有用的东西。他看其他男生都会修汽车、修摩托车、修拖拉机；引擎就像动物的内脏，不过是金属制的，而他从来没看过。动物他看过，手枪他也看过。他们家每个人都会打猎，不过这点雕虫小技根本不算什么，他妈妈的准头都比他好。

他也想当一个有用的男子汉，可是不知道该怎么做，这让他极为惊慌。今年暑假爸爸回家住了几个星期，班恩不免希望爸爸这次回来能教他点儿东西，展现一下爸爸该有的样子。谁知道，所有跟机器有关的事情，路尼都一手包办，班恩连在一旁观看的分儿也没有，甚至还被命令不要杵在那儿碍手碍脚。班恩心想，爸爸八成是把他当成娘儿们吧。每次妈妈要爸爸修东西，爸爸总是说“这是男人的事”，然后笑着看班恩一眼，好像在说“你说是不是啊？”巴望爸爸教他技能？做梦！

再说，他也没钱。更正！他口袋里有四美元三美分，但这是他全部的财产，这周就靠这点儿钱生活了。他们天家户头空空，存款余额总在个位数徘徊，最惨的一次户头余额只剩一美元一美分，换句话说，他现在口袋里的现金一度比家里的财产总额还多。妈妈根本不会经营农场，好好一块地就这样给她糟蹋了；她每次都开着租来的卡车，载着满满的麦子到农会的谷仓，但是卖到的价钱还不如种植的成本，只能两手空空地回来；倘若回来时手里有钱，一定是跟人家借来的。狼来了！狼来了！妈妈老是把这句话挂在嘴边。他小时候总是想象妈妈把后门拉开一条缝，把花花绿绿的钞票往门外撒，外头的恶狼就像看到肉一样扑上去。不够。永远不够。

谁来把这块地买走呢？早该卖了不是吗？这块土地大而无当，种什么死什么，最好赶快脱手、重新来过；偏偏这块土地是外公外婆传下来的，况且妈妈又念旧。仔细想一想，她这样真的很自私。班恩一天到晚都在田里干活儿，周末还得去学校当清洁工。种田，上学，种田，上学，在遇到黛安卓以前，这就是他生活的全部。

而现在他又多了一个地方可去：种田、上学、去黛安卓在小镇边缘的大房子。他在家里喂牛耙粪，在学校做的工作其实也差不了多少，就是打扫更衣室、拖学生餐厅的地板，总之就是替其他同学擦屁股善后，而且赚到的钱还必须拿一半回家。跟家人有福同享。是这样吗？那父母照顾好小孩了吗？如果连一个小孩都养不起，为什么还要接二连三地生个不停？

班恩喀啦喀啦地骑着自行车，一边骑一边期待这辆烂车像卡通影片演的那样，零件会脱落，最后只剩下坐垫和两个轮胎。他讨厌自己像个乡巴佬一样，到哪里都只能骑自行车，也讨厌自己不能开车。男孩子十五岁最惨，崔伊总是边摇头边说，说完不忘往他脸上吞云吐雾。每次班恩骑自行车去找黛安卓，总要听崔伊把这句话再讲一次。崔伊个性是很酷，但就是爱找碴儿。他今年十九岁，留着一头黑色长发，发色很黑，跟柏油一样又暗又黑，好像是黛安卓的继堂哥那一类的，不知道是她某某叔公的继子还是某某远亲的继子还是某某远亲的继子的继子；不知道是崔伊每次讲得都不一样，还是班恩根本没有用心在听。话说在崔伊身边怎么可能专心？只要崔伊一出现，班恩立刻全身僵硬，站也不是、坐也不是，脚也不知道该往哪里摆，手也不知道要往哪里放：是叉着腰好，还是插在口袋里好？

反正怎么摆都怪，最后总是要闹笑话。崔伊是那种喜欢挑别人错处的男生，而且是很小很小的错处，小到连你自己都不会发现，而且还爱指出来让大家都知道。譬如：崔伊对他说的第一句话就是“好酷的九分裤”，当时班恩穿着一条牛仔裤，裤管只不过短了那么一厘米……好吧，也许是两厘米。好酷的九分裤。黛安卓听到简直要笑翻了。

班恩杵在一旁，看她要笑到什么时候，等着听崔伊又要说些什么。他等了足足十分钟，中间一句话也没说，只是努力地变换姿势，想把露出来的那截袜子藏起来，最后索性到洗手间里松开皮带，把裤子往下拉到屁股，接着回到黛安卓家那间地上铺着蓝色地毯、可以让人把懒骨头像蘑菇一样摆放的娱乐室。

班恩在冷冽的寒风中嘎啦嘎啦地蹬着自行车，越来越多的雪花如尘埃般在空中飞舞。就算他满十六岁，也没有车子可以开。他们家有一辆雪佛兰，是老妈在拍卖会上买的，原先是一辆出租用汽车；他们也没钱再买第二辆车，这点老妈已经先声明了，唯一的办法就是轮流开，但是光想到这里就让班恩倒足胃口。这辆车上弥漫着上百人坐过的味道，有薯条味、做爱后的余味，一闻就知道是二手车，更别提车子里乱七八糟，到处都是妹妹的课本、毛线娃娃和塑料手镯，他怎么能开这种车接送黛安卓？开什么玩笑！黛安卓说他可以开她的车，说到这个就尴尬；黛安卓今年十七岁，比自己的女朋友低两个年级，丢不丢脸啊？不过开她们家的车总比开自己家的好，他想象两人坐在红色的本田双门跑车里，车尾翘得老高，车内弥漫着黛安卓薄荷香烟的香味，重金属音乐震天响。没错，这样才对嘛。

他们驶离这座破城镇，一路开往威奇托市，黛安卓的叔叔在那里开了一家运动用品店，说不定可以安排一个工作给他。班恩参加过篮球队和足球队遴选，但都在初选就惨遭淘汰，评委们一副要他滚得越远越好、不要再回来的样子；所以他来帮忙卖篮球和足球——还真是讽刺啊！不过，有那么多运动器材在旁边，未来他就能勤加练习，说不定有朝一日也能加入小区球队之类的。凡事往好处想就对了。

当然，他最大的福音就是黛安卓了。他们在威奇托市有一间专属的小公寓，可以窝在那里过夜，吃麦当劳、看电视、抽掉一整条烟。除非黛安卓在，不然班恩其实很少抽烟。真正的烟枪是黛安卓，她身上的烟味重到连冲澡都冲不掉；如果把她的皮肤割开，薄荷烟就会徐徐飘出来。他爱她身上的烟味，对他来说有种安稳和家的感觉，就像别人对刚出炉面包的感觉一样。他们约会大概就像这样：两人坐在一张沙发上，她上过发胶的棕色卷发硬硬的，飘着一股呛鼻的葡萄味——这也是她特有的味道——他们一起看她录好的连续剧，看得非常入迷：剧中的女明星穿着大垫肩喝香槟，手上的戒指闪呀闪的，剧情不是她们出轨就是丈夫出轨，或是其他角色因为患了健忘症而闹出婚外情。他从体育用品店下班后直接过来，手指因为摸过篮球，还残留着灰尘的味道。她帮他买好麦当劳（或其他家快餐），两个人边吃边消磨时间，一起取笑电视上那些全身亮晶晶的贵妇。接着黛安卓会说可是谁谁的指甲好美，她好喜欢她的指甲，然后就吵着要帮他涂指甲油，或者硬要帮他涂口红。她最喜欢来这一套，老是说她喜欢看他打扮得漂漂亮亮。最后他们会在床上互相呵痒，背上黏着番茄酱，黛安卓笑得跟猴子叫一样大声，吵得楼上邻居把他们的天花板拍得砰砰作响。

不过这幅画面并不完整。他刻意遗漏一项吓人的细节，企图隐瞒某项骇人的实情。这不是一件好事。这代表他在做白日梦。他这个傻子，连威奇托市一间小小的破烂公寓都不能专属于他，连这么卑微的愿望都不能完全拥有。他感觉到一阵熟悉的怒火。他的人生就是一连串的被拒绝，正在前方排队等着他。

丽比·天
/
现在

小时候，我有一阵子住在爸爸在堪萨斯州霍尔科姆镇的远房表亲家大约五个月。那年我十二岁，脾气特别暴躁，所以才住到那里，让黛安阿姨调教。那五个月的生活我已经没什么印象，只记得有一次校外教学去道奇城参观历史名人怀特·厄普[①] 的故居。我们本来以为只会欣赏枪械、水牛和妓女的照片，没想到却是二十几个人挤在窄小的档案室里翻找数据，档案室里灰尘飞扬，抱怨声不绝于耳。我对怀特·厄普没什么深刻的印象，对于那些在西部边境为非作歹的坏蛋倒是印象深刻：他们留着两撇八字胡、身穿松垮的衣服，雪亮的眼睛宛如硬币闪露光芒。大家都说这些逃犯是“骗人的小偷”。还记得在那密不透风的档案室里，文件管理机声音单调地讲解起归档的艺术，我则一上一下踮着脚，期待跟这些亡命之徒面对面；因为我想：那就是我。

是的，我也是骗人的小偷。千万别让我踏进你们家门，如果我

---

① 怀特·厄普（Wyatt Earp，1848—1929）是一位美国西部传奇人物，以经营沙龙、猎捕水牛闻名的执法悍将。——编者注

不幸闯了进去，千万别让我离开你的视线。

我会顺手牵羊。你会逮到我伸出贪婪的爪子，一把攫住你精致的珍珠项链，我会辩称都是因为你们家这条跟我妈那条太像了，我忍不住好奇就拿起来摸几下，真是不好意思，搞不清楚我这脑袋瓜究竟在想什么。

其实我妈哪戴过什么珠宝，只有一些戴了让她气色不佳的便宜货而已，但是我才不会跟你说这些，我只会趁你不注意的时候把项链顺走。

我偷内衣，偷内裤，偷戒指，偷 CD，偷书，偷鞋子，偷 iPod（音乐播放器），偷手表，什么都偷。虽然我没有朋友，但是常有人邀我去做客。每次离开这些家庭派对时，我的毛衣里面就多塞了好几件衬衫，口袋里多了好几只高级口红，还有几张从皮包里摸来的钞票；如果大家都醉得东倒西歪，我会干脆拿走整个皮包，反正只要把背带挂在肩上就行了。成药。香水。纽扣。圆珠笔。食物。我有行军水壶，不知道是谁的爷爷从第二次世界大战遗留下来的；还有一枚胸针，好像是某人的亲舅舅加入美国优秀大学生联谊会的礼品；还有一个不锈钢伸缩杯我已经用很久了，久到连什么时候偷的都不记得，索性当成我们家的传家宝。

真正属于我们家的遗物都封箱收在楼梯底下，我根本没那个心思去看。我比较喜欢别人的东西，这些东西有别人的记忆。

我家里只有一样东西不是偷的，那就是犯罪纪实小说《魔鬼盛宴：金纳吉镇的撒旦血祭》。这本书在 1986 年出版，我只知道作者是曾经担任过记者的芭芭拉·艾歇尔。至少有三个暧昧对象送过我这本书，不管他们的态度是严肃也好、自以为了解我也好，我一收到就把他们给甩了。我说过我不想读这本书就是不想读。这就跟我开灯睡觉的习惯一样。我跟每个上床的男人说我睡觉要开灯，他们总会哄我："乖，有我在。"然后就转身把灯关掉，好像关灯睡觉是一件很正常的事，等到后来发现我真的开灯睡觉，他们反而觉得奇怪。

我从墙角那一摞堆得歪七扭八的书中挖出《魔鬼盛宴》。之所以留着这本书，原因跟我留着一箱一箱家人的纸条和垃圾一样，怕我以后哪一天会有需要。再说，就算我自己用不着，我也不希望这些东西落入别人手中。

《魔鬼盛宴》是这样开头的：

> 堪萨斯州的金纳吉镇位于美国中心，是一座静谧的农村小镇。镇上的居民彼此熟识，每个星期天一起去教堂、一起经历生老病死。然而，这样的小镇依然不敌外界的邪恶入侵。1985 年 1 月 3 日清晨，在一场血流成河的恐怖杀人事件中，邪恶入侵天家，夺走三条性命。不过，这不只是一则杀人的故事：魔鬼崇拜、血祭、撒旦思想已经在全美蔓延开来，就连看似安全舒适的地方也在劫难逃。

我的耳边嗡嗡响起那天夜里的声音：一声男人的吼叫呻吟、一阵口干舌燥的抽噎哭号，我妈如报丧女巫的尖叫。暗处。我看着书背后芭芭拉·艾歇尔的照片。她留着一头刺刺的短发，耳朵上戴着吊坠式耳环，脸上挂着惨淡的微笑。"作者介绍"提到她住在堪萨斯州托皮卡市，但那已经是二十年前的事了。

我要打电话问莱尔·沃斯肯不肯花钱买情报，又不想听他啰唆我家的惨案。你还真以为班恩是凶手啊！我不能再像上次那样傻傻地坐在那边，一问三不知，这次我一定要能跟他见招拆招才行。

我把抱枕对折垫在背后，半躺着，又多翻了几页书，美元用它那双机灵的猫眼打量我什么时候要进厨房。芭芭拉·艾歇尔把班恩写成“一身黑衣的独行侠，脾气很坏，走到哪里都不受欢迎”，并且“沉迷于暴力的重金属摇滚乐，又称‘死亡摇滚’，传说这种曲风正是呼叫魔鬼的暗号”。我自然是草草翻过，直接翻到讲述我的那一页：“内心坚强又如天使般善良”“多愁善感但意志坚定”“年纪大她一倍的小孩恐怕都没有她那么独立”；至于我们家则是“热闹且欢乐，永远期待着明净亮丽的未来”。嗯哼。不管怎么说，这本书都是讲述“天家血案”的权威著作，在饱受杀手俱乐部那些人的奚落后，我急于想找个跟我一样相信班恩是凶手的外人来谈一谈。这次一定要给莱尔好看。我想象自己一边扳手指一边举证：看看这个、这个还有这个，错的是你们这群白痴；这下莱尔知道我是对的，就再也不敢不屑地噘着嘴了。

不过如果他愿意给我钱，我还是很乐意收下。

我不晓得该从哪里着手，索性先拨去托皮卡市的查号台；世上真有那么幸运的事！竟然这样就问到了芭芭拉·艾歇尔的电话。没想到她还是住在托皮卡，电话簿上也记录了她的电话。真是太顺利了。

电话响了两声，她才接起。她的声音尖尖细细，听起来心情很好，直到我报上名字。

她先从喉咙深处发出“呃……呃……”的声音，这才说道：“哎，丽比啊，我一直好奇你会不会主动跟我联络，还是应该由我主动去找你；唉，不知道，我真的不知道……”我可以想象她东张西望，手指抠着指甲，一副惴惴不安的模样，摆明就是那种菜单看了二十分钟还拿不定主意的人，服务生一来就吓得花容失色。

“我在想能不能找你聊一聊……班恩。”我还没想好措辞就直截了当地问道。

“我知道，我知道，我已经写了好多封信去跟他道歉了，我真的很后悔写了那本该死的书，丽比，我想我道歉多少次都不够。”

这真是让我出乎意料了。

芭芭拉·艾歇尔邀我去她家吃午餐，希望可以当面跟我解释清楚；她说她现在不开车了，所以很感谢我能亲自开车过去找她。幸好堪萨斯城和托皮卡市距离不远。我并不太想去那里，小时候就去到不想去了。托皮卡市向来以精神病院林立闻名，真的，高速公路上甚至还立了牌子，上面写着“欢迎来到托皮卡市，‘世界精神病之都’！”这里处处是疯人院和诊疗所，我以前会定期搭卡车到市中心报到，难得以门诊病患的身份接受心理治疗；没错，这是只有我才有的特权。医生会跟我聊我的噩梦和情绪问题，例如突然的惊慌失措、怒火中烧，青春期还出现暴力倾向。就我而言，这个堪萨斯州的首府，闻起来就是疯子的口水味。

我出发前先看了芭芭拉·艾歇尔的书，恶补好知识、准备好问题。原本到芭芭拉家的车程只要一个小时，但一路上我拐错太多弯，开了整整三个小时才到，出门时满满的自信，不知不觉就这样消磨掉了；我恨自己不能在家里上网，没办法直接下载地图。我家没有安网络，也没有接缆线。我不擅长处理生活琐事，诸如剪头发、换机油与看牙医。我刚搬进现在这间破屋的时候，因为不晓得怎么开天然气，所以前三个月每天都躲在被窝里；而且过去几年我因为懒得提笔开支票，天然气曾被停过三次。我是个连生活自理都有困难的人。

终于，我开到了芭芭拉·艾歇尔的家。那是一间不起眼的民宅，原本的灰泥外墙上面涂了一层苹果绿的油漆，整体看来还算体面；四处挂了许多风铃，给人平静的感觉。她打开门，后退一步，好像被我吓到似的。她还是跟照片上一样留着一头短发，刺刺的、灰灰的；脖子上挂着一副眼镜，链子是用珠子串的，很多上了年纪的女人可能会认为“很时髦”。她差不多五十岁，脸颊瘦削，黑色眼睛暴凸，但目光锐利。

“哦，嗨，丽比！”她倒抽一口气，突然给了我一个拥抱，不知道哪根肋骨硌到我的左胸。我闻到她身上有广藿香和毛线的味道。“请进，请进。”一头小獒犬在瓷砖上啪哒啪哒地一路朝我奔来，开心地对着我吠叫。时钟敲了几下。

“啊，希望你不讨厌狗，我们家这一只很贴心。”她看着小獒犬在我脚边跳上跳下。我讨厌狗，包括贴心的小狗。我双手举高，表明没有要摸它的意思。“维尼，乖，让客人先进来。”她像哄小孩一样哄着那条狗。什么维尼，听了更讨人厌了。

她带我到客厅坐下来。椅子、沙发、地毯、枕头、帘幔，令整间客厅显得很拥挤，而且所有摆件都圆圆胖胖的，摆件上面则有更多装饰细节。她在客厅进进出出，而且不停转头问我话，光是问我要喝什么就问了两次。不知道哪里来的第六感告诉我：她一定会逼我尝试喝起来像泥巴的健康饮品，譬如牛蒡养生茶或不老茉莉水果奶昔，所以我请她给我一杯水就好。我环顾室内，没看到酒瓶，但我猜她一定有嗑药的习惯。这女人一副经历过枪林弹雨的模样。乒！砰！我竖起白旗投降。

她端了一盘三明治到客厅，两个人一起享用。我的水杯里都是冰块，两三口就喝完了。

“那么，丽比，班恩最近好吗？”她终于坐了下来，开口就问。她把餐盘放在身边，方便快速撤收。

“嗯，我不知道，没跟他联络。”

她好像根本没在听我说话，只顾聆听自己内心的那台广播，大概是在播放轻爵士乐。

“丽比，你看我的外表就知道，我对这整件事感到非常内疚。不过我的书是在定罪之后才出版，对整个案情影响不大。”她一股脑儿说个不停。“但是我的确太仓促就下定论了。没办法，那个年代嘛。你那时候还太小，我想你大概记不得了，但那时候可是20世纪80年代呀，大家都在热议撒旦。”

“撒旦？”我正莫名其妙她为什么要一直叫我的名字，八成是那种自来熟的女人。

“那时不管警方也好、执法机构也好、精神医学界也好，大家动不动就怀疑谁谁谁在搞魔鬼崇拜，这个话题在当时……很热门。”

她上半身往前凑，耳环跳上跳下，不停地搓揉双手。“社会上普遍相信这些撒旦迷之间有联系渠道，认为撒旦崇拜是很常见的事。一个年轻人开始行为异常，表示他是撒旦迷；或是小朋友从幼儿园回家后、身上有奇怪的擦伤或讲出奇怪的话，表示他的老师是撒旦迷。你还记不记得麦克马丁幼儿园性侵案[①]？那些可怜的幼儿园老师，在洗刷冤屈之前可是吃了好几年的苦呢。凡事只要跟撒旦扯上关系就会舆论哗然，我也在那边跟着人家瞎起哄。唉，丽比，我们那时有好多问题根本没弄清楚。”

小獒犬一路嗅到我脚边，我整个人僵硬起来，眼巴巴地希望芭芭拉可以把它赶走，无奈她一双眼睛直盯着悬吊的彩色玻璃向日葵，完全没理我。

“而且，我的说法大家都埋单啊，”芭芭拉继续说，“丽比，我花了十年才认清事实，承认自己当年忽略了许多跟班恩撒旦崇拜相悖的说法。天啊，那么明显的漏洞，我竟然这样视而不见。”

“比如？”

“……比如你根本就是受人教唆，你的证词根本不足信；比如那些派给你的心理医生，美其名曰向你‘问话’，说难听一点其实是帮你‘洗脑’。”

“你是说布鲁乐医生吗？”我还记得布鲁乐医生，他是个嬉皮

① 麦克马丁幼儿园性侵案是美国历史上最昂贵、最冗长的一场诉讼，当时美国托儿所性骚扰案件时有所闻，有关魔鬼崇拜的传闻沸沸扬扬。整件案子耗时逾七年，花费超过一千五百万美元，但最后并没有任何一项罪名成立。电影《无尽的控诉》便是改编自该案件。——编者注

士，大鼻子，小眼睛，留着一大把络腮胡，长得很像故事里面亲切的动物。案发那年，除了黛安阿姨，我就只喜欢布鲁乐医生，也只有他知道当天夜里到底发生了什么事，因为黛安阿姨根本不肯听我说。

“那个庸医。”芭芭拉吃吃笑着。我本来想出口反驳——这女人竟然当着我的面指摘我说谎，虽然她说的是实话，依然让我非常不爽；我还来不及开口，她就又接下去说：“再说说你爸的不在场证明吧，他女友说的话可信吗？其实你爸的不在场证明根本站不住脚，更别提他欠了人家一屁股的债。”

“我妈也没钱啊。”

“相信我，你妈比你爸有钱。”这倒是。我爸有一次要我去邻居家白吃白喝，去之前他交代我要搜一搜邻居家的抱枕，看看底下有没有零钱，有的话帮他带回来。

“除此之外，犯罪现场还有男人的皮鞋血脚印，只是没有人去追查。话说回来，当时犯罪现场遭到严重破坏——这点我在书中只字不提。整天都有人在屋子里来来去去，像你阿姨就曾经回去帮你拿衣服之类的。这完全违反警方的办案程序，可是谁管得了那么多，大家都吓坏了。当时镇上刚好有一个不讨喜的小子，家里没钱、行为怪异，又不懂得谨言慎行，而且还那么巧喜欢重金属摇滚乐，真是丢人现眼……”她及时住嘴。“好惨哪！真的好可怜！”

“要怎么救班恩出狱？”我问，肚子里好像有鳗鱼在游泳；原本以为芭芭拉跟我一样相信班恩有罪，没想到她居然变卦，跟那些人一样认为我做伪证。想到这里我胃里就一阵翻搅。

“你来就是为了这个吧？我想，都过了这么多年，不可能将当时的判决一笔勾销，他本人可以上诉的时间也已经过去，现在只能依靠申请人身保护令，而那……需要新的证据才能再让这件案子启动，例如可信的 DNA 证据。可惜的是，你的家人都已经火化了，所以……”

“这样啊，好吧，谢谢你。”我打断她的话，因为我想回家了，现在就走。

“哦，好，虽然我是在定罪之后才动笔写书的，但是，丽比，如果有我可以帮忙的地方，请一定要让我知道。事情会变成这样我也有错。我一定会负责的。”

“你发表过任何声明吗？譬如跟警方说你认为班恩无罪？”

“这个……没有。大家好像在多年前就形成一种默契，认为凶手另有其人。”芭芭拉尖着嗓子说，“我想你早就撤销证词了吧？这有助于班恩早日脱罪。”

她等着我答话，等着我解释来找她的原因，等着我附和她：“对！没错！班恩是无辜的！我要还他一个清白。”她坐在一旁，边吃三明治边打量我；她每吃一口都仔细地咀嚼。我捡起自己那份三明治，一看是鹰嘴豆和小黄瓜就又放了回去，湿软的面包上留下了我的拇指印。客厅四面都是书，而且全是励志类：《打开窗，让阳光洒进来！》《加油，女孩！》《原谅自己》《抬头挺胸站起来》《做自己最好的朋友》《往前走，人生更美好！》……还有好多好多这种替自己加油打气的书名，越看就越悲哀；什么《药草疗法》《正向思考》《原谅自己》《与错误共处》，甚至还有教人战胜懒惰的书。

我向来不信任读励志书籍的人。几年前，我在酒吧认识一个朋友的朋友，他人很好，长得很可爱，穿着圆领上衣，是个邻家大男孩，家就住在附近。和他做完爱后，他就睡着了，我在他的房间四处走走，发现他的书桌上贴满了便利贴：

遇事不愁，小事化无。

不找快乐才能真正快乐。

人难逃一死，尽情享受人生。

少担一分心，多开一分心。

对我来说，这种非快乐不可的心情，简直比黏着头发的骷髅头还可怕，我吓得当场落荒而逃，袖子还夹在胸罩里就仓促跑回家。

我后来只在芭芭拉家多待了一会儿，离开时答应她一有消息马上打电话，顺便从茶几上顺走一个心形的蓝色镇纸。

佩蒂·天

/

1985年1月2号，上午9点42分

洗手台上沾到一块紫色污渍，是班恩染发后留下的痕迹。除此之外，她还在垃圾桶里找到染发剂的包装盒，看来昨晚他一定把自己反锁在浴室里，坐在盖着的马桶盖上，仔细阅读包装盒后面的使用说明。包装盒正面是个黑发女模特，长发及肩、尾端内卷，唇上点着粉红色的唇膏。她心头一惊：这该不会是他偷来的吧。她无法想象班恩——头永远低到不能再低的班恩，居然敢拿着染发剂到柜台结账。显然一定是他偷来的。所以说，昨晚三更半夜，她儿子把自己反锁在浴室里，在那边量来量去、倒来倒去、搓揉起泡，然后就顶着一坨化学药剂坐在马桶盖上，等着红发染黑。

一想到这里，她就觉得悲从中来。家里一屋子女儿，儿子只能半夜躲在浴室里染发，想搞怪时没有人做伴也是挺孤单的。二十年前，佩蒂和姐姐黛安就是在这一间浴室里互相帮对方穿耳洞。佩蒂用便宜的打火机将安全别针消毒；黛安对半切开马铃薯，将湿润的切面贴在佩蒂的耳背，接着用冰块冰镇她的耳垂，然后念念有词道："不要动、不要动、不要动。"说着就将别针刺进佩蒂肥厚的耳垂里。那个马铃薯究竟是用来干吗的？方便瞄准吗？总之，穿完一边后，

佩蒂临阵脱逃，整个人瘫坐在浴缸旁边，安全别针还刺在耳朵上，来不及拔出来；然而黛安丝毫不为所动，兴致依旧不减，她手里拿着过火消毒后的针，拖着穿羊毛睡衣的庞大身躯，一步步朝佩蒂逼近。

“忍一下就过去了，小佩，哪有人耳洞只穿一边的。”

黛安是个行动派，字典里没有半途而废这个词，不管是精神萎靡、天气不佳、耳朵胀痛、冰块融化，就算是亲妹妹吓到面色如土也撼动不了她的决心。

佩蒂摸着两边耳朵上的金色耳钉。因为刺第二针的时候她缩了一下，所以左边的耳洞穿歪了；但不管怎么说，她都有一对耳洞，作为她年少轻狂的痕迹、她和姐姐联手干好事的证据。不论是第一次涂口红还是第一次垫卫生巾，姐姐永远都在她身边。想当年卫生巾好大一片，跟尿布也差不多，两侧各有一个橡皮环……这大概是1965 年的事了。有些事还是该找个伴一起做。

她把去污粉往洗手台上倒，然后开始刷，清水很快就变成了墨绿色。黛安再过一会儿就要来了。

她每周都会来访，总说她“人在车上，顺道过来看一看”，好像她只不过是出门办点事，而非专程开五十公里的路到农场上来看他们。黛安听到班恩最新的英勇事迹一定又要打趣。每次佩蒂为了学校、老师、农场、班恩、婚姻、孩子、农场（自从 1980 年开始，农场就是她心中挥之不去的阴霾）而烦恼，她第一个就想到黛安，就像酒瘾发作一样。黛安总是坐在车库的躺椅上，香烟一根接着一根地抽，然后笑佩蒂是呆子，还要她开心一点儿，反正烦恼总是不请自来，何必要自寻烦恼？对于黛安来说，烦恼就像有血有肉的生物，会勾住你手指巴着不放，一定要趁早击溃才好。黛安从不杞人忧天。有气无力的女人才会。

但佩蒂就是开心不起来。过去这一年，班恩整个人都变了，怪里怪气又神经兮兮，整天把自己关在房间里；他会跟着节拍左踢右摇，声音大到连墙壁都在震动；歌词像打嗝一样，尖着嗓子从门缝底下渗出来。那歌词简直吓死人！她刚开始根本懒得仔细去听他在唱什么，光是旋律就足够吵了，难听得要命；但是有一天她回家早，班恩大概以为家里没人，所以她就走到他房间门口，没想到却听见这段歌词：

我不是我，我不是人，
魔鬼夺走了我的灵魂，
我是撒旦的继承人。

接着唱片快转，然后重复播放同样沙哑的嘶吼：我不是我，我不是人，魔鬼夺走了我的灵魂，我是撒旦的继承人。

同样的歌词重复、重复再重复。佩蒂终于恍然大悟：原来班恩站在唱机前面，一次一次拿起唱针，像祷告一样重复播放相同的段落。

她多希望黛安现在就在她身边。看着她像只可爱的玩具熊安坐在沙发上，身上的法兰绒衬衫再穿也就是那三件，嘴巴里一片接一片地嚼着尼古丁口香糖，边嚼边提起佩蒂当年穿着短到不能再短的迷你裙回家，吓得爸妈倒抽一口气，一副她没救了的样子。“但是，有那么严重吗？没有吧？只是你还年轻，班恩也是。”黛安说着手指一弹，好像事情就是那么简单。

家里那几个丫头全都聚在浴室门口打转——她们在等她出去。听见她在厕所里面洗洗涮涮、自言自语，就知道一定又出事了，她们在等着看这次是要跟着一起哭还是一起骂。只要佩蒂一哭，三个女儿至少有两个也会跟着落泪；只要有人闯祸，全家人都会跟着一起炮轰。天家的女人是瞎起哄的代表，在他们居住的农场上更不乏瞎起哄的素材。

她洗一洗那双发红、龟裂、饱经风霜的手，抬头瞥了镜子一眼，确定眼睛里没有泪水。虽然她才三十二岁，外表却比实际年龄老了十岁：鱼尾纹布满眼周、皱纹爬上额头，像极了孩子手中的纸折扇；她的红发掺杂银丝，身形骨瘦如柴，这里凸出一块，那里隆起一块，好像她吞了铁锤、樟脑丸、旧瓶子等一架子的废五金，让人看了一点儿想拥抱的欲望也没有，她的孩子也的确很少跟她撒娇。蜜雪喜欢帮她梳头，梳得很卖力，好像只想赶快梳完，符合蜜雪的一贯作风；黛比站着的时候常常靠在她身上，那漫不经心、懒洋洋的样子跟她的个性也很像；可怜的丽比，除非受伤很深，否则几乎碰也不碰她。这也难怪，佩蒂生活劳碌，二十五岁左右就油灯枯竭，甚至连乳头都硬邦邦的，所以丽比一出生就喝奶粉。

这间浴室太窄，根本腾不出空间放柜子，只好把瓶瓶罐罐的盥洗用品摆在洗手台边缘。等将来这些丫头上中学以后怎么办呢？四个女人抢一间浴室，那把班恩挤到哪里去？佩蒂眼前突然闪过一幅悲惨的景象：班恩一个人孤零零地住在汽车旅馆里，四周是打翻的牛奶和肮脏的毛巾。班恩将那些瓶瓶罐罐堆放在洗手台一角，包括爽身喷雾、定型喷雾和不知道什么时候买的爽身粉。这些罐子上也都沾上紫色污渍，佩蒂小心地擦拭着，好像在擦瓷器，她可没钱再跑一趟百货公司。上个月她才开车到萨莱纳市，兴高采烈地添购护发乳、乳液、唇膏等美妆产品。她在胸前口袋塞了一张二十美元的钞票，这对她来讲就算败家了。没想到，光是选一罐面霜就让她晕头转向，什么保湿啊、抗皱啊、防晒啊……琳琅满目。当然你也可以任选一款保湿凝胶，但是选了之后就必须搭配同款的洗面奶和收敛水之类的东西，这样就已经烧掉五十美元了，专柜小姐都还没介绍到晚霜呢。最后她空手而归，感觉自己像个受到教训的傻瓜。

黛安听了回她一句："你都已经生过四个小孩了，谁还指望你像一朵雏菊？"

可是她偶尔也想要像一朵雏菊啊。几个月前，路尼像从天而降似的突然回家，一张脸晒得黝黑，一双眼湛蓝依旧，而且还带回来好多逸闻趣事，例如在阿拉斯加捕鱼、在佛罗里达赛马。他站在门口的台阶上，瘦长的身子穿着一条肮脏的牛仔裤，三年来没有消息，也没寄钱回家，就这样突然出现，却是连眼睛也不眨一下。他问她在他安定下来之前能不能暂住在同一个屋檐下；没错，他又破产了。虽然他还把剩下的半罐可乐分给黛比喝，好像这可乐是多珍贵的礼物。路尼发誓会帮忙整修农场，并且保证如果她不想，他绝对不会乱来。当时正值盛夏，她让他睡在客厅的沙发上，三个丫头起床时总撞见他穿着破烂的四角裤，半颗蛋露在外面，浑身发臭，仰身酣睡。

他把这些丫头迷得团团转，一会儿叫她们洋娃娃，一会儿叫她们小天使，就连班恩也在注意他，时常像鲨鱼一样在他身边绕来绕去。路尼虽然不会刻意拉近和班恩的距离，但偶尔也会跟他开一些无伤大雅的小玩笑。他把班恩当成男子汉一样看待，这未尝不是一件好事；他对班恩说“这是男人的事”，然后微笑地看他一眼。回来后的第四周，路尼开着卡车载了一张沙发床回来，说是捡到的，问她可不可以让他睡在车库里。听起来没什么不妥。他会帮她开门、帮她洗碗，还会故意让佩蒂抓到他在偷看她的屁股，然后装出一副害羞的样子。有天晚上，她把干净的床单递给他，两人陷入热吻，他马上扑了上去，两手在她身上乱摸，将她整个人抵在墙上，头往后扳，露出颈子。她推开他，说她还没准备好，嘴角似笑非笑。他面露不悦，摇一摇头，噘起嘴唇，上上下下打量她。她宽衣准备就寝时，乳房下缘还残留着他指尖的烟味。

他又多待了一个月，每天心怀不轨地东瞄西看，很多工作只做了一半就没下文了。有天吃早餐时她请他走人，他大骂她贱货、拿杯子扔她，果汁飞溅到天花板上。等到他离开后，她才发现他偷走了两瓶酒、六十美元和一个珠宝盒。不久他就会发现珠宝盒里空空如也。他搬到一点五公里外的一间破木屋，自从他搬进去后，烟囱天天冒烟——这是他取暖的唯一办法。偶尔她会听到远处传来枪声，好像有人对着天空连放了好几枪。

帮这男人生了四个孩子，这段感情算走到头了吧，现在是面对现实的时候了。佩蒂把干燥难整理的头发塞到耳后,拉开浴室的门。蜜雪坐在她正前方的地板上，假装在看地板的纹路，从灰色镜片后方打量她。

“哥哥又闯祸了吗？”蜜雪问,“为什么？为什么哥哥要染头发？”

“我想是因为青春期吧！”佩蒂说。蜜雪深吸了一口气——她每次说话之前都要深呼吸，然后噼里啪啦说个没完，一直说到没气为止——这时她们听见车道上有车子驶近。这条车道很长，开上去之后还要一分钟才会到佩蒂家门口。三个丫头一边大叫“黛安阿姨！黛安阿姨！”一边跑到窗边张望，但佩蒂知道那不是她姐姐。三个丫头发现不是阿姨一定会失望地叹气。她知道是她的借贷专员伦恩,这个人就连车声都比别人霸道。她从1981年跟他纠缠到现在，他还是不肯放过她。路尼当时已经抛家弃子，声称自己不适合走入家庭；离开前他环顾房子，好像这块地是他的而非佩蒂的，但其实这块地是佩蒂的爷爷奶奶传下来的。

他唯一做的事就是娶她和毁了这个家！可怜的路尼失意潦倒，那是1970年，大家都说种地能发财，那时他真是踌躇满志，梦想着靠务农发财。哈！她站在厨房里回想这段往事，真是笑死人了。1974年，她和路尼从爸妈手上继承这块土地，这可是一件大事，比她初为人母和初为人妻都要重大。她父母善解人意、沉默寡言，对她结婚生子这件事一点儿也不感到兴奋；路尼那时候已经露出狐狸尾巴，但他们从未说过他一句坏话。十七岁那年，她挺着肚子回家，跟爸妈说她要结婚了，他们只“哦”了一声。就这样。光这声

“哦”就已道尽一切。

继承土地那天，他们在农场上拍了一张全家福，她到现在还留着那张照片。照片已经模糊，只见她父母笔挺地站着，一脸骄傲，对着镜头腼腆地笑，她和路尼则咧着嘴、一脸得意，手中高举着香槟。那时他们都还年轻，头发还很浓密。她爸妈从来没喝过香槟，为了那次土地交接还特地进城去买。大家用果酱罐干杯。

后来事情每况愈下，这也不能完全怪路尼；当时大家都认为地价会不断飞涨，“土地只会越来越稀有，怎么能不赶快多买一些呢？”“多种多赚！多种多赚啊！”这在当时俨然成为一句口号。要敢冲！要敢赌！眼高手低的路尼怀着远大的梦想，在领子上打了一条领带，颜色像青柠雪酪那样绿，厚度跟被子一般厚，拉着她一起去银行，就这样哼哼哈哈借到了一大笔钱，比他们盘算的还多出一倍。早知道就不要借那么多了,但是借贷专员叫他们不要担心,“钱”景一片大好。

这简直是大放送嘛！路尼乐开了花。家里不久就添了新的拖拉机，原本的四行播种机还没坏，立刻又添购了六行的播种机。那年他们还买了一辆红色的克劳斯耕耘机和崭新的约翰迪尔收耕机。邻居韦恩·艾佛里也有五百英亩①的田地,但是每次看到他们添购新品,一对眉毛总是不住跳动，嘴巴上也免不了要多说几句。路尼的土地越买越多，甚至还买了新的渔船，每次佩蒂问他：“你确定吗？你确定吗？”他就会脸色一沉，说她竟然这么不信任他，让他很心痛。

① 1英亩约合0.405公顷。——编者注

谁知道，老天爷开了一个天大的玩笑，让他们的希望毁于一旦。卡特总统为了让苏联垮台，竟然罔顾农民利益，下令粮食禁运到苏联；此外，利率飙升、油价暴涨，借贷利率瞬间升到百分之十八，银行纷纷宣告破产，还有个她听都没听过的国家（什么阿根廷的？）跑来瓜分市场大饼，连远在堪萨斯州金纳吉镇的她也遭受波及。连续几年经济不景气，路尼便一蹶不振了。他说到卡特就有气，成天骂他骂个不停。路尼每次看新闻、喝啤酒的时候，只要电视上闪过卡特那两颗兔宝宝牙，他立刻目露凶光，讨厌卡特讨厌到好像真的跟他有仇一样。

路尼把错怪到卡特头上，左邻右舍则把错怪到她头上。每次韦恩·艾佛里看到佩蒂，嘴里总是忍不住啧啧两声，似乎在嫌她丢人现眼。没破产过的农民就是没良心，看到你就好比看到你裸体在雪地上玩耍，玩到流鼻涕还想把鼻涕往别人身上擦。去年夏天，阿肯色城附近某个农民的送料斗出了毛病，就这样把四千斤的麦子往他身上倒；这个身高一米八二的彪形大汉被活埋在麦子里，等不到人来搭救，就像受困在流沙里那样呛死了。刚开始金纳吉镇的人都很同情他，很遗憾竟然会发生这么诡异的意外，后来大家发现死者的农场早已破产，立刻改口说："哎呀，他自己应该要更小心的。机械这种东西平常就要保养才安全。"这些人翻脸的速度还真快，而那个死者也真可怜，竟然死在自己来之不易的收成中。

叮咚，噩梦成真，果然是伦恩。他把毛线猎帽递给蜜雪，厚重的大衣交给黛比，自己则小心翼翼地拂去便鞋上的积雪，露出底下崭新的皮革。她想，班恩看到一定会颇不以为然吧。每次新球鞋一到手，他总是先好好蹂躏一番，还要妹妹轮流在上面踩，不过他现在都不让妹妹接近他了。在沙发上的丽比抬头瞪了伦恩一眼，视线随即回到电视上。丽比喜欢黛安，可是这家伙不是黛安，他竟敢这样突然跑来，害她还以为是她心爱的黛安阿姨。

伦恩从不肯规规矩矩地道声“你好”，总要像唱歌似的“尼伊以伊好”转换真假音，佩蒂觉得很恶心，每次都要先憋住气，免得忍不住破口大骂。她前脚才踏上走廊，耳边就响起他的歌声，只好赶紧钻进浴室里低声咒骂，再笑脸迎人地走出来。伦恩上前要拥抱她，她就不信每个跟他借钱的人他都要抱。她迎向他敞开的双臂，他搭着她的手肘，比以往多拥抱了一秒。她听见他抽了两下鼻子，好像在闻她。他身上飘着香肠和薄荷糖的味道。伦恩迟早会跟她示爱，逼她跟他定下来，这场爱情游戏简直是悲哀，每每想起都要掉眼泪。他是猎人，她是猎物，他们之间的追逐是动物频道播出的乏味节目：他是瘸了一条腿的土狼，瘦骨嶙峋；她是跛着一条腿的白兔，苟延残喘；真是一点看头也没有。

“我的农家女孩最近怎么样啦？”他问。他们彼此有一种默契，都认为她一个女人家经营农场根本是笑话。她心想：尤其在这个节骨眼上。“还在硬撑，能撑多久算多久。”她说。黛比和蜜雪已经躲回房间，丽比坐在沙发上哼了一声。上次伦恩大老远跑来，几周后，家里的东西就被拍卖。左邻右舍杀价杀价再杀价，天家人只能隔着窗户，眼睁睁地看着农具一件一件被买走。蜜雪和黛比看到同班同学也来了，烦躁地扭动身子；那对百乐家的姐妹花跟在爸妈身后，在农场上跑跑跳跳，好像来野餐似的。为什么我们不能出去玩？蜜雪和黛比嘟哝着，扭麻花似的扭着身子，又是生气又是央求，眼巴巴地看着百乐家姐妹轮流在农场上荡秋千，秋千大概很快也会被卖掉吧！

佩蒂只能一遍又一遍地说：外面那些人不是我们的朋友。那些圣诞节寄卡片问候她的人，现在却把玩她的钻头和松土机，他们的手顺着机器的线条起伏，心不甘情不愿地硬是要她打五折卖出。韦恩·艾佛里本来不是眼红那台耕耘机吗？现在却要求拍卖官以低于起价的价格出售。狼心狗肺的家伙。一周后，她在农产品贩卖部撞见他，他掉头就走，羞得脖子都红了，她尾随在他后面，不停在他耳后根说：不要脸。

“嗯，好香啊！”伦恩酸溜溜地说，“早餐好像很丰盛嘛。”

“今天吃薄饼。”

她点点头。希望不要让我问你为什么出现在这里。希望你主动说明来意，就算只有一次也好？

“不介意我坐一下吧？”说着他就挤到丽比身边，两条手臂僵直地贴在身上。“这是大的小的？”他一边说一边打量。伦恩早就看过这些丫头不下十次了，却还是记不起来谁是谁，甚至连记一下名字也不肯，有一次还对着蜜雪叫“苏珊”。

“是丽比。”

“头发跟妈妈一样是红色的。”

对！佩蒂连说一句客套话的心情也没有。伦恩拖得越久她就越想吐，不安慢慢累积成恐惧，吓得她背后的毛衣都湿了。

“红头发是因为爱尔兰血统吗？你们全家都是爱尔兰人？”

“是德国人。我娘家姓克劳斯。”

“哈，真好笑。‘克劳斯’在德文中表示卷发，不是红头发，可是你们全家都不是卷发，好吧，可能带一点弧度。话说我也是德国人。”

类似的对话不知道已经重复过几次了，只是结尾可以分成两种，而另一种是伦恩说真好笑，没想到你娘家也姓克劳斯，跟那家农业设备大厂一样，只可惜你们两家不是亲戚。但不管是哪种，伦恩说的话都让她紧张。

“请问你来有什么事吗？”她终于忍无可忍了。

伦恩似乎很失望，没想到她那么快就说到重点上了。他对她皱眉头，好像怪她没礼貌似的。

“好吧！既然你都这么问了。这次事态严重，非当面跟你说清楚不可。方便借一步说话吗？”他睁大眼睛，用下巴指着丽比。“要不要进房间讲？”伦恩挺着啤酒肚，上缘系着一条皮带，好像怀孕初期的孕妇。她才不想跟他进房间。

“丽比，去看看姐姐在做什么。妈妈有事情要跟韦纳先生说。”丽比叹了一口气，慢慢滑下沙发，脚先着地，接着是腿，然后是屁股，最后是背，整个人好像糨糊似的。她瘫在地上，滚了几圈，爬了几步，这才慢吞吞地站起来，踩着重重的脚步穿过走廊。

佩蒂和伦恩四目相接，伦恩嘟起嘴巴，点点头。

“他们决定要把你的地拿去抵押。”

佩蒂的肠子都绞在一起。她无法坐在这男人的面前，她不想在伦恩面前哭出来。“那我们要怎么办？”

“我们？哪来的我们。我已经又帮你多争取半年了，差点连饭碗都丢了呢，农家女孩。”他对她笑了笑，双手捏着膝盖。她想给他一巴掌。隔壁房间传来床垫吱吱呀呀的声响，佩蒂知道黛比又在床铺跳上跳下，从这张床跳到那张床，再从那张床跳到另一张床；她最喜欢玩这个游戏了。

“佩蒂，现在唯一的解决办法就是钱了，只有钱可以让你保住这块地，不管是要借还是偷，或者是要上街乞讨，都好。现在不是顾面子的时候了。我说，你有多想要这块土地？”床垫咿咿呀呀，叫得更响亮了。

早餐吃的蛋在佩蒂的肚子里翻搅。伦恩一个劲地冲着她笑。

丽比·天
/
现在

我妈被轰得脑袋开花不说，身体还几乎被劈成两半，金纳吉镇的乡民都怀疑她是不是不守妇道；渐渐地，怀疑变成了揣测，最后大家都讲得好像真的一样，什么半夜常有车子停在门口啦、只有婊子才会像她那样看人啦之类的；每次乡民在讨论的时候，韦恩·艾佛里总爱插上一句："她那台播种机 1983 年时就该卖给我啦。"说得好像这也是她拉皮条的证据。

千错万错都是受害者的错，这是很普遍的想法，但是谣言竟可以传得这样煞有介事，好像所有人的朋友的表哥的朋友都上过我妈一样；而且大家手上好像都握有那么一点证据，譬如知道我妈大腿内侧有一颗痣，或是右边的屁股上有一道疤。虽然我不相信这些谣言，但是我对童年发生的事情总是半信半疑。七岁的事情谁还记得清楚呢？从照片来看，我妈一点也不像荡妇。少女时代的她扎着马尾辫，红发像烟火那样炸开来，她是那种大家都会说"好看"的人，长得很像清秀的邻家女孩，或是令人念念不忘的保姆。二十岁的她身上爬满孩子，也许一个，也许两个，也许四个，虽然嘴巴咧得更开了，却是笑中含怨，身子也总是歪向一边。

我想象她不断被小孩紧黏着。四个孩子，很重的。三十岁的她几乎不拍照，少数几张可以看见她认命地笑着，显然是一出镜头就垮掉的笑容。

我已经好多年没翻这些照片了。以前我总是紧抓着它们不放，仔细看她身上穿的衣服、她脸上的表情、她背后的景物，企图从中看出一些端倪。那只搭着她肩膀的手是谁的？这张照片是在哪里拍的？在什么场合？后来上了中学，我把这些照片和其他东西一起封箱，收在看不到的地方。

现在，我站着看这堆无精打采地放在楼梯底下的箱子，心中满怀愧疚。没想到再次面对家人要鼓起那么大的勇气。我之所以只带蜜雪的字条去卖，就是因为我没胆量拆开它们，只是刚好摸到一个胶带松脱的纸箱，便伸手进去找，而第一个找到的就是蜜雪的字条——好像在玩恐怖箱一样，好悲哀呀。过去这么多年来，我小心翼翼地不去想当年那场命案；如今情况倒转，假如我真的想让真相大白，就必须镇定地面对家人留下来的遗物：一把陈旧的打蛋器，高速旋转时会发出像雪橇铃声叮叮当当的声响；弯折的刀叉曾经在我家人的口中进进出出；一两本着色本，涂得满满的、没超出外框的是蜜雪的，涂得无精打采、多处留白的是我的。正视这些遗物，其实也只是一些普通的东西罢了。

看看哪些能卖钱吧！

对于杀手俱乐部那些天家血案迷而言，他们最想要的东西有钱也买不到。那支杀死我妈的十口径猎枪，正是她猎鹅时惯用的枪，现在跟那把斧头一起收藏在某个存放物证的抽屉里。那把斧头也是从我们家的工具室拿的，所以更加确定班恩有罪，因为外人不可能毫无准备就跑来杀人，总不能碰运气找武器吧。有时候，我会想象那把斧头、那支枪、那条蜜雪睡过的床单……那些血淋淋、黏糊糊的证物躲在大盒子里密谋着什么吗？它们都洗过了吗？如果掀开盖子，箱子里会飘出什么味道？我记得当年谋杀案事发不到几小时，现场就弥漫着腐烂的气味，事隔多年，那股恶臭是不是变本加厉了？

我去过芝加哥一次，那次是到博物馆参观林肯的遗物，包括弹片、林肯的头发和林肯睡过的床铺。床铺前后有纤细的床板条，床垫上还留着凹痕，仿佛连床铺也知道要保留林肯睡过的痕迹。最后，我受不了就跑进厕所，把脸贴在冰冷的厕所门上，想办法停止天旋地转的晕眩。如果把天家的遗物收集起来、对外开放参观，这会是一场怎样的展览？又有谁会来看？展示柜里会陈列几束我妈沾满血块的红发吗？当年拆除我们家的时候，那几面写满脏话的墙如何了？可以从供我藏身数小时的芦苇丛中采集到一束结霜的芦苇吗？或是展示我那生了冻疮的手指头末节，或是我的三根脚趾？

我还是鼓不起勇气，只能转身背对那堆纸箱，在我的餐桌兼书桌前面坐下。因为莱尔的一封信，我从芭芭拉·艾歇尔那边收到一袋莫名其妙的包裹，里面有一卷在 1984 年拍摄、片名是《纯真的人危险了：撒旦势力威胁美国》的录像带；一叠全是谋杀案相关报道的新闻剪报，用回形针固定在一起；几张芭芭拉站在正在审理班恩的法院外的拍立得；一本书名为《解救家人大作战》的实用指南，有好几页书角都被折了起来。

我把回形针从那叠剪报上拆下来，放在厨房里一个专门搜集回形针的杯子里；像回形针、圆珠笔这类易得的办公室用品根本没必要买。我把录像带放进那台古老的家用录像机里。喀啦。嗯——哼——五芒星、羊男、死人、嘶吼的摇滚乐团，从屏幕上一闪而过。一个顶着一头前短后长的时髦发型的男子，在一面涂鸦墙前面走来走去，一边走一边解释："本片告诉你如何分辨谁是撒旦的子民。"他访问了警察、神职人员和几位"撒旦的子民"，其中最有力的两位"撒旦的子民"，眼线画得比轮胎的胎纹还粗，身上罩着黑色披风，脖子上画着五芒星，却是在自家客厅接受访问；他们坐在廉价的棉绒沙发上，可以瞥见右方的厨房，一台黄色电冰箱摆在五彩缤纷的亚麻地板上。我想象他们受访完后便钻进厨房，在冰箱里翻找可口可乐和金枪鱼沙拉，视线不时被披风挡住。就在主持人提醒家长要多多检查孩子的房间，看一看有没有碟仙图和太空超人的模型时，我把电视机关了。

那叠剪报跟录像带一样没用，至于芭芭拉为什么要寄她在法院外面拍摄的照片给我，我一点头绪也没有。我垂头丧气地坐着，完全提不起劲。我大可上图书馆搜寻相关数据，不过就像我三年前说要在家里装网络一样，也是到现在还没有下文，反正我现在什么也不想做，我这个人动不动就喊累。所以我打电话给莱尔，才响了一声他就接了。

"嘿！丽比！"他说，"我正要打给你呢！我想为上周的事情向你道歉。你一定觉得我们联合起来欺负你一个吧，我也没想到事情会变成这样。”哟，真会说话。

“知道就好，你们太差劲了。”

“都是我不好，我没想到大家都各持己见，但是，呃……就是没人认为班恩有罪。是我考虑不够周到。都怪我脑筋转得太慢，没有事先想清楚。没想到，就……没想到你认为的真相跟大家不一样。我是说……虽然我知道……虽然我们都知道班恩是凶手，但是我们并不完全相信。我想我们永远也不会相信，因为大家花了那么多时间在争辩……唉，总之，对不起。”

我不想对莱尔有好感，因为我已经将他归类为烂人了，但是我欣赏直率的道歉，就如乐盲欣赏美妙的音乐——尽管自己做不到，但是可以为他人鼓掌喝彩。

“嗯。”我说。

“如果你想卖纪念品，我们社团还是有很多人想买。这是你打来的原因吗？”

“哦，不是，我只是在想，我最近仔细思考了一下这整件案子……”我刻意保持沉默，简直要把那几个“点点点”大声念出来了。

我们约在附近一家叫“莎拉的家”的酒吧，刚开始我觉得这间酒吧的名字很怪，但是气氛微醺得恰到好处，店面空间也够大，毕竟我不喜欢受到压迫的感觉。到的时候莱尔已经坐在里面了，他一看到我进门立刻站起来，瘦长的身子又是转身又是弯腰地拥抱我，镜框就这样戳上了我的脸颊。他今天上半身穿的也是一件20世纪80年代的夹克，这次是丹宁布，上面有着写满口号的纽扣：**喝酒**

不开车、日行一善、摇滚投票[①]。当他重新坐下，身上传来喀啦的声响。莱尔大概小我十岁吧！不知道他这身打扮是刻意复古还是纯粹冒傻气。

他又开始道歉了，但是我一点也不想听。够了，谢谢！

“听着，我不打算说我相信你们的论点——班恩无罪，也不认为我的证词有什么不对。”

他张开嘴巴，好像有话要说，但是又随即闭上。

“不过，如果我想再深入调查这整件案子，你们社团肯不肯帮忙出钱呢？就当是付我工资吧。”

“哇！丽比！你竟然对调查这件案子有兴趣，还真是天大的好消息。”莱尔说。我讨厌这小鬼说话的语气，他知不知道他是在跟长辈讲话啊？他一定是那种搞不清楚状况的学生，明明已经下课、同学们都不耐烦地在抖脚了，可是当老师问有没有问题时，他却不识趣地问个不停。

“我说，事情是这样的，大家对这件案子的说法莫衷一是，只是苦于求助无门，但如果是丽比的话，相信大家都会乐意帮忙。”莱尔一边说一边在桌子下面抖脚。“大家可是抢着要跟你说话啊。”

“没错！”我指一指莱尔旁边那壶啤酒，他赶紧用塑料杯倒了一杯给我，但大多是泡沫。他手指迅速地抹了一下鼻子，接着伸进塑料杯里，用鼻尖出的油销蚀泡沫，然后又斟了一些啤酒。

---

① 非营利事业组织，旨在推动年轻选民投票，并以广告提醒年轻选民投票的重要性，也将娱乐界和青年文化纳入其活动中。——编者注

“你希望我们怎么付你薪水？”他把啤酒递给我，我接了过来，放在桌上，内心在为该不该喝而天人交战。

“我希望按件计酬。”我回答，假装自己才刚想到这点，“约访的对象不同、访问的问题不同，价钱当然也不一样。”

“好啊，我们这里有一长串的名单等着你去访谈。你真的都没有跟你爸联络吗？路尼绝对是我们最想约访的对象之一。”

路尼，我那脑子坏掉的老爸；过去三年来他只打过一次电话给我，疯疯癫癫不知在咕哝些什么，还一边“呜——呜——”地哭，大概是叫我汇钱给他之类的，后来就再也没打来了。无所谓，反正他本来就很少打给我。班恩出庭时他偶尔会出现，有几次还穿西装打领带，不过大多穿着睡衣就来了，还一副醉醺醺的模样；后来班恩的辩护律师干脆叫他别来了，实在是有碍观瞻。

现在问题更棘手了：他在杀手俱乐部是众矢之的，是大家公认的凶手。在天家血案发生之前，他就曾经入狱三次，不过都是因为一些芝麻蒜皮的小事。我老爸好赌成性，他什么都赌，天气、赛狗、宾果游戏牌、彩票下注；话说他还欠我妈赡养费呢！把我们赶尽杀绝不失为他脱离苦海的上上策。

可是，我不觉得我爸有办法犯下凶杀案，他不够聪明，也没有野心。他连照顾我一个人都照顾不好。命案发生后，他在金纳吉镇附近游荡多年，中间有几个月藏匿在其他州县，我偶尔会收到他从爱达荷、亚拉巴马、南达科他州温纳市等地寄来的包裹，封口都用胶带捆着，里面装着公路廉价餐馆送的撑伞大眼女娃或是在邮寄途中摔个粉碎的陶瓷猫咪。我知道他会在镇上是因为我看到山顶那间小木屋袅袅升起的炊烟，而非他来看我；只要黛安阿姨看到他在镇上，就会一边吞云吐雾一边哼着《可怜的乔之死》[①]。他这个人就是这样，既可怜又可怕。

他跟我避而不见也许是我的福气。命案发生前那个夏天，他回来跟我们一家团聚，但是他也只知道捉弄我而已。刚开始还只是一些吓唬小孩子的伎俩，后来却越来越过分。有一天，他钓完鱼回家，湿淋淋的雨鞋重重地踩在走廊上，当时我正在浴缸里洗澡，外面传来砰砰砰的敲门声。来啊，快开门哦，有个惊喜要给你啊！他猛然撞开门，浓浓的啤酒味跟着他闯了进来。他手上不知道抱了什么东西，只见他双手一摊，一尾六十厘米长的鲇鱼活蹦乱跳地跳进浴缸，吓得我整个人不知所措。我慌慌张张地试图爬出浴缸，而鲇鱼黏黏滑滑地滑过我肌肤，带须的鱼嘴一开一阖，好像某种史前生物。如果我把脚放进那条鱼的嘴里，它一定会顺势把我整条腿吞掉，像一只靴子那样牢牢地包住我的腿。

我从浴缸边缘"扑通"一声滚到地上，在踏垫上哭得上气不接下气。爸爸对着我大吼大骂，叫我不要再哭了，真是一群废物！饭桶！

我们后来足足有三天都不能洗澡，因为爸爸一直说他累得无法杀鱼。我想我会那么懒惰，都是遗传自他。

"我从来就不知道我爸的下落。之前听说他在阿肯色城，不过

① 《可怜的乔之死》是《奥克拉荷马》中哀悼反派男配角惨死的曲目。——编者注

那是一年前的事了。也许更久。”

“这样啊，不过最好能赶快找到他，有人巴不得你多问他几句呢，但是我不认为路尼就是凶手。”莱尔说，“虽然他欠钱不还，又有施暴记录，确实有足够的杀人动机。而且他脑筋有问题。”他不屑地笑了笑，“我无意冒犯，但是你爸好像没有聪明到能杀人。”

“不要紧。那你认为谁才是凶手呢？”

“我还不打算说。”他拍拍身边一叠文件夹，“你先读一读这些跟本案相关的资料吧。”

“我的天……”

我正说到“啊”，便猛然想起这句话原来是我妈的口头禅：我的天啊，这该怎么办啊。

“如果班恩真的是被冤枉的，为什么他不上诉呢？”我越问声音越尖，最后两个字尤其拔高，好像小孩子在哭闹：“为什么我不能吃点心？”原来我也偷偷希望班恩是无辜的、班恩能够回到我身边，我想念以前那个班恩、变坏之前的他。我曾经想过，如果班恩洗清冤屈、获释出狱，他会将双手插在口袋，跟我一起坐在餐桌前共进晚餐，两个人高高兴兴，心无芥蒂，好像一切都没发生过；不过前提是我有张餐桌而且他无罪。仔细想想，将手插在口袋里好像是班恩的习惯，他总是一副局促不安的模样。

要是总拿“如果”和“但是”来安慰自己，圣诞节可不会开心！黛安阿姨的声音在我脑中响起。这句话简直毁了我的童年，时时刻刻提醒我人生犯错在所难免，我们永远得不到我们想要的东西，要不然怎么会有这种金玉良言。

别忘了！乖宝宝！别忘了！班恩那天晚上在家。我下床跑去妈妈房间时，我看到班恩紧闭的房门下透出一丝光线，可以听见里头压低的说话声。他就在房里。

“你可以自己去问他啊，不如就先去见他吧，去见一见班恩。”

班恩还蹲在大牢里。过去二十多年来，我都强迫自己不要去想象监狱的样子；现在，我想象哥哥被囚禁在那里，在铁丝网后面，在水泥墙后面，在灰色长廊的尽头，在一间窄小的牢房里。他会把家人的照片带在身边吗？

狱卒准许他带家人的照片吗？我再次惊觉自己对班恩的生活一无所知。我完全不知道牢房的样子，只能凭电影中的片段臆测。

“不要，我还不想见他。”

“是钱的问题吗？我们会付你薪水的。”

“不光是钱，问题可多着了。”我自言自语。

“好——吧，那你想先调查路尼吗？还是……另有打算？”

我们沉默地坐着，两个人都不知道手该往哪里摆，眼睛也不知道该往哪个方向看。小时候心理医生坚持要我多交朋友，所以大人动不动就把我送去跟其他小朋友一起玩，刚开始那十分钟特别难熬，每当大人一离开，小朋友就不知道要玩什么，只能呆呆地站在电视机旁边，偏偏大人又交代不能开电视，所以只能把玩天线。我跟莱尔现在就是这种情况。

我在那碗免费供应的花生里挑挑拣拣；那些花生已经去壳，就像甲虫脱壳后的外皮那样易脆。我丢了几粒到啤酒里，增加咸味；戳一戳，花生在啤酒里载浮载沉。现在想想，我的诡计简直幼稚、可笑。我真的要去访谈那些杀害我家人的嫌疑犯吗？我真的有办法解开谜团吗？排除那些一厢情愿的看法，班恩真的是被冤枉的吗？如果班恩真的是无辜的，我岂不是成了千古罪人？我顿时觉得天旋地转，内心深处兴起一股想临阵脱逃的冲动；我好像被泼了一桶冷水，原来我灵光乍现的好点子有那么多纰漏，而我却没有心思也没有力气去弥补。

我没办法把头蒙进棉被里，假装这一切都没发生过。房租眼看就要到期了，买食物的钱也快没了；虽然我可以领失业救济金，但是我总得先搞清楚怎么领；说不定那些申请材料还没搞定，我就先活活饿死了。

“好吧，我去找班恩。”我嘀咕道，“就从班恩开始吧。不过我需要三百美元。”

我口头上虽然这么说，心里却不认为自己真的可以拿到钱，没想到莱尔却打开他那捆着胶带的陈旧尼龙皮夹，从里面数了三百美元给我，从头到尾没有露出一丝不悦的表情。

“莱尔，你哪来那么多钱？”

他先是强作镇定，把上半身挺得更高更直。“杀手俱乐部的钱全归我管，其中有些闲钱可以供我自由使用，我决定把这些钱用来赞助你的计划。”莱尔的小耳朵红得发烫，好像生气的婴儿。

“你明明就是挪用公款吧！”我突然喜欢起这小鬼了。

班恩·天

/

1985年1月2号，上午10点18分

从天家农场骑自行车到金纳吉镇至少要一个小时，但是如果寒风刺骨、脸颊滴血，那又是另一回事了。班恩通常都挑没人的时候到学校打杂，例如星期六，那天摔跤社团在体育馆受训。想想看，你一个人拿着拖把，旁边一堆结实的大块头在那里大摇大摆地走来走去，多尴尬啊！而且，那些人最爱把嚼过的口香糖吐在你拖好的地板上，尽管自知理亏，但他们就是认定你不敢反抗。

今天虽然是星期三，但因为正值圣诞假期，所以体育馆应该没什么人——好吧，训练室除外，那里总是有人，总是传出宛如人工心脏在跳动的嘈杂声。不过现在还很早。一日之计在于晨。他通常都从早上 8 点忙到上午 12 点，到了就先埋头拖地，拖干净了才直起腰杆，在大家还没看到他之前夹紧尾巴溜之大吉，活像一只讨人厌的臭猩猩。有时候班恩觉得自己好像童话故事里面的小精灵，偷偷摸摸把环境打扫得纤尘不染。同学才懒得管环境是否整洁，牛奶喝完了就往垃圾桶扔，残余的牛奶泼得地上到处都是，但也只是耸一耸肩；吃饭时汉堡肉不小心掉到学生餐厅的椅子上也不理，任凭肉汁凝固，剩下的就留给其他人伤脑筋。班恩自己也是，因为每个

同学都这样做。有一次，他的金枪鱼三明治掉到地上，他翻了翻白眼，一副无所谓的样子，但是处理这些垃圾的人除了他还有谁呢？是不是太脑残了！他在心中咒骂自己。

总而言之，要处理这种破事就已经够丢脸了，更糟的是在其他同学的面前处理，而大家还把你当成空气。不过，今天他决定碰一碰运气，仍旧去值班。黛安卓今天早上开车去萨莱纳市购物，这女人少说也有二十条牛仔裤，每一条班恩看起来都差不多，但是她总还需要一件，还缺某个品牌。她喜欢把裤子穿得垮垮的，裤脚卷高，露出脚踝上的袜子。而他总提醒自己要大大赞美新的牛仔裤，可是黛安卓一听完马上就问:那袜子呢？这虽然是玩笑，但不全是玩笑，黛安卓只穿拉尔夫·劳伦（Ralph Lauren）的袜子，每双大概要二十美元，班恩一想到就胃痛。她有一整个抽屉的袜子，圆点的、条纹的、菱格纹的，袜口都有那位准备挥杆的马球手。班恩算了算，那个抽屉里的袜子少说也值四百美元，像珍奇的热带水果般，而那差不多是他妈妈半个月的薪水。唉，有钱人需要买东西，就算只是买袜子。黛安卓有点古怪。她不像预科生——她太野也太花哨——但也不是金属乐迷那一类，虽然她高唱“铁娘子乐团”的歌，爱皮草。她不属于任何一个群体，就只是个“新来的”；大家都认识她，只是不在同一时期。她住过很多地方，其中有很长一段时间是在得州，只要你对她的行事作风不悦，她就会说出那一句：可是得州人都这样。所以不论她做什么都是对的，因为“得州人都这样”。

在认识黛安卓之前，班恩都是过一天算一天；他只是个贫穷、安静的农家小孩，平常都跟其他家里务农的小孩躲在不起眼的角落。他们还没有蠢到会被嘲笑，也从不被人找碴儿，他们充其量不过是学校的背景。对班恩来说，这简直比被羞辱还悲惨。好吧，也许不是；学校有个总戴副厚重眼镜的家伙，班恩上幼儿园时就认识他，一直觉得这人很怪。这家伙竟然上中学的第一周就拉裤子；有人说他体育课爬绳索时大便从短裤里掉出来，也有人说他在教室里拉了一坨屎，各式各样的说法都有，少说也有五六种。反正重点就是，他从此就被叫作“米共”（组合在一起是“粪”字）；每到下课时，他会低下头，视线透过超大的眼镜死盯着地板，但仍有些大块头还是会拍他的头，喊他一声“米共”。他只是继续往前走，苦笑着，假装自己乐在其中。没错，沦为笑柄的确比不起眼还惨，但是班恩受够了，他不想再当那个自小学一年级起就成为大家口中的“文静的红发小乖乖”。又屎又无趣！

真感谢黛安卓看中他，即使他们关系尚未公开。那天她开车撞到他，两个人就这样认识了。暑假时，学校举办新生和转学生的新生训练，那还真是充实的三小时，之后他走过学校停车场，她突然冲出来撞到他，把他撞得趴倒在引擎盖上；她一下车就对他破口大骂：“你有毛病啊！”她嘴里溢散着红酒香味，酒瓶在她那辆本田双门跑车的油门旁滚动。班恩向她道歉（话说他干吗跟她道歉），黛安卓一听就知道班恩不会对她发飙，于是立刻变得友善。她原本还主动提议送他回家，不过最后两人开到镇外，并一同痛饮红酒。黛安卓说她叫艾莉丝，没多久就改口说刚刚是骗人的，其实她叫黛安卓。班恩说她有这么酷的名字为什么还要撒谎，这让她听了很高兴，过了一会儿对他说：“其实你很帅，你知不知道？”

于是，他们开始交往了。班恩其实根本不认识她的朋友，两个人在学校也很少在一起。黛安卓像一只蜂鸟在周围穿梭，有时候她会出现，有时不会；不过光是周末可以看到她也就够了，两个人一起窝在二人世界，完全不去管学校的事。跟黛安卓在一起改变了他，他感觉到自己真真切切地活着。

班恩骑着自行车来到金纳吉镇，学校停车场已经停了几辆卡车和破旧的跑车。篮球社和摔跤社的都来了。他知道每一辆车的车主是谁。他盘算要不要干脆掉头离开，但是黛安卓要好几个小时才会回来，他也没有足够的钱可以到她家附近的汉堡店，那家店的老板只要发现有人不点餐却还坐在店里，就会气到抓狂。再说，在圣诞佳节，一个人坐在汉堡店里，还不如去打工。为什么他妈老是瞎紧张，而黛安卓的爸妈才不管她，他们大多时候都待在得州的家。即使上个月黛安卓因为旷课两周被留校察看，她妈也只是笑一笑。“大人不在，小鬼当道啊，宝贝？至少也写一写功课吧！”

后门用铁链锁起来了，他要进去恐怕得穿过更衣室；一踏进体育馆，人肉味和除臭剂的香味便扑鼻而来；头顶传来篮球的拍球声和训练室的铿锵声，让班恩确定更衣室目前应该空无一人。外面走廊传来拖长音的喊声：“古——柏——等等我！”余音在大理石地板上回响，犹如战场上的呐喊。网球鞋啪啪啪啪地跑过走廊，铁门砰地打开，接着一切又归于平静，只剩下篮球场和训练室的声音。乓乓砰砰。铿铿锵锵。

这群运动员都很讲义气，以示团结，所以储物柜从不上锁，只是用粗鞋带绑着锁环，至少有十二条白鞋带绑着储物柜，而班恩一如往常，犹豫着是否该打开看看。他妈的这些家伙需要些什么东西？学校的储物柜是用来放书的，那体育馆的储物柜呢？放的是止汗剂还是乳液？还是他弄丢的内衣裤？他们都穿一样的护膝吗？乒乓砰砰、铿铿锵锵。有一条鞋带的绳结无力地垂着，没系好，只要一拉，储物柜就开了。班恩还来不及制止自己，手就伸出去扯了一下鞋带，然后轻轻地扳开铁锁。里面其实也没什么好看的，最底下是几条皱成一团的运动短裤、一本卷成圆筒状的运动杂志，挂钩上有个运动手提袋随意地垂挂着，里面好像装了东西，班恩探身进去并拉开拉链。

“喂！”

他转过身，手提袋因晃动而从挂钩上滑落，掉在储物柜底部。摔跤社的格吕格教练手拿报纸站在前面，他那粗糙、满是斑点的脸扭曲着。

“你他妈的干吗开人家的柜子？”

“……我……那个柜子的门本来就开着。”

“啊？”

“真的，我亲眼看到的。”班恩尽可能地轻轻把门关上。千万不要让那些社团成员回来啊！班恩心想。

他可以想象那些凶神恶煞全盯着他，然后新的绰号随之而来。

“开着？那你在那里干吗？”格吕格教练面色铁青，让问题悬在半空中；班恩看不出教练下一步要做什么，也不晓得自己闯的祸有多大，他盯着地板，等着挨骂。

“我说，你在储物柜前做什么？”格吕格教练用报纸拍打自己厚实的手掌。

“我不知道。”

这老家伙继续站在那里，班恩一直想：你就骂我吧！骂完不就没事了！

“你是想拿别人的东西吗？”

“我没有。”

“我只是……”

“那你的手在里面干吗？”

班恩的声音又小了下去。“我以为我看到了东西。”

“你以为你看到了东西？是什么？”

班恩心头闪过各种违禁品：宠物、香烟、色情杂志。他还想到了鞭炮，有那么一秒钟，他真想说储物柜着火了，而自己就成为英雄啦。

“呃……火柴。”

“你以为你看到了火柴？”格吕格教练脸上的怒气瞬间从脸颊烧到平头的发际线。

“我想点烟。”

“你是那个临时清洁工吧？叫什么天的？”

格吕格教练的语气让他的名字听起来很蠢，像个娘儿们。教练的视线瞄准班恩额头上的伤口，马上就注意到班恩的头发。

“你染头发。”

班恩顶着那头乱糟糟的黑发站着，觉得自己正被归类、唾弃，被归属为败类、毒虫、瘪三和奴仆。他能感觉到这些词一定在教练心中狂吠。教练嘴角抽搐着，“滚出这里，到别的地方打扫，等我们都走了再回来。我们这里不欢迎你。知道了吗？”

班恩点头。

“你干吗不再大声复述一遍，好让人知道你听懂了？”

“你们不欢迎我。”班恩嗫嚅道。

“快滚！”他的口气好像班恩是五岁小孩，要把他赶回家去找妈妈。

班恩乖乖地走了。他爬上楼梯，回到清洁工潮湿的工具间，一滴汗水从他背上滑落。班恩大气也不敢出。当他非常生气时会气到忘了呼吸。他拿出工业用水桶，锵啷锵啷放进洗手槽，开热水，倒入小便颜色的清洁剂，氨水的强烈气味直冲他的眼睛，然后准备把水桶放到导轮架上。水装得太满，当他试着从洗手槽边缘提起水桶时，水桶翻倒了，将近两升的水溅到他的身上。他的裤裆和裤腿都湿了，好像他尿裤子一样。天家小清洁工。湿掉的牛仔裤紧贴着他的大腿,布料也变得硬邦邦的。他得湿着胯下连干三小时的粗活，牛仔裤还硬得像厚纸板。

他低声咒骂，用工作鞋往墙壁上踢了一脚，震得水泥灰飞扬，接着又往墙上揍了一拳。

他尾音拔高狂吼，然后像个胆小鬼一样蜗居在工具室里，生怕格吕格会循声而来，把他骂得更惨。

没有动静。没人会有兴趣跑来一窥工具间究竟发生了什么事。

他一周前就应该来打扫了，可是黛安卓抱怨说都已是圣诞假期了，别管那么多。果然，学生餐厅的垃圾桶满是滴着糖浆的汽水罐、沾着鸡肉沙拉的三明治包装纸、一份发霉的1984年岁末特制午餐，以及一锅茄汁汉堡肉。全部都腐烂发臭了。他的毛衣和牛仔裤还沾到一些，除了汗臭和氨水的尿骚味，他身上还有食物的腐味。他不能就这样去黛安卓家。他还真是个大白痴，一开始竟这样计划。他现在必须先骑自行车回家，听他妈妈训话训个三十分钟，冲澡，然后再骑去黛安卓家——前提是如果他没被妈妈禁足。管他的，他还是会去。这可是他的身体、他的头发——他搞砸的变态黑发！

他拖完地板，清空教师休息室里的垃圾——这是他最喜欢的工作，听起来好像很了不起，但其实就只是整理一些轻如落叶的皱纸。他的最后一项工作就是将连接中学和小学的走廊拖一遍。过了走廊，小学那边也有处境尴尬的学生清洁工。整条走廊贴满了中学足球社、田径社、戏剧社等花花绿绿的公告，接着慢慢转换成儿童的世界，小学的墙上贴满了字母表和华盛顿故事读后感。通往小学的入口有两扇宝蓝色的大门，纯粹只是装饰，连个锁也没有。他从少年学园拖到儿童园地，接着把拖把扔进水桶，大脚一踢，将它们全踢得远远的。水桶顺着水泥地一路滚到墙边，泼了一地的脏水。

他在金纳吉镇立学校一路从幼儿园念到八年级，虽然他现在站在中学部，身上沾满中学部的垃圾，但其实他对小学部比较有感情。

他想推开其中一扇蓝色大门，到幽静的小学晃一晃，不知不觉就走了过去。只是对老地方打声招呼而已。

班恩听到身后的门砰的一声关上，顿时整个人都放松下来。这里的墙是柠檬黄色，更多的布置在每间教室外。金纳吉镇很小，每个年级都只有一个班。中学就不一样了，因为加收了其他乡镇的学生，所以人数是小学的两倍。

小学永远都是那么亲切又舒适。他在墙上瞥见一幅微笑的太阳，旁边的名牌写着：蜜雪·天，十岁。还有一幅画着一只穿背心的猫，猫的脚上穿着有扣饰的皮鞋（也许是高跟鞋）。总之，猫笑着，手上拿着礼物，送给一只端着生日蛋糕的老鼠。这幅画旁的名牌写着：丽比·天，一年级。班恩四处张望，但都没有看到黛比的画，仔细想一想，黛比会画画吗？记得有一次她帮妈烤饼干，因为出气太大声，面糊溅得食谱上到处都是，她吃掉的面糊远比她烤出来的饼干多。黛比才不是那种会有作品被贴出来的小孩。

走廊两边立着给小学生摆放个人物品的黄色储物柜，上面都贴着写有小朋友名字的彩色胶带。他探头看一看丽比的柜子，里面有一颗含过的薄荷糖和一根回形针；黛比的是一个有着烟熏香肠臭味的褐色纸袋；蜜雪的则是一袋干掉的马克笔。为了打发时间，他又看了看其他柜子，发现其他小朋友的东西可多了，有整盒六十四色无毒蜡笔、电动玩具车、电子洋娃娃、厚厚一叠彩色纸、钥匙圈、贴纸本、一包又一包的糖果。好惨。班恩心想，这就是孩子生太多又养不起的下场。每次他提到家里的窘境，黛安卓就会说：哎呀，那当初就应该少生一点啊。黛安卓是独生女。

班恩掉头走回中学部，却发现自己正浏览着五年级的储物柜。她就在这里——那个暗恋他的小女孩可丽希。

她的名字是用鲜绿色的笔写的，还在名字旁画了一朵雏菊。可丽希就是“可爱”的代表，就像玉米片广告里的小女孩，金发蓝眼，一副娇生惯养的模样。不像他的妹妹们，可丽希所穿的牛仔裤永远合身、干净、烫过，衬衫和袜子（或发夹等）永远是同一个色系。她不像黛比有口臭，也不像丽比满手脏兮兮。她的手上都涂了粉红色的指甲油，一看就知道是她妈妈帮她涂的。他打赌她的柜子里一定都是草莓女孩[①]的玩偶和其他可爱的小玩具。

甚至连她的名字——可丽希·凯兹，都那么完美、有点儿酷又不会太酷。等到她上中学，一定会加入啦啦队，一头金色长发垂在腰际，到时候她也许早已忘记自己曾经迷上一位名叫班恩的学长。那时候他都几岁了？二十岁？说不定他会和黛安卓从威奇托市开车回母校看比赛，可丽希在啦啦队跳到一半回眸时看到他，脸上立刻绽开灿烂的笑容，兴奋地朝他挥手；黛安卓像马嘶鸣般仰天大笑，说：“威奇托市一半的女人都爱你还不够，竟然连可怜的中学女生也不放过吗？”

可丽希比蜜雪高一个年级，他原来根本无缘认识她，但是学期初的某天，一直很喜欢他的娜吉儿老师请他帮忙监督当天的美术课后辅导，因为那天课后辅导老师刚好没来。他知道应该回家，也知道妈妈不会因为他去帮忙而骂他，平常在家她都托他照顾妹妹；再说，比起挑粪，混合水彩颜料多让人心动。可丽希就是他课后辅导课的学生，但是她好像对画画不感兴趣，只是随便用笔刷蘸一蘸颜

① 草莓女孩是卡通片《草莓乐园》的女主角。——编者注

料，直到整张纸被涂成屎褐色。

“你知道这像什么吗？”他问。

“大便！”说完她咯咯笑了起来。

小小年纪就懂得放电，一看就知道她是天生招人喜欢，认为大家都会喜欢她。嗯，他真的喜欢她。他们在长长的死寂之间有一搭没一搭地聊着。

“你住哪里？”

挥洒、涂涂、抹抹。刷子蘸一蘸水，再度挥洒、涂涂抹抹。

“萨莱纳市附近。”

“你从那么远的地方来这里上学啊？”

“我家附近的学校还没盖好。明年我就可以上家附近的学校了。”

“坐车要坐好久啊。”

椅子嘎吱一阵，双肩重重一沉。

“对呀。好讨厌。放学后要等好久爸爸才会来接我。”

“这样啊。上美术课不错啊。”

“也是。不过我更喜欢芭蕾，我周末都在跳芭蕾。”

“周末跳芭蕾”说明了许多事。她大概是那种家里后院有游泳池的小孩，或者就算没有游泳池也有戏水池。

他本来想跟她说他们家养牛，看看她是否喜欢动物，不过他觉得自己太急着讨好她了。她年纪小，应该是她来跟他炫耀才对。

后来他自愿帮忙带那个月的课后辅导课，一边嘲笑可丽希画的画（你画的那是什么东西啊？乌龟吗？），一边听她讲芭蕾舞的事。

有一天，这个勇敢的女孩溜到中学部，站在他的储物柜前面等他。她穿着口袋有亮片蝴蝶的牛仔裤和粉红色衬衫，衬衫上两颗像软糖一样的胸部凸起。没有人理会她，只有一位有妈妈味的女同学想护送她回到学校的另一边。

“我没事。”她告诉那女生，并顺手拨一下头发，转头对班恩说，“我是来给你这个的。”

她递给他一张折成三角形的纸条，正面用蓝笔写着他的名字。她得意扬扬地走了，虽然周遭都是身高高出她一半的学长、学姐，但是她丝毫不以为意。

我在美术课认识了一个男生，
他名叫班恩，
火红的头发，
雪白的皮肤，
我想要，
赢得他的心。
说，说你爱我吧。

纸条最下面是个“长”字，最后那一捺的上方写着“信晚点”。他看过朋友的朋友收过类似的信，自己却是一封也没收过。去年情人节他总共收到三封信：一封是导师给的，因为她不得不给；另一封是个好女孩写的，大家都有一封；最后一封是追他追到都好像要哭出来的胖妹给的。

黛安卓偶尔也会写纸条给他，但是她写的纸条一点也不可爱，不是脏话连篇就是怒气冲天，而且都是她留校察看时乱写来打发时间的。从来没有女生为他写过情诗，而且她好像一点都不觉得自己还太小，这更显得她清纯可爱。隔天她在美术教室门口等他，问他可不可以陪她在楼梯上聊天，他说可以，但是不能太久，最后两个人在阴暗的楼梯间说说笑笑了一个小时，中间她还一度搂他的手臂，整个人往他身上靠，他知道应该制止她，但是感觉如此甜蜜，并不过火，只觉得舒服，不像黛安卓又抓又吼，也不像他妹妹只会打闹，女孩子就该像可丽希这样，甜得刚刚好。她擦着闻起来很像泡泡糖的唇蜜，班恩穷到根本没钱买泡泡糖，泡泡糖总是让他垂涎。

他们过去几个月来都延续相同的相处模式，周中一起坐在楼梯间等她爸爸来接她，周末则不联络。她偶尔也会忘记要等他，只留他一个人站在楼梯间，手里握着打扫学生餐厅时捡到的绮果彩虹糖。可丽希喜欢吃甜食。他的妹妹们也是，像甲虫一样，哪里有甜的就往哪里钻。有一次他回家还撞见丽比直接从罐子里挖果酱来吃。

黛安卓完全不知道他和可丽希的事。偶尔她来上学，下午 3 点 16 分一到马上冲回家，准时收看连续剧和《唐纳修脱口秀》(她通常都边看边挖搅拌盆中的蛋糕糊来吃，女生不吃甜食会死吗？)。就算黛安卓知道也不会怎样，他就像可丽希的小老师，教她功课、跟她聊一聊中学的事。说不定他很适合念心理学，或是当老师。

他和可丽希就只有一件事比较暧昧。那是圣诞节之前的事，而且只有一次。当时他们坐在楼梯间，舔着青苹果口味的水果糖，并互相推挤彼此；突然间，她靠得比平常更近，青苹果的香气哈在他的脖子上，热热的;她紧黏在他身上，一句话也不说，就只是呼吸;而他的肱二头肌可以感觉到她扑通扑通的心跳，像一只小猫；她手指游移到他的腋下，一张小嘴突然凑在他耳朵旁边，哈得他的耳朵都湿了；他的牙龈因为糖果香气一跳一跳的，感觉那两片嘴唇顺着他的脸颊往下移动；一阵颤抖从他手臂传来。在两人都还没意识到怎么一回事时，她那张小脸就赫然出现在他眼前，小嘴巴贴上他的唇。两个人一动也不动，感受着频率一致的心跳，她整个身体在他的大腿间，他的手僵硬地贴在身侧，浑身是汗。

丽比·天
/
现在

所以，在长大成人后，我终于要去见我哥了。那天和莱尔喝完啤酒，回到家后我还真的翻开芭芭拉·艾歇尔的《解救家人大作战》，在读了几章令人头脑昏沉的佛罗里达监狱体制的运作方式后，我迅速翻过破破烂烂的书页来到版权页：1985 年出版。这本书还真没啥用！我开始担心芭芭拉寄来更多一无是处的垃圾包裹，例如亚拉巴马州没落海滨公园的导览手册、已灰飞烟灭的拉斯维加斯酒店指南，或是针对千禧虫发出的警告。

最后我把所有安排事宜交给莱尔处理，告诉他我不知道应该联络谁才好，实在头疼，但实情是我根本懒得弄。我没什么耐心：拨号后又要等待，好不容易接通了，但是没说两句又要继续等，而且还要客客气气地跟生过三个小孩、每年的新年愿望都是上大学的暴躁女交涉，还有些女人则是爱含糊其词，专门挑你的错处，让你乖乖闭嘴。这种女人就是犯贱，但是你又不能骂她贱，否则你就会像玩滑道和梯子游戏[①]一样回到

① 滑道和梯子游戏（Chutes and Ladders），是一种幼儿桌游，与有名的“蛇梯棋”的玩法类似。——译者注

起点，而这会让你下次打电话过去的语气更客气。还是让莱尔处理好了。

班恩就被关在金纳吉镇郊外，1997 年，农地合并后便盖了这栋监狱。金纳吉镇几乎就位于堪萨斯州的正中央，离北边的内布拉斯加州的州界不远，一度还号称是美国本土四十八州的地理中心、美国之心。20 世纪 80 年代，爱国主义盛行，这个头衔相当了不起，堪萨斯州的其他城市全都抢着要，但是金纳吉镇民根本无视其他城市，兀自得意扬扬。这个头衔可是金纳吉镇唯一受人瞩目的焦点，地方上的商会借此贩卖海报和印着爱心的 T 恤，而爱心中央还用花体写着市名呢！黛安阿姨每年都会买一件给我们三姐妹，除了因为我们喜欢心形外，还因为金纳吉在古老的印第安语中的意思是“神奇的小女孩”。黛安阿姨巴不得我们都是女性主义者。我妈笑说这肇始于黛安阿姨不喜欢除毛。我不记得我妈说过这样的话，但是我记得在凶案后，黛安阿姨在房车里抽着烟，用侧面画着小木屋并写着她名字的塑料杯喝冰茶，一如往常地用她愤世嫉俗的乡音告诉我这段往事。

最后我们都错了。金纳吉镇的消息来源有误，新罕布什尔州的莱巴嫩市才是真正的美国之心。

我本来以为我还要等上好几个月才能去探监，没想到堪萨斯州立监狱迅速将访客证发了下来。（“对囚犯而言，与亲朋好友互动好处很多，有助于狱友与外界保持联系。”）公文往返，废话连篇，然后我花了几天的时间浏览莱尔给我的资料，阅读班恩的判决书的副本；我早该看的，只是我提不起勇气。

那资料让我直冒汗。我的证词净是扭曲现实的童言童语（我说：我想我哥带了一个巫婆回家，然后巫婆把大家都杀了。而检察官只回了一句：这样啊，告诉我到底发生什么事了好不好？），以及一段连哄带骗的对话（我在妈妈房间的门口看到哥哥，他拿着家里的猎枪威胁妈妈）。至于班恩的辩护律师——他简直想用卫生纸把我包起来，放在羽毛做成的床铺上——盘问时字斟句酌。（丽比，你对于你看到的是否有点搞混了？你肯定，肯定那人真的是你哥哥吗？你是不是觉得因为我们喜欢听，所以才这样说呢？）而我对问题的回答是：没有，确定，不是。到了最后，每个问题我一律回答大概吧，言下之意就是我受够了。

尽管班恩的辩护律师强调蜜雪床单上的血迹很可疑，沾有天家人血液的皮鞋脚印也很神秘，但就是拿不出另一套说法，说服大家凶手另有其人。虽然可能还有其他人来过我家，但是屋外既没有车痕也没有脚印可以证明。

1月3号一早，气温骤升六摄氏度，冰雪瞬间消融，将所有证据都化成泥水。

除了我的证词，还有许多事实都对班恩不利，例如他无法解释脸上的抓痕是从哪儿来的；最初辩称是蓬头男杀了我们全家，后来又迅速改口说“整晚不在家，什么都不知道”；除此之外，班恩房间的地板上有一大把蜜雪的头发，再说他那一整天的行径都非常疯狂。他先是把头发染黑，而这让大家都觉得非常可疑；几个学校老师证实看到他在校园里“搞鬼”，怀疑他不是要去拿藏在他储物柜里的动物尸体（动物尸体？），就是想偷其他同学的东西；后来他又去参加了不良少年的聚会，还吹嘘自己膜拜撒旦的事迹。

班恩的处境对他自己也很不利，他没有不在场证明；他有家里的钥匙，而凶手又并非破门而入；那天一早他还跟妈妈吵架。再说，他实在很愚蠢。检察官声称他是膜拜撒旦的杀人凶手时，他竟还兴高采烈地提他的爱歌，说它们让他想起地狱、想起撒旦的力量（我们都有兽性，撒旦怂恿你感觉到了，做就对了。）在审判过程中，检察官叫班恩“不要再玩头发了，你知不知道事态严重？”

“我知道你认为事态很严重。”班恩回答。

这跟我认识的哥哥不一样，我印象中的哥哥很文静、很拘谨。莱尔的资料中有几张班恩出庭时的照片，他将黑发扎成马尾（为什么律师没帮他剪掉？），穿上不合身的西装，脸上不是冷笑就是面无表情。

虽然说就连班恩都不愿意帮自己一把，这份资料还是让我面红耳赤。不过看完以后我觉得心情舒坦了一点。就算班恩真的是无辜的，但他会入狱也不完全是我一个人的错。我们每个人都有一点点错。

答应会去见班恩的一个星期后，我真的要去见他了。我开车朝家乡前进，我至少有十二年没回家乡了，而它在没有经过我同意的情况下已经完全变成了一座监狱城。世事变化太快，压力顿时减轻。本来我还安慰自己，说我打死也不回金纳吉镇，抵死不会开上那条通往老家的泥巴路，这才把自己诱哄上车。但其实我的老家已经不在了，它几年前就被买走，还立刻被夷为平地；我妈用廉价花卉海报装饰的墙壁倾颓了，我们当年哈气企盼访客到来的窗户粉碎了，妈妈用铅笔记录哥哥姐姐身高的门框也断裂了，但养到我的时候妈妈已经懒得记（只帮我量过一次身高：丽比，九十六厘米）。

我开了三个小时的车到堪萨斯，先是在燧石山上颠簸，接着突然转入平地，两旁的招牌热情地向我招手，包括“灵缇犬[①]博物馆”“电话博物馆”“世界最大的麻线球”，我的爱乡之情油然而生：我应该全部都去参观一遍，就算只是扮一扮观光客也好。最后我下了高速公路，在如拼图般的乡间小路上一路朝北、转西、朝北、转西前进，两旁绿油油的农田缀着黄色和咖啡色，好似一幅田园点染画。我一手搭着方向盘，一手在感伤的乡村音乐频道和福音摇滚乐频道间来回调整。3月的阳光想方设法地晒热车身，烧红我怪异的火红发根。这样的红，这样的热，让我再次想起了血。旁边副驾驶座上摆着飞机上提供的那种小罐伏特加，我打算到了监狱再喝。这酒是自开处方，刚好可以让我麻木，也让我一路上都能将手摆在方向盘上，脖子向后仰，免得我在路上就把酒干了。

接着，仿佛变魔术一样，就在我想着快到了，辽阔的地平线上就冒出一个小小的牌子。我知道那上面一定写着：欢迎来到美国之心金纳吉镇！字体依旧是20世纪50年代的草写体。还真没错！我甚至可以看到左下角那一堆弹孔，那是好几十年前，路尼从小货车上开枪扫射留下的弹痕。再往前开，这才发现那些弹孔全是我想象出来的，这面招牌是新的，但仍是同样的脚本：欢迎来到美国之

---

① 灵缇犬，又名格力犬，原产于中东地区，是世界上奔跑速度最快的狗，是陆上速度仅次于猎豹的哺乳类动物之一。——编者注

心金纳吉镇！到现在还在撒谎，我喜欢。驶过一面路牌，另一面路牌又来了：堪萨斯州立监狱，前方左转。我照着路标往西边开去，沿途经过以前艾佛里家的土地。哈哈，姓艾佛里的，你们活该。虽然我心里这样想，但其实我根本不记得艾佛里一家人做过什么坏事。总之，在我印象里，他们一家人不是好东西。

我在这条往西行的小路上减速慢行，一路往金纳吉镇的郊区开去。金纳吉镇从来就不是什么繁华的城镇，放眼望去大多是挣扎求生的农舍、几户在石油热时期盲目兴建的胶合板住宅。眼前的金纳吉镇更潦倒了。监狱事业没能拯救这个市镇。街道两旁林立着当铺和不堪一击的房舍，不到十年就已经摇摇欲坠，凌乱的院子中间站着一脸震惊的孩子，满地垃圾，包括食品包装、吸管、烟屁股等；不知道是谁将吃完的整套外带餐盒——有塑料叉子、塑料杯、塑料盒——丢弃在人行道边缘；一旁的下水沟盖上四散着沾了番茄酱的薯条；就连路旁的树都是一派凄凉，又秃又矮，花朵执意不肯开。在这片街区的尽头，一对身材矮胖的年轻恋人坐在冰激凌连锁店“冰雪皇后”的长椅上，在冷冽的空气中望着车流，好像在观看电视节目一样。附近的电线杆上，一张分辨率很低、面无笑容的少女照片在风中翻飞，她在 2007 年 10 月失踪。过了两条街，我原本以为又看到同一张寻人启事，没想到这次失踪的是另一个小女孩，从 2008 年 6 月开始就没了消息。两个小女孩都很邋遢、乖戾，这就是为什么她们没有莉赛特那样的待遇。我在心中默记：一定要去拍一张笑容甜美的照片，以防哪天失踪没人理。

再往前开几分钟，监狱突然出现在一块被太阳烤焦的空地上。

没有我想象中的壮观，虽然我只想象过几次。这栋监狱的外观就像一般的郊区房子，占地面积很大，可能会被误认成哪家冰箱公司的区域服务处或是某家电信公司的总部，差别只在监狱的围墙上设有一圈一圈的铁丝网，螺旋的形状让我想到电话线——班恩和妈老是为了它争执不休，而我们一家人更是常被那条电话线绊倒。因为那条该死的电话线，黛比手腕上被烫出一块星形伤痕。我故意咳了一声，只为了听到一点声音。

我驶进停车场。在坑坑洼洼的小路上开了一个小时，沥青铺成的道路开起来格外顺畅。停妥后，我坐在车上发呆，车子因为开了这么久而呼哧不止。监狱的围墙内传出耳语和喧嚣,放风时间到了。伏特加下肚，像被针扎了一下。我嚼着快嚼不动的薄荷口香糖，一下，两下，然后把口香糖吐在三明治的包装纸上，感觉耳朵因为喝了酒而发烫。我把手伸进毛衣里，解开胸罩，感觉胸部“咻”地往下掉，又大，又垂，像狗的折耳，搭配车窗外面杀人犯投篮的声响。这是莱尔给我的建议，他说得结结巴巴的，遣词用字分外小心：你只有一次过金属探测器的机会，跟机场安检不一样，没办法作弊，所以你最好把所有金属物品都留在车上；嗯……包括……包括你们那……呃……那……我想是叫钢圈吧？就是在胸罩上的那个。可能会害你探监不成。

好吧。我把胸罩塞在车内的杂物箱里，让我的胸部到处乱晃。

进入监狱后，警卫倒是都彬彬有礼，似乎看过很多礼仪教学录像带：是的，小姐，这边请。他们的目光接触如蜻蜓点水，我可以从他们眼中看到我的形象：可疑分子。搜身。盘问。可以了，小姐。

然后除了等候还是等候。我走过一道又一道的门，门开了又关，开了又关，每道门的大小不一，俨然是一座铁门乐园。地板散发着漂白粉的味道,空气中则飘着牛肉和潮湿的气味。食堂一定就在附近。我感到一阵晕眩，怀旧之情袭来：我想起学校的营养午餐，大胸脯的妇人在水蒸气中对着收款机大喊“免费午餐”，我们几个天家的孩子就去拿酸奶料理和常温牛奶回来。

看来班恩还挺会挑时间的：堪萨斯州的死刑一会儿废除、一会儿执行，案发当时，死刑正缓期执行（想到这里，我对自己新的说辞感到不悦，我竟然用“案发当时”，而不是“班恩杀人的时候”)。班恩被处以终身监禁，但至少我可没害他丢了小命。我在铁门如潜水艇舱门般光滑的会客室外站了好一阵子。“小事一桩，做就对了！小事一桩，做就对了！”这是黛安阿姨的口头禅。我不能再想这些家庭琐事了。拘谨的金发警卫就在我身边，他话不多，暗示我：你先请。

我推开门，逼自己走进去。里面有一排隔间，共有五间，其中一间坐着壮硕的印第安妇人，正在和她坐牢的儿子通话。妇人的黑发披散在肩膀上，看起来很凶悍。她无精打采地对儿子唠叨，儿子有一下没一下地点头，电话贴在他的耳边，但眼睛却看着下面。

我跟印第安妇人中间隔了两个隔间，才坐定、吸了一口气，班恩就从铁门后面闪进来，像一只投奔自由的猫。他个头很小，大约一米六七高，头发的颜色已变成铁锈色，长长地披垂在肩上，像女孩子一样塞在耳后。

他戴着一副有框眼镜，身穿橘色工作服，貌似认真的技工。会客室很小，他才走了三步就来到我面前，默默地笑着，面露喜色。他坐下来，一只手贴在玻璃上，对我点点头，示意我做同样的动作。我办不到，我无法隔着玻璃跟他掌心对贴，手心的温度让玻璃受潮，像火腿。我羞怯地朝他微笑，拿起话筒。

在玻璃的另一边，他手握听筒，清一清喉咙，眼睛往下看，好像有话要说，但是一开口就打住，徒留我盯着他的头顶看了足足一分钟。他抬起头，哭了，两行清泪滑落脸颊。他用手背擦干眼泪，笑一笑，嘴唇在颤抖。

“天啊，你跟妈好像。”他突然迸出这么一句话，咳了几声，又抹一抹眼泪。“我没想到你们这么像。”他的眼神在我的脸和他的手之间飘忽闪烁。“哦，天啊，丽比，你好吗？”

我清了清喉咙，“我想还可以吧！我想是时候该来看看你了。”我真的长得有点像妈，我心想。真的很像。

接着，我想起了我的大哥，内心又感到一阵骄傲，就像小时候一样。他一点也没变，脸色依旧苍白，鼻梁上有个天家特有的疙瘩，而且自从凶杀案后几乎没再长高。我们的发育似乎在一夕之间停止了。哦，我的大哥，看到我他高兴得不得了。他可会逗你了，我默默警告自己。接着又把这则告诫抛诸脑后。

“太好了，太好了。”班恩说着，眼神直盯着手掌侧缘。“这些年来我常常想起你，好奇你现在过得怎么样。这里的生活就是这样，每天就是想呀想的。偶尔也会有人写信来聊起你，但那还是不一样。”

“当然不一样。”我附和，“他们没虐待你吧？”我愚蠢地问着，眼神失焦，蓦然落泪，只想说对不起对不起对不起。可我什么也没说，徒然盯着班恩嘴角那一圈痘子。

“我很好。丽比，丽比，看着哥哥。”我跟他四目相对。“我很好。真的。我在这里拿到了高中文凭，在外面哪能实现，而且我现在正在攻读大学文凭呢。主修英国文学。妈的我竟然在读莎士比亚。”他从喉咙发出一串嘎啦声，他就是喜欢这样笑。“是真的，你这肮脏的家伙。”

我不知道他最后一句话是什么意思，但还是牵动了一下嘴角，因为他在等我微笑。

“天哪，丽比，我真想把你给吃了。看到你我真高兴。抱歉。你长得实在跟妈太像了。是不是常常有人这样说？”

“谁会这样说？半个也没有。爸跑了，不知道去了哪里，黛安阿姨跟我断了联络。”我希望他可怜我，在我空荡荡的自怨自艾里漂流。天家就只剩我们两个人了。如果他可怜我，就不会轻易责怪我。我眼泪直流，就让它流个够吧！两个隔间外，印第安妇人正在和儿子道别，她的哭泣如同她的声音，是那样的低沉。

“你自己一个人啊？这样不好。他们应该好好照顾你的！”

“你是怎么了？投胎转世啦？”我脱口而出，满脸泪痕。班恩皱起眉头，显然不懂我的意思。“这么说来，你是原谅我喽？不然你应该不会对我这么好。”其实我渴望他的原谅以获得解脱，就好像可以放下热腾腾的盘子一般。

“哎呀，我也没那么好。”他说，“我生很多人的气，但就是不生你的。”

“可是，”我说，像孩子似的把呜咽往肚里吞，“可是……可是我的证词，我……我想我……我明明可以……唉……我不知道，我不知道……”凶手除了他之外没有别人，我再次警告自己。

“哦，那个……”听他说话的口气，好像那只是一件不足挂齿的小事，或者某年暑假发生的小意外，赶快忘掉最好。“你没看我写给你的信吗？唔？”

我微微耸一耸肩，算是回答。

“……说到你的证词，我唯一震惊的是那些大人居然相信你说的话。你会说那些话我一点也不讶异。你那时候肯定是疯了，更何况你本来就爱撒谎骗人。”他说完哈哈大笑，我也跟着笑了，两个人配合得刚刚好，就像同时咳嗽一样。“说真的，他们竟然相信你说的话？他们想要把我关起来，而我也想把自己关起来，所以才信了你的鬼话。该死的七岁小鬼。我的天，你当时还那么小……”他的眼珠转向右边，开始发呆，然后突然回过神说，“你知道我前几天想到什么吗？说也奇怪，我竟然想起那只该死的陶瓷兔宝宝，就是妈要我们放在马桶盖上的那一只。”

我摇摇头，一点头绪也没有。

“你不记得了？就是那只兔宝宝啊？那时候马桶坏了，如果一个小时内连续有两个人上厕所，马桶就冲不下去；所以，如果不能冲水的时候刚好有人大便，就要盖好马桶盖，把兔宝宝放在上面，才不会有人一掀开马桶盖就看到满满的大便。因为你们那时候总是动不动就尖叫。我不敢相信你竟然不记得了。这件事真是丢人，我还因此气恼了好久。我恨我必须跟你们共享一间厕所；我恨我们家的马桶连冲个水都没办法，我恨那只兔宝宝，那只兔宝……”他又似笑非笑的，“我觉得那只兔宝宝像是在羞辱我，害我一点男子气概也没有。我觉得那只兔子是冲着我来的。妈应该要让我用个车子或手枪模型才对。天啊，我当年还真叛逆。我当时会站在马桶旁边，心想：我绝对绝对不要放什么鬼兔子。然后，就在我转身准备离开时，又会想：真要命，还是放好了，不然她们一会儿进来又要尖叫了。你们那时候很爱怪叫，‘呀——’的一声，尖得刺耳，我可没兴趣听，倒不如乖乖把该死的兔宝宝放在该死的马桶盖上！”他又笑了起来，不过回忆这段往事也够他受的了，他的脸都红了，鼻头上也全是汗。“在这里就是会想起这些事。这些奇怪的事。”

我在记忆里搜寻那只兔宝宝，试着一一细数浴室里摆放的物品，还是什么也想不起来，只流了一手的汗。

“对不起，丽比，不该跟你分享这种乱七八糟的事情。”

我把一只手指头的指尖抵在玻璃窗下方，说：“没关系。”

我们静静地坐了一会儿，假装在听根本不存在的噪音。我们才刚聊开，会客时间就快结束了。“哥，我可以问你一件事吗？”

“可以啊。”他面无表情，等着我发问。

“你不想离开这里吗？”

“当然想。”

“那你为什么不老实告诉警方你那天晚上的不在场证明？最好是你那天晚上在谷仓里过夜！”

“可是我没有充分的不在场证明啊，丽比。没有就是没有。事情就是这样。”

“但是那天气温大概零摄氏度以下吧，我记得。”我在桌子底下摩挲我剩下的半截手指，扭一扭右脚仅存的两根脚趾。

“我知道，我知道。你很难想象吧。”他别过脸，“你一定无法想象，这么多星期……这么多年来，我都在牢房里面想，如果事件重演，我一定不会像当年那样。如果……如果我能像个男人一样，妈和蜜雪和黛比就不会死了。要是我不那么蠢就好了。竟然躲在谷仓里，跟妈妈赌气。”一滴眼泪滴溅到话筒上，“咚”的一声，我想我听见了。“我因为那晚而被关在这里也是活该……我觉得……无所谓。”

“可……我不明白。你为什么……不肯跟警方配合？”

班恩耸一耸肩，表情又回到那张死人脸。

“唉，天啊，我也真是的。我就是这么没自信。我是说，我那时候才十五岁，丽比。十五岁。我不晓得要怎么做才能算个男人。毕竟爸也没能帮上多少忙。我是那种不论怎样做，大家也都对我不理不睬的小孩；没想到，一夕之间，大家变得好像很怕我。天灵灵，地灵灵，我就变成了大人物。”

“杀光全家的大人物。”

“你想骂我混账白痴吗？丽比，尽管骂吧！求求你。对我来说，事情很简单：我已经说了我没有杀人，我知道人不是我杀的。可是……我不知道，是心理防卫机制吗？我本来应该认真看待整件事的，但是我没有。如果我能照大家想的去做，现在可能就不会被关在这里了。我晚上会埋在枕头里放声大哭，白天则在大家面前装酷。我搞砸了。相信我，我知道我搞砸了！不过话说回来，根本不应该把一个十五岁的少年抓到证人席上，法庭里都是他认识的熟面孔，却希望看到他一把鼻涕一把眼泪。我当时认定自己最后一定会无罪释放，到时候在学校就会因为我表现得太酷了而备受崇拜；我是说，我那时候都在幻想这些英雄大侠桥段，根本没想到……自己竟然会有坐牢的一天。”说到这里，他的声音都哽咽了，又开始拭泪。“看来我现在已经不在乎在别人面前掉眼泪了。”

“我们一定要翻案。”我终于吐出这句话。

“除非找出凶手，否则根本不可能翻案。”

“我看，你需要新的律师。”我开始讲起道理，“现在有 DNA，可以做的事情可多了……”对我而言 DNA 是某种神奇的元素，这种黏糊糊、闪亮亮的物质可以洗清所有冤案。

班恩抿着嘴笑了一声，他从小就喜欢这样，故意让人听了不舒服。

“你说话怎么跟爸一样！”他说，“我每隔两年就会收到他的信：DNA！我们需要 DNA！说得好像我这里藏了一大堆，不肯拿出来似的。D—N—A！”他又复述了一遍，并模仿着路尼摇头晃脑的模样。

“你知道他现在人在哪里吗？”

“上一封信是从伯特·诺兰收容所寄来的，在俄克拉何马州。他要我寄五百美元过去，这样他才能帮我调查案情。我不知道伯特·诺兰是谁，只知道从他让爸住进那里的第一天起，他的人生就毁了。”他卷起袖子，抓抓手臂，正好让我看到上面刺着一个女生的名字，最后两个字不知道是“幼丽”还是“幻丽”。我故意让他发现我注意到他手上的刺青。

“哦，这个？都过去了。我们刚开始是笔友。我以为我爱她，我以为我会娶她，后来才发现她不想跟被判无期徒刑的男人天长地久。如果她能在我刺青之前告诉我就好了。”

“一定很痛。”

“没有，不痛不痒。”

“我是说你们分手……”

“嗯，是不太好受。”

警卫打了个手势，表示会客时间只剩三分钟，班恩翻了翻白眼：“三分钟能讲什么呢？两分钟可以计划下次什么时候见面。五分钟可以将话题做个结尾。三分钟？”他噘起嘴，啧了一声。“丽比，我真的希望你可以再来看我。我已经忘了我有多想家。你长得跟妈真像。”

佩蒂·天
/
1985年1月2号，上午11点31分

伦恩离开后，她躲进厕所里。他那张堆笑的脸依然下流，依然在问她要不要——她才不要他的帮助。三个丫头一听到关门声，立刻一窝蜂地从卧室里跑出来，在浴室门外压低嗓音召开小组会议，然后决定不理她而去看电视。

佩蒂环抱着肥嘟嘟的腹部，一身冷汗。爸妈的农场，没了。她内疚得胃绞痛，正是这种内疚感，让她一直是父母心中的乖女儿，一直害怕让父母失望。老天，求求你，求求你别让我爸妈发现。她一直想要这座农场，爸妈也放心地把农场传给她。她想象父母坐在白云上，爸爸搂着妈妈的肩膀，两个人垂下眼睛看着她，一齐摇头：你究竟干了什么疯狂的事，连这你也做得出来？

这下必须搬到别的市镇了。金纳吉镇没有公寓，到时候她白天去上班，一家五口则挤在小小的公寓里，不过前提是她要找得到工作。她以前都很同情住在公寓里的人，连隔壁邻居打嗝、吵架都听得一清二楚。她双腿一软，忽然像个泥娃娃似的瘫倒在地上。她没有足够的力气离开这座农场，这几年下来，她的精力全用完了。她有时候连下床都懒得下，将双腿从被单底下探出来都嫌困难，非得

要三个丫头来拉她，她们寸步不离地死拖活拖，她这才下床做早点，打发她们去上学，脑子里则是想着死。能暴毙最好，半夜心脏病发，或是交通意外身亡。妇人惨遭公交车碾毙，留下四名子女。黛安会领养那四个孩子，她绝对不会允许他们成天穿着睡衣在家里闲晃，生病了也会带他们去看医生，还会督促着他们把该做的家务全做完。佩蒂就不一样。她个性软弱、优柔寡断；总是先乐观看事，但更容易泄气。爸妈应该让黛安继承家产的。偏偏黛安对农场不屑一顾，十八岁就离家，像一条射出去的橡皮筋，高高兴兴地飞去五十公里外的修柏顿，在一家诊所里帮忙接待病人。

父母对黛安离家看得很淡，仿佛早就说好似的。佩蒂记得高中的时候，一个飘着雨的 10 月傍晚，他们全家来看她啦啦队比赛。他们开了三个多小时的车，一路往堪萨斯州中心开去，都快开到科罗拉多州了；虽然天空飘着细雨，但比赛仍在进行。比赛结束（金纳吉镇落败），她头发灰白的父母和她姐姐站在比赛场地中央，三张坚毅的鹅蛋脸，身穿厚重的毛外套，一齐朝她飞奔过来，脸上的笑容净是得意和感激，好像她治好了什么绝症似的。他们笑得眼睛都皱在一起，掩藏在那三副被雨水打湿的眼镜后面。

艾德和安娜现在都不在人世了，虽然他们死得很早，但并不会让人措手不及；黛安现在还是在同一家诊所工作，已经升经理了，她住在房车里，有个整洁的停车处，周围还有一圈花圃。

“这样的生活对我来说就够了。”她总爱这样说，“我别无所求。”

黛安就是这样。精明能干。黛安比她还会逗那三个丫头开心，每年总不会忘记给她们买金纳吉镇的 T 恤，上面写着：金纳吉镇，美国之心！黛安还撒谎骗她们印第安语的“金纳吉”表示“神奇的小女孩”，看她们乐成那样，佩蒂实在不忍心戳破这个谎言，其实“金纳吉”在印第安语中指的不知是石头还是乌鸦。

黛安的喇叭声打断了她的思绪，“叭叭叭”，一如往常般欢天喜地。

“黛安阿姨！”黛比尖叫，佩蒂听见三个丫头冲到前门，想象那乱纷纷的马尾辫和麦芬蛋糕似的翘屁股一路冲出门外，笔直地朝着黛安的车子飞奔而去；然后黛安把她们带走，留她一个人在家里，让一切静默。

她奋力从地上爬起来，用发霉的毛巾擦擦脸。她的脸颊总是潮红，眼睛总有血丝，看不出来是不是刚刚哭过，没想到长得像剥了皮的老鼠也有好处。她打开门，姐姐已经扛了三箱罐头进来，正在拆箱，又让三个丫头去车上把剩下的东西搬进来。佩蒂一闻到棕色纸袋的味道就想起黛安，她一直以来都是家中食物的来源，佩蒂显然把自己搞得物资匮乏，明明靠农场维生却难以糊口。

“我还帮她们买了一本贴纸本。”黛安说着，便把贴纸本翻找出来，摊开在桌上。

“姐，你会把她们宠坏的。”

“我只买了一本，她们得轮流玩，这样可以吧，嗯？”她笑了笑，开始动手煮咖啡。“你不介意吧？”

“怎么会介意，我早该煮好等你来的。”佩蒂走到橱柜去翻找黛安的马克杯，黛安喜欢爸爸以前用过的杯子，很重，跟手掌一样大。佩蒂听到意料中的溢奶声，转身捶了一下年久失修的咖啡机；

每出三泡咖啡就卡住一回。

三个丫头都回来了，吃力地将袋子扛到厨房的桌子上，然后在黛安的示意下，开始一包一包拆开来看。

“班恩呢？”黛安问。

“……”佩蒂嗫嚅着，舀了三大汤匙的糖加到黛安的咖啡里。她朝三个丫头看了看，她们正慢慢地将罐头放进橱柜里，虽然假装冷淡，眼神却从各个角度朝她射过来。

“他闯祸了。”蜜雪幸灾乐祸地脱口而出，“又闯祸了。”

“你就跟阿姨说嘛，就是那件事啊。”黛比推了推姐姐。

黛安转头对佩蒂扮了个鬼脸，显然以为又要听到鸡鸡被剁掉之类的惨案。

“你们几个丫头，黛安阿姨帮你们买了一本贴纸本……”

“去房间里玩，我有事要跟你们的妈妈说。”黛安对她们说话的口气比佩蒂还凶，她们两姐妹每次都是黛安扮黑脸，像当年爱假装生气的老爸一样；老爸总是故意用疲惫的口气念叨她们，不只是她们，就连小孩子也知道他大半是在开玩笑。佩蒂用眼神恳求蜜雪。

“哇！贴纸本！”蜜雪略显兴奋地大叫。蜜雪总是很乐意和大人串通演出，只要她假装对某样东西很感兴趣，丽比立刻在一旁咬牙切齿、摩拳擦掌。丽比是在圣诞节出生的，也就是说，她每年的礼物都比姐姐们少拿一份。

佩蒂每次都提前藏好一份圣诞礼物，然后对她说，丽比！生日快乐！但大家都知道其实是丽比吃亏。对丽比来说，这也只是小亏而已。

有关女儿的一切她再清楚不过，却老是忘记；她是怎么搞的？为什么每次都要讶异女儿的这点小脾气？

“要去车库吗？”黛安一边问，一边拍一拍胸前的烟盒。

佩蒂只哦了一声。自从三十岁开始，黛安每年至少会戒烟两次、故态复萌两次。现在她三十七岁了（而她看起来比佩蒂更苍老，脸上布满了蛇皮似的菱形纹），佩蒂知道支持姐姐戒烟的最佳方式就是闭上嘴巴，静静地陪她坐在车库里。这就像老妈陪伴老爸那样——当然，老爸在五十岁不久后就因肺癌过世。

佩蒂跟着姐姐走，深呼吸，准备告诉她农场没了，然后等着看她是会大骂路尼挥霍无度，或是骂她让路尼挥霍无度；还是点个头，选择沉默。

“班恩的那个……怎么了？”黛安说着，在咿呀作响的躺椅上坐下来，两条十字形藤条应声断裂，垂向地面。她点了一根烟，顺手挥开袅袅烟霭。

“哦，不是这样，不是什么怪事。说怪也许有点怪，不过……就是他把头发染黑了。不知道是什么意思。”

她等着黛安笑她傻，但黛安却默不作声。

“班恩还好吗，佩蒂？他看起来怎样？”

“不知道呢……喜怒无常。”

“他一直都是这样。从小就跟猫似的，一秒钟前还黏着你撒娇，一秒钟后就瞪着你，好像不认识你。”

这倒是，班恩才两岁就够令人头疼了。他会抓住你的胸部或手臂，霸道地要你爱他；一旦他觉得够了，马上对你爱理不理，一直装死到你放手为止。她带他去看医生，他僵直地坐着，双唇紧闭，身穿圆领毛衣，面无表情，打死不肯说话，相当恼人。医生似乎也束手无策，他递给班恩一根棒棒糖，告诉她如果半年后还是这样，再带他回来复诊。他一直都是这副模样。

“喜怒无常又不犯法。”佩蒂说，“路尼不也是这样。

“这不一样，路尼是个大混蛋。班恩跟他向来不亲。”

“唉，他今年十五岁嘛。”佩蒂开了个头，又不说了。她看着架子上一罐旧铁钉，她一直以为在爸爸死后被移走了。那罐子外面贴着纸胶带，上面是爸爸瘦长的字迹，标示着钉子。

车库的水泥地板表面光滑，踩起来比空气还冷。角落里有个旧桶，里面约四升的水全结冰了，桶因此裂了好几条缝。她们的呼吸和黛安的香烟混成一团白雾。不过，待在这里却让她心满意足；在这一大堆工具中，她想象着爸爸使用这些工具的模样：耙齿弯掉的耙子，各种长度的斧头，架子上堆满罐子，分别装着螺丝、钉子和垫圈；还有一台陈旧的冰箱，底部满是锈斑，以前爸爸听棒球转播时，总会在里面冰镇啤酒。

黛安今天话特别少，这让佩蒂感到焦躁不安；因为黛安很喜欢发表意见，就算没有意见也要挤出一两句。更令佩蒂不安的是，黛安竟然无动于衷，没有想个办法来改善情况；黛安向来是行动派，绝对不会光坐着动嘴。

“佩蒂，我有话想跟你说；我听到一些事，本来不想说的，反正就是一堆胡说八道，但是又觉得你身为妈妈……反正，我不知道，就觉得还是该跟你说一声比较好。”

“你就说吧。”

“班恩会不会跟女孩子玩过了头，玩到让人家误会过？”

佩蒂吓了一跳。

“我指的性骚扰之类的误会。”

佩蒂差点噎住。“班恩最讨厌女孩子了。”她很惊讶自己居然松了口气。“他宁愿离女孩越远越好。”

黛安又点了一根烟，僵硬地点了点头。“好，那就好。不过还没完。我朋友跟我说，学校里都在谣传班恩的事，有几个小女生，大概跟蜜雪一样大，说什么她们跟班恩接吻或是班恩摸她们之类的事。也许更严重。至少我听到的是很严重。”

“班恩？这简直是疯了。”佩蒂站起来，一时间不知手脚该往哪里摆。她转向右边，接着又立刻转向左边，像只迷路的狗；最后又坐了回去，坐断了一根藤条。

“我知道这很离谱。或者有什么误会也说不定。”

这真是黛安说过最重的话了。她一说出口，佩蒂就知道这就是她害怕的。误会——这小小的可能性，便足以颠倒是非。拍头可能被说成抚背，可能被说成接吻。然后天就这样塌下来了。

“误会？接吻怎么会是误会？班恩也不会乱摸。他不会乱摸小女生的。他不是变态。他怪是怪了点，但绝对没有任何不正常。他可没发疯啊。”佩蒂这辈子总是在信誓旦旦地保证班恩一点也不怪、他很正常，没想到现在她宁愿他怪了。她突然意识到这一点，好像开车开到一半头发吹到脸上，整个人震了一下。

“你可不可以告诉他们，说我们班恩不会这样？”佩蒂问着，泪水即刻涌出，两颊全湿了。

“我可以告诉全金纳吉的人，甚至整个堪萨斯的人，说班恩不会这么做，但是事情不会就这样结束。不知道。我不知道。我昨天下午才听到的，但雪球似乎越滚……越大。我差点就直接过来了。我整个晚上都跟自己说没事的没事的，可是早上眼睛一睁开，就知道不可能没事。”

佩蒂懂这种感觉，这种挥之不去的噩梦残影，就像半夜 2 点从梦中惊醒，告诉自己农场没事，今年一定会起死回生，然而几小时后，她被闹钟叫醒，发现噩梦成真，又是愧疚又觉得在自欺欺人。想想还真惊人，三更半夜花了好几个小时假装一切没事，在大白天里只花了三十秒就知道实情并非如此。

“所以你大老远地带来食物和贴纸本，就是为了要跟我说班恩的事？”

“就像我刚刚说的……”黛安怜惜地耸了耸肩，双手一摊，两根手指间仍夹着烟。

“那现在怎么办？你知道那几个女生的名字吗？会不会有人打电话来找我，或是找班恩兴师问罪？我要去把班恩找回来。”

“他去哪里了？”

“不知道。我们早上吵了一架，就为了他的头发。他骑自行车走了。”

“他那头发又是怎么回事？”

“我不知道，黛安！现在还管他的头发干吗？”

但其实佩蒂心里有数，现在所有事情都会被旁人加以揣测解读。

“我觉得这没什么好大惊小怪的。”黛安平静地说，“除非你想要他回来，否则没必要现在去找他回来。”

“我要他现在就回家。”

“好吧，我们先打电话问人。把他朋友的电话号码给我，我来打。”

“我连他有哪些朋友都不知道！”佩蒂说，“他早上在打电话，但他不肯告诉我是谁。”

“那就拨回去吧。”

黛安嘟哝了几声，用靴子捻熄香烟，把佩蒂从椅子上拉起来拖进屋内。三姐妹的卧室门喀地打开，黛安声色俱厉地要她们待在里面，同时走向电话，用她的手指果决地按下回拨键。话筒像在唱歌似的发出拨号音响——哔哔哔哔哔，但是不等电话响，黛安就挂上了。

“是我的号码。”

“哦，对。我吃完早餐之后打的，问你什么时候过来。”

姐妹俩坐在餐桌旁边，黛安又再倒了两杯咖啡。屋外的白雪如闪光灯，照得厨房闪闪发亮。

“我们非把班恩找回来不可。”佩蒂说。

丽比·天
/
现在

我宛如思春少女恍恍惚惚的，开车回家的路上想的全是班恩。打从我七岁开始，一想起他，脑海里总是恐怖片的片段：班恩，头发墨黑、皮肤光滑，手里握着斧头，在走廊上紧追着黛比不放，紧闭的嘴唇闷闷地哼着；班恩的脸满是血迹，大声咆哮，肩上背着猎枪，枪口朝上。

我都忘了曾经的班恩：严肃、害羞，还有那让人摸不着头脑的幽默。班恩，我的亲哥哥，他怎么可能做出他们说的那种事——我说的那种事。

红灯。我把手伸到座位后面，从旧皮夹里抽出信封，在窗口上方写下嫌犯。接着写下路尼。接着停住，然后又写下：路尼的仇家？路尼的债主？路尼路尼路尼路尼路尼路尼。一切又回到路尼身上。那天晚上在我家大吼大叫的人，光听声音，可能是路尼，可能是路尼的仇家，但也很有可能是班恩。我要知道真相，有证据的真相。我惊慌失措：现在真相未明，班恩正在坐牢，我无法这样继续过活。我必须了结这一切。我非弄个清楚不可。又是我我我的，我果然还是和以往一样自私。

经过通往农场的公路时，我在堪萨斯城郊区的一家 7-11 便利店停下来，加满油，买了一包维菲塔芝士、几罐可乐、几片白吐司，还买了猫粮给我家那只瘦巴巴的猫。接着我开回我那位于“那边再过去”的家，停在斜坡上，下了车，瞪着对街那两位从来没有看过我一眼的老太太。她们一如往常，不畏风寒地坐在门廊的摇椅上，头僵直着，除非我挡住她们的视线。

我手叉腰站在斜坡上，看谁先投降；最后我高贵地挥了挥手，像赶牛的牛仔那样，那两只老母鸡也朝着我点点头，我这才回家喂可怜的美元，心中感到一丝丝胜利。

趁着还有体力，我用奶油刀把芥末酱涂到白吐司上，然后铺上厚厚一层软塌塌的维菲塔芝士，接着一边将芥末芝士吞下肚，一边依次跟三个无聊程度有得一拼的接线员交涉，请他们帮我转接“伯特·诺兰”收容所。这又是另一项因吉姆·杰弗里的建议而被我加入清单里的职业：接线员。小时候女孩子长大都想当接线员，但我不记得原因是什么。

一小块吐司黏到我的上颚，此时刚好接通伯特·诺兰收容所的电话，而且接电话的竟然是伯特·诺兰本人。我理所当然地以为既然收容所以他命名，他应该已经死了。我告诉他我想找路尼·天，他愣了一下。

“这个嘛，他进进出出的，上个月几乎都不在，但我很乐意帮你转达信息给他。”伯特·诺兰的声音像陈旧的汽车喇叭。我告诉他我的名字，他似乎完全没认出我是谁。

“哦，告诉你吧，他没办法打长途电话。住在这里的老家伙大多喜欢写信，是真的手写信哦。一张邮票花不了五十美分，而且还不用为了打电话排队。你想留个地址吗？”

绝对不想。一想到路尼穿着短靴、脚步沉重地走上我家台阶，肮脏的手叉着腰，笑得像是他在游戏中打败了我一样，就让我打个冷战。

“如果你愿意，我可以帮你转达信息，地址你私下给我即可。”伯特·诺兰明理地说，“路尼一回信，我马上帮他寄，保证他连你的邮政编码都不知道。很多家属都这么做，虽然残忍，但实在是逼不得已。”电话那头传来汽水从自动贩卖机掉到取出口的声音，有人问诺兰要不要来一罐，他客气地回答：谢谢，不用了，我正试着少喝点。他说话的口气宛如镇上的医生。“你要不要也这样办呢，小姐？否则可能很难联络得到他。就像我说的，他可不会守在电话旁边，痴痴地等你回电。”

“你们没有电子邮箱吗？”

伯特·诺兰嘟哝了几声：“没有，恐怕我们没有电子邮箱。”

虽然我不认为我爸是个常常写信的人，但是他写信的频率的确比打电话还高，所以我想除非我直接杀去伯特·诺兰收容所的床上堵人，不然这是最好的办法了。“能不能麻烦你转告他：我要跟他谈一谈班恩和那天晚上的事？如果他肯给我一天的时间，我可以亲自过去找他。”

“你是说班恩和那天晚上，对吗？”

“对。”

如果莱尔知道我对班恩改变看法，一定会沾沾自喜；我可以想象他穿着搞怪的紧身夹克，对着杀手俱乐部的成员大发议论，说他是怎样说服我去探望班恩的。“一开始她打死也不肯去，我想她是害怕发现班恩不为人知的一面，或是发现自己不为人知的一面。”台下的人仰望着他，为他的所作所为感到高兴。想到这里我就一肚子火。

我真正想找的其实是黛安阿姨。我自七岁起的十一年孤儿生涯中，有七年多由她照顾。案发后，她是第一个收留我的人，我提着一箱行李住进她的房车。我的东西就只有这么多：几件衣服和几本爱看的书，没有一件玩具。蜜雪每晚睡觉时总爱把娃娃围在身边，说是睡衣派对；她被勒死的时候还尿失禁在娃娃身上。我还记得凶杀案当天黛安阿姨送了我们一本贴纸本，有花朵、猫咪和独角兽，后来是不是埋在废墟里了？

黛安阿姨买不起新房子。我妈的寿险理赔全都拿去替班恩请像样的律师了。黛安阿姨说我妈一定也会这么做，但是说的时候却垮下脸，好像在教训我妈似的。总之我们一分钱也没拿到。因为我长得矮，所以可以睡在储藏室，这里本来应该是放烘干机的地方，黛安阿姨甚至还帮我油漆了一下。她时常加班，还要抽空带我去托皮卡市看心理医生，还要努力疼我爱我，我知道她拥抱我的时候有多痛苦；我这个讨厌鬼在提醒她亲妹妹遇害的惨案。她的手像呼啦圈那样圈着我，好像在玩圈住我、但又不能碰到我的游戏。尽管如此，她每天早上都还是会对我说，她爱我。

接下来十年，我毁了她的车两次，打断她的鼻梁两次，偷她的信用卡去卖，还害死了她的狗。狗死了之后，她终于彻底死心。格拉西亚是黛安阿姨在案发之后买的杂种狗，毛发蓬松，没事就喜欢乱叫，身长不过黛安阿姨的手臂；比起我，黛安阿姨更宠格拉西亚，至少我是这么觉得的。我嫉妒那只狗嫉妒了好几年，看着黛安阿姨帮它梳毛，看她那强而有力的大手握着粉红色的塑料梳子，看她的发夹夹在它须状的毛上，看她从皮夹中掏出格拉西亚的照片，而不是我的。格拉西亚很喜欢我的脚，尤其是残废的那一只，只剩两根脚趾的那一只。它老是爱闻我那瘦骨嶙峋的食指和小指，仿佛嗅到什么不对劲似的，这让我更加讨厌它。

高一升高二那年暑假，我不知道为什么被禁足了。当黛安阿姨出门上班后，我坐在热死人的房车里，越看那条狗就越生气，我越生气它就越暴躁。因为我不肯带它出去散步，它就疯狂地绕圈子，在房车里到处跑，一边跑一边叫，还跑来咬我的脚。我蜷曲在椅子上，抚平怒气，假装在看连续剧，然而脑袋里正疯狂运转着。格拉西亚转了几圈又停下来，咬我残废的那只脚的小指，犬齿扣紧，头左右摆动。我记得我当时心想：要是这只畜生把我的脚趾咬得一根也不剩的话……想一想自己的窘境，我越想就越气：我没有左手无名指，这辈子休想套上结婚戒指，而我少了三根脚趾的右脚害我明明住在四面环陆的市镇，走起路来却像摇摇晃晃的水手。班上的女同学都笑我的无名指“畸形”，这更惨，“畸形”还包括了古怪和诡异的意思，让人一看到就会哈哈大笑。不久前医生才说，其实当初根本不需要截肢，是乡下医生小题大做。我一把抓住格拉西亚的腰，摸到它的肋骨，感觉到这个小东西打了个哆嗦，这让我更生气；我把它从地上提起来（它的犬齿害得我的脚趾皮开肉绽），把它丢到厨房——它撞上尖利的料理台，全身抽搐，血流满了整张油布。

我不是故意杀死它的，但它还是死了。我在房车里来回踱步，试着想清楚该怎么办才好。黛安阿姨回家了，还买了炸鸡回来给我和格拉西亚吃，但是格拉西亚躺在地上一动不动，而我只是一再重复“它咬我”。

虽然我想解释这不是我的错，但是黛安阿姨左右摇动食指要我别说了。她打电话给她最好的朋友瓦莱丽。瓦莱丽阿姨柔弱、温柔的程度与黛安阿姨的魁梧、豪迈成正比。当瓦莱丽阿姨用特殊的毯子把格拉西亚包起来时，黛安阿姨弓身站在料理台前，盯着窗外。然后她们在关上门的房间里互相依偎。出来后，瓦莱丽阿姨安静地站在黛安阿姨旁边，泪流满面，双手紧握，黛安阿姨则命令我去收拾东西。

高中最后两年，我住在得州阿比林市一对客气的夫妇家，两个人好像本来是远房亲戚之类的，他们没怎么被我吓到。从那之后，每隔几个月黛安阿姨就会来一次电话，我就坐着听电话浑浊的杂音，听着黛安阿姨在电话另一头吞云吐雾。我想象她嘟着下唇，下巴的汗毛清晰可见，而她下唇附近的疣在她下巴上形成桃子色的阴影；她曾经咯咯笑着说，如果我摸了那颗疣，所有愿望都会实现。我听到电话那头“呀”的一声，就知道黛安阿姨打开房车里那台冰箱的中层。我对黛安阿姨家比对我老家还熟。黛安阿姨和我会发出无谓的声响，假装咳嗽或是打喷嚏，然后黛安阿姨会说“等我一下，丽比”，但其实我们根本没在聊天。而且通常瓦莱丽阿姨也在那儿，她们会耳语，瓦莱丽阿姨柔声地哄，黛安阿姨不悦地咕哝，接着再跟我敷衍个二十秒左右，最后编个理由，挂上电话。

《崭新的一天》上市后，黛安阿姨就再也不接我电话了。她只说了一句："你着了什么魔做这种事？"她说这句话算是委婉了，但杀伤力却比滔滔不绝地骂脏话更强。

我知道黛安阿姨的电话号码没变，她这辈子都不可能搬家，对她来说，那台房车就像蜗牛壳一样。我花了二十分钟挖出那一叠一叠的资料，找出那本我从小用到大的通讯簿，封面是绑着辫子的红发小女孩，一定会有人觉得跟我很像——除了那笑容。黛安阿姨的电话记在"A"那一页，是我用紫色马克笔写的，字体像气球被拗成动物那样的扭曲。

要用什么语调、编什么理由呢？其实有一部分的我只是想听她如橄榄球教练的声音，喘着粗气在我耳边炮轰：怎么拖了那么久才打来？另一部分的我则想听她对班恩真正的看法。她从来不会在我面前责备班恩，每次说到他都非常小心，现在回想起来真该好好谢谢她。

我拨了号码，肩膀耸高到快碰到耳垂，喉咙也越卡越紧，屏息以待电话响到第三声，直接进到电话录音机，这才吁了一口气。

是瓦莱丽阿姨的声音，要我在"哔"一声之后留言给她或是黛安阿姨。

"嗨，你们好。我是丽比。我来打声招呼，表示我还活着……"我挂上电话，再拨一次，"上一个留言请当作没听到。我是丽比。我是打电话来道歉的，我……唉，太多事了。还有，我想聊一聊有关……”我越说越小声，以防隔墙有耳；然后留下我的电话号码，挂上电话，在床边坐下；想要站起来，但又不知道站起来要干什么。

我站了起来。今天一整天做的事比我去年一整年加起来还多。既然电话还在手中，我逼自己打给莱尔，希望能转接到语音信箱，但他还是一如往常地接了电话。趁他还没惹毛我，我告诉他我跟班恩的会面很顺利，已经准备好听他说凶手是谁。我说话时，每个字的语调都把握得非常精准，就像先用计量器量过才施舍给他。

“我就知道你喜欢他。我就知道你会回心转意。”他得意地说，不过我竟然没有挂电话，相当奇怪。

“我可没这么说，莱尔。我只是想说，如果你需要的话，我已经准备好接受下一个任务了。”

我们又约在克拉克烧烤碰面，店里面油烟弥漫。这次是另一个大妈，但也许还是上次那个戴着红色假发的大妈服务生，反正她穿着网球鞋在店里奔走穿梭，一边走迷你裙一边飞，好像国宝级网球选手。这次隔壁桌坐的不是上次那个欣赏花瓶的胖子，而是一群打扮入时的嬉皮士在传阅20世纪70年代的裸女扑克牌，嘲笑那些裸女身上的耻毛。与他们为邻的莱尔正襟危坐，椅子尴尬地朝向另一边，我在他旁边坐下来，拿起他那壶啤酒，帮自己斟了一杯。

“他跟你想象中一样吗？他有没有说什么？”莱尔率先发问，一双脚抖个不停。

我一五一十地告诉他，除了陶瓷兔宝宝的事。

“这下你懂玛格达的意思了吧？你哥已经不抱任何希望了。”

的确。“我想他已经心平气和地接受终身监禁这件事了。”我之所以把我的看法告诉他，纯粹是因为他付我三百美元，而我还想要更多。“他自责当时没在场保护我们之类的，所以把坐牢当作赎罪。我不是很确定。我以为跟他提到我当年的证词……他一定会气得跳起来，可是……并没有。”

“从法律上来看，过了那么久才想撤销证词似乎于事无补。”莱尔说，“玛格达说，如果你想帮班恩，我们需要搜集更多证据，等证据够充分了，就申请人身保护令，然后你再去撤销证词——这样才能把事情闹大。到了这个节骨眼，政治手腕反而比法律重要。很多人都把帮班恩翻案当作使命。”

“玛格达似乎掌握很多情报。”

“她是‘解放班恩协会’的会长，主要任务就是解救班恩出狱。虽然我偶尔也会去那儿，但那个团体还是比较像粉丝团。这帮女人。”

“你知道班恩有稳定交往的女友吗？可能是‘解放班恩协会’的？叫茉丽、莎丽、波丽之类的？他手臂上有个名字的刺青。”

“没有人叫莎丽。波丽听起来像是宠物的名字，我堂兄养的狗就叫波丽。茉丽倒是有一个，不过已经七十好几了。”

一盘薯条出现在他面前，我确定今天的服务生跟上次不一样，虽然年纪差不多，但是和蔼可亲多了。我喜欢服务生叫我“小姐”或“小姑娘”，今天这位服务生就这样叫。

莱尔默默地吃着薯条，将番茄酱挤在盘子边缘，然后撒上盐和黑胡椒，接着一根薯条一根薯条蘸着吃，吃相简直比女孩还秀气。

“告诉我，你觉得是谁干的？”我终于忍不住提醒他。

“谁干了什么？”

我翻了翻白眼，两手托着下巴，一副我受够了的样子，而我的确是受够了。

“好吧。我认为凶手是劳尔·凯兹——可丽希·凯兹的爸爸。”他满足地往后靠着椅背，好像刚赢了一盘桌游“妙探寻凶”。

可丽希·凯兹，这名字好耳熟。我想骗莱尔说我知道，但是被他识破了。

“你知道可丽希·凯兹是谁吧？”他看我没反应，便用施恩的口气说，“可丽希·凯兹是跟你同一所小学的五年级学生，也和班恩同校。你家人遇害那天，警方正想找班恩去问话——可丽希控诉你哥猥亵她。”

“什么？”

“就是这样。”

我们两个大眼瞪小眼，脸上表情都好像写着“你疯了吗”。

莱尔看着我摇头。“都没人跟你说这事，你不是在开玩笑吧！”

“她没有提出对班恩不利的证词啊……”我吃惊地说。

“确实没有。班恩的辩护律师唯一聪明的地方就在这里，他没有把猥亵罪和谋杀罪混为一谈。不过陪审团还是对他有偏见。你们那个学区的人都听说了班恩猥亵好人家的小女孩。你也知道谣言就是这样传开的。”

“那可丽希的案子也开审了吗？”我问，“有证据证明班恩真的对她乱来吗？”

“这件案子一直没有进展，警方并未起诉。”莱尔说，“凯兹一家才搬去那个学区没多久，后来就又搬走了。不过，你知道我是怎么想的吗？我认为那天晚上劳尔·凯兹去你家盘问班恩。劳尔·凯兹身材魁梧，他去你家兴师问罪，结……”

“结果恼羞成怒，决定杀光我们全家？这说不通啊。”

“这家伙年轻的时候因为过失杀人坐牢三年，这是我发现的：他拿台球砸人，因为力道过猛，把人砸死了。这家伙的脾气很暴躁。如果他知道有人猥亵他女儿，大发雷霆也不意外；等到气消了再画一些五芒星什么的以洗脱嫌疑。”

“但我觉得还是说不通啊。”

“说你哥是凶手也说不通啊。只有疯子才做得出这种事，这整件案子都没什么道理。这就是为什么大家对谋杀案那么着迷的原因。如果这些谋杀案解释得通，那还算什么悬案，是不是？”

我什么也没说。确实是这样没错。我开始把玩桌上的盐罐和胡椒罐，没想到这种低级场所的罐子还挺不错。

“我的意思是，你不认为这值得一探究竟吗？”莱尔怂恿我，“在你家人遇害当天爆出这么严重的指控。”

“也许吧。”

“好吧，那在你联络上路尼之前，看看有没有办法找个凯兹家的人问一问。如果能问到劳尔或可丽希本人，五百美元。我只是想知道对于班恩的事，他们的说辞是否跟当年一样，他们是否心安理得。我是说，那根本是无端指控。不是吗？”

我又动摇了。我的信念不能再次受到考验。我牢牢抓住心中一点诡异的确定感：班恩从来没有猥亵过我。假使他有恋童癖，不是应该先从家里的小女孩下手吗？

“好。”

“好。”莱尔复述一次。

“不过我不确定我的运气会比你好。毕竟猥亵她的人就是我哥。”

“我试了很多方法都行不通，”莱尔耸一耸肩，“我对这种事不太在行。”

“什么事？”

“耍小手段。”

“哦，这种事找我就对了。”

“太好了。对了，如果你确定能跟凯兹家的人碰面，我也想一起去。”

我耸耸肩，沉默地站了起来，心里正盘算要把账单交给他去付，没想到没走三步，他就叫住我。

“丽比，你知不知道你的口袋里有盐罐和胡椒罐啊？”

我愣了一秒，思索要不要假装讶异——哎呀，我怎么这么不小心呢！但最后我只点了个头，便推开人潮走向门口。因为我需要。

莱尔查出可丽希·凯兹的妈妈跟她第二任丈夫住在堪萨斯州恩波里亚市，两人生了一个女儿，跟大女儿可丽希差了将近二十岁。去年一整年莱尔留了好几条语音消息给她，但是都没有下文。这就是他到目前为止的进展。

对于急着要找的人，千万不要留语音消息。这样做就错了，你要一直打一直打，打到有人接起电话为止，不管对方是出自愤怒、好奇还是害怕；总之这时无论你说什么，他们也不会把电话挂掉。

我连续打了十二通电话给可丽希的妈妈，直到她终于接起来，而我劈头就说：“我是丽比·天，班恩·天的妹妹，您还记得班恩·天吗？”

我听到她噘起嘴啧了一声，接着是细声的呢喃：“记得，我记得班恩·天。请问有什么事吗？”语气厌烦，好像当我是电话推销员似的。

“我想跟你或是你们家的人谈一谈，有关可丽希当年对班恩的指控。”

“我们没什么好说的……你说谁？丽兹？我再婚了，跟前夫的家庭几乎断了联系。”

“你知道我要去哪里找劳尔或可丽希吗？”

她像吐烟圈那样叹了一口气。“我想你可以在堪萨斯州任何一家酒吧找到劳尔。至于可丽希，往西开上七十号州际公路，过哥伦比亚市，往左转有好几家脱衣舞店。以后不要再打来了。”

班恩·天

/

1985年1月2号，中午12点51分

他从可丽希的储物柜中拿出一张粉红色的便笺纸，对折，写上：我在圣诞假期想念你，猜猜我是谁？然后在底下签上“班”。她一定会乐开花。他盘算着从可丽希的储物柜里拿点东西放进丽比的柜子里，后来还是打消了这个念头。丽比用好东西一定会引人怀疑。他心想，不知道同学是怎么笑话他们家的。三姐妹共享一个半的衣柜，蜜雪穿着他的旧毛衣到处跑，黛比挑蜜雪不要的衣服来穿，剩下没人要的就给丽比，例如满是补丁的男版牛仔裤、肮脏陈旧的棒球球衣，还有让丽比的胖肚更明显的廉价针织连衣裙。可丽希完全不是这样。她的衣服都很体面。黛安卓也是，牛仔裤的剪裁永远是那么完美。如果黛安卓的牛仔裤褪色，说明这是最新的流行趋势；如果是漂白的，说明这条裤子原本的设计就是这样。

黛安卓的零用钱很多，她带他去逛过几次街，一边逛一边拿衣服在他身上比来比去，当他是小孩子似的，还叫他笑一笑，说他以后赚钱还她就好了，同时还眨了眨眼睛。他不确定男生该不该让女朋友帮自己买衣服，这样到底酷不酷。他的班主任奥马利先生老是拿自己身上的新衬衫开玩笑，说是师母买了逼他穿，可是他们是夫

妻啊。算了。反正戴安卓就是爱看他穿黑的，而他自己又没钱买衣服，最后还不是都听黛安卓的。

这就是为什么和可丽希在一起他才有自信。她觉得他十五岁很酷，对她来说，十五岁就算成熟了。她不像黛安卓，时常莫名其妙地笑他，问她什么事情好笑，她就闭着嘴巴咯咯咯地偷笑，急忙说："没事。你好可爱。"

他把纸条扔进可丽希的储物柜，就看到他小学二年级的西尔弗老师正巧迎面走来。

"嘿，班恩，你怎么在这里？"她笑盈盈地说。她身穿毛衣配牛仔裤，脚穿便鞋，手里拿着布告栏和格子缎带，摇摇摆摆地走向他。

他转过身，准备走回中学部。

"没什么，只是来我妹的储物柜放点东西。"

"哎呀，别走那么快嘛，至少来让我抱一下。好久没看到你，没想到你都读中学了。"

她一步一步朝他逼近，便鞋在水泥地上啪哒作响，粉红色双唇洋溢着笑意，额前覆着一排刘海。他小时候曾经暗恋过她，爱她那排黑色刘海。他完全背对着她，试着慢慢走向门口；但他一转过身，就知道她晓得了。她的笑容僵在脸上，露出尴尬的表情。她甚至连句话也不说，而他知道她看见了。她看着他面前的储物柜——是可丽希的，不是他妹妹的。

他觉得自己像一只受伤的野兽，一跛一跛地逃走，再补一枪立刻毙命。开枪吧！他心头偶尔会闪过枪支的影像，想象枪管抵着自己的太阳穴。他曾经在笔记本上抄录尼采的句子——翻阅《巴氏常用语录》时无意翻到的，当时他正在等那些橄榄球员离开，好让他进去打扫体育馆。

> 想象自杀足以慰藉人心，
> 伴人度过无数漫漫长夜。

他绝对不可能自杀。他不想死后上新闻，成为赚女同学眼泪的悲剧人物，尽管在日常生活中，她们连一句话都没跟他说过。他的人生已经够悲惨了，自杀似乎只会更加凄凉。不过，在深夜里，当他觉得人生无望、无所遁形、憎恨自己没种时，想一想自杀倒是挺过瘾的；他想象自己打开妈妈的枪柜（密码是51369，原本是爸妈的结婚纪念日，现在却成了天大的玩笑），手中拿着沉重的金属枪支，然后将子弹滑进弹匣，就像挤牙膏一样轻松，接着将枪口抵住太阳穴、开枪。开枪速度一定要快。枪口对准太阳穴，手扣扳机，否则意志就会动摇。整套动作必须一气呵成，然后就会像滑下衣架的衣服那样落在地上。咻。一旦倒在地上，你的问题就全部变成别人的问题。

虽然他没有自杀的打算，但是只要他想发泄又射不出来，或是射出来之后还想发泄，这时候他就会想到这件事。他侧身倒在地上，像一堆待洗衣物，等着别人来收。

他用力推开门，把水桶摆正，一路滚回工具间，用肥皂把手洗干净。

他下了楼梯，朝后门走去，一群学长从他身边经过，向停车场走去；他顿觉他那颗有着黑发的头发烫，边走边想象学长对他的看法会跟教练的一样：怪胎。但他们什么也没说，甚至连看也没看他。他们离开后过了三十秒，他猛地推开门，阳光下的雪白得吓人。如果录像带出现这一幕，一定会响起慷慨激昂的吉他伴奏：

“吆吆吆吆——”

外面，学长涌上卡车然后散开，在停车场里招摇地绕了一圈后才离去。他解开自行车锁链，感觉整颗头发涨；一滴血滴到把手上，他用指尖抹掉，再用指尖去沾额头上的鲜血，然后也没多想，便将手指含在嘴里，就像吸吮刚捡起的果冻一般。

他需要放松。也许来点啤酒解放自己一下。他唯一能去的地方是崔伊那里。严格说来那里也不是崔伊的家，崔伊从不说自己究竟住哪儿；但当崔伊不在黛安卓家，多半都是在那里。从四十一号公路下来之后转泥巴路，路的两侧种满桑橙树，尽头有间铁皮仓库，四周是灌木丛生的空地，铁皮屋在寒风中嘎嘎叫着。冬天时，屋内的发电机嗡嗡作响，电流不强，只够几台小暖炉和一台电视机使用，电视机信号极差。数十块颜色鲜艳的样品地毯四散在泥地上发臭，另外还有几个不知道是谁捐的陈旧沙发。大家围在小暖炉旁边抽烟，仿佛那是营火一般。大家都把啤酒冰在门外的雪中，屋内人手一瓶啤酒。有时会需要人去 7-11 便利店，不管是谁去，总是满脸通红地抱着满怀的墨西哥卷饼回来；墨西哥卷饼有些已经加热，有些还是冷冻状态。如果没吃完就塞在雪堆里，跟啤酒摆在一起。

班恩每次都是跟黛安卓一起去，因为那帮人跟她是一伙的；但他还有其他的地方可去吗？以额头淌血的姿态出场，大家就算不情愿应该也还是会跟他点个头，请他喝一罐啤酒。他们虽然不友善——崔伊向来不亲切——但是他们的规矩里可没有排外这一条。班恩绝对是那一伙人里年纪最小的，不过之前还有年纪更小的来过，是一对情侣带来的小男生，全身上下只穿着一条牛仔裤；当大人全都飘飘然时，小男生吸吮着拇指，安静地坐在沙发上，瞪视着班恩。那里的人大多二十出头，二十一二岁，要不是高中辍学，现在应该上大学了才对。他决定绕过去看看，说不定大家会喜欢他；而黛安卓也不会在每次带他去时都叫他跟屁虫了。他们至少会让他在角落坐个几个小时，好好喝一瓶啤酒。

或许还是回家好了；但是，不管那么多了。

班恩终于骑到目的地，整栋仓库嘎嘎作响，铁皮墙因里面的吉他即兴演奏而震动。这帮人偶尔会玩电吉他，用扩音器放大，弹到大家的耳朵缩成一个小孔。不知道这时候是谁在弹黑金属摇滚，弹得很不错，正好符合他的心境。噹当啷噹当啷当啷！天启四骑士要来了！放火抢劫的人要来了！这正是混乱的声响。

他让自行车倒在雪地里，拗手指，转脖子。他的头很疼，疼到嗡嗡作响，不是那种可随意放任不管的疼。妈的，他快饿死了。他在公路上来来回回骑了好多趟，一边骑一边对自己的精神喊话，好让自己坚持到达仓库。额头那道伤口，他得编个故事，而且故事一定要够精彩才不会被嘲讽，被说什么：哟，小宝贝骑自行车跌倒喽。现在，他巴不得黛安卓或崔伊即时出现。有他们护送，事情就简单多了，他可以大摇大摆地走进去，大家都面带微笑，抢着请他喝酒。

但是现在他必须一个人进去。他看到连绵数公里的白雪，而且也不见半辆车来。他用靴子推开门，侧身挤进去；吉他声如同困兽，在四堵墙之间冲撞。弹吉他的家伙，班恩之前见过。他说他当过范海伦合唱团巡回演出时的工作人员，不过如果追问他一些巡回演出的细节，他就说不清楚。他的眼神扫过班恩，可是没认出他来，接着眼神持续飘向幻想中的观众。里面有四男一女，都有着一头爆炸头而且年纪都比他大，正无精打采地坐在地毯上喝酒。他们连正眼也没瞧他一眼。最丑的那个猪哥把手放在女孩的屁股上，女孩像猫咪那样伸展身体，摊在他身上。她的鼻子没长好，脸上全是红成一片的痘痘，看来已经喝高了。

从门口到地毯有一大段距离，班恩走过去，挑了一块绿色的薄地毯坐下，与那四男一女相距大约一米，然后用眼角余光看了他们一眼，点了一下头。没人在吃东西，这下没法骗吃的了。

吉他手亚力克斯其实人挺好的。班恩也想要一把电吉他。他跟黛安卓在堪萨斯城逛吉他店时曾经看到一把，拿起来手感不错，不怎么费劲。至少学几支唬人的曲子，再回到这里弹得震撼全场吧！他认识的每个人都有一套本领，就算是黛安卓也有花钱这项专长。不管他告诉她自己想学什么、想做什么，她总是哈哈大笑，叫他先想办法去赚点像样的薪水来。

“买东西要钱，付电费要钱，连这个都不懂！”她总是这么说。黛安卓的爸妈经常不在家，家里的开销都是她在付，所以她这么说其实也没错，但她还不是都用她爸妈的臭钱支付。班恩不觉得开支票有多了不起，他只想知道现在几点。他很想直接在她家里等她，但他现在必须在这儿待上几个小时，他们才不会以为他是因为没人跟他说话才负气离开。他溅到水的裤子依旧湿黏，衬衫上还散发着金枪鱼的馊味。

“喂！”女孩说，“我说小朋友。”

他抬起头，黑色刘海遮住他半边眼睛。

“你不是应该在学校吗？”她吐出的每个字都像土堆那样笨重。“怎么会来这里？”

“学校放假。”

“他说学校放假。”她告诉男友。她男朋友邋里邋遢，两颊凹陷，下巴一圈胡茬，听到后也抬起头看他。

“这里你认识谁？”

班恩指着亚力克斯。“我认识他。”

“喂，亚力克斯，你认识这小鬼吗？”

亚力克斯停止弹奏，他像摇滚乐手的架势般两腿大开，看了看驼背坐在地板上的班恩，摇一摇头。

“不认识。我不跟中学生混的。”

班恩原本以为头发染黑就好了，至少看起来不会那么小，但大家还是不肯放过他，不然就是对他不理不睬。这大概跟他的外表或是走路的姿势或是血液里的因子有关吧！大家似乎一看就知道，所以才敢公然在他面前跟黛安卓调情，也知道他一进房间就犯尿。他受够了！

“有本事来啊！”班恩低声说。

“哇呜！这小子厉害哦。”

“他好像跟人打架了。”女孩说。

“哟，小子，跟人打架啦？”音乐完全停止，亚力克斯将吉他靠在冰冷的墙边，笑嘻嘻地摇头。他们的声音直冲天花板，回音散开，宛如烟火。

班恩点头。

“跟谁？”

“你不认识。”

“我认识的人多着呢。不信，考我啊。该不会是你弟弟吧？你被弟弟打爆了头？”

“崔伊·堤百诺。”

“骗谁啊！”亚力克斯冷笑一声，“崔伊会揍死你。”

“你跟崔伊那印第安鬼子打架？崔伊有印第安血统吧？”迈克完全没在听亚力克斯说话。

“迈克你干吗扯这个？”他朋友问。

“听说他最近干了吓死人的事。”迈克说。

据班恩所知，崔伊这个人很爱装腔作势，老爱把威奇托市的午夜聚会挂在嘴边。记得10月有一次他还跑到黛安卓家，疯疯癫癫的，上衣也没穿，胸膛上全都是血，发誓说他和朋友跑去劳伦斯市郊外屠牛；还说什么他们本来要去露营，没想到最后却白忙一场。崔伊每天会对着金属器材健身，上下上下、收放收放，还会一边咒骂；而班恩把这些例行程序全看在眼里。崔伊很自负，他晒黑的皮肤肌肉发达，他如果为了好玩而屠牛，那也真够疯狂。不过献祭给撒旦又是怎么回事？班恩认为撒旦想要比牛的内脏有用得多的东西，例如黄金，以示忠诚，就好比帮派分子会要求新成员开枪杀人一样。

“是啊！”班恩说，“看看我们干的好事。”

“但你刚刚是说你和崔伊打架。”迈克说，终于将手往后一伸，摸进保丽龙冷藏箱，然后递给班恩一罐冰啤酒。

“打架就打架啊。像我们这样，最后都是打架收场。”这跟亚力克斯的故事一样语焉不详。

“屠牛的事你也有份？”女孩问。

班恩点头。“我们非杀不可。这是命令。”

“古怪的命令！”一直坐在角落的文静男孩开口了，“我要我的牛肉汉堡！”

大家都笑了，班恩强装镇定，想展现硬汉风范。他甩一甩头，让黑发落在眼前，感觉啤酒让他越来越放松。空腹灌了两罐矮胖的罐装啤酒，他感到晕乎乎的，但是他不希望自己被看扁。

“你们为什么要屠牛？”女孩问。

“因为爽啊，满足需要。只有崇拜还不够，还必须露一手。”

班恩打猎的经验可多了，爸爸带他去过一次，后来妈妈坚持要他跟她一起去，说是可以培养感情。她不晓得儿子跟妈妈去打猎是多尴尬的事。不过，他的枪法之所以还像样全都要归功于妈妈，她教他扣下扳机后如何应付后坐力，如何在暗处耐心等待好几个小时。小至野兔，大至野鹿，班恩猎杀过的猎物少说也有数十头。

说到这个，他突然想起老鼠，想起他妈妈在仓库里养的猫如何直捣鼠穴，狼吞虎咽地吞下两三只黏糊糊的老鼠后才把其他几只丢到后门的台阶上；爸爸当时已经（再度）弃他们而去，所以这让鼠辈脱离苦海的工作就落到他身上。它们安静地蠕动着，活像扭来扭去的粉红色鳗鱼，眼睛还紧黏着睁不开；他在仓库进进出出，苦思冥想要怎么处理；第二次回到仓库后，成群的蚂蚁已经淹没了鼠尸。他终于拿起铲子，将尸体捣碎然后埋进土里。他越挖越用力，越用力就越生气。爸！你以为我没种是不是！以为我没种是不是！尸体掩埋好后，地面上只留下一块湿黏的痕迹。他满头大汗，一抬头，发现妈妈站在纱窗后面望着他。那天晚饭时她都没说话，只是拉长了脸看着他，眼睛里净是忧伤。

"譬如？"女孩引导他继续讲下去。

"譬有时候该死的不死，我们只好自己动手。基督需要献祭，撒旦也需要。"

撒旦，他居然就这样脱口而出，好像这只是某个人的名字，既不虚伪，也不可怕，好像很稀松平常，好像他很了解自己在讲什么。撒旦。他几乎可以想象撒旦就在身边：长长的脸，头上长角，眼睛跟山羊一模一样[①]。

"你真的相信这种鬼话！你说你叫什么名字？"

"班恩·天。"

"班恩基？"

"随便喽，这种怪名字谁听过。"班恩擅自从保丽龙冷藏箱里拿出一罐啤酒，沿路绊到好几只脚；他们开始聊天，酒越喝让他越

① 在《圣经·利未记》中，山羊是魔鬼的象征，而在《格林童话》里，魔鬼挖掉了山羊的眼睛，以自己的眼睛取而代之。——编者注

轻松，屁话也跟着多了起来，而且都没人质疑。原来他也有这一天，尽管刚才那个王八蛋竟然敢开玩笑，说他的笑话冷到爆。

现在那个女孩直盯着他看，那呆若木鸡的样子跟黛比电视看太久的表情一模一样，好像有话要说，又实在懒得开口。他好想找东西来吃。

撒旦不知饥饿。他平白无故地想到这句话，像印在他脑海里一样。

亚力克斯开始拨弦弹吉他，弹完范海伦又弹 AC/DC 又弹披头士，接着突然弹起《美哉小城伯利恒》，叮叮咚咚的旋律让他的头更痛了。

“喂，不要弹圣诞歌曲，班恩不喜欢。”迈克大声说。

“他流血了！”女孩说。

他额头上的伤口裂开了，鲜血从他脸上滴答滴答地滴在他的裤子上。女孩把快餐店的餐巾纸递给他，他把她的手挥开，像涂迷彩那样用鲜血涂满整张脸。

亚力克斯不弹《美哉小城伯利恒》了，大家全都瞪着班恩，脸上浮现不安的笑容，肩膀僵硬，上半身不自觉地远离他。

就在这时，门摇摇晃晃地打开，崔伊走了进来。他双手环抱，两脚踩地，潇洒地站着，眼睛扫视整个房间，接着头一撇，好像班恩是一条发臭的鱼。

“你怎么也在这里？黛安卓呢？”

“她去萨莱纳市了。我顺路就绕过来了，打发一下时间。大家都对我很好。”

“听说你们打架了。”女孩说着，嘴角泛起不怀好意的微笑，像一弯新月那样。"还听了不少你的坏话。"

崔伊五官深邃，长发又黑又亮，深邃莫测。他望向地上那一群人，看着班恩坐在他们中间，一时间好像不知道该怎么掌控场面。

"哦？他说了什么？"他眼睛盯着班恩，看也没看就从女孩手上抢过啤酒。班恩好奇崔伊有没有跟她交往过，他看崔伊之前也是这样嫌弃他的前女友：我看到你既不高兴也不生气也不难过，谁稀罕你这种人，我对你一点感觉也没有。

"什么撒旦之类的屁话，还说你们做了些什么……"她说。

崔伊咧开嘴，在班恩对面坐下来——班恩刻意避免跟他对视。

"喂，崔伊？"亚力克斯说，"你有印第安血统，对吧？"

"是又怎样？要我剥你头皮吗？"

"不过你不是纯种的吧？"女孩口无遮拦地说。

"我妈是白人。我从不跟印第安女孩约会。"

"为什么？"她一边问，一边在头上搔抓，手指一直缠到卷发。

"因为撒旦喜欢白人小妞。"他笑着，头一仰看着她。刚开始她还笑得花枝乱颤，后来发现他一直维持同样的表情，这才赶紧闭上嘴巴。

班恩胡说八道他们爱听，但是崔伊就让人毛骨悚然了。他盘腿坐在地上扫视众人，眼神看似和善，但其实冰冷毫无温情；他的坐姿看似随意，但手脚都紧绷地弓着。

大家沉默地坐了几分钟，崔伊搅得人心神不宁。他通常是他们当中讲话最大声的，最凶悍的也是他，喝醉后最爱找人单挑的还是他；可是，如果他心情不好，就好比他伸出上百只隐形的手指拼命推大家的肩膀，把大家推进水中、淹没每个人。

“你现在要走吗？”他忽然问班恩，“我今天开卡车了，也有黛安卓的钥匙。我们可以去她家看电视，等她回来，总比待在这冻死人的地方要好。”

班恩点点头，仓皇地跟其他人挥手告别，便快步走向门口，崔伊已经在门外等他，还顺手把啤酒罐扔在地上。刚才那个畅所欲言的班恩不知道跑哪里去了。现在他的话全卡在喉咙；当他爬上崔伊那辆卡车后，他结结巴巴地向崔伊道歉。还好崔伊刚刚毫无理由地替他解围，但崔伊怎么会有黛安卓的钥匙？八成是他跟她要的吧。班恩就没想过要讨那么多东西。

“刚刚那件事，你最好有充分的理由。”崔伊说着，迅速退挡。这辆卡车简直是坦克车，崔伊开着它驶过农田，沿途车身因麦秆和灌溉渠而上下颠簸；班恩紧紧握住扶手，以免不慎咬断自己的舌头。崔伊意味深长地看着班恩抓得死死的手。

“有啊，当然有。”

“今晚你大概会一夜长大。大概吧。”

崔伊按下录音机的按钮。铁娘子乐团。而且，没错，正唱到那首《魔鬼的数字》，一字一句在班恩耳边嘶嘶作响。

班恩默默哼着。他脑袋发烫，气到疯狂的地步，每次听重金属乐都是这样；吉他和弦一声紧似一声，缠得他越来越紧、越来越紧，敲得他头昏脑涨、背脊发直；狂怒的乐声让他无法思考，只搅得他全身紧绷。他的身体像紧握的拳头，等待放松。

丽比·天
/
现在

沿着七十号州际公路，从堪萨斯城开到圣路易市，要开好久好久，沿途毫无风景可言——平坦的大路、死寂的枯黄和乱七八糟的广告牌：如猫咪般蜷着身体的胎儿（堕胎让心脏停止跳动）；救护车警示灯染红了客厅（清理犯罪现场？请交给专家处理！）；长相平庸的女子对着摩托车骑士露骨地放电（吉米夜总会，愈夜愈辣哦！）。一路上，不怀好意的“神爱世人”标语和“A 片大甩卖”的广告，数量旗鼓相当；至于餐厅的广告牌，引号总是用错地方：贺伯小厨，镇上“最棒”；乔林牛排：“美味”牛排等你来。

莱尔坐在副驾驶位上。上车前，他思考着到底是让我一个人去，还是跟我一起去比较好。（只有我去的话，也许我跟可丽希能聊到一起，毕竟我们两个都是女的；可是他对这件案子比较熟悉，不过他可能会因为太兴奋，一下子问她太多问题而把整件事搞砸。他偶尔会操之过急，若要说他有什么缺点，那一定就是这个。但是五百美元可不是小钱，他觉得自己应该要跟来一探究竟……）最后我忍不住对着电话大吼：“三十分钟后莎拉酒吧见，想跟就来！”咔嗒。现在他就毛毛躁躁地坐在我旁边，一会儿把车门锁拨上拨下，一会儿乱调收音机频道，同时还把路上的招牌一个一个大声念出来，好像想让自己安心一般。我们驶过跟教堂一样大的烟火仓库，并经过至少三处事故现场——只见积满灰尘的塑料花和白色十字架堆在路边。比起附近农舍屋顶上枯槁的风信标，加油站的告示牌更高且瘦长。

附近山丘的广告牌上出现一张熟面孔：莉赛特·斯蒂芬斯，笑得很开心，若有她的消息，可拨打底下某个电话。我好奇这块广告牌要撑多久，他们的钱和希望才会耗尽。

“哦，天啊，是她。”经过广告牌时，莱尔这么说。我虽然不悦，但是我懂他的感受。事情都过去那么久了，还要你为一个显然已经死掉的人担心，除非这个人是我的家人，否则未免也太自私了。

“莱尔，我可以请问你为什么对这件案子那么执着吗？”我才问完，天色就暗到刚好该开路灯了，于是两旁的路灯亮了起来，一路闪亮到天边，仿佛我的问题点亮了整条大路。

莱尔盯着膝盖，一如往常侧耳听我说话。不管是谁在说话，他都习惯把一边耳朵凑上去，然后等个几秒钟，好像在翻译对方说话的内容。

“这个案子就像经典的侦探小说，各式各样的猜测都有可能，所以谈起来特别有趣。”他说，始终没有看我，“还有，因为你和可丽希。你们是那种……惹是生非的小孩。我觉得这很有意思。”

“惹是生非？”

“应该说是无中生有、小事化大，最后一发不可收拾，就像涟漪。我觉得很有趣。”

“为什么？”

他愣了一下。“就觉得很有趣。”

莱尔和我真是全世界最不会套话的两个人了。天生不如人的人，连要把话说清楚都不容易。不过，就算无法从可丽希口中套出消息我也不在乎，因为我越推敲莱尔的看法，就越觉得可能性不大。

再往前开四十分钟，脱衣舞俱乐部开始一家一家冒出来：死气沉沉的水泥建筑,大部分连店名也没有,只有霓虹灯招牌上写着“真人秀！真人秀！”我想这大概比“死人秀”有卖点吧。我想象可丽希驶进满地碎石的停车场，准备好要随便进一家俱乐部大脱特脱。连个名字也没有的俱乐部还真是令人狐疑。每次只要我读到父母手刃亲生儿女的新闻，心里就会想：怎么会有这种事？既然都愿意给小孩取名字，愿意花时间从众多名字中筛选出一个独特的名字为孩子取名，表示心里一定很在乎，怎么还下得了手呢？

“这还是我第一次去脱衣舞俱乐部。”莱尔说，用迷人的唇形笑了笑。

我照可丽希妈妈说的，左转驶离高速公路——来之前我曾给这附近唯一一家登记了电话号码的俱乐部打过电话；是一个油嘴滑舌的男人接的，他说可丽希在。我驶进一个牧场大小的停车场，只见三家脱衣舞俱乐部排成一排，再过去是一家加油站和卡车停车场：在白热的灯光中，我看到女人的剪影像猫一样在卡车之间迈着小碎步奔走，驾驶座的门开了又关，她们把身子凑进去，两条光溜溜的腿露在外面。大概这里的脱衣舞女在结束俱乐部生活后，就到后面的卡车停车场工作吧。

我下了车，笨手笨脚地拿着莱尔给我的一张便笺纸，上面整齐地罗列了要我询问可丽希的问题（一、你现在还是跟小时候一样，坚称班恩对你性骚扰吗？如果是，请解释……）。我开始把问题从头到尾看过一遍，突然右边有个身影一闪，吸引了我的视线。在卡车停车场的另一头，有个小小的影子从卡车上下来，笔直地朝我走来，那种笔直的走法就像你喝醉了却又不想被看出来那样。我看到那个影子的肩膀往前倾，带动整个身体前进，好像反正第一步都踏出去了，只好认命地朝我这个方向前进。影子走到我车子的另一边，我看出她是个女孩。她有着娃娃似的宽脸，在街灯的照耀下容光焕发，浅棕色的头发扎成一束马尾，露出微凸的额头。

“嘿，可以跟你讨根烟抽吗？”她一边说，头一边像帕金森症的病患那样上下晃动。

“你，没事吧？”我一边问一边端详她，猜她大概十五六岁。她在发抖。她只穿了一件薄薄的运动衫，以及一条短短的迷你裙，脚上蹬着一双靴子，本来应该看起来很性感，但是在她身上却显得很幼稚，好像小女孩假扮女牛仔。

“你有烟吗？”她又问了一遍，脸上发光，眼睛水汪汪。她踮了踮脚，先看看我，再看看莱尔，莱尔则看着人行道。

我记得后座好像还有一盒，就把身子凑过去翻找一阵，掀开不知堆了几百年的快餐包装纸，在从餐厅顺走的茶包（这种东西何必花钱买）和便宜的铁汤匙（一样不必花钱买的东西）堆里摸索了一阵。烟盒里还剩三根烟，其中一根折断了。我把剩下两根施舍给她，点开打火机，女孩歪歪斜斜地凑了过来，才终于点着火。“抱歉，没戴眼镜，什么都看不到。”我也点了一根，尼古丁直冲脑门，大脑开始跳起了热浪舞。

“我叫科琳。”说着她又抽了一口。太阳下山后，气温骤降，我们面对面站着，双脚踮上踮下好取暖。

科琳。这名字对应召女郎来说太甜了，替她取名字的人应该没想到她的人生会变成这样吧。

“科琳，你今年几岁？”

她回头看了看卡车停车场，笑了笑，肩膀一缩。“哎呀，别担心，我不是做那个的。我是在那里工作。”她用中指指着中间那家脱衣舞店，“我守法的，才不需要……”她头一扬，用下巴对着停车场那排卡车，虽然车子已经熄火，但是车里正忙得火热。“我们只是帮忙留意有没有合适的人选。姐妹情谊啊。你是新来的？”

我穿着低胸上衣，原意是想如果找到可丽希，这样两个人聊起来比较自在，表示我也很放得开的。科琳猛盯着我的乳沟瞧，那眼神好像珠宝商在鉴定珠宝，想把我分到适合的俱乐部。

“哦，不是。我们是来找朋友的。可丽希・凯兹，你认识吗？”

“她现在可能不姓凯兹了。”莱尔说完，又将视线转向高速公路。

“我认识一个叫可丽希的。比我大？”

“三十五岁上下。”科琳全身上下都在颤抖，但也有可能只是因为很冷。

“那我知道了。”说着，她一口气把烟抽完，“她有时候白天会在迈克那边工作。”她指了指离我们最远的那家俱乐部，霓虹灯招牌上只写着“G-R-S”。

“听起来不太妙。”

“的确。反正迟早要退休的嘛，可是她还是很不爽，我想是因为她花了很多钱去隆胸，没想到迈克还是觉得她人老珠黄。但隆胸至少还可以退税。”科琳这番话说得很无情。她还是青春活泼的少女，知道自己还要过个几十年会才会受这种屈辱。

“我们应该白天再来吗？”莱尔问。

“嗯，你可以在这里等。”她用娃娃音说，“她很快就好了。”她指了指后面那一排卡车。“我要回去准备上班了，谢谢你的烟。”

她趾高气扬地走了，肩膀依然前倾，朝着中间那家漆黑的俱乐部走去，她用力甩开门，消失在里面。

“我们还是回去吧，待在这里没什么用。”莱尔说。我正想大骂他没种，竟敢丢下我开溜，并叫他回车上等着，就在这时候，又有一个黑影从卡车上下来，朝我们这边的停车场走过来。这里的女人走路的姿势都好像在强风中逆风而行。一想到如果我孤零零地被困在这种地方，胃里就一阵翻搅。对于一个没有家、没有钱，又没有一技之长的女人来说，这也不是不可能的事。

那个人影一团漆黑：我只看得出她头发凌乱，短裤边缘乱翻乱翘，背着过大的包包，短裤底下则是一双粗壮的腿。从黑暗中走出来的她，有一张晒黑的脸，一双稍微靠得太近的眼睛。可爱是可爱，但有点像狗。莱尔用手肘推我，转过来确认我是否认识她。我虽然不认识，但还是跟她挥了挥手以免错过。忽然，她停下脚步。我问她是不是可丽希·凯兹。

“我是。”她那张狐狸脸出乎意料地热心、急切，好像以为有好事要发生了。我想到她刚才来的方向，觉得她脸上会有这种表情还真奇怪。

“我有事想跟你谈一谈。”

“好啊！”她耸一耸肩，“谈什么？”她猜不透我：我不是警察，也不是社工，更不是脱衣舞女，当然也不是她小孩的学校老师（我猜她有孩子了）。她看了莱尔一眼，而莱尔不是目瞪口呆地盯着她，就是又转身背对着我们。“谈我的工作吗？你是记者？”

“呃，我就老实说吧，是有关班恩·天的事。”

“哦，好啊。我们去迈克的店里吧，请我喝一杯？”

“你结婚了吗？还是姓凯兹吗？”莱尔脱口而出。

可丽希对他皱了皱眉头，然后看着我，想听我解释。我睁大眼睛，扮了个鬼脸，做出女人觉得身边的男人让自己难堪时的表情。“我结过一次婚，”她说，“现在姓昆托。只因为我懒得去改回来。你知道这种事情有多麻烦吧！”

我假装会心一笑，然后突然跟着她穿过停车场，小心着不要撞到在她屁股上晃动的大皮包，并且瞪了莱尔一眼，要他镇定一点。

可丽希转过头，露出大大的微笑，哼起约翰·列侬的《熬过今夜》，但是哼着哼着，却好像忘了曲调。她吸了吸鼻子，整个鼻子都皱成一团，好像孕妇外凸的肚脐眼。“迈克要是知道了会把我杀了。”说着，她推开门。

脱衣舞俱乐部我去过，当时是20世纪90年代，去那种地方大家都会觉得你很不要脸；那时候的女生还很傻，傻到以为这样很性感，只因为如果别的女人觉得你很辣，男人也会觉得你很辣，所以就有一堆傻妞站在那里装辣。但我还是第一次到这么低级的地方；窄小油腻的室内，墙上和地上似乎上了一层蜡。一个年轻女孩在低矮的舞台上扭动身子，舞姿相当难看，其实她也不过就是在原地踏步，腰上的丁字裤比她该穿的尺寸小了两号，胸贴在乳头上游移；她的乳头外扩，有如外斜视病患的眼睛，每隔几拍，她就会转身背对男性观众，分腿弯腰，从两腿之间往后看，脸颊因为血液倒流迅速涨红；而这些男性观众……数一数其实也才三位，全都穿着法兰绒衬衫，看到台上美女分腿弯腰，有人呻吟，有人点头。魁梧的保安面壁照镜子，表情很不耐烦。我们三个在吧台坐下，我夹在他们两人中间。莱尔双手环胸，手夹在腋下，尽量避免触碰任何物品，眼睛假装盯着台上的舞者，但其实什么也没看到。我转头不看舞台，皱了皱鼻子。

“我懂。”可丽希说，“这里很没格调吧！你请客，我没带钱。”我还来不及点头，她就径自点了一杯蔓越莓伏特加，我也跟着点了一杯。酒保让莱尔出示证件，他把身份证亮给他看，然后开始自顾自地演起来，让周遭的人十分难堪，他压低的声音更像鸭子了，而且还露出诡异的笑容。他回避大家的视线，似乎浑然不觉自己演起戏来。酒保瞪了他一眼，莱尔回他：“刚毕业吗？没见过吗？”酒保转过身去不理他。

“你想知道什么？”可丽希笑着，朝我靠过来。我挣扎着要不要告诉她我的身份，但她似乎没兴趣知道，所以我决定省事些。她只是想要有人陪。我忍不住一直瞄她的胸部，居然比我的还丰满，而且托高集中，几乎快露了出来；我想象着衣服底下的样子：浑圆油亮，像包着玻璃纸的烤鸡。

“喜欢吗？”她欢愉地说着，还抖了两下。“这两颗现在半新不旧的，大概也快一岁了，应该庆祝一下才是，不过多了它们好像也没有多好。天杀的迈克就是不肯好好帮我排班。不过没关系，反正我一直很想当大奶妹，现在总算梦想成真了，要是可以甩掉，我想甩掉的是这个。”她捏起肚子上一小圈肥肉，摆出一副自己胖到不行的表情，底下的剖腹产疤痕不小心露了出来。

“班恩·天，”她继续往下说，“那个红头发的王八蛋。他毁了我的人生。”

“这么说，你坚持认为他当年对你性骚扰？”莱尔像只松鼠般从我身后探出头来。

我转过身去瞪他，可丽希倒是不怎么在意。她依然只对着我说话。

“对。他当年不是在搞什么魔鬼崇拜吗？告诉你，要不是因为他对他家人……做了那种事而被关起来，我大概早就被他杀死了。”

凶杀案这种事情，大家都想凑一脚，这就好比不管谁上过我妈，金纳吉镇的居民都说认识，而且他们还声称自己命大，才能从班恩手下逃过一劫；有人说班恩放话要杀了他们、班恩踹他们家的狗、班恩某天看他们的眼神很恐怖、班恩听到圣诞音乐就流血、班恩把耳朵后面的魔鬼印记展示给他们看。可丽希也是这样，巴不得这桩血案自己也有份，开口之前不忘先深呼吸。

“到底发生了什么事？”

“你想听入门级还是限制级？”她又点了一杯蔓越莓伏特加，外加三杯丝滑醉奶。酒保从塑料水壶里倒出事先调好的酒，对着我挑眉，问我们要一起算还是分开算。

“别担心，凯文，我朋友会埋单。”说完可丽希哈哈大笑起来，“都忘了问你叫什么名字。”

我回避她的问题，直接问酒保总共多少钱，然后掏出一叠二十的美钞让可丽希知道我有的是钱。尔虞我诈，互不相欠。

“这杯你一定会喜欢，喝起来就像在吃饼干一样。”她说，“干杯！”她举起酒杯，对着俱乐部最里面那扇漆黑的窗户竖中指，迈克八成坐在里面。我们喝着丝滑醉奶，甜得我喉咙卡痰，莱尔则哇了一声，好像威士忌下肚一样。

过了一会儿，可丽希调整了一下胸部，深吸一口气。“我那年十一岁，班恩十五岁。他开始会在放学后围着我打转，一直盯着我看。这也没什么，盯着我看的人多的是；不是我吹牛，我小时候长得真的很可爱，真的。而且我家很有钱，我爸他……”我捕捉到她流露出一丝痛楚，嘴唇噘了一下，露出一颗牙。“我爸他白手起家，刚开始是做录像带的，后来成为美国中西部最大的录像带批发商。”

“是电影录像带吗？”

“不是，是空白录像带，让大家自己录东西的。记得吗？唉，你那时候可能还太小了。”

也许是吧。

“总之，我就是很容易被盯上。我虽然不是没人管，但我妈盯我盯得不是很紧。”这次她痛苦的表情更明显了。

“等等，你说你来干什么的？”她问。

“我来调查这件案子。”

她的嘴角瞬间垮掉。“我本来以为是我妈叫你来的。她知道我在这儿。”

她用珊瑚红的长指甲敲击着柜台，我把截指的左手藏在酒杯后面。我知道我应该关心一下可丽希的家庭生活，但我偏偏一点也不在乎。至少我没把她妈这辈子是不可能来看她的这件事告诉她，也算是仁至义尽了。

一位坐在塑料桌旁的客人不时向我们投来目光，他的头转过肩膀，分明是喝醉了心情不爽。我一心只想赶快闪人，把可丽希的事情抛到脑后。

可丽希再度开口，“班恩鬼鬼祟祟地跟着我，他……啧，你要不要来点薯片？这里的薯片真的很好吃。”

吧台后面挂着包装廉价的薯片。这里的薯片真的很好吃。她这么怂恿我，想不喜欢她都不行。我点了个头，可丽希便撕开包装，酸奶洋葱的臭味扑鼻而来，我明知最好还是别吃，但口水就是流个不停。可丽希的粉红色唇蜜沾到黄色调料。

“班恩赢得我的信任后就开始骚扰我了。”

“他是怎么赢得你信任的？”

“想也知道，当然就是糖果、泡泡糖、甜言蜜语喽。”

“他怎么骚扰你？”

“他带我去清洁工的工具间。他在学校当清洁工，我记得他身上总是有一股难闻的气味，像漂白粉。他会在放学后带我过去，骚扰我。我吓都吓死了。他还威胁我，如果我敢说出去，就要伤害我的家人。”

“他怎么逼你进工具间的？”莱尔问，“你们不是在学校吗？”

可丽希的脖子缩了一下，每当别人质疑我对班恩的证词，我也会气得脖子一缩。

“就……威胁我啊。”她舔掉黏在她涂得厚厚的指甲油上的薯片碎屑。

“我不相信。”我嘀咕道。

“你怎么会知道？”可丽希气急败坏地说，“这可是我的亲身经历。”

我继续等她认出我是谁。我跟班恩长得挺像的，我让我的脸唤醒她的记忆，希望她注意到我红色的发根。

“班恩总共骚扰过你几次？”

“数不清。多到数不清。”她沉重地上下点头。

“你跟你爸说班恩骚扰你，他有什么反应？”莱尔问。

“哦，我爸对我简直是保护过了头，气都气疯了。他开着车在镇上到处转，就是出事的那天，一边开车一边找班恩。我常在想，如果我爸找到班恩，一定会把班恩给杀了，这样班恩一家人就不会死。这不令人难过吗？”

我听得五脏六腑全绞在一起，火气整个冲上来。

“为班恩的家人难过？”

可丽希把头歪向一边，好像大人在哄小孩一样。“我相信他们全家都是虔诚的基督徒。不过，你想想看，如果班恩被我爸撞见……”

你才想想看，如果你爸没撞见班恩，而是撞见我们全家。一支枪、一把斧，杀得天家不留活口，只有我和班恩幸免于难。

“你爸那天晚上回家了吗？”莱尔问，“你半夜看到他了吗？”

可丽希压低下巴，对着我挑眉，我换了个让人听起来比较舒服的问法：“我是说，你怎么知道你爸没跟天家的人联系上？”

“因为我是说真的，如果让他撞见天家的人，他一定会做出伤天害理的事。我可是他的掌上明珠。知道我发生这种事，他气死了，真的气死了。”

“他住附近吗？”莱尔问话比激光还锋利，把她吓坏了。

“……我们没联系了。”说着她望向吧台，想再点一轮酒。“我想这对他而言太难接受了。”

“你爸妈向校方告状了，对不对？”莱尔说，急切地往前凑。我移了一下我的高脚椅，稍稍地挡着，希望他明白我的意思。

“当然要告，谁叫他们让那种人在学校当清洁工，让小女生在他们鼻子底下惨遭咸猪手。我可是出身良好的名……”

莱尔打断她的话：“如果可以的话，你介不介意我问你一个问题？你怎么会……沦落到这种地方？”刚才只是转过头的客人现在全身都转过来看着我们，一副要找人打架的表情。

“我们家后来生意失败，钱财散尽。在这里工作也不是什么坏事，那是大家一厢情愿的想法。这工作很好玩的，可以逗人开心，觉得自己很有力量。有多少人的工作可以像我这样？我跟妓女可不一样。”

我忍不住皱起眉头，眼睛望向卡车停车场。

“那个啊？”可丽希假装压低声音，“我只是想去了解一下……我没有……唉，真的没有。那是其他人的工作，与我无关。有个可怜的小女生，才十六岁，就已经在帮她妈做事了。我是想去帮她。她叫科琳。我一直在想要不要打电话给儿童福利团体之类的？这种事情到底应该要找谁才好？”

可丽希问这话的口气，好像在担心不知道要找哪一个妇产科医生。

“可以问你爸的地址吗？”莱尔问。

可丽希站起来，换作是我，早在二十分钟前就走人了。“我说了，我们没有联系。”她说。

莱尔还想说点什么，还好我已经转过身，用手指戳他的胸膛，用口型示意他闭嘴。他张开嘴、闭上嘴，看一看台上正在表演的女孩，接着走出店外。

可丽希说她还有约。我正在跟酒保算酒钱，她问我能不能借她二十美元。

“我想帮科琳买晚餐。”她说谎。接着她改变心意，改口说要借五十美元。“我支票还没兑现。我保证会还你。”她说着还煞有其事地拿出一张纸和一支笔，要我写下地址，说绝对绝对会把钱寄还给我。

我默默地把这笔钱记在莱尔账上，借花献佛地把钞票递给她。她当着我的面点起来，好像生怕我会少给她。她打开深不见底的大包，只见幼儿鸭嘴杯滚出来掉到地上。

我正要蹲下去捡，她手一挥，说：“不用捡了。”我也就没去动它。接着我拿起一张油腻腻的纸，写下我的姓名和地址。丽比·天。我叫丽比·天。你这个满嘴谎话的婊子！

佩蒂·天

/

1985年1月2号，下午1点50分

佩蒂好奇：从以前到现在，她和黛安在轰隆隆的车上共度了几个钟头？一千？两千？如果把每一段旅程首尾相加，约莫是两年的光阴；床垫广告不都这样讲：人一生有三分之一的时间在睡眠中度过，为什么不买张好的床垫来睡一睡呢？广告还说，我们一生有八年的时间在排队，六年在尿尿。照这种说法，人生未免太凄凉了。花了两年的时间跑诊所看病，但是前后加起来，看着黛比在早餐时笑到牛奶滴下来的时间只有三小时。吃女儿为她亲手做的薄饼：两星期，每一口都是女儿的心意，即使吃到中间还可以吃到发酵的面糊。另外还有一小时，是诧异地看着班恩随意地将棒球帽戴反，就像照镜子般，那姿势跟他外公简直一样，而他外公早在他还是婴儿时就过世了。

三年躲讨债电话。做爱，大约一个月，真的高潮大概只有一天。她这辈子总共跟三个男人睡过：高中时期的温柔男友；风云人物路尼，就是他把她从前男友身边拐跑，还留给她四个（优秀的）孩子；另外还有一个他，路尼离开后他们约会了几个月，还睡过三次，三次孩子都在家，每次都结束得很尴尬。那年班恩十一岁，占有欲很强，心情阴晴不定，每次他来，班恩就守在厨房，早上一从卧室走出来就可以看到他盯着他们瞧，佩蒂担心身上还留着他的精液，那味道太明显、太尴尬了，何况孩子还穿着睡衣坐在那里呢。打从一开始她就知道自己跟他不会有结果，后来她也没有勇气尝试了。再过十一年，丽比就高中毕业了，也许到那时再说吧！那时她四十三，正是女人如狼似虎的年纪，但或许不会，说不定碰上更年期。

佩蒂才发呆了三秒钟，黛安一问："去学校吗？"她立刻惊醒，想起眼前的棘手任务：找到儿子。但然后呢？把他藏起来直到风暴过去？押他去那个小女生家，自己的烂摊子自己处理？每次看电视里的家庭剧，妈妈总会抓到儿子顺手牵羊，然后下一幕就是妈妈把儿子押到商店，儿子张开颤抖的手，把糖果还给老板，请求原谅。她知道班恩会偷东西。在他把房间门反锁之前，她偶尔会在他房里发现来路不明的小玩意儿，大小刚好可以放在口袋里。蜡烛、电池、玩具兵。她从来不指责他，想想还真可怕。有一部分是因为她懒得处理这种事：大老远开车到镇上，就为了跟一个薪资微薄的工读生道歉，而对方根本不在乎。至于另一部分原因就更糟了：凭什么不能拿？班恩拥有的东西还不够少吗？为什么不能假装是他朋友送他的？就让他留着吧，这也不过是大错中最轻微的小错罢了。

"别去，他不在学校。他只有星期天打工才会去。"

"那去哪儿？"

她们在红绿灯前停下来，杆上的信号灯有如洗好的衣物在风中摇摆着。这是一条死路，尽头是一片牧场，牧场主是个住在科罗拉多的有钱地主。往右转则驶向金纳吉镇，通往镇上和学校。她们往左转，深入堪萨斯州，开往农田，开往班恩那两个朋友家，他们是“美国未来农夫”组织的一员，个性害羞到当电话是她接起时，连句“请找班恩”都说不出口。

“左转吧，去穆勒家看看。”

“他还跟他们混吗？不错啊。大家都觉得那两个孩子铁定不会作怪。”

“意思是班恩会作怪喽？”

黛安叹了口气，向左转。

“佩蒂，我永远支持你。”

打从出生以来，穆勒家两兄弟每年万圣节都扮成农夫，由父母开着大卡车载到金纳吉镇；当父母在餐馆喝咖啡时，穿着连身工作裤、头戴鸭舌帽的两个孩子则在布尔哈特大道上挨家挨户地喊“不给糖就捣蛋”。两兄弟跟他们爸妈一样，开口闭口都是麦子、苜蓿芽、天气，而且星期天必定上教堂做礼拜，祈祷的事情大概也跟作物有关。穆勒一家都是好人，没什么想象力，草根性很强，就连皮肤都像堪萨斯的山脊和犁沟。

“我知道。”佩蒂伸出手想拍拍黛安的手时，黛安刚好换挡，因此她的手悬在半空中，最后放回膝上。

“哦！该死的！”黛安对着前方时速只有三十公里的车子说道。黛安离得越近，他们就开得越慢，都快撞上保险杆了。她绕弯超车，佩蒂则定睛看着前方，眼角余光瞄到对方的脸朝着她，像一轮朦胧的月。这家伙哪来的？难道他们也听说了？所以他们才盯着她不放，说不定还对她指指点点的？那女人就是那个男孩的妈，就是天家那个男孩。如果黛安已在昨天听到风声，今天早上家里一定电话不断。女儿们八成坐在电视机前面，在震天响的电话和卡通之间游走，她交代她们一定要接，可能是班恩打来的，不过她们听话的概率不大：早上的事已吓得她们魂飞魄散。如果有人路过她家，就会发现家里没大人，只有三个眼泪汪汪的小丫头，最大的十岁，全都缩在客厅地板上，一听到声音就直打哆嗦。

“我们两个应该留一个人在家里……以防万一。”佩蒂说。

“发生这种事，你一个人能怎么办？何况我也不知道从何找起。一起找是对的。蜜雪是大姐姐了。我照顾你的时候，年纪都还没有她大呢！”

不过那时候是那时候，佩蒂心想。过去就算大人在外过夜，让小孩自己在家看家，别人知道了也不会多想。

二十世纪初，古老沉静的草原无风也无浪，但如今的小女孩不能独自骑自行车上路，也不能三人以下单独行动。佩蒂参加过黛安的同事举办的活动，形式类似特百惠直销派对，只是卖的不是保鲜盒，而是防狼哨子和催泪瓦斯。她在派对上开了个玩笑，说哪个疯子会大老远开车到金纳吉镇来害人。一个她在派对上才刚认识的金发女子原本在摸索防狼喷雾钥匙圈，听了她的话却抬起头说：“我朋友就被强暴过。”最后佩蒂因为心里过意不去，一口气买了好几罐催泪瓦斯。

“大家都觉得我是个坏妈妈，所以才会发生这种事。”

“你怎么会是坏妈妈？我觉得你已经做得很好了，又要经营农场，又要带小孩子上学，而且还不喝酒解压。”

佩蒂立刻想起两周前那个天寒地冻的早晨，她哭得筋疲力尽，觉得自己根本无法起床更衣送孩子上学。她索性让她们待在家里，跟她一起连看十个小时的连续剧和益智节目。只有班恩被她赶出门骑着自行车去上学，她在门口向他保证，说明年一定会要求校车开来家里接他。

“我不是好妈妈。”

“别说了。”

穆勒家的地挺体面的，少说也有四百英亩。在绵延数里的绿色冬麦和皑皑白雪的衬托下，穆勒家的房子有如渺小的黄毛茛。风势比刚才更强了。天气预报说今天会下一整晚的雪，接着气温会立刻回暖。气象局的保证刻在她的脑海里：气温会回暖啊。

她们开上那条那条谢绝来客的羊肠小道来到穆勒家门口，途中经过一台耕耘机，像一头野兽蛰伏在谷仓里；机台上的耕耘刀在地上投下兽爪般的影子。黛安发出吸鼻子的声音，每次她不安的时候就会这样，还会装模作样地清清喉咙填补沉默。下车时，姐妹俩没有看对方一眼。黑羽椋鸟聚精会神地栖在树上，嘎嘎地连续啼叫，不安好心；其中一只从树上飞下来，鸟喙上曳着的圣诞银葱彩带随风飘扬。除此之外，这个地方是静止的。没有车辆经过，没有门窗开关，没有电视低吟，只有白雪覆盖大地的沉默。

“没看到班恩的自行车。”当她们敲门时，黛安吐出这么一句话。

“可能停在后面。”

艾德来应门。吉米和艾德跟班恩念同一个年级，但两兄弟不是双胞胎，他们其中一个留过一级，还是两级。她想应该是艾德。他睁大眼睛看了她一秒。他不高，一米六二左右，但拥有运动员般的体格。他把双手插进口袋，转头看了看屋内。

“嗨，天阿姨您好。”

“嗨，艾德。抱歉放寒假还来打扰。”

“哦，不要紧。”

“我在找班恩——他在不在你家？你有没有看到他？”

“班——恩——？”他拖长了声调说，仿佛这个问题问得很有趣。

“呃……没有，大概……呃……我们大概有一年没看到他了。当然在学校看到不算啦。他现在跟另一些人厮混。”

“什么人？”黛安问，艾德这才看了她一眼。

“……这个……”

他看到吉米的剪影朝门口逼近，从厨房风景窗透进来的逆光照在他身上。他笨重地走向他们，体型比艾德要高大魁梧。

“需要帮忙吗，天阿姨？”他先把头探出来，接着是上半身，然后渐渐把艾德挤到一边。两兄弟把大门密密实实地堵了起来，害得佩蒂好想伸长脖子绕过两兄弟，到室内一探究竟。

“我刚才在问艾德，你们今天有没有看到班恩，结果他说你们已经一整学年没见我儿子了。”

“嗯……是这样没错。您要是先打电话过来问就好了，打电话省时多了。”

“我们必须赶快找到他，你知道去哪里找得到他吗？家里出了点急事。”黛安打岔道。

“呃……不知道。”又是吉米回话，“但愿我们帮得上忙。”

“连他朋友的名字都不能告诉我们吗？这你们总知道吧？”

艾德不知何时已经走回室内，他从幽暗的客厅向外喊道：“叫她打去地狱问撒旦比较快。”

“什么？”

“没什么。”吉米看着门把手，盘算着要不要把门关上。

“吉米，拜托你帮帮我们，拜托？”佩蒂低声下气地说，“求求你。”

吉米皱起眉头，用牛仔靴的靴头点着地板，像在跳芭蕾舞般，说什么也不肯把眼皮抬起来。“他那群朋友是……呃……撒旦的信徒。”

“什么意思？”

“带头的男生年纪比我还大，我不知道他的名字。他们常聚在一起抽烟喝酒，还会去屠牛什么的。我是听人家说的。那些人不是我们学校的学生，只有班恩跟我是同学。”

“里面总有一两个人的名字你知道吧。”佩蒂套他的话。

“天阿姨，我真的不晓得，碰到那帮人我们都离得远远的。对不起，我们也想继续跟班恩做朋友，但是……我们上的是这一区的教堂，我爸妈管我们管得很严。呃……我真的很抱歉。”

他看着地板，不说话了，而佩蒂也想不到其他话好说。

“好吧，吉米，谢谢你了。”

他关上门，她们还来不及转身，就听到屋里传出咆哮声：混蛋，你干吗那么说啊！接着就是重重的捶墙声。

丽比·天
/
现在

回到车上，莱尔只说了四个字："噩梦一场。"我回他：嗯哼。可丽希让我想到自己：贪婪、焦虑，总是未雨绸缪，以备不时之需。那包薯片就是证据。我们总是乞讨小包装食物，因为人们不会斤斤计较那么多。

车开了二十分钟，一路上莱尔和我都没什么交谈；终于，他用他那新闻播报员的声音总结道："她说班恩性骚扰显然是骗人的。我想她当年也是这样骗她爸的。劳尔·凯兹一气之下把你们全家杀了，后来才发现女儿说谎，导致自己滥杀无辜。凯兹家因此家道中落。劳尔·凯兹消失了，染上酗酒的恶习。"

"是这样吗？"我抓着他的话不放。

"我推测得很有道理啊，你不觉得吗？"

"我觉得以后你都不要跟来比较好。真丢脸！"

"出钱的人可是我，丽比。"

"但你完全是在帮倒忙。"

"对不起。"说完我们又陷入沉默。当远方堪萨斯城的灯火将天空染成病态的橘红，莱尔看也不看地对我说："你不觉得我推测得很有道理吗？”

“悬案之所以被称为悬案，就是因为不管怎么推测都言之成理！”我学他说话。“《天家血案》，很棒的侦探小说吧？”我欢快地说。过了几分钟，我才心不甘情不愿地承认：“你的推理是不错。我想我们也应该去找我爸谈谈。”

“我没意见。不过我还是会继续追查劳尔·凯兹的下落。”

“随你便。”

我把他丢在莎拉酒吧，不打算送他回家；莱尔站在人行道上，像孩子般一脸困惑，不敢相信爸妈就这样把他丢在夏令营然后一走了之。我到家时已经很晚了，烦躁焦虑地点我的钞票。到目前为止，我已经从杀手俱乐部那边赚了一千美元，莱尔还欠我采访可丽希的费用五百美元，不过我想可丽希不管谁去采访都一样吧；才想着，我就知道事实并非如此。杀手俱乐部那些怪胎不可能像我这样从可丽希口中套出那些话。她之所以肯跟我谈，是因为我们血液里有相似的因子在作怪：我们都自卑、愤怒、贪婪，莫名其妙地怀念着逝去的时光。

我没来由地恨恨地想着：我有本事自己赚钱了。莱尔付我钱似乎付得挺爽快的，是我自己心里有鬼，脑海里愤愤不平地自我辩护，为了还没发生的事情大发脾气。

我有本事自己赚钱了（我现在觉得心平气和）。如果我有爸的消息，如果我能跟爸谈一谈，就可以再大赚一笔，整整够我四个月的花销。如果我不闯祸的话，也许够五个月。莱尔在我还没到家前就已经在录音机里留了口信：堪萨斯杀手俱乐部要举办跳蚤市场，有人想买我家人的“纪念品”。这次活动由玛格达主办，问我有没有兴趣参加。玛格达，那个山顶洞人，就是她在我头上加了一对魔鬼的角。好啊，玛格达，我很乐意到你家做客，你把钱藏在哪儿啊？

我把电话录音机关掉。录音机是我前两次搬家从我室友那里偷来的，这让我想起可丽希，她家里应该也塞满了别人的垃圾吧！我偷了一台电话录音机、近一整组的餐具、二十几对盐罐和胡椒罐，最近才又从克拉克烧烤顺走一对，到现在还摆在门口的茶几上，懒得拿进厨房。卧室一角，电视机旁边有个箱子装满上百瓶我顺手偷来的乳液。我还保留着是因为我喜欢看这些瓶瓶罐罐摆在一起，紫的绿的粉红的。我知道如果有人来我家看到一定觉得我疯了，但反正没人会来，偏偏我又爱不释手，舍不得扔掉。印象中我妈的手总是干涩粗糙，虽然她动不动就在手上抹油，却总不见效。我们最喜欢开她玩笑：“不要抹啦，妈，好像鳄鱼哦！”偶尔我们去做礼拜的那间教堂，女厕里会提供乳液，妈说闻起来有玫瑰花的味道；我们轮流把乳液挤在手上，然后凑上去拼命闻，互相称赞彼此身上散发着淑女的芬芳。

黛安阿姨没有打电话。她早该听到我的留言了，却没有回电话，这不太寻常。纵使我们这次冷战了六年，但是黛安阿姨向来都大方接受我的道歉，早知道就送她我的亲笔签名书了。

我转过身去看楼梯底下的那堆箱子，我越是放任自己去想凶杀案，就越觉得那堆箱子很不吉利。我告诉自己，不过是一些旧物，它无法伤害人的。

十四岁的时候，我时常有轻生的念头——这在当年是神的召唤，如今则成为我的嗜好。9月初一个早晨，学校刚开学，我拿起黛安阿姨的麦格农左轮手枪，像玩过家家似的在膝上把玩了好几个钟头。脑袋开花是件多享受的事，我卑鄙的灵魂随着枪响而烟消云散，就好比一吹蒲公英，白色的种子便随风飘散。但我想起了黛安阿姨，想象她回到家后发现我的头没了，而墙上一片红时，我就下不了手。或许这就是我恨她的原因，我恨她不让我做我最想做的事。但我就是不能这样对她，所以我只好跟自己商量：如果到了2月1号还是没有好转，我就自杀。但是到了2月1号还是没有好转，所以我只好再跟自己讨价还价：如果到了5月1号还是没有好转，我就动手。于是我一拖再拖。而现在，我依旧活着。

我看着那堆箱子，跟自己讨价还价，心情平静许多：如果二十分钟后还是受不了，就放火烧了吧。

第一个箱子很容易拆开，我才开始撕胶带，箱子的一边就塌了。最上层是一件警察合唱团演唱会T恤，是我妈的，上面沾了食物的污渍，拿起来非常轻软。

十八分钟。

底下是一摞笔记本，用橡皮筋捆着，全是黛比的。我随意翻了几页：

哈里·杜鲁门是美国第三十三任总统，家乡在密苏里州。

心脏是身体的泵，把血液输送到全身上下。

再底下是一叠便笺纸，有蜜雪传给我的，有我传给黛比的，有黛比传给蜜雪的。就在我一张一张翻看时,发现中间有张生日卡片,卡片正面是冰激凌圣代，有颗用红色亮片装点的红樱桃。

亲爱的黛比：(是我妈密密麻麻的字迹)

真高兴我们家有你这么一个贴心懂事的小帮手，你是我蛋糕上的樱桃!

妈妈签名从来不签“妈咪”，我们小时候也从来没那样叫过她。我心想：我要妈咪。但我们从不这样讲，我们都说我要妈妈。我心里有个不该松开的结松开了。针脚松脱了。

还有十四分钟。

我翻找出更多纸条，内容无聊的放到一边，留给杀手俱乐部；我想念我的姐姐，嘲笑我们当年的幼稚：那些奇怪的小烦恼、用密码写成的纸条、潦草的涂鸦，还有那一张张朋友和仇人的名单。我都忘了我们天家三姐妹以前有多亲。以前我绝对不会承认我们感情很好，直到现在像个人类学家那样看着这些纸条，我才明白我们的确姐妹情深。

还有十一分钟。

我找到蜜雪的日记，用橡皮筋捆着，装在人造皮革的袋子里。她每年圣诞节都会收到两个日记本，她的心事是正常小女生的两倍。当我们都还在树下登记每人收到的礼物，比谁收到的多时，蜜雪已经开始在新的日记本上写了起来。

我翻开 1983 年那一本，赫然想起蜜雪是个多讨人厌的管家婆，即便那时她才九岁。我翻到的那一页上面记载了蜜雪最喜欢的贝达尔老师在教师休息室跟男生讲八卦——贝达尔老师还没结婚呢。蜜雪在想要不要去问老师这件事，说不定老师会请她吃好吃的午餐。（贝达尔老师曾经把自己的果冻甜甜圈分给蜜雪一半，之后蜜雪的眼睛就离不开贝达尔老师以及她的棕色纸袋。只要你眼巴巴地盯着老师看，十有八九都可以得到半个三明治或一片水果。不过这一招不能太常用，否则学校会寄信回家，然后妈妈就会哭得稀里哗啦。）蜜雪的日记本里满是学校里的极具戏剧性且讽刺的大小事：下课时，麦蓝尼老师在男生的储物柜外面抽烟，抽完还喷一下口腔喷雾（口腔喷雾下面画了好几条底线），所以都没有人发现；教堂的乔柯阿姨在车上喝酒……蜜雪问乔柯阿姨是不是感冒了，不然为什么要喝糖浆，乔柯阿姨笑了笑，给了她二十美元，说是要向她买女童军饼干[①]，而蜜雪根本不是女童军。

妈的，她连我的事都写进去了。看看这个：她知道我骗我妈说杰西卡·奥唐奈不是我打的！这倒是真的。可怜的杰西卡被我一拳揍成熊猫眼，我却跟我妈发誓说是她自己从秋千上跌下来摔伤的。“丽比说是魔鬼叫她做的，”蜜雪写道，“该不该跟妈告状？”

我阖上 1983 年的日记，拿起 1982 和 1984 的来翻。尤其 1984 下半年的日记我看得特别仔细，生怕蜜雪记下任何有关班恩的重要事项。结果根本没什么，只不过一直骂他是怪胎和讨厌鬼。

① 每年2月至3月是美国女童军挨家挨户贩卖饼干的季节，收入所得用来赞助女童军活动。——编者注

我想警察当年办案时的心情也跟我一样吧。我想象一名菜鸟警官半夜吃着中国菜，读着蜜雪记录下的她好友第一次来月经的情形。

还有九分钟。

一堆生日卡片和信件。突然我看到一张纸条，折得异常精巧，好像日式折纸那样，折得像一只大雕，我想折的人是故意的，因为纸条上写着“给大雕”。我展开纸条，映入眼帘的是秀气浑圆的字体：

1984 年 5 月 11 日

亲爱的大雕：

我一边上生物课一边想你。你今天放学会来我家吧？我要你!!! 要是我爸妈不在的时候我们能同居就好了。你妈不会发现的，她根本搞不清楚状况！下课来我车上找我，在帕索街上等你。

一会儿见。

黛安卓

班恩没有女朋友,他从来没交过女朋友。包括班恩他自己在内，从来没有人告诉过我班恩有女朋友。我从来没听过这个名字。箱子最底下是一叠学年纪念册，从 1975 年班恩入学，到 1990 年黛安阿姨第一次把我交给别人寄养。

我打开 1984 那个学年的纪念册，翻到班恩那一班仔细搜索。没看到黛安卓，只看到一张令人揪心的照片:班恩的肩膀一高一低，头发一边长一边短，身上穿着只在正式场合才穿的牛津布衬衫。我想象拍照那一天，他一早在家套上衬衫，便在镜子前面练习怎么笑才好看。1984 年 9 月，我妈买什么他就穿什么，谁知到了 1985 年 1 月，他就变得暴躁易怒，不但把头发染黑，还成为凶杀案主要嫌疑人。我快速翻阅班恩上个年级的照片，但依然没看到黛安卓。我再继续往上找，就在我要放弃的时候，她出现了：黛安卓·华兹纳。好难听的名字。我伸出手指，顺着标示她名字的那一排找过去，期待是个土气的姑娘，嘴上还长胡子；没想到却是个漂亮的女孩子，苹果脸，还有一头瀑布似的褐色卷发，五官虽然不精致，但她化了浓妆来弥补，即使是在书页上，她都像要跳出来一样。她深邃的眼睛里有着过人的胆识，双唇微启，露出一点点虎牙。

我抽出前一学年的纪念册，却不见她的踪影。我抽出后一学年的纪念册，还是不见她的踪影。

班恩·天
/
1985年1月2号，下午3点10分

崔伊的卡车弥漫着野草和运动袜的异味，还夹杂着水果酒的甜味，大概是黛安卓不小心洒出的。卡车里乱七八糟，有不知放了几年的速食包装纸、钓鱼钩、《阁楼》杂志，班恩脚边毛茸茸的地毯上有一只箱子，里面有好多小纸盒，包装上写着"墨西哥跳豆①"，盒子上画着一颗头戴宽檐帽的豆子，脚的两边各画两条圆弧线，表现出跳的样子。

"来一颗。"崔伊指着盒子说。

"不要，那里面不是有虫子吗？"

"对呀，那是甲虫的蛹。"崔伊说着，发出钻地机般的笑声。

"哦，谢啦！还真酷啊。"

"去你的，这小子，跟你开玩笑你倒当真了，放轻松一点。"

他们停在一家7-11便利店门口，崔伊跟柜台的墨西哥男孩打招呼。"喏，你的跳豆！"说着便拿了一箱啤酒交到班恩手上，

① 墨西哥跳豆是一种矮灌木的果实，春天时飞蛾进入其内部产卵，卵孵化成茧，茧吃掉果肉后结蛹，蛹在荚膜中蠕动因而产生跳动。——编者注

然后又拿了几条黛安卓经常吵着要吃的墨西哥卷饼，最后还拿了一把牛肉干，捧花似的握在手上。墨西哥男孩对崔伊笑了笑，呜呜呜地唱着印第安战歌。崔伊作势要跳墨西哥帽子舞。"给我打电话，荷西。"墨西哥男孩没说话，崔伊把零钱留给他，足足三美元。

驱车前往黛安卓家的路上，班恩都在想这件事。世界上充满了像崔伊这样的人，随随便便就把三美元到处扔。黛安卓也是。几个月前，9月底酷热的一天，黛安卓要当她两个远房表弟表妹的保姆，于是他们决定开车到内布拉斯加州边界的水上乐园玩。那阵子她都开她妈那辆福特野马（自己那辆开腻了），后座塞满行李，都是班恩从来没想过要拥有的东西，包括三罐不同牌子的防晒霜、海滩巾、喷雾瓶、充气筏、游泳圈、海滩球和水桶。小孩还很小，才六岁还是七岁，所以就跟那堆行李一起挤在后座，只要他们一动，充气筏就发出噗噗的声音。开到莱巴嫩市附近时，表弟表妹把窗户摇下来，咯咯咯地笑，充气筏响得更大声了。班恩这才发现两个小鬼在笑什么。他们在搜集黛安卓扔在后座的零钱，地板上、夹缝里，平常她只要有零钱就往后随便一扔。两个小鬼乐得把零钱一把一把往窗外撒，看着这些硬币有如火花般散落在地。只撒一美分的也就算了，有好多是二十五美分的啊。

班恩心想：这就是人跟人之间的差别。不是你爱狗我爱猫，或是你支持丹佛野马而我支持堪萨斯酋长，而是你计不计较二十五美分。对他来说，四枚二十五美分的硬币等于一美元。一摞二十五美分的硬币就是一顿午餐。那两个小鬼撒到窗外的硬币加起来够他买半条牛仔裤。他一直要他们住手，说这样做很危险而且犯法，会被开罚单，赶快坐好看前面。两个小鬼哈哈大笑，黛安卓喊道：再玩，班恩这周的零用钱都要被你们玩光了。原来她早就发现了——他的手脚不如她想象中干净——黛安卓知道他拿走她的零钱。他觉得自己好像被风掀起裙摆的女孩。他纳闷，她究竟是个怎样的人？看到男友拿走自己的零钱却一言不发，这是善良，还是卑鄙？

崔伊全速往黛安卓家驶去，那是栋格局方正的米色大屋，周围一圈菱形铁丝网，以防斗牛犬咬伤邮差。黛安卓养了三只斗牛犬，其中一只毛色全白、肌肉发达、眼神疯狂，班恩最讨厌它了。她爸妈不在家的时候，她就让狗进屋子里玩，狗不但跳到桌上到处乱踩，还随地大小便；黛安卓从不打扫，只是喷一点空气清新剂在沾满大便的地毯上。娱乐室那张漂亮的蓝色地毯（黛安卓说是紫灰色地毯），俨然成为暗藏狗屎的地雷区。班恩努力不去管它。黛安卓会开心地提醒他：这不关他的事。

虽然天气冷得要命，但是后门却开着，斗牛犬跑进跑出，像在变魔术一样——没有没有没有没有，变！一只斗牛犬！两只斗牛犬！院子里有两只斗牛犬！三只！院子里有三只斗牛犬，腾跳、转圈、追逐，然后又跑回屋内。它们像飞翔的鸟，一边变换队形一边互咬。

“我恨死了那些该死的臭狗。”崔伊抱怨着，把车停妥。

“都是她宠出来的。”

班恩和崔伊朝前门走去，三只斗牛犬冲上前狂吠，沿着围栏追着他们不放，鼻子和脚掌从铁丝网中间穿出来，汪汪汪汪汪！

前门开着，室内的热气倾泻而出。他们经过粉红色的玄关，班恩忍不住反手关门，节省能源，下了楼就是黛安卓的世界，她正在娱乐室里跳舞，下半身没穿裤子，只有一双超大的粉红色袜子，上半身是一件塞得下两个她的宽大毛衣，麻花针织让班恩感觉只有渔夫才会穿，并不适合她这种女生。话说回来，最近学校的女同学都流行穿大好几号的上衣，说是什么男友衬衫还是爹地毛衣。黛安卓的当然也是特大号外加多层次内搭：长款 T 恤、无袖背心、亮色条纹翻领衬衫。班恩有一次把自己的黑色毛衣给她充当“男朋友毛衣”，没想到她却鼻头一皱，嚷嚷说：“款式不对，而且还破了一个洞。”感觉毛衣破个洞比地毯满是狗屎还要糟糕。班恩不确定黛安卓是真的了解时尚，还只是随便说说让他难堪而已。

黛安卓随着《地狱之路》的节拍跳上跳下，壁炉在她身后熊熊地烧着，手上的烟拿得远远的，以免烧到新衣服。她添购了十二件新行头，有的用透明塑料袋包着，有的挂在衣架上，有的放在闪亮的纸袋里，纸袋里还冒出衬纸，像火焰在烧一样。此外还有两只鞋盒和装珠宝的小纸盒。她抬起眼皮，看到他一头黑发，立刻对他绽放大大的微笑，竖起大拇指说：“酷。”班恩心情好了一点，不再觉得自己是傻蛋。“就跟你说会很好看吧。”

“买了什么，小黛？”崔伊说着拿起纸袋就翻，还从她手上把烟抢过来，吸了一口。她没穿裤子。黛安卓发现班恩的视线，便撩起毛衣，露出底下不知哪来的四角裤，总之不是他的。

“没关系的，小乖乖。”她走近他、吻他，她的烟味和葡萄柚发胶味袭击他、安抚他。他温柔地搂着她，他最近都这样，不再搂得死紧，他感觉她的舌头探进，颤动了一下。

“哦，赶快摆脱‘黛安卓碰不得’这种想法吧！”她啐道，“还是说你嫌我太老？”

班恩笑道：“你才十七岁。”

“你知道我今天听到什么了？”黛安卓用银铃似的声音说道，听起来很生气，气到肺要炸了。

“什么意思？”

“意思是以你的胃口来说，十七岁的我太老了。”

班恩不知道该说什么。黛安卓现在的心情就像捉迷藏，这时候追问她，只会听到没完没了的“没什么啦”“以后再说”“我没事，别担心”之类的。黛安卓把一头蓬发绑起来，搔首弄姿地跳舞给他们看，还从鞋盒后方变出一瓶酒。

“哦，宝贝，怎么伤成这样？”黛安卓笑了笑，总算注意到他额头上的伤口。她舔了舔手指，帮他把额头上的血迹擦掉。“谁打你啦？”

“小宝贝骑自行车跌倒喽！”崔伊咧嘴笑着说。班恩根本没把从自行车摔下来的事告诉崔伊，他怒从中来，生气崔伊竟敢取笑他，而且还真的被他说中了。

“有人把你从自行车上推下来吗，宝贝？是谁害的？”黛安卓安抚他。

“你帮小班买衣服了吗？这样下个月他就不用再穿那条破烂牛仔裤了。”崔伊问。

“当然喽。”她露齿而笑，忘了班恩的伤口，他本来以为她会关心更久的。她跳过一个红色大纸袋，从里面抽出一条和牛皮一样厚的黑色皮裤，一件条纹衬衫，一件黑色牛仔外套，上面有铆钉装饰，闪闪发亮。

“哇，皮裤，你是在跟范海伦乐队的主唱大卫·李·罗斯约会吗？”崔伊咯咯笑着说。

“很适合他的。去试试。”他伸手要搂她，她把鼻头一皱。“你知道洗澡是什么吧？你身上的味道跟学生餐厅一模一样。”她把衣服堆到班恩手上，往浴室的方向推了他一把。“你的礼物，班恩。”她对着他的背影喊道，“至少说声谢谢吧。”

“谢谢！”他转头说道。

“换之前先冲澡！饶了我吧。”看来她是认真的，他真的很臭。他知道自己很臭，却又默默希望别人闻不出来。他走进黛安卓卧室对面的浴室，她有专属的浴室，她爸妈那一间的更大，而且还有两个洗手台。他脱下身上的脏衣服，揉成一团，丢在粉红色的地毯上。上午那一桶水，害他的胯下到现在还没干，冲完澡之后舒畅多了。她这里永远不缺香皂，哪像他只能用婴儿洗发露，就因为他妈没空去买香皂。

他擦干身体，穿上四角裤。四角裤也是黛安卓买给他的。他努力把四角裤塞进贴身的皮裤里，又是拉链又是钩子又是暗扣，他扭了好久才把臀部塞进去，黛安卓说他最性感的地方就是臀部。不过四角裤却坏了大事，他把皮裤套上后，四角裤全皱缩在腰际，这里凸一块，那里鼓一块。他把皮裤扯下来，把四角裤踢到一边，跟脏衣服堆在一起；隔壁房传来崔伊和黛安卓的笑声耳语，让他气得头发都竖起来了。他赤条精光地把皮裤穿回去，感觉皮裤像潜水衣黏在他身上。

“大雕，出来走几个台步给我们瞧瞧。”黛安卓呼唤他。

他套上 T 恤，走进她的卧室里照镜子。黛安卓心爱的金属摇滚乐手紧盯着他，墙上都是他们的海报，甚至连正对她床铺的天花板也有；头发梳得炸炸的，皮裤紧紧包住腿，皮带上还有像外星机器人身上的旋钮。他看起来有模有样。他走回客厅，黛安卓尖叫着跑来跳到他身上。

“我就知道。我就知道。你真的是大雕！”她把他的头发往后拨，刚好到下巴的尴尬长度。“只差把头发留长，不过，大雕就是大雕。”

班恩看了看崔伊，崔伊耸耸肩，“看我干吗？”

地板上到处都是垃圾，有细长如手指的瘦吉姆牌牛肉棒塑料包装，还有正方形的塑料纸，上面沾有芝士酱和墨西哥卷饼的碎屑。

“你全都吃完了？”

“轮到你了，崔崔。”黛安卓肉麻地说着，手从班恩发间抽开。

班恩心想：为什么崔伊也有礼物？崔伊拿起黛安卓买给他的铆钉 T 恤，闪身退到卧室里，准备他的服装秀。走廊另一头一片死寂，突然如开啤酒啵的一声，接着是一阵爆笑声。

“黛安卓，快来看！”

黛安卓还没跑过去就先笑出来了，班恩一个人站在客厅，新裤子紧得他汗流浃背。接着她也放声大笑，跟崔伊一起走出来，整张脸笑得都皱在一起；崔伊赤裸着上身，手里拿着班恩的四角裤。

“小鬼，那条裤子那么贴身，你还没穿内裤？”崔伊边笑边说，眼睛睁得好大。“你知道那条裤子多少人穿过吗？”两个人又哈哈大笑起来，黛安卓发出同情小班班的声音：呜呜哈哈哈。

“这上面搞不好还沾到大便呢。”崔伊说着瞄了四角裤一眼，“自己看着办吧，女人。”

黛安卓用两根手指头夹着班恩的四角裤，从客厅这一头走到那一头，把四角裤扔进壁炉里，火舌舔得裤子嘶嘶作响，却没有烧起来。

“连火都烧不掉啊！”崔伊喘息地说，“你那裤子是用什么做的啊？人造纤维吗？”他们笑倒在沙发上，黛安卓侧躺着笑成一团，她笑得整张脸皱缩成一团，依然躺在那里，用一只湛蓝的眼眸打量着他。他正准备走回浴室换上自己的牛仔裤，黛安卓跳起来一把拉住他的手臂。

“哦，宝贝，不要生气嘛。你这样穿很好看。真的。不要理我们。”

“真的很酷哦，而且也许吸收别人的精华会让你威风点，对吧！”说完他又哈哈大笑，但这次黛安卓没理他，他走向冰箱，拿了一瓶啤酒。崔伊还是没穿上新衬衫，他似乎很喜欢打着赤膊走来走去，凹凸有致的肌肉线条。而班恩呢，天生脸色苍白、骨架小，还有一头红头发，就算再过五年、十年，也不可能变得像崔伊那样。他瞥了崔伊一眼，虽然还想再看久一点，但想一想还是作罢。

“好啦，班恩，我们不要吵架嘛。”黛安卓说着，把班恩拉到沙发上。“今天听了一堆你的闲言闲语，应该生气的是我才对。”

“你看看你？到底在说什么？”班恩说，“你好像外星人在说话。

我今天没心情听你胡扯！”

黛安卓每次都这样，吊你胃口，这里掐、那里咬，等到你火气上来，她却说：“你干吗那么生气。”

“唔——”她附在他耳边用气音说，“不要吵了嘛。我们是自己人，嗯？不要吵架。来我房间，我们和好。”

她吐气如啤酒的味道，她把他拉起来。

“崔伊在。”

“崔伊才不介意。”接着她高声说，“崔伊，你就待在这里看第四台吧。”

崔伊嗯了一声，连看都没看他们一眼，就直接瘫在沙发上，啤酒喷泉似的喷洒。

“我今天逛街时碰到几个小女生。”黛安卓躺在他身边说，“她们说你对学校的其他小女生下手，好像才十岁左右。”

“你在说什么啊？”班恩的脑袋仍旧一片空白。

“你认识一个叫可丽希·凯兹的小女生？”

班恩极力克制住，才没从床上弹起来。他把一只手枕在头底下，再放回身体旁边，最后摆在胸前。

“……算认识吧。她是我在放学后帮忙带的美术课上的学生。”

“怎么没听你说过？”黛安卓说。

“没什么好说的，就只有几次而已。”

“什么只有几次而已？”

“美术课。”班恩说，“只是帮忙照看小朋友。是我以前的老师拜托我的。”

“她们说警察要找你去问话。说你对小女生毛手毛脚，而且是跟你妹妹年纪差不多的小女生；说你乱摸，还说你是变态。”

他坐起来，眼前闪过篮球社员的身影：他们嘲笑他的黑发，嘲笑他是变态，还把他堵在更衣室里狂揍他，直到觉得无趣才坐上卡车离开。“你觉得我是变态？”

“我不知道。”

“你不知道？如果你怀疑我是变态，干吗还跟我在一起？”

“我想知道你对我还有没有感觉。”她转身背对着她，屈膝在胸前。

“你真是够了，黛安卓。”她没说话。“你是想听我亲口说：自从我跟你约会后就再也没碰过其他女生了。我爱你。其他小女生我根本没兴趣好吗？”沉默。“好吗？”

黛安卓侧着脸，湛蓝的眼眸冷冷地盯着他，“嘘——宝宝在踢肚子了。”

丽比·天
/
现在

开往玛格达家赴约的路上，莱尔沉默不语、神情紧绷。我猜想他是不是在打量我和我那一袋要卖的纸条。我决定要脱手的都不是什么有趣的东西：我准备了五张生日卡片，是我妈多年来写给蜜雪和黛比的，内容简短，字迹潦草凌乱，但都是由衷的祝福；我还带了一张她写给班恩的卡片，估计能卖个好价钱。虽然我很内疚，知道这么做不好，但是我更害怕没钱、害怕破产，这比当好人重要得多。班恩十二岁生日的卡片里有一行字：看着看着你就长大了，哪天一不留神，你就会开车了！读到这里，我不得不把卡片盖在桌上，转身离开，因为还等不到班恩学开车，妈就过世了；而班恩要吃一辈子牢饭，学不学开车都无所谓。

无所谓。

我们开车驶过密苏里河，在午后阳光下，河水却不见波光。我不想看到任何人读这些卡片，太私密了，我害怕会触动心里的什么。或许那些人读的时候我可以不在场，任他们像在二手市集挑烛台那样品头论足一番。

莱尔指引我开往玛格达的家，我们穿过一片比中产阶级还中产阶级的小区，每隔几户就飞扬着圣帕特里克节[1]的旗子，上面画了鲜艳的酢浆草和爱尔兰小妖精，只是稍显陈旧。我可以感觉到莱尔毛躁地坐在我旁边，焦躁如常，接着他面向我，膝盖差点撞到汽车排挡。

“这次聚……呃……反正玛格达这个人就是这样，所以这次聚会和原本策划的不太一样。”

“什么意思？”

“呃……你知道的，她是‘解放班恩协会’的一员，就是那个想救班恩出狱的社团，所以她还邀请了几个她们社团的人一起来。”

“天啊，不会吧。”说完我立刻靠边停车。

“听我说，你说你想调查路尼，而这就是你的机会了。她们会出钱让我们……呃……让你，让你去找他问个明白，就爸爸对女儿两个人。”

“是女儿对爸爸吧？”

“随便。总之，我的钱花得差不多了，所以这是我们筹措资金的渠道。”

“所以我就要坐在那里，接受她们的无礼对待？就像上次那样？”

“不不不不，她们先前调查过路尼了，可以提供你信息，让你

① 圣帕特里克节是每年的3月17日，为了纪念爱尔兰守护神圣帕特里克。如今是爱尔兰的国庆节。——编者注

了解最新状况。我是说，你现在总相信班恩是无辜的吧？”

我心头闪过班恩的身影：他正在看电视，妈妈抱着一篮脏衣服经过，伸出空着的手搔一搔他的头；他面露笑容，但是没有回头，直到她离开客厅，才把头发重新梳好。

“没那么快。”

我的车钥匙还插着，车一发动，刚好赶上广播电台播放比利乔[①]的歌曲。我立刻转台。

“好。去就去吧。”

我又再往前开了几条街。玛格达住的地方跟我那里一样落魄，但是小区环境宜人得多；房舍虽然都已陈旧，但是居民自信不减，偶尔还是会粉刷油漆、悬挂旗帜、养花种草。这就像长相平庸的女孩子到了周五晚上就又重燃希望，穿着镶满亮片的上衣在酒吧流连忘返，你想总能从里头挑出一个漂亮的吧，但是并没有，永远都不会有；而其中长得最丑的，配件通常也最多，佩戴满身。玛格达的家就是这样：院子里竖满了庭院装饰，小矮人的脚是用铁丝缠的，弹呀弹地；红鹤的脚是用弹簧做的；鸭子的翅膀是塑料制成的，风一吹就盘旋打转；还有一只遭到遗忘的纸制圣诞麋鹿，湿淋淋地坍在院子里，上面沾满泥巴，被稀疏如婴儿毛发的杂草掩盖住。我熄了火，跟莱尔盯着院子，看着那些东倒西歪的庭园摆设。

莱尔转头看我，手指张开，仿佛教练要指点球员如何打赢眼前

---

① 比利乔与披头士同为美国有史以来拥有最多“多白金”专辑的歌手，跨越流行、爵士、摇滚、古典及百老汇，缔造全球一亿张唱片的销量，是全方位的音乐创作才子。——编者注

的硬仗。“所以，不要担心，我想你只要记得：提到班恩时说话要小心。凡事只要扯上他，这些人就特别容易激动。”

“怎么个激动法？”

“你去过教堂吧？”

“小时候去过。”

“很好，这就好比有人走进你们教会，说自己痛恨上帝一样。”

的确有走进教会的感觉。也像突然闯入守灵的丧家：一堆咖啡、十来个身穿黑色毛衣的人在低声交谈，脸上挂着惋惜的微笑。香烟缭绕的室内，空气是偏蓝的色调，我心想：自从离开黛安阿姨烟雾蒙蒙的房车后，这景象多久没见到了。我深深吸了一口气。

我们敲了几声敞开的门，但没人应，便自己走了进去。莱尔和我并肩站着，像画作《美国哥特式》[①] 里的一男一女，一动也不动地站了五秒，直到大家从热络的交谈中回过神，盯着我们猛瞧。一位用发夹夹着钢丝绒头的女士，犹如在使眼色般拼命地对我眨眼睛，大大的笑容冻结在脸上；还有个二十出头、美得令人惊艳的棕发女孩，喂宝宝吃桃子喂到一半的她抬起眼皮来看我们，嘴角浮现期待的微笑；另外还有个臭婆娘，身材跟雪人一样，紧抿着嘴，摸着脖子上的十字架，不过除了她之外，其他人都谨守亲切待人的戒律。

在场全是女性，大约有数十位，都是白人，多数看起来忧心忡

① 《美国哥特式》是20世纪以来美国艺术中的著名作品之一，与《自由女神像》《芭比娃娃》《野牛镍币》《山姆大叔》并称为美国文化的五大象征。这幅作品由格兰特·伍德创作于1930年，它的象征内涵一直令人们猜测不已。——编者注

忡，但也有少数几位光鲜亮丽，像是整天镜子不离身的上流女士。区分贫富的方式就是这样，不是看打扮，也不是看车子，而是看额外的点缀，例如古董胸针（富家女都有古董胸针），或是勾勒得恰到好处的唇线。她们八成是从富豪聚集的米申高地开车过来的，大概觉得自己宽宏大量才会渡过密苏里河来到这北部的乡下。

在场没有半个男性，黛安阿姨铁定会说这是母鸡聚会（说完还冷哼一声）。我纳闷这些人怎么认识班恩的，他不是在坐牢吗？对她们又有什么魅力可言？她们是否每天夜里都坐在凌乱的床铺上，身旁身材像果冻的丈夫正在打呼，幻想救出班恩以后要如何度过余生？还是她们认为班恩是需要她们无私大爱的可怜孩子，是平日打网球之余的消遣所在？

砰砰砰，厨房里走出玛格达，身高一米八多，毛躁的头发非常蓬。我无法将她和上次在杀手俱乐部的她联系起来，上次的记忆就像太早抽出的拍立得，朦胧又模糊。玛格达身穿高领毛衣，外搭无袖连衣裙，身上的珠宝显得很突兀：金色的吊坠耳环，金色的粗项链，而且除了无名指外，每一根手指上都戴着戒指。这些戒指有如生错地方的藤壶，扰得我心神不宁。不管怎样，我依然握住她伸出的手。她的手温暖且干燥。她“哇哈哈哈哈”地叫了起来，把我揽入怀中，那丰满的胸部如海浪在我身上拍打。我浑身僵硬，身体抽离，然而玛格达依然牵着我的手不放。

“过去的就让它过去吧。欢迎莅临寒舍。”玛格达说。

“欢迎。”玛格达后方的女人忙着附和。

“真的很欢迎你来。”玛格达又说了一次。

那还用说，我可是受邀前来的，我真想这样回答。

“我跟各位介绍一下，这位就是丽比·天，班恩的小妹。”

“也是唯一的妹妹。”我说。

玛格达沉重地点了点头。

“而这，就是我们今天齐聚一堂的原因。”玛格达对客厅里的所有人说，“我们要打破僵局。解救班恩出狱！”

我看了莱尔一眼。他鼻头微微一皱。在客厅外，年约十五岁的男孩从铺着地毯的楼梯上走下来，他身材圆圆的，不像他母亲那么有分量。因为家里来了客人，他穿上衬衫配卡其裤，下楼时瞥了客厅一眼，但避免与人四目相接，大拇指则拨弄着皮带上缘。

玛格达看到他下来，却没向客人介绍，只说：“奈德，到厨房泡咖啡。”男孩僵着肩膀，从女人堆中走过，视线紧盯着墙壁，没人知道他到底在看什么。

玛格达牵着我走进客厅，我假装咳了一阵，趁机抽手。她安排我在沙发中间坐下，左右都坐着人。我不喜欢跟陌生人手臂碰手臂、膝盖碰裤管。我一会儿抬起右半边屁股，一会儿抬起左半边屁股，挣扎着不要陷进沙发里，但我的个头实在矮小，最后还是像卡通人物陷在超大的沙发里。

“丽比，我叫凯瑟琳。关于你家人的事，我感到很遗憾。”我身旁的贵妇低头看着我，浑身散发香味，我的鼻孔翕张了几下。

“嗨，凯莎琳。”我心想，对于陌生人的死，吊唁何时才会停止？也许永远不会停止吧！

“是凯瑟琳。”她用甜甜的声音说，金色的胸花上下颤动。这也是辨别富家女的方法：只要别人一叫错她们的名字，她们立刻纠正。是“爱丽西”，不是“爱丽莎”；是“黛宝拉”，不是“黛伯拉”。她纠正完，我没接话。莱尔正在客厅另一头和某位女士交头接耳，报告自己的经历。我想象她的热气钻进他小小的耳朵里。大家边聊边看着我，耳语后又转过头来。

“呃……不如就直接开始吧？”说着我拍了一下手。虽然很没礼貌，但我想没有吊人胃口的必要。

“丽比……奈德，咖啡泡好了吧？”接着玛格达开始进入正题，“我们今天是想跟你聊一聊你父亲，在你哥遭人诬告的这桩血案中，主要嫌疑人其实是你爸。”

“好。反正要谈我家人的血案就是了。”

玛格达不耐烦地吸了一口气，好像在气我将我家人占为己有。

“不过，在正式开始之前……”玛格达继续往下说，“我们想跟你分享我们和你哥哥结缘的经过。我们都很爱你哥哥。”

一位五十岁出头、头发梳得整整齐齐的瘦女人站了起来。“我叫格拉迪斯。三年前，我在做公益时认识了班恩，我的人生因他而改变。我给许多囚犯写信。”听到这里我嗤了一声，被格拉迪斯听到了。“我给许多囚犯写信，因为对我而言，这是最符合基督教义的高尚义举，要去爱那不可爱的。我相信在场的所有人都看过电影《越过死亡线》[①]。但是，我从班恩的通信中，却看到了满纸圣洁的

① 《越过死亡线》（*Dead Man Walking*），社会纪实影片，由真人真事改编，女主角是一位天主教徒，她以悲天悯人的关怀角度，披露监狱中不为人知的事，强烈质疑死刑的必要性。——编者注

光芒。这孩子，患难生信心！而且还会逗我开心——逗我开心，需要帮助的人明明是他，他却有办法把每天经历的困境说得那么有趣。”

大家纷纷点头附和：他真的很风趣——真的真的——他就是那么令人惊奇。奈德端着一壶咖啡走出来，大家把马克杯递过去让他斟满，觉得够了就打个手势，连看也没看他一眼。

一个年轻的女孩站了起来，年纪跟莱尔差不多，发抖地说：“我叫艾莉森，我透过我妈认识了班恩，我妈今天有事不能来……”

“化疗。卵巢癌。”凯瑟琳附在我耳边说。

“……但我们母女同心。她会与世界奋斗到班恩重获自由。”客厅里响起稀稀落落的掌声。“还有就是……就是……”她声音颤抖，眼看就要哭出来了，“他真的很好！这一切错得太离谱了。我没办法接受在这世界上像班恩这么好的人居……居然被关在牢里，这未免也太莫名其妙了！”

我一咬牙。感觉事态不妙。

“我认为你有必要替你哥的案子翻案。”戴着十字架的女人说话气势汹汹，这里面最不友善的就是她。她连站都懒得站起来，只把身体稍微往前倾。“你必须修正错误，这种事情大家都做过。关于你家人的事情，我真的很抱歉，也替你所经历的一切感到难过，但是你现在必须成熟地面对这一切。”

尽管没有任何一个人对这段发言点头，但是客厅里弥漫着一致同意的气氛，仿佛众人异口同声地“嗯啊”“嗯啊”，只是这声音不知从何处传来；就像火车虽然远在数里之外，但是声响却惊天动地朝你传来。我瞥了莱尔一眼，他偷偷翻了个白眼。

玛格达移往客厅走道中央，像是在竞选舞台上的红鼻子演讲者般，自信满满地说："丽比，我们已经不计较你当年所酿成的灾难。我们相信你爸才是真正的凶手。我们掌握了他的犯罪动机，把握住机会……还有很多重要的证据。"她编不出其他法律术语，词穷了。"动机：凶杀案发生前两周，你母亲佩蒂·天针对抚养孩子一事，对你父亲提出诉讼。这是路尼·天第一次必须在法律上对家庭负起责任。加上他还欠下好几千美元的赌债。在这样的情况下，除掉你们一家五口对他的财务状况大有帮助。他去你家的那天晚上，还以为你妈会把遗产留给他。没想到班恩不在，你逃跑成功。其他人都死在他手上。"

我想象我爸呼吸浊重，肩背猎枪，头上那顶肮脏的斯泰森牛仔帽则微微向后翘，大摇大摆地在屋子里走来走去，一看到我妈便立刻举起十号猎枪。那声怒吼再度在我脑中响起，每次回想当晚的一点一滴时总是这样，我试着想象那声怒吼从我爸嘴里发出来。

"警方虽然在路尼的小木屋里找到你们家里的纤维，但是屡次举证都不被采用，因为那年夏天路尼经常在你们家出入，不过无论如何这都是千真万确的事实。班恩身上并未验出受害者的血迹和DNA，警方却一再指称家中发现班恩的血迹。"

"难道刮胡子不小心刮到流血也不行吗？"戴着十字架的女人没好气地说。

其他人好像接到暗号，一齐努嘴冷笑。

"最后，也是最最让我振奋的，就是现在机会掌握在我们手里。

我想你也知道，当年你爸有他当时的女朋友帕特里夏替他做不在场证明。正是因为如此，改过自新一点也不可耻，因为帕特里夏正在撤销当年的证词，即使她可能被判五年有期徒刑。”

“不可能。”凯瑟琳热烈地说，“我们绝不允许这种事发生。”

一个高高瘦瘦、穿着贴身牛仔裤的女人站了起来，众人报以热烈的掌声。她留着一头短发，上半层烫卷兼挑染，一双眼睛小而呆板，好像两枚在钱包里放了太久的硬币。她看着我，然后移开视线。她拨弄着项链上那颗超大的蓝色石头，正好配她的蓝条纹运动衫。我想象她在家中那沾满水珠的镜子前面，暗自庆幸这条项链跟运动衫还比较搭。

玛格达竟然请来了这么一位贵宾——我爸的女朋友。我瞪着她，用意志力逼自己不要眨眼睛。

“我要感谢你们连月来对我的支持。”她开口说，声音尖细，“路尼·天利用了我，利用了大家。这一点我想你也很清楚。”我过了几秒才意识到她是在跟我说话。我点点头，点完马上就后悔了。

“跟大家说说到底发生了什么事，帕特里夏。”玛格达说。我敢说玛格达一定是《奥普拉脱口秀》的忠实观众，她说话的节奏很像奥普拉，但是少了人情味。

“事情是这样的：1月2号当晚，我在路尼的木屋帮他煮晚餐，那天晚上吃的是什锦炒饭，因为是跟路尼一起吃，当然还配了很多啤酒。他喝的是米奇啤酒，喝之前要拉开拉环，但是拉环很锐利，像蟹钳，所以路尼经常被割伤。这你还记得吧，丽比？他开个瓶盖动不动就流血。”

“那晚餐后呢？”莱尔打岔，我等着他转头，想给他一个感激的微笑，但是他一直没有回头。

“我们……呃……发生了关系。然后路尼因为啤酒没了，就跑出去买。我想当时大约是晚上 8 点，因为我正在看连续剧《代罪羔羊》，不过我记得那一集是回放，真扫兴。”

“她看《代罪羔羊》！”玛格达尖着嗓子插嘴道，“这不是很讽刺吗？”

帕特里夏面无表情地看了她一眼。

“反正路尼就这样跑出去了，没有再回来；你也知道那时是冬天，所以我很早就睡了。我被他进门的声音给吵醒，但是屋子里没有表，所以我也不晓得当时几点。不过我确定绝对是半夜，而且一定很晚了，因为我睡睡醒醒的，最后受不了只好下床上厕所；当时天色已经微亮，离路尼进门不过几个小时。”

当这女人上她的厕所，找她八成找不到的卫生纸，然后在晃悠悠回床铺的途中经过马达、电扇、电视时，我却正从雪地一路爬回腥风血雨的家，发现家人全死光了。对此，我永远记恨。

“结果——我的天啊——一早警方就跑来问话，问路尼昨晚 12 点到凌晨 5 点人在哪里，问我他在哪里。他从头到尾都坚持说自己很早就回家了，还没 12 点就到家了。虽然我不这么想，却一味附和他的话。我一味地附和。”

“这种话你也说得出来？傻妞！”带着宝宝的棕发女孩说。

“我已经一年多没跟他联络了。”

“比我还久。”说完我就后悔了。我心想：如果爸多跟她联络，譬如三个月来一通电话，而不是每八个月才打一通，她说不定就不会这样大嘴巴了。帕特里夏继续说："我刚才也说了，他手上有刮伤，两只手都有，但是我不敢确定是不是被拉环弄伤的。我不记得他是在出门前刮伤的，还是出门后被抓伤的。"

"只有一位受害者，蜜雪·天，她的指甲缝里验出他人的表皮组织；这相当合情合理，因为她是被勒死的，所以当时最靠近凶手的就是她。"莱尔说。我们安静了几秒，宝宝的牙牙学语声越来越尖锐，简直要哭喊起来了。"可惜那块表皮组织在被送进实验室化验的途中不见了。"

我想象我爸双眼圆睁，那双短手勒着蜜雪的喉咙，越收越紧……"我说完了。"帕特里夏两手一摊，肩膀一耸，一副"你能拿我怎么办"的喜剧演员招牌动作。

"奈德！准备上甜点了！"玛格达对着厨房吼道，奈德急急忙忙跑出来，肩膀耸得快要碰到耳垂。他手上端着只剩半盘不到的果酱饼干，嘴唇上则沾着饼干屑。

"天啊，奈德，不要再吃了！"玛格达气冲冲地说，怒视着点心盘。

"我才吃两块。"

"放屁！才吃两块！"玛格达从扁扁的烟盒中掏出一根烟来点燃。"到商店去帮我买包烟。还有，再多买一些饼干回来。"

"车子被珍娜开走了。"

"那就走着去，反正你需要运动。"

这群女人显然想在这里待上一晚上，但我没这个打算。我站在门口，眼角余光瞄到景泰蓝糖果盘。玛格达怎么会有这么高级的东西？我一边看着莱尔跟玛格达交涉，一边把糖果盘收进口袋里。她真的会去？她知道他的下落？她真的相信？玛格达说着，翻开了支票簿。我每眨一下眼睛，帕特里夏就又离我更近了一点，两个人好像在下诡异的西洋棋。我还来不及逃去洗手间，她就站在我手肘旁了。

“你跟路尼一点也不像。”她眯着眼看我说，“可能是因为鼻子的关系。”

“我像我妈。”

帕特里夏听了似乎不太高兴。

“你们在一起很久了？”

“算是吧，分分合合的。我中间也交过其他男朋友。但他就是有办法跑回来跟我复合，好像我们本来就说好了一样。好像我们早就讨论过，他说他会消失一阵子再回来，然后我们就会像之前一样继续在一起。我真想认识会计师之类的男人。我这辈子就从不知道好男人要到哪里找。你都去哪里找？”

她问得好像这世上真有一座特别的城市，里面聚集着会计师和保险精算师。

“你还住在金纳吉？”

她点头。

“先从那儿搬走吧！”

佩蒂·天
/
1985年1月2号，下午3点10分

佩蒂飞奔到黛安的车旁，坐进驾驶座，看到黛安的钥匙还插在钥匙孔里，一心只想着：快走，快走，马上就走。黛安跳上副驾驶座，正好赶上佩蒂发动引擎。她尖叫着驶离穆勒家，轮胎因摩擦地面而发出吱的声响，车尾疯狂摆动，棒球、洋娃娃、园艺工具等塞在后车厢的杂物，全像翻车时的车内乘客，又晃又撞。她和黛安在碎石路上颠簸前行，一路上尘土飞扬，车子因打滑而快要撞上左边的树，突然一个转弯，又往右边的沟渠冲去。最后，黛安强而有力的手进入视线中，温柔地放在方向盘上。

“放轻松。”

佩蒂呜咽地开着车，终于驶出穆勒家的农场，接着突然一个左转，在路边停车，放声大哭，十指紧握方向盘，整张脸埋在方向盘上，喇叭叭了半声戛然而止。

“到底是怎么回事！”她尖叫着，好像泪流满面的小孩子，生气、困惑。

“只是一些怪事。”黛安拍拍她的肩膀。“我送你回家吧！”

“我不要回家，我要找我儿子。”

说到儿子这两个字，她又流下眼泪，这次，她打算哭个痛快，哽咽啜泣，千头万绪像针刺痛了她。儿子需要律师，家里没钱请律师，他们会随便安排一个没想法的乡下律师给他。他们必输无疑，他非坐牢不可。她该怎么告诉女儿们呢？这种事要关多久？五年？还是十年？她可以想象出监狱的大门打开的那天，她的班恩小心翼翼地走出来，到时候他都二十五岁了，开放的空间让他恐惧，外头的光线让他眯起了眼睛。他走向她，她张开手，但他朝她吐口水，只因她当年见死不救。连自己的儿子都救不了，这种日子要怎么过？她可以帮助他逃跑，让他从此亡命天涯，可是她有钱供应他吗？去年 12 月，她实在疲惫到麻木不仁，把爸爸的军用自动手枪卖给琳达·百乐。她想象她讨厌的戴夫·百乐在圣诞节早上拆开礼物，就是那把手枪，得来全不费工夫。也因此，佩蒂现在家里藏着三百美元，本来她打算在今天下午进行年初的例行公事：将这些钱拿去还人，但看来是不能了。再说，区区三百美元，班恩也撑不了几个月。

“班恩气消了自己会回来。”黛安分析道，“在 1 月这种鬼天气，他能骑自行车骑多远？”

“如果他们先逮到他怎么办？”

“亲爱的，没有坏人在追他。你自己也听到啦，穆勒家那两个孩子根本不晓得……那件事。他们只会放屁乱说话而已。我们应该跟班恩好好谈一谈，弄清楚这件事。依我看，班恩现在应该已经到家了。”

“是谁带头乱说班恩坏话的？”

“不知道。”

“不过你查得出来吧。他们总不能随便说这种话，还指望我们乖乖挨骂吧？你去查查看。我们有权利知道是谁先传开来的。班恩有权利跟控诉他的人当面对质。我也有权利知道真相。”

“好好好，我们先回家看看你女儿，然后我来打电话。现在，可以让我开车了吧？”回到家，她们发现家里吵成一团。蜜雪想用平底锅煎意式香肠，尖叫着要黛比躲远一点；丽比的手臂上有一大片粉红色的烫伤，脸上也有被油喷到的痕迹，正坐在地上，张开嘴巴，像佩蒂在车上那样号啕大哭，哭得那样绝望。就算有一丝希望，她也没力气去面对了。

佩蒂和黛安像排练过似的开始行动，宛如德国咕咕钟里准点出来报时的精致人偶。黛安迈开步伐，走了三步后进入厨房，猛地将蜜雪从炉火旁拉开，单手像拖洋娃娃似的把蜜雪拖进客厅，然后把她丢在沙发上，打她屁股一下。佩蒂则和她们交错而过，一手抱起丽比。她像猴子一样紧紧抱住母亲，把头埋在妈妈的颈弯里哭泣。

佩蒂转身看着蜜雪静静流着豆大的眼泪。“不是跟你说了，你不能用煤气炉热汤！你可能会酿成火灾。”

蜜雪环顾破烂的厨房与客厅，仿佛在思忖这地方就算烧了也不可惜。

“我们肚子好饿。”蜜雪嘟哝道，“你们去了好久。”

“那你就可以不听妈妈的话，擅自开火煎意式香肠做三明治吗？”黛安一边骂一边把香肠煎好，啪地放到盘子上。“你们的妈妈只希望你们乖乖听话。”

“每次都要我们乖乖听话。”黛比嘟哝着，把鼻尖凑向粉红色的熊猫布偶。这是班恩好几年前在克劳德郡的市集赢来的，他用刚长出来的小肌肉击倒了一堆牛奶瓶，妹妹们高兴得大肆庆祝，好像哥哥获颁荣誉勋章。天家人运气向来不好，每次只要发生一点好事，就爱大惊小怪：我们家运气向来不好。这就是天家人的口头禅。

“乖乖听话真的有那么难吗？”黛安轻轻搔了搔黛比的下巴。黛比的眼睛越看越低，嘴角越扬越高。

“看来不难嘛。”

黛安说她来打电话，抓起话筒就往走廊走，一直走到电话线再也拉不开为止，而且边走边吩咐佩蒂喂那几个小萝卜头。这话让佩蒂很不是滋味，好像她粗心大意到连饭都忘了煮。用番茄酱煮西红柿汤？用奶粉泡牛奶？没错。烤几片受潮的面包、挤上黄芥末，就说是三明治？没错。家里没钱的时候就这样吃？没错。不过她可从没让孩子挨过饿。她让孩子领学校的免费午餐，至少他们都不会饿肚子。想到这里，她的心情更糟了。佩蒂小时候也念同一所学校，当年她从来不需要加入免费午餐计划，这让她的胃纠结。她想起以前那些领免费午餐的同学。当食堂的大婶站在水蒸气里大喊“免费午餐”，同学拿出有折角的餐券去兑换时，她露出高人一等的笑容，坐她隔壁的平头小男生则附在她耳边说什么“天下没有免费的午餐”之类的蠢话。她很同情那些同学，但不是想要帮忙的那种同情，纯粹只是一种看不下去的感觉。

丽比还在她臂弯里边哭边抽搐，热气弄得她脖子上全是汗。

她要丽比看着她，叫了两次，丽比才终于眨眨眼睛，仰着小脸看向妈妈。

“烫到了。”说着她又哭了起来。

“宝贝，那只是小伤而已，不会留疤的。你在担心这个吗？只是小伤，下周就没事了。”

“会发生不好的事！”

三个女儿中，丽比最会瞎操心，一生下来就神经兮兮，长大后也不见改善。家里最能做噩梦的就是她，最爱大惊小怪的也是她。丽比是“意外中奖”，搞得佩蒂和路尼都很不高兴，连准妈妈派对也没心情举办，双方家长则不满他们夫妻俩不知节制，怀孕变成一件丢脸的事。在那九个月的孕期中，丽比就这样忧虑地泡在羊水里，把妈妈的焦虑全部吸收进去。要训练她上厕所简直是天方夜谭，她只要看见自己的排泄物就放声尖叫，光着屁股到处乱跑；送她上幼儿园简直像抛弃她，只见她睁着大大的眼睛、眼眶含泪，整张脸贴在玻璃上，手脚被幼儿园老师按住。去年夏天，她整整绝食了一周，变得像幽灵一样惨白，最后好不容易松口告诉佩蒂，她膝盖上冒出好多肉疣。佩蒂花了整整一个小时诱哄她，丽比这才眼睛盯着脚尖，一个字、一个字慢慢地解释，她以为这些肉疣会像毒藤爬满她全身，然后（哭！），然后就再也没有人看得到她的脸了。佩蒂问她既然那么担心，为什么不早点跟妈妈说。丽比只是看着她，好像她疯了一样。

只要抓住机会，丽比就爱说什么生啊死的。佩蒂虽然可以理解，但每次听到都还是会心头一紧。坏事也不是没有发生过，但更坏的却在后头。

她抱着丽比在沙发上坐下，拍一拍她的背，梳一梳她的头发。黛比和蜜雪围在旁边递卫生纸，煞有介事地关心丽比的伤势，做些一个小时前就该做的事。黛比用熊猫布偶跟丽比说话，告诉她没事的，但是丽比把熊猫推开，把头撇向一边。蜜雪问可不可以热汤给大家喝。她们已经喝汤喝了整个冬天。佩蒂事先熬好一大锅，冰在车库的冷冻库里，通常可以喝到2月底左右。2月可是一年里最悲惨的时节。

蜜雪把解冻的牛肉蔬菜汤块丢进锅里，敲开冰块，死都不碰那盘意式香肠。黛安回厨房挂电话看到了，露出一副怪表情，点了根烟在沙发上坐下，她的吨位压得佩蒂和丽比都弹了起来，好像在玩跷跷板一样。她命令黛比和丽比到厨房去找蜜雪，两个小女孩不敢顶撞，害怕得只能乖乖听话。

“起头的是姓凯兹的那一家，他们就住在我们这里到萨莱纳市中间，之所以会来金纳吉镇上学是因为他们那个学区的小学还没盖好。事情是这样的：班恩自愿放学后留校辅导凯兹家的女儿。你知道他自愿留校辅导小学生吗？”

佩蒂摇头。

“辅导什么？”

黛安噘起嘴巴：“总之，班恩为了某些理由，自愿留校辅导小学生。凯兹的父母带头说班恩和他们的女儿关系不正常，其他家长也跟着附和，像辛柯家、普契家和盖西尔家。”

“什么？”

“反正这些人就互相交流，然后告到学校。从我听到的消息来看，连警方也牵扯进来，现在随时会有人，也许是警察，来找你或班恩问话。事情已经演变至此，幸好现在是圣诞假期，事情还没闹到整间学校都知道，但是明天之后就不好说了。凡是班恩辅导过的小朋友，学校都会告诉家长的。我想，大概有十来家吧。”

“这下该怎么办？”佩蒂把头埋在两膝之间，感觉到肚子里一阵一阵的笑意。这事是如此的可笑啊。我是不是快要崩溃了，她心想。如果我真的崩溃了，就没人敢来找我问话了。佩蒂想象一间纯白且安全的房间，她像小孩一样，由别人带着吃早餐、午餐和晚餐，大家在她耳边轻声细语，她则像个死人一样任人摆布。

“他们现在应该都在凯兹家议论纷纷。”黛安说，“我有凯兹家的地址。”

佩蒂愣愣地看着她。

“我想我们应该去那里一趟。”黛安说。

“去那里？但你不是说有人会来？”

“今天电话已经响了一整天了。”蜜雪说，她在厨房，不该偷听大人说话。

佩蒂和黛安同时转头看着电话，等待电话铃响。

“那你为什么不接呢，蜜雪？不是交代你要接吗？”黛安说。

蜜雪耸耸肩。“我忘记你们交代要接还是不要接了。”

“也许我们应该待在家里等电话。”佩蒂说。

“佩蒂，别人正在那里……狗屁连篇地讲你儿子的坏话。天知道他们说的哪一句是实话，你难道不想去替儿子说说话吗？不去听听看他们到底说了些什么？有本事就当着我们的面说！”

不想，完全不想。她只希望谣言安安静静地散去，慢慢地被人遗忘。她一点都不想听到邻居怎么说班恩——话说玛吉·辛柯跟她还是同学呢，真是天知道。再说，她怕大家愤怒的表情会让她情绪崩溃，当场飙泪请求大家原谅。尽管他们什么也没做错，她早已在心里祈求大家原谅。

“先让我换一套像样的衣服吧。”

她找到一件腋下没破洞的毛衣，套上卡其裤；梳一梳头发，拿下金色耳环，换上仿珍珠耳环，戴上相配的仿珍珠项链，外观看不太出来是真是假，甚至戴起来还沉甸甸的。

她和黛安走到门口，再次告诫孩子们不准开煤气炉，不要一直看电视，有空帮忙做一做家务，然后丽比就哭了，挥舞着手臂朝她们狂奔而去。蜜雪双手不以为然地交错在斑点运动衫前，跺着小脚。

“她这个样子我根本无法应付。”蜜雪说这话的神情跟佩蒂完全一样。“她太烦人了！烦得我受不了！”

佩蒂吸了一口气，想跟蜜雪讲道理，想好好修理蜜雪一顿，但是丽比越哭越大声，哭得好像动物在哀号，吵着说我也要去我也要去我也要去。蜜雪挑起眉毛。佩蒂想象警察趁她外出时来到家里，看到丽比脸颊烫伤，赖在地上号啕大哭，怎么劝她也不听。干脆三个一起带去好了，但总得有人留在家里接电话，而留蜜雪和黛比在家总比……

“丽比，去把靴子穿好。”黛安命令道，“蜜雪，你负责看家。

接电话，但不要开门。班恩自己有钥匙。如果是陌生人就不要管。蜜雪？”

“出事了吗？”

“阿姨没时间跟你废话。蜜雪？”

“好，知道了。”

“好。”黛安说完，就真的再也没和蜜雪多说一句话。

佩蒂无力地站在走廊，看着丽比穿靴子、套上沾满泥巴的手套。佩蒂牵起那软绵绵的小手，带着她走到车上。不错，让大家看看班恩有个爱他的妹妹倒也不是一件坏事。

丽比话不多，好像话都被蜜雪和黛比讲光了，她顶多只会表达一下意见，例如：我喜欢小马、我讨厌意大利面、我讨厌你。她跟她妈妈一样，心事藏不住，喜怒哀乐全写在脸上。除了生气和难过，其他时候她话都不多。例如现在，她系着安全带，安安静静地坐在后座，跟大人一起出远门；她烫伤的红脸朝着窗户，手指在车窗上比画着，描绘着窗外树影的轮廓。

佩蒂和黛安也沉默不语，车上也没开广播。佩蒂想象着到凯兹家做客的情况（去处理这么惹人嫌的事也可以算做客吗？），不过她满脑子充斥的都是自己的尖叫声：“放过我儿子！”她和玛吉·辛柯虽然算不上朋友，但是每次在杂货店遇到总会聊上几句；至于普契家则是教友。他们都不是坏人，也都不会为难她。不过带头说班恩坏话的女孩可丽希·凯兹，她的父母佩蒂就不认识了。她想象凯兹一家都是金发，所有的一切都符合上流社会的模样，家里窗明几净，空气里弥漫着香气。她自忖凯兹太太会不会看出她的珍珠项链是假的。

黛安指挥她开下高速公路，转进小区，经过一个巨大的蓝色广告牌，上面天花乱坠地宣传着内布拉斯加州奥马哈市的样板房。迄今，这里只有一整排的木头架构，每栋都只初具雏形，也都可以从这栋的雏形中透视隔壁栋的雏形。有个少女坐在一栋木头架构的二楼抽烟，看起来就像神力女超人开着隐形飞机。她坐在略可看出卧室轮廓的地方，当她捻烟时，烟灰纷纷落到楼下的饭厅。

这些半成品让佩蒂不安，虽然有房子的形状，但是全然的陌生，好比一个再熟悉不过的词，却想破头也想不起来。

“很漂亮是不是？”黛安边说边对着整排房子摇晃手指。

再拐两个弯，眼前是一排整齐的房子，每一幢都已完工，其中一幢前面停了一圈车子。

“他们在开派对吧。”黛安不屑地说。她摇下窗户，往外吐口水。

车内安静了几秒钟，只听见黛安清喉咙的声音。

“团结就是力量。”黛安说，“别担心，顶多就是让他们吼几句。”

“也许你还是留在车上陪丽比比较好。”佩蒂说，“我不想在她面前大吼大叫。”

“不。”黛安说，“大家都下车。我们没问题的。对吧，丽比？你是坚强的小姑娘，对吧？”黛安转过身去看坐在后座的丽比，她的风衣窸窣作响，接着又转回来看着佩蒂。“带她去给大家看也好，让他们知道班恩的妹妹有多爱他。”听到黛安这么说，佩蒂突然信心大增，原来姐妹俩打的是同样的主意。

黛安已经先下车，正在车子的另一头催促丽比，还打开车门，要她赶快下来。她们三人走在人行道上，佩蒂突然感到一阵恶心。她的胃溃疡已经好一阵子没发作了，没想到这下胃又开始灼热起来。她松开咬紧的牙关，放松表情。她们站在台阶前，佩蒂和黛安领头，丽比就跟在佩蒂后面，还瞥了一眼后院。佩蒂想象陌生人开车经过，应该会认为她们是朋友要一起欢聚过节。凯兹家的圣诞花束还挂在门上。佩蒂心想：他们有个快乐的圣诞节，现在就算再怎么气、再怎么怕，心里一定也还是想“至少我们过了个愉快的圣诞”。这房子简直像从画册上剪下来的图形，车道上停了两辆宝马车；这家人应该不知道走霉运是什么感觉吧。

“我想还是不要去好了，我觉得这么做不对。”她脱口而出。

黛安按下门铃，瞪了佩蒂一眼，那眼神简直是爸的翻版。爸爸总是坚定且不为所动地看着抱怨的人。然后黛安也说了一句爸爸出现这种眼神时会说的话：“做就对了。”

应门的是凯兹太太，金发，一张脸平原似的，并且红着眼圈，显然刚刚哭过，手上还拿着纸巾。

“你好，请问有什么事吗？”

“……请问……你是可丽希的妈妈吗？”佩蒂说着，便哭了起来。

“我是。”女人一边说一边拨弄珍珠，眼神在佩蒂和黛安之间来回游移，接着往下瞧了瞧丽比。“天啊！是你女儿……他也伤害了你的女儿？”

“不是这样的。”佩蒂说，“我是班恩的妈妈。我是班恩·天的妈妈。”她先是用手背拭泪，接着连毛衣的袖子都用上了。

“哦！我的天啊！我的天啊！劳尔，快来！快点。”凯兹太太越喊越大声，而且还发抖，那声音就跟飞机快要降落时一样。好几张陌生的面孔从客厅的角落探出头。有个男的从厨房里走出来，手里端着一盘汽水。走廊上有个小女孩赖着不肯走，长得很漂亮，金发，穿着花朵图案的牛仔裤。

“是谁？”小女孩用稚嫩的声音问。

“叫爸爸过来。”凯兹太太挪动身体，将门口完全挡住，简直想把她们挤下台阶似的。“劳尔——”她转头往屋子里喊。她身后出现了男人的身影，体形犹如石板，身材结实，至少有一米九五；他下巴扬起，佩蒂心想：要什么有什么的人就是这副长相。

“就是她，她就是班恩·天的妈妈。”女人话里满是恶心、不屑，听得佩蒂胆寒。

“还是进来坐吧。”男人说。佩蒂和黛安互望了一眼，男人厉声说道：“进来啊！”好像她们是不听命令的宠物。

她们走进室内，进入密室般的客厅，里面好像在帮小朋友办庆生会。四个小女孩玩着不同的游戏，手上和脸上贴着银色星星贴纸，就像老师用来奖励成绩好的学生那样；还有几个跟爸爸妈妈坐在一起吃蛋糕，小女生一脸馋样，爸妈则是一脸惊恐却佯装坚强。可丽希·凯兹坐在地板中央玩着洋娃娃，对面一个身材魁梧、盘腿坐着的黑发青年正竭力讨好她。洋娃娃很丑，海绵似的，很像佩蒂在单元剧里面看到的那种——那些单元剧通常由梅芮迪丝·芭丝特或是佩蒂·杜克出演意志坚决的母亲或律师。他们用那些丑娃娃让儿童来示意受虐的经过。可丽希剥光娃娃身上的衣服，呢喃地呓语。有个棕发小女孩坐在妈妈的膝头，舔着手指上的糖霜，看着可丽希，其实她这个年纪不该坐在妈妈的膝上。

“就像这样。”可丽希说完把娃娃往旁边一扔，语气听不出来是生气还是不耐烦。青年把娃娃捡回来，想引起可丽希的注意。他穿着苏格兰毛衣，内搭格纹衬衫，看样子应该是个大学生，不知道是社工还是心理医生。

“可丽希，我……”他小心翼翼地拿起男娃娃，以免碰到膝盖。

“她是谁？”可丽希指着佩蒂说。

佩蒂大步走过客厅，完全无视其他家长的存在；其他人纷纷站起来，颤巍巍地，好像颤动的琴弦。

“可丽希？”她蹲在地上说，“我是佩蒂，班恩·天的妈妈。”

可丽希瞪大了眼睛，嘴唇颤抖，匆匆忙忙从佩蒂身边跑开。整间客厅安静了一秒钟，可丽希和佩蒂凝视彼此，宛如慢动作的冲撞。接着，可丽希仰天大叫：“我不要看到她！”回音从天窗传回来。“我不要看到她！你骗人！你说不用的！”

她整个人赖在地上，开始扯头发。棕发小女孩冲出去抱住可丽希，哭喊道：“危险！危险！”

佩蒂站起来，转了一圈，看见其他家长惊恐且厌恶的表情，看见黛安赶紧把丽比拉到身后、往门口推。

“你的事，我们都听说了。”可丽希·凯兹的妈妈说，原本甜美、苍白的脸现在全皱在一起，像颗球。她往背后朝玛吉·辛柯打了个手势，玛吉跟佩蒂是老同学，现在却为佩蒂羞红了脸。“你有四个孩子。”她继续说，声音紧绷、流着泪，“但你无法照顾他们全部。她们的爸爸是酒鬼，你只能领失业津贴过活。你把女儿丢给那……丢给那头豺狼照顾，放任儿子对女儿伸出魔爪。你竟然让亲生儿子胡作非为。天知道你家乱成什么样！”

普契家的女儿起身尖叫，豆大的泪珠滚落贴着星星的脸颊。她跟着大家跑到客厅中央，黑发青年一面看着众人的眼睛，一面低声安慰。“我不要她们在这里！”可丽希又嚷了起来。

“佩蒂，班恩在哪里？”玛吉·辛柯问，她那圆脸的女儿面无表情地坐在旁边。“警方真的要找他来好好问一问。希望你没有藏匿他。”

“我？我已经找他找了整个下午了。我正在想办法平息这场风波。拜托你。拜托帮帮我。拜托不要再怪我了。拜托不要再尖叫了。”

玛吉·辛柯的女儿沉默了一下，然后拉一拉妈妈的袖子。“妈妈，我想回家。”其他小女孩则面对面号啕大哭。佩蒂站起来，低头看着可丽希和那位青年，他手里还抱着那个没穿衣服、用来代表班恩的男娃娃。她的胃一紧，喉头一阵酸涩。

“你快走吧！”凯兹太太气冲冲地说，像抱婴儿似的把可丽希从地上抱起来，可丽希的腿都快碰到地上了，体重也重得让凯兹太太站不稳。

年轻的心理治疗师也站起来，挡在佩蒂和凯兹太太中间。他原本伸手要搭佩蒂，后来还是搭着凯兹太太。黛安在门口呼唤她，佩蒂、佩蒂地一直叫，她就像脚底生了根，等着众人上前围堵她，把她的眼珠给挖掉。

“对不起。对不起。”佩蒂疯狂却又茫然地对着满屋子的人道歉，“都是我的错。对不起。”

突然，劳尔·凯兹出现在她面前，抓住她的手臂，仿佛刚刚没有邀请她进来似的，一路把她架到门口；四个女孩放声大哭，爸妈忙着到处哄，大人手忙脚乱地照顾孩子，佩蒂突然觉得自己好笨。不是丢脸，也不是愚蠢，而是笨得无可救药。她听到其他家长轻声对女儿说：乖乖乖，别怕别怕，她走了，没事了，爸爸妈妈会处理，嘘，嘘，宝贝乖。

就在劳尔把她推出家门前一刻，佩蒂转头看见可丽希在妈妈的怀里，金色刘海遮着一边眼睛，瞪着她说：“让班恩下地狱吧！”

丽比·天
/
现在

虽然我受托要去追查我爸的下落，但是我上周的热血和雄心现在全瘫在床边的地板上，像一堆肮脏的睡衣。我爬不起来，即使我都听到睡眼惺忪的小朋友摇摇晃晃地从我门前走过。我想象他们穿着大大的橡胶雨鞋，啪哒啪哒地走过，在 3 月泥泞的土地上留下圆圆的脚印，而我还是躺在床上，一动也不动。

我从噩梦中惊醒，是那种你会不断告诉自己这不是真的，不要紧的，只是一场梦，一场梦罢了的噩梦。在梦里，我回到老家的农场，但又不太像我家，因为那农场整齐又明亮，却真的是我家农场。在橘色天空的映衬下，我爸从远方骑马奔驰而来，像西部牛仔那样大声吆喝。他骑下山坡、骑进农场大门，我才发现他的马摇摇晃晃、颠簸得厉害，原来那匹马装了轮子，上半身好端端的，但细长的腿上被套上了铁箍，好像医院的轮床。马惊恐地朝着我嘶鸣，拉长了马颈想挣脱铁箍。爸跃下马背，铁马滚着轮子离开，其中一个轮子还坏了，好像怎么推都推不顺手的手推车，令人气恼。马停在一截树桩前面，双眼翻白，还在努力挣脱底下的铁箍。

“别理它。”爸冲着那匹马笑了笑，“反正是我花钱买的。”

“你这钱花得还真冤枉。”我说。

爸咬牙。他站得未免离我太近了。

“你妈可没意见。”爸嘀咕道。

太好了！我心想，我妈还活着！这感觉好真实，好像口袋里的鹅卵石。妈还活着啊，我怎么会那么傻，竟然误会了好多年。

“你先治好你的手吧。”爸说着，指了指我那半截无名指。“看我给你带了什么。希望这比那匹马有用。”

他举起一个薄薄的绒布袋，很像装拼字游戏用的那种，然后摇一摇。

“哦，我喜欢那匹马。”我努力抑制心底的厌恶。那匹马的马臀以下已经挣脱铁箍，正倒在地上淌血。

爸从绒布袋里倒出八九根手指。我每次从中拿起一根，发现不是小指，就是男人的食指，要不就是肤色不对或大小不合。

爸噘起嘴巴，对我说：“随便选。又没什么大不了的。”

我勉强选了一根有点像我原本手指的断指，爸帮我缝上，马则在我们身后哀号，那是女人的声音，夹杂着害怕与愤怒。爸拿起铁铲朝马砸过去，马身裂成两半，倒地抽搐，一动不动了。

“好了。”说着他咂了一下嘴，“完好如初。”

在我秀气的手指间，有一截圆胖丑怪的脚趾，缝线还歪七扭八，突然爸爸的女朋友帕特里夏也来了，一开口就说：“亲爱的，她妈妈不在这里。你忘啦？我们杀了她。”

爸拍拍头，那动作就像到家才发现忘了买牛奶。“对对对，除了丽比，家里那几个丫头都死在我手里。”我们三个杵在那里，大眼瞪小眼，气氛突然变得凝重。爸走到死马旁边，捡起铁铲，而铁铲变成了斧头。

我身子一闪，醒了过来，床头灯被我的手臂扫到地板上。我翻身，看一看侧倒在地的台灯，心想：还亮着的灯泡会不会把地毯烧出一个洞来？当时天还没亮。现在天都亮了，我却还躺在床上。

但是班恩房间的灯是亮着的。我最先想到的是：那天晚上，班恩房间的灯是亮着的，而且有人在讲话。我叫自己不要再想了，但是心思却老是飘过去。一个疯狂杀人犯怎么会走进班恩房间，关上房门、打开灯，在里面聊天呢？

班恩房间的灯是亮着的。劳尔·凯兹要报仇、老爸被债主逼上绝路、混混为了给老爸一点颜色瞧瞧所以杀了我们全家，这些猜测都先忘了吧！也别再追究当时听到的那声怒吼——我想：好吧，那应该不是班恩的声音。

当我们上床睡觉时，班恩不在家；而当我醒来时，班恩房间的灯是亮着的。我记得我当时松了一口气，因为班恩在家，所以他房间的灯才亮着，而且至少他和妈妈今天不会再吵架了。他关起房门在讲话，可能是在自言自语，也可能是在打电话，但灯是亮着的。

不过那个黛安卓又是谁？

我掀开棉被，准备下床，床单被我睡得都发灰发臭了。我想不起来上次换床单是什么时候的事。床单应该多久换一次？这种事我永远搞不清楚。不过至少现在我知道做爱完要换床单，这是我几年前从电视上播放的电影里看来的，是由格伦·克洛斯主演的恐怖片，她刚做完爱，正在换床单；而其他的我就不记得了，因为我当时只想着：呀，原来做爱完要换床单啊。有道理，不过我怎么从来没想过。我被放任地养大，长大了也还是一个样。

我终于下床，把台灯放回床头柜上，兜个圈子走到客厅，假装若无其事地经过电话录音机，生怕它知道我在乎有没有留言。我简直是吹着口哨、踢着脚步走过去的——没事没事，顺路过来看看而已。没有黛安阿姨的消息。已经四天了，她依旧没有回电。

哼，没关系，我还有其他家人。

我到的时候，班恩已经在等我了；在我准备好前，他就闪进我的视线。他端坐在玻璃后方，眼神空洞，好像穿着囚服的假人模特。我想叫他不要那样看着我，这让我心里直发毛，但我终究还是没有说出口；因为除非我仍然不相信他是无辜的，否则我干吗怕他呢。

我想，我还是怀疑他的。

我在位置上坐下，椅子上还留着上一位访客的余温，湿湿热热，仿佛跟我肌肤相亲。我前后挪动屁股，想把这张椅子占为己有，同时努力克制自己不要露出厌恶的表情，可是，就在我伸手去拿话筒的时候，却发现话筒上还留着上一位访客的手汗；我不知道自己做了什么表情，只见班恩皱了皱眉。

“你没事吧？”他问我，我点点头。没事，当然没事。

“你又来了。”说着，他摆出一张笑脸，拘谨一如往常。不管是家庭聚会还是学期最后一天，他总是那副模样，好像一天到晚待在图书馆的小孩，总害怕有人会叫他安静。

“是啊，我又来了。”

他有一张好看的脸，不帅，但是好看，一看就知道是个好男人。他发现我在打量他，连忙紧盯着自己的手。

他的手长大了，跟他的体型相比，那双手简直大得不像话。那是一双弹钢琴的手，不过我们连琴键也没摸过。他那双疤痕累累的手，这里一刀、那里一划，宛如暗粉红色的碎纸花。他发现我在看，便举起手，指着一道深深的疤痕说："骑马摔的。"

我扑哧一笑，看得出来他很懊恼自己讲了个这么冷的笑话。

"哈，你知道这伤口怎么来的，对吧？"班恩说，"都是那头黄五害的，该死的畜生，你还记得吧？"

我们家的农场规模虽然不大，但是我们依然没有替每一头牛取名字。牛还是不要取名字比较好。从小我就知道不可以太喜欢老大、汉克和妞妞，因为一旦它们长大了，就会被送到屠宰场。对，是十六个月，我脑中发出这声响。当它们一岁时，你得踮脚走近它们身边，并且以斜眼相待，好像有人来你家做客却放了个屁，教你又恨又窘。总之，每年生小牛时，我们就用颜色来替小牛起名，在后面加上数字表示胎次，于是绿一、红三、蓝二就这样呱呱坠地，倒在牛舍的泥巴地里，四条腿踢呀踢的，试着在泥坑里站稳。大家都以为牛很傻、很温驯，但是小牛可不是这样。小牛像猫一样好奇、爱玩，所以妈从来不准我进牛舍，只能从夹板之间偷看，但是我记得班恩穿着橡胶靴，试着像航天员般，偷偷地、小心翼翼地接近；靠近后，动作也像在抓鱼一样。我记得黄五，至少名字还有印象，那只小公牛一出生就出名了，它打死不肯做绝育手术，可怜的妈妈和班恩，为了逮到它割掉它的蛋蛋，每天都疲于奔命，直到晚饭时间依然束手无策，怎么斗都斗不过黄五。第一回合惨败的时候，妈和班恩还把整件事当成笑话；每个人都将牛排当成黄五，对着牛排说：黄五，你会后悔的。第二天晚上再讲，只引来几声苦笑，到了第五天晚上，大家都笑不出来了，整件事只徒然显现妈和班恩有多不配务农：他们太渺小、太软弱，手脚太慢，而且能力不足。

要不是班恩提起，我早就把黄五忘了。我真想请他把我想不起来的回忆通通记录下来。

“怎么搞的？黄五咬的？”

“才不是，没那么戏剧性。那时我自以为已经制伏它了，没想到它却把我顶到围栏角落，后腿一踢，我就倒在地上，钉子刺进手背里；是一根栅栏上的钉子，妈早就叫我修理了，至少说了五次。所以，还是我的错。”

我绞尽脑汁，想说几句漂亮的话来安慰安慰他；我到现在还是摸不准班恩喜欢听什么，班恩就先开口了：“去它的，那是该死的黄五的错。”他迅速笑了笑，肩膀一沉，“我还记得黛比，就是她替我包扎的，她在我的伤口上贴创可贴，然后再贴上一张贴纸，就是闪闪发亮的那种，有心形等等各式各样的形状。”

“她好喜欢贴纸。”我说。

“没错，而且还贴得到处都是。”

我深吸了一口气，心想要不要聊些无伤大雅的话题，譬如天气之类的，但最后还是决定不要。

“班恩，我可以问你一个问题吗？”

他全身紧绷，眼神像鲨鱼般，完全变回囚犯的模样，像个受气包，每天接受别人一次又一次的质问，偶尔发问还得看别人脸色，被问到最后连回答都懒得回答，这种堕落我再了解不过。谢谢，我不想谈这个。反正也没什么损失，顶多被误以为没礼貌罢了。

“你知道那天晚上的事吧？”

他瞪大眼睛。他当然知道。

“我记得我当时头脑乱成一团，很多事可能没有弄明白……”

他整个人往前倾，手臂因为用力而僵硬，好像半夜接到紧急电话那样紧握着话筒。

“不过，有件事情我绝对没记错，我敢用我的性命保证……你房间的灯是亮着的。我看到门缝底下有光线透出来，而且还有说话声从你房间里传出来……”我越说越小声，希望他可以来救我，帮我接话。但他让我悬在那里，好像脚在冰上滑了一下，往下掉、往下掉，你在心里一遍又一遍地想着：我要掉下去了。

“这倒挺新鲜的。”他终于开口道。

“什么挺新鲜的？”

“之前从来没有人这样问过我。我还以为不会再有什么新鲜的问题了。恭喜你。”我发现我们两个人的坐姿一模一样，一手搭在桌缘，好像正准备掀掉桌上的剩饭剩菜。爸的坐姿也是这样，上次和他碰面的时候发现的，当时我二十五还是二十六岁，他来找我要钱，一开始油嘴滑舌、客客气气的：亲爱的丽比，能不能帮老爸一个忙啊？我断然拒绝了他，球棒一挥，击出一只平飞球，他吓了一跳并觉得没面子。“为什么不帮我？”他气冲冲地说，肩膀一耸，手臂一举，双手就搭到我桌上。我心想：我干吗请他坐下啊？并一边计算着这是我第几次浪费时间救济他。

“那天晚上回家，我和妈大吵了一架，后来我就偷溜出去了。”班恩说。

“因为可丽希·凯兹吗？”

他茫然地瞪着前方，任凭这个名字从他眼前溜过。

“因为可丽希·凯兹。但是妈相信我，她完全站在我这边，妈就是这一点最好，不管她多生你的气，她还是永远站在你那边，这一点你也清楚。她完全相信我。不过她还是很生气，而且害怕。我让她等太久了，等了……我不知道，至少十六个小时吧，我什么也没说就出去了，而且我根本不知道发生了什么事，那个年代又没有手机，出门后就音讯全无，哪像今天；这是我听人家说的。”

“然后呢……”

“我们大吵了一架，我连是不是在为可丽希的事争吵都忘了，可能一开始是因为可丽希，后来就不知道在吵什么，我真希望我还记得。后来她罚我禁足，叫我进房间，一个小时后，我又觉得不爽，所以我决定出门，而且还故意没关灯也没关收音机，想着如果她看到灯光会认为我还在房里。你知道妈睡觉的习惯，她根本不可能大老远跑到我房间来看我还在不在，她只要一睡着就睡死了。”

听班恩说的，好像我妈连走三十步都办不到似的，但其实他说得也没错，我妈一旦睡着后，就变得像废物一样，甚至也很少翻身。我还记得我曾经神经兮兮地守在她身边，瞪大眼睛盯着她看，看得眼泪都要掉下来了，就为了看她还有没有呼吸。我在心里告诉自己她没死她没死，哪怕只是听到一声呻吟也好。轻推她，她翻个身又回到原来的睡姿。我们都有半夜上厕所时碰到她的经历——一转身看到她坐在马桶上尿尿。她睡袍拖地，眼神直接穿过我们，好像我们是玻璃做的一样，还会说“种子送来了没？”或是“我实在搞不懂高粱”，说完便又拖着脚步回到房间。

“你跟警方说这件事了吗？”

“丽比，够了，这真是够了。我不想谈这个。”

“你说了吗？”

“没有。说不说有区别吗？警方都知道我们吵架，有必要强调我们吵了两回合吗？这……这没道理嘛。我在房间里大概待了一小时，除此之外什么事也没发生。这对整件案子根本没什么影响。”

我们对视了一眼。

“黛安卓又是谁？”我问。我看得出来他在强装镇定，思索着。他半夜溜出去的事可能是真的，也可能是假的，但我确定他接下来说的一定是谎话。黛安卓这名字攫住他，我可以想象连他的骨头都在嗡嗡作响。他的头微微往右歪，一副“关你屁事”的模样，接着发现自己有些失礼，突然不肯说话。

“黛安卓？”他拖延时间，想借机观察出我到底知道些什么。我面无表情地看着他。

“呃……她只是我在学校认识的一个女生。你怎么会知道她？”

“我发现一张她写给你的纸条，看起来你们好像不只是同学而已。”

“呵。我记得她很三八，一天到晚就爱写纸条；你知道吧，她就是那种喜欢让别人觉得她很野的女生。”

“我还以为你中学没交过女朋友。”

“我没有啊。天啊，丽比，不过是一张纸条，你想到哪儿去了？”

“纸条上写得很清楚。”我开始紧张起来，知道此行是要失望了。

“呃，我不知道该怎么跟你说，我也希望我可以直接说她是我的女朋友，但我跟她根本是两个世界的人。我甚至不记得她曾写过纸条。你确定纸条上真有我的名字？而且你怎么会有那张纸条？”

“算了。”说着我把话筒从耳朵旁边移开，让他知道我要走了。

“等一等，丽比。等一下。”

“不用了。如果你再像对待罪犯那样质问我的话，我们的谈话已没什么意义。”

“丽比，你听我说。我很抱歉没办法给你你想听的回答。”

“我只想知道真相。”

“我也想告诉你真相，但你好像更想要听……一番说辞。我只是……我想说……唉，我想我小妹在这么多年后来看我，这总是喜事吧！是喜事吧！虽然二十四年前我这小妹简直是害人精，但是过去的都过去了，打从我第一眼看到她，我就放下一切，只感到开心。我的意思是，我在牢笼里这么久，终于等到能见你一面，我紧张得像是要去约会一样；见到你的那一秒，就像……天啊，也许这是一件好事，也许我生命中仍然还有家人，我不再是孤孤单单的了，因为……我知道你跟玛格达聊过，相信我，你们聊什么我都知道，没错，是会有人来探望我、关心我，但他们不是你，他们只认识现在的我，不知道以前的我……我真心觉得能和懂我、了解我们一家、知道我们其实家庭正常，还能跟我一起笑当年养牛故事的亲妹妹说话真他妈的棒。就这样，这样对我来说已经足够。现在的我只要一点小事就满足了。所以，我真心希望我说的每一句话都能让你不要……不要再次讨厌我。”他垂下眼睛，看着他的胸膛倒映在玻璃上。“但我却做不到。”

班恩·天
/
1985年1月2号，下午5点58分

黛安卓隆起的肚子吓坏了班恩，这几周她开口闭口都是“胎动”。胎动了，宝宝在动！这一刻真是太特别而且太重要了，所以班恩时不时就要把手放在她的肚皮上，感觉宝宝有没有在踢。他很得意自己搞大了女友的肚子，也很得意自己创造了一个新生命，至少想想还挺得意的，但是他还不太敢去看或是碰黛安卓的肚皮。那块肚皮摸起来很奇怪，硬硬的，可是又很像果冻，好像坏掉的火腿，摸起来怪尴尬的。一连好几周，她都会抓住他的手，硬是把它放在她的肚子上，然后观察他的表情，看他有没有反应；要是他一脸呆样，她就会破口大骂。事实上，他以为也许怀孕是黛安卓闹着玩的，只是想看他出糗而已；他只能坐着，冒汗的手放在她隆起的肚子上，心想：那声咕噜是宝宝发出的吗？是吧？还是她只是消化不良？他很担心，担心如果自己一点感觉也没有，像胎动过后那几周那样，黛安卓一定会吼他：一直在动！我像是快分娩了，你怎么会感觉不到？可是，另一方面他也担心如果他说他感觉到了，黛安卓会放声大笑，笑得像被子弹打中般挺不起腰来；笑得双手撑着膝盖，她抹了发胶的头发颤动得跟暴风雪中的大树一样，因为她当然没有怀孕，她是整他的，难道他看不出来吗？

其实他也一直在观察她有没有说谎：那些丢在垃圾桶内、像他妈妈用的那个一样卷起、却总是不到一天就展开的血色大片卫生巾。除此之外他不知道还能观察什么，也不确定是否该问她孩子是不是他的。她说得好像孩子是他的，而他能确定的也就只有那么多。

总之，至少过去这一个月，可以明显看出来她怀孕了，至少她裸体时非常明显。她照样每天穿着宽大的毛衣去上学，只是牛仔裤不扣扣子，不然就是拉链拉一半；她捧着一天比一天大的肚子，用手在肚皮上面摩挲，好像那是一颗可以看到他们黑暗未来的水晶球；有一天，她把他的手拉到她的肚皮上，他千真万确地感觉到了：那东西踢了一下，就在那瞬间，他的视线仿佛穿透黛安卓的肚皮，看到一只小脚迅速动了一下。

他立刻抽开手，黛安卓气得骂他："你有病啊？你不是接生过很多小牛吗？这不过是个宝宝！"她把他的手拉回去贴在她肚皮上，让他的掌心感受生命的抽搐，他心想：小牛和宝宝根本是两码事，接着又想：放开我，放开我，放开我。好像那东西是恐怖片里的杀人魔，会伸出手来抓住他、将他拉进肚子里。这就是他所认为的：那是个东西，而非宝宝。

如果他们能多聊聊，或许对现状会大有帮助。自从胎动后，她连续好几天都不跟他说话，后来他才知道，原来他应该要因胎动而送她礼物，孕妇胎动是一件可喜可贺的事；她爸妈在她初潮时，送给她一条金链子，所以胎动也得同样对待。

孕妇总是喜怒无常，这他知道。但是，黛安卓的行为一点也不像孕妇，她仍继续抽烟和喝酒，这些都是孕妇的大忌，但是她说只有注重养生的人才会戒烟戒酒。还有一项她也不做的事情：规划。黛安卓甚至也不谈论孩子——女儿出生后要怎么办。黛安卓没去看妇产科，但是她确定自己怀的是女儿，因为怀女儿会害喜得比较厉害，而她第一个月简直吐到不行。不过，实际上她也没多说什么，只说自己怀了女儿，说得好像真的会有个小女孩从她肚子里跑出来一样。起初他还怀疑她会不会去堕胎，结果不小心把“等到你把孩子生下来”说成“如果你把孩子生下来”，把黛安卓气到抓狂，而他最不想看到的其中一件事就是黛安卓抓狂；她心情好的时候就已经不好应付了，抓狂起来就像发生天灾一样，又抓又哭又打，大吼大叫说从来没有人对她说过那么过分的话，还说这也是你的骨肉，你想不认账吗，你这人渣！

不过，话说回来，他们没有规划，也无从规划，因为如果黛安卓的爸爸发现她未婚怀孕，不把她杀了才怪。如果让他发现女儿发生婚前性行为，他一定会把她给杀了。黛安卓的爸妈只有一个规定，真的就只有那么一个规定，就是她绝对绝对不能让丈夫以外的男人碰她。她满十六岁那年，她爸送了她一枚戒指，纯金的，上面镶着一颗红宝石，好像结婚戒指一样，她把戒指戴在无名指上，承诺父亲也承诺自己：一定会在婚前维持贞操。班恩听了觉得很恶心，不觉得这很像跟自己的爸爸结婚吗？黛安卓说这就是是她爸对她的管教。就只有这件事她爸一定要管，他只要求她这件事，所以她最好乖乖听话。她说这样她爸才会放心留她一个人在家，而且还是一个人在家好几个月，除了几条狗，没人保护，没人看管。他觉得这样他也算尽到父亲该尽的责任：虽然我的女儿抽烟喝酒，但至少她还很纯洁，所以我可不像表面上那样是个糟糕的父亲。

她说这段故事时，眼角泛泪，而且总是喝得烂醉。她说她爸告诉她：要是他发现她食言，一定会把她赶出家门，一枪毙命。她爸爸参加过越战，说话的样子也像个军人，而黛安卓把这个诺言看得很重，所以才完全没谈论任何关于宝宝的规划。班恩列出一张他们需要的婴儿用品清单，还在圣诞节前后跑去跳蚤市场买二手婴儿服；他实在尴尬极了，所以没多看就掏出八美元，向一名妇人买下一包衣服，回家后才发现都是内衣和内裤，而且适合各个年龄层，大部分都有荷叶边。那女人一直保证说那是“衬裤”，反正小朋友的内衣裤永远不嫌多。班恩把整包衣服藏在床铺底下，一想到他那几个妹妹可能会偷跑进来，拿走几件合身的衣裤，他就庆幸自己的房门可以反锁。的确，他对即将出世的孩子没什么打算，也没多想接下来该怎么办，但黛安卓比他更没有想法。

“我想我们该离开这里了。”黛安卓突如其来地说，秀发遮住了她半张脸，而班恩的手仍放在她肚子上，小宝宝在里面像钻地洞似的跑跑跳跳。黛安卓微微转向他，一边的乳房懒懒地靠在他的手臂上。“我瞒不了多久。我爸妈随时会回来。你确定蜜雪真的不知道？”班恩保留了一张黛安卓曾写给他的纸条，而管家婆蜜雪则在翻他外套口套时翻出这张纸条。这小贱人竟然勒索他十美元，这样她就不跟妈妈告状。班恩跟黛安卓抱怨这件事时，她快气炸了。（“你那贱人妹妹随时都有可能把这秘密泄露出去，你还认为那没什么？都是你害的，班恩，你这白痴！”）黛安卓坚持光凭纸条上的字，蜜雪就会猜到她怀孕！他们被一个十岁的小鬼毁了！这真是太倒霉了！

“不会的，她完全没再提起这件事。”

他说谎。就在昨天，蜜雪才盯着他的眼睛，屁股扭向一边，用揶揄的语气说：“嘿，班恩你‘性’福吗？”这个死小孩。她之前也用其他事情勒索过他，例如他没做完家务，或是偷吃冰箱里的食物，一些芝麻绿豆大的小事。她存在的意义似乎就是在提醒班恩，他的生活过得多么受拘束。她把勒索来的钱全拿去买果酱甜甜圈。

班恩正想着要怎么安抚黛安卓。有时候，他觉得自己从来没有好好跟黛安卓聊过天，他说的每个字都像手肘，用来挡住她的坏脾气，或是只挑她爱听的话讲。但是他爱她，他真的很爱她，而男人对于心爱的女人，要懂得讲些中听的话，以及懂得适时闭嘴。他让黛安卓怀孕了，他当然要对她负责，得懂得为她打算。他必须辍学去找一份全职的工作，这难不倒他，去年也有好几个同学休学，到阿比林市的砖头工厂工作，年薪高达一万两千美元；班恩光是想该怎么花这么一大笔钱就想不完。所以辍学就辍学吧，这样也好，天知道他和可丽希·凯兹的事黛安卓知道多少。

说来奇怪，他刚开始本来很紧张，没想到谣言满天飞，后来不禁小小得意起来。虽然可丽希只是个小女孩，但至少是很酷的小女孩，有些高中生也知道她，有些女同学也对这个漂亮、有教养的女孩感兴趣，所以即使她年纪还小，但是被她暗恋还是挺爽的。他确定刚刚黛安卓只是习惯性地夸大事实，她讲话有时还会歇斯底里。

“嘿，你有没有在听啊？我说我想我们该离开这里了。”

“那就离开这里吧！”他想吻她，却被她推开。

“真的，就这么简单？我们要去哪里？你要怎么养活我们？我到时可就没有零用钱了。你必须去找份工作。”

“我会去找工作的。你在威奇托市不是有叔叔还是堂哥之类的亲戚吗？”

她看他的眼神，好像他疯了一样。

“开运动用品店的那一个？”他提示她。

“你没办法去那里工作，你才十五岁，还不能开车。老实说，如果你妈不答应，你也没办法去找工作。你什么时候才满十六岁？”

“7 月 13 号。”他觉得这比告诉她他尿床了还难为情。

她又哭了起来。“天啊，天啊，这下该怎么办才好？”

“你堂哥不能帮忙吗？”

“我叔叔一定会告诉我爸妈，这算哪门子的帮忙？”

她站起来，在房间里踱步，因为没有捧着肚子，看起来万分危险。班恩真想伸出手帮她撑着，心想不知道她还会变胖多少。她直接穿过走廊进入浴室，淋浴间传来扭开水龙头的声响。谈话结束。他用放在黛安卓洗衣篮附近的一条发霉的毛巾擦一擦身体，然后再挤进皮裤里，穿上 T 恤，坐在床缘，揣想一会儿走进娱乐室，崔伊又要说什么话来挖苦他。

过了几分钟，黛安卓像阵风般走进卧室，身上只围了一条红色浴巾，头发还在滴水，看也不看他就径自在梳妆台前面坐下来，对着镜子，往手掌心挤了一大团摩丝，往头发上抹，用吹风机从各个角度往头上吹。挤摩丝，抹头发，吹整；挤摩丝，抹头发，吹整。

他不知道该不该识趣地离开，还是索性赖着，仍坐在床边，试着对上她的视线。她像画家在倒颜料那样倒了深色粉底液在手掌上，然后和匀往脸上抹。虽然他听过其他女生笑她“戴面具”，但是他喜欢她黝黑、富有光泽的脸颊，就算颈部有时看起来较白，像是淋了焦糖的香草冰激凌。她刷了三层睫毛膏，她说睫毛膏就是要上三层，第一层显色，第二层浓密，第三层卷翘。然后她开始涂唇膏：打底，上色，亮泽。她发现他在看她，便停下动作，用三角海绵沾一沾嘴唇，在海绵上留下黏黏的紫色的吻。

“你得跟路尼要钱。”她对着镜子中的他说。

“我爸？”

“对啊，他很有钱吧？听说他倒卖毒品。”她松开浴巾，走向她放内衣裤的抽屉。里面是花花绿绿的丝缎和蕾丝，她翻来翻去，终于拿出一套内衣裤，鲜艳的桃红缎布，周围镶滚着黑色蕾丝，很像西部片里酒家女穿的样式。

“你确定我们说的是同一个人吗？”他说，“我爸……你知道的，我爸他是做粗活儿的，是劳工，都在农场里工作。”

黛安卓朝他翻了个白眼，用力拉着胸罩扣带；她的乳房从各种角度跑出来，从罩杯、肩带、扣带，怎么挤也挤不进胸罩里。她索性把胸罩脱下来，扔到房间的角落：我要件合身的胸罩！她站着，双眼冒火地瞪着他，内裤裤头开始从肚皮往下滑，滑到屁股就裂开了。那些性感内衣没有一件合身。班恩第一个念头是：她变胖了；接着想：呃，错了，是怀孕了。

“你在跟我开玩笑吗？你连你爸在做什么都不知道？”她把性感内衣丢到一旁，换上另一套丑陋的朴素胸罩，再套上新的牛仔裤。

在班恩的想象中，毒贩都梳着油头，戴着首饰，不像他爸会戴着堪萨斯皇家队的棒球帽，穿着粗跟牛仔靴，上衣皱得像是枯萎的花朵。不，他爸绝不可能是毒贩。再说，毒贩不是都很有钱吗？他爸根本连半文钱也没有。为这些争论还真是蠢。而且就算他爸有钱，他还是一分钱也不会分给班恩。他一定会调侃班恩竟然敢来要钱，说不定还会故意把二十美元的钞票举得高高的，像小混混把书呆子的笔记本举在半空中一样，接着哈哈大笑，把钞票塞回裤子的口袋里。爸从不用皮夹，他都把面目全非的钞票塞在牛仔裤两边的口袋里，这不就摆明他是个穷光蛋吗？

“崔伊！”黛安卓对着走廊大喊。她套上一件几何图案的新毛衣，拆下标签并扔在地上，轰隆隆地跑出去，留下班恩独自在房间里，盯着摇滚明星、星座海报（黛安卓是天蝎座的，她把星座看得很重）、水晶球和一大堆命理书发呆。她在梳妆镜四周钉了一圈干枯的舞会胸花，但班恩从没带她去过舞会，所以那大部分都是她在希亚瓦萨一个叫盖瑞的高年级男生送的，而崔伊说盖瑞很蠢。当然，崔伊也认识他。

那些胸花让班恩不自在，那层层叠叠的褶皱，红中带紫的色泽，让他想起学校储物柜里那块发臭的肉，那是黛安卓送他的惊喜小礼物，不知道是什么动物的，黛安卓打死也不说她是从哪里弄来的；但是班恩猜测应该是从生物实验课拿来的。她就是喜欢吓他。前阵子她们班解剖乳猪，她把卷卷的猪尾巴送给他，自以为这样很好玩。好玩个屁，讨厌都来不及。他站起来，走进客厅。

“你也太蠢了吧！”崔伊坐在沙发上，手里刚点了一根烟，眼睛直盯着 MV 看。“连你爸在做什么都不知道？老兄，这太不可思议啦。”崔伊赤裸的古铜色腹肌线条分明且完美。反观班恩，肚子像白老鼠的一样又白又软。崔伊把黛安卓送的上衣揉成一团，垫在头底下当枕头。

崔伊转过头来看着他。“我们敢说你爸一定有钱。听他说毒品是从得州弄来的。他最近去了得州？”

自从妈把爸赶出家门后，爸就从他的生活中消失了。班恩只知道路尼可能在得州待过一阵子。只要不怕开车辛苦，得州一天就能来回，所以他去了又怎样？

黛安卓转身在食品柜里翻找吃的——连地下室的娱乐室都有迷你厨房，想象一下，一间额外用来贮藏零食的房间——她打开冰箱，拿出一罐啤酒，也没问班恩要不要。班恩瞥了冰箱内侧一眼，上个月还满满都是食物，现在居然只剩啤酒和一个只剩一颗腌橄榄的玻璃罐。

“也顺便帮我拿一罐吧，黛安卓？”他不大高兴地说。

她抬起头来看他，把手上的啤酒递过去，自己再回冰箱里拿一罐。

“我们去找路尼吧！跟他要钱。”黛安卓说，瘫在他身边的沙发上。“这样一来，我们就能离开道奇城了。”

班恩看着那双蓝色的眼睛，蓝得那样鲜艳，黛安卓似乎从来没有正眼看过他，他从来没有和她四目相交过。

他头一次害怕到背脊发麻。他还没满十六岁，连辍学都要经过妈妈同意，而砖块工厂的薪水根本不够，也找不到一份薪水多到能让黛安卓不恨他、让她不在他下班回家时唉声叹气的工作；而他现在就可以预见，别说住在威奇托市那间小公寓了，他们大概只能住在州界工厂旁的房子里，也许靠近俄克拉何马州吧，那边工资不仅最低，还每天都要工作十六个小时，周末也要加班，而黛安卓则忙着带孩子，她不发疯才怪。她这个人没什么母爱，宝宝大哭也照睡不误，还可能会忘了喂宝宝，自己跑去外面跟和她搭讪的男人喝酒——她一天到晚被搭讪，逛街、加油、看电影都会被搭讪——把孩子留在家，又不会怎样，小宝宝能跑到哪儿去！他完全可以想象她的说辞，最后当坏人的还是他，穷光蛋一个，又笨，连家也养不起。

“那走吧！”他说，也许只要一离开这里，很快就会把这件事给忘了。至少他已经忘得差不多了。他的脑袋自行捆绑，一团混乱。他想回家。

崔伊倏地站起来，叮叮当当地摇着卡车钥匙——我知道上哪里找他——就这样，他们一行人在寒风里，拖着脚步穿过冰雪，黛安卓命令他扶着她以免跌倒，班恩心想：如果她跌倒呢？如果她跌倒了，会死？还是流产？他之前听女同学说每天吃柠檬会流产，便在心中盘算要偷偷地在黛安卓的可乐里滴几滴柠檬汁，但他明白背着她做这种事是不对的；那如果让她跌倒呢？但是她没有跌倒，他们一行三人坐在崔伊的卡车里，暖气的风呼呼地往脸上吹，班恩一如往常坐在后座——其实那也称不上是后座，空间小到只有小朋友挤得进去，所以他只能抱膝而坐；他看到座位旁边有一块粉红色肉屑，二话不说就往嘴里丢，也不管有没有人看到，只顾着继续找更多的肉屑。他现在精神恍惚，而且真的很饿。

丽比·天 / 现在

小学的时候，心理医生都会尝试把我暴虐的情绪导向正轨。比如我喜欢用剪刀剪东西。黛安阿姨买了像门帘那种又重又便宜的布料，我拿着陈旧的剪刀，上上下下、来来回回地剪：恨死你恨死你恨死你。剪开的瞬间，布料轻声呻吟，当我剪到拇指发疼，后背因为弓太久而酸痛，然后剪剪剪，布终于在我手上裂成两半，像幕布一样拉开，多完美的一刻，可是然后呢？这就是我现在的心情写照：之前我好像在埋头锯东西，等终于锯开了，却再次发现只有我孤单地待在我小小的房子里，没有家人、没有工作，手上拿着两块布，茫然不知下一步该怎么走。

班恩说谎。我希望这不是真的，但是真相摆在眼前，不容我否认。不过是高中时的女友，为什么要说谎？我的思绪好比困在阁楼里的小鸟，来回追逐。说不定班恩说的是实话，那张纸条不是黛安卓写给他的，只是一张被我们家其中一人偶然捡回来的纸条。嘿，搞不好是蜜雪，她可能看到哪个高年级男生乱丢，就从垃圾桶里捡回来，变成她勒索的重要依据。

不过说不定班恩真的认识黛安卓，而且深爱着她，但她却已经死了，所以他的口风才会那么紧。

就在杀死我们全家的那一晚，他也杀了黛安卓，一起献祭给魔鬼，她的尸骨就埋在堪萨斯一望无际的农场里。我害怕的那个班恩又回来了：我眼前闪过熊熊的营火，酒在瓶里晃荡，黛安卓跟纪念册上的照片一模一样，笑起来时瀑布似的卷发也跟着颤动，她眼睛闭着，或许是在哼歌，营火把她的脸映成橘色；班恩就站在她后面，轻轻地把铲子举起来，眼睛盯着她的后脑勺……

话说那些跟他一起胡作非为的人到哪里去了？当初邀他加入的那群面无血色、眼睛黑亮的少年，他们人呢？我已经把跟案情相关的资料细节全都读过。警方从没找到任何一个跟班恩一起搞破坏的少年。班恩被捕后，金纳吉镇那些披头散发、抽烟的混混全都回归到邻家男孩的身份。转变得还真是轻而易举啊！两个二十岁出头的混混出庭做证，说班恩在案发当天出现在他们聚会的废弃仓库，当时有人弹起了圣诞歌曲，班恩立刻像魔鬼一样厉声尖叫。他们声称亲耳听到班恩自己说要献祭撒旦，还说他和一个叫崔伊・堤百诺的大男生一起离开，听说崔伊会肢解牛来祭献撒旦。至于崔伊・堤百诺则声称自己跟班恩不熟。此外，崔伊有不在场证明，他父亲葛雷格・堤百诺替他做证，说他案发当晚都待在家里，而他家在沃米戈市，距离案发现场一百多公里。

所以说不定班恩是寂寞到发疯了，但也说不定他是清白的。我的思绪又像小鸟在阁楼里四处冲撞。砰。哐。羽毛纷飞。

我在沙发上不知坐了几个小时，想着接下来该怎么办，却又无计可施。就在这时，我听到邮差沉重的脚步声。往年过圣诞节，我妈总会要我们烤饼干给邮差先生吃，但现在每周来送信的邮差先生（或邮差小姐）都不一样。我也没有饼干可以招待他们。

我收到三封信：一封问我要不要办信用卡；一封账单，但收件人是住在离我十万八千里远的马特；最后一封的信封像是脏兮兮的衣服，柔软且有褶子，二手的。信封上某人的姓名和地址被马克笔涂掉，我的地址则挤在下面的小角落。丽比·天小姐收。

是我爸寄来的。

我跑上楼，坐在床边读信。接着，一如我每次紧张的时候一样，我把自己塞进洞里，也就是床铺和床边桌之间的缝隙，背贴着墙壁而坐。我拆开肮脏的信封，抽出娘娘腔的信纸，周围镶着一圈玫瑰，玫瑰中间爬满了我爸的字迹：那么小，那么乱，棱角分明，好像上百只蜘蛛飘落信纸上。

亲爱的丽比：

好久不见，这么多年后，谁想得到我们今天会变成这样呢？至少我没料到。我从没想过自己会这么老，这么累，这么孤单，还得了癌症。他们说我只剩几个月可活。我倒没什么感觉，我在这里也白吃白喝够久了，所以我很开心能收到你的消息。我知道我们不亲。生你的时候我还年轻，我不是一个好爸爸，但我试着把我有的一切都给你，尽可能地多陪你。但你妈却从中作梗。我知道我不成熟，但她比我还幼稚。当年那桩血案给我很大的冲击。你想听的就是这个吧！我早该告诉你，请不要教训我，怪我怎么不早说；我知道我该早点告诉你啊。但是我又爱喝酒又爱赌博，很难静下心来面对心中的恶魔。我知道真正的凶手是谁，我确定不是班恩，我希望能在死前把真相说出来。如果你肯寄钱过来，我可以去找你，跟你好好谈一谈。五百美元。五百美元就够了。

期待你的回信。

父路尼·天笔

俄克拉何马州利杰伍德镇多兰路12号

伯特·诺兰收容所

PS. 我不知道这里的邮政编码，你去问问别人。

我一把抓住台灯的细部，举起来就往房间另一头扔；台灯往上飞了一米，因为电线不够长，所以才摔到地板上。我冲过去把插头拔起来，抓起台灯又扔，这次台灯砸到墙上，灯罩都撞飞了，喝醉似的在地板上翻滚，破碎的灯泡像断掉的牙齿，从灯罩上方凸出来。

“他妈的。”我大骂。既是骂我自己，也是骂我爸。都几岁了，还不了解他这个人？竟然还期待他这次会做对事？我真是蠢！这封信就是像从远方一路伸过来的大手，要我救济他，问我要钱。我会付那五百美元，而我这辈子都不想再见到他，等到哪天我需要他帮忙，或者又有问题要请教他，他一定又会跟我要钱。谁叫我是他女儿。

我亲自跑到俄克拉何马州去找他。我用力踹了墙壁两下，震得窗户格格作响，正准备踢第三下时，楼下的门铃响了。我下意识地往外一看，但在二楼的我只能看到枫树树冠和昏暗的天空。我冻结似的站着不动，等待这位不速之客自行离开，但门铃却再度响起，而且一连响了五次，这位站在门廊的访客得感谢我突然大发脾气，所以才会知道我在家。

我的穿着打扮跟我妈冬天时一模一样：宽大变形的毛衣，松松垮垮的廉价秋裤，刺刺痒痒的厚毛袜。我转身看了衣柜一秒，门铃又响了，我索性放弃。

我的门上没有猫眼，无法偷看来者是谁。我闩上门链，把门拉开一条缝往外看，只见后脑勺的黄褐色头发扁塌凌乱；可丽希・凯兹转身面对着我。

“那边那几个老太婆真没礼貌。”说着她朝她们挥了挥手，挥手的方式就跟我上周一样，夸张的、粗鲁的，以示老娘不爽。“有没有人告诉她们，一直瞪着人看很不礼貌？”

我透过门缝看着她，觉得自己还真像老太婆。

“我从那个谁那边拿到你的地址，就是上次跟你一起去的那个男孩。”她屈膝以跟我四目相对。“我没有钱还你，不过我想跟你聊一聊。我真不敢相信那天晚上我竟然没有认出是你。看来我真的喝多了。”她说这种话一点也不知道脸红，就像说自己小麦过敏一样轻松。“你家还真难找。其实我今天还没喝酒呢！我方向感向来不太好。每次我遇到岔路，明明有两条可以选，偏偏每次都选错。我想我应该听从直觉，然后选择跟直觉相反的路，但我就是办不到。真搞不懂我是怎么回事。”

她就这样自顾自地说个不停，东一句，西一句，也没要我让她进去，这可能就是我开门让她进来的原因。

她庄重地走了进来，双手紧握，就像那种家教良好的女孩子，努力想从我这破屋里找出值得称赞的地方。终于，她的目光落在电视机旁边装满乳液的盒子上。

“哇，我也是个乳液迷，我最近好喜欢梨香的，不过你有没有试过乳霜？擦在乳牛乳房上的那种？我跟你说擦了真的很滑，药房都在卖。”

我摇摇头，问她喝不喝咖啡，但其实我根本没剩几粒咖啡豆。

“嗯，虽然说了有点难为情，不过你这里有没有酒？我开了很久的车。”

我没有反对，好像两小时的车程确实很远，确实需要小酌一番。我走进厨房，巴望冰箱里会自动生出一罐雪碧。

“我有琴酒，但没办法调酒。”我喊道。

“哦，没关系。”她说，“单喝也很好。”

但我也没有冰块，因为我连往冰块盘里倒水都有困难，所以我倒了两杯常温杜松子酒，回到客厅，发现她还在我的乳液盒附近晃来晃去。我敢打赌，她一定顺走几小瓶塞在她的口袋里。她身着黑色裤装，内搭粉红色高领毛衣，对一个脱衣舞娘来说，这一定是她一心向往的日常打扮。想要乳液就拿吧。

我把酒递给她，发现她的指甲颜色与毛衣相配，还发现她也发现我少了一根手指头。

“这是因为……”她先开启话题。从进门到现在，这还是她第一次语塞。我点头。

“你这次来是想……”我尽量保持客气。她深吸一口气，然后在沙发上坐下来，她的坐姿有如贵妇喝下午茶。我在她身边坐下，跷着二郎腿，接着又逼自己放好。

“真不知道该怎么开口。”她咽了一大口杜松子酒。

“你就直说吧！”

“当我发现你就是……就是那天，那天你也来我家了。”

“我没去过你家啊？”她把我搞糊涂了。“我连你住在哪里都不知道。”

“不不不，我不是说现在，我是指以前，凶杀案发生的那天，你跟你妈一起到我家来。”

“嗯。”我眯起眼睛，努力回想。那天本来也不是什么大日子，但我知道班恩又闯祸了，只是不知道他为什么闯祸，也不知道事态有多严重。我妈则是惊慌失措地想支开我们。嗯，那天……我记得我跟我妈、黛安阿姨一起去找班恩。班恩闯祸了，所以我们要去把他找回来，我独自坐在汽车后座，因为没有人跟我挤而好开心。我记得我脸上有块烫伤，蜜雪煎香肠的时候油喷到我脸上。我记得我们去别人家拜访时，那里乱哄哄的，好像在办生日派对之类的，我妈以为班恩应该会去。总之我吃了一个甜甜圈。最后班恩也没找到。

“算了。”可丽希打岔道，“这中间发生了那么多事，我都快忘了。忘了我们以前曾经见过。我可以再喝一杯吗？”她快活地举起酒杯，好像我们已经聊了很久，聊到酒杯都空了。我帮她把酒杯斟满，好让她继续说下去。

她啜了一小口，哆嗦着。“聊点别的吧？”她说。

“不用不用，告诉我后来发生了什么事就好。”

“我那天是骗你的。”她脱口而出。

“骗我什么？”

“班恩从来没有对我毛手毛脚过。”

“我想也是。”我试着客气地说。

“他也没有对其他女生乱来。”

“我知道，除了你之外，其他人都已经改口了。”

她在沙发上调整姿势，眼神看向右上方，她一定是想起了以前的生活和漂亮的房子。

“除此之外，其他事都是真的。”她说，“我小时候长得很漂亮，家里也很有钱，在学校是个好学生，而且还很会跳芭蕾……我常常在想，如果……如果我当年没有撒那个愚蠢的谎……那该死的谎话，要不是我当年大嘴巴，我现在的生活也不会是这样。我会是个主妇，拥有自己的芭蕾舞教室之类的。”她用一根手指在肚子上比画，我知道那是剖腹产留下的疤。

“不过你有小孩了吧？”我说。

“算是吧！”她边翻白眼边回答。我没再追问。

“到底是怎么回事？谣言是怎么开始的？”我不知道可丽希的谎言杀伤力有多大，对我们那天又有什么影响，但总觉得这件事似乎至关紧要，套句莱尔的话——好比涟漪效应。如果那天警方为了可丽希的谎言而到处找班恩问话，这件事就有它的意义，而且是非得有意义不可。

“那……当年我……我喜欢班恩，真的真的很喜欢，我知道班恩也喜欢我。我们那时候算在约会吧！我是说真的，虽然我知道这样不对。我是说……我知道他当年也还只是个孩子，但他毕竟大我好几岁……大到他不该挑逗我。有一天，我们亲了嘴，后来一切就变了……”

“你亲他？”

“我们亲嘴。”

“怎么亲？”

“不合时宜的，像大人那样亲。我绝不会允许一个少年那样亲吻我上五年级的女儿。”

我才不相信。

“然后呢？”我说。

“过了一周，我在圣诞节假期时去参加睡衣派对，当场把我跟高中男生交往的事告诉了大家，我很得意。我撒了一堆谎，例如说我们发生关系了。其中一个女生回家后把这件事告诉妈妈，然后她妈妈就打电话给我妈。我还记得那通电话。那时候我妈在客厅打电话，我待在房间，等她随时进来骂我。她总是一天到晚发脾气。没想到她进来的时候那么……温柔，又是宝贝又是亲爱的，还牵着我的手说‘相信妈妈，我们可以一起解决这个问题’，然后就问我班恩有没有对我乱来。”

“那……你怎么回答？”

“呃，我说我们接吻了，原本我只打算告诉她那么多，想实话实说就好。她听完之后似乎曾往后一靠，一副‘还好，没什么嘛’

的表情。我记得她说‘就这样？什么事也没发生？’好像很失望的样子，然后我记得很清楚，她突然站起来，我赶紧脱口而出‘他还摸我，要我帮他……’，然后她又坐下来了。”

“后来呢？”

“事情就像雪球般越滚越大。我爸一回家，我妈就告诉我爸，我爸就‘小宝贝、我可怜的乖女儿’地嚷个不停。他们打电话去学校，学校就派了一个像是儿童心理医生的人过来，我记得是一个大学生，他死也不听我说实话，只想听我说我怎么被性骚扰。”

我对她皱眉。

“我是说真的。因为我记得我本来打算对他坦白，要他把真相告诉我爸妈，但是他开口就问我班恩叫我做什么，我们有没有发生关系，我跟他说没有，然后他好像……对这另作解释。他说，你看来很聪明也很勇敢，我得靠你告诉我发生了什么事。没事？天啊，我以为你很勇敢，我真希望你能鼓起勇气来帮我！那你至少可以告诉我，班恩有没有这样碰你？他有没有对你说什么？你记不记得你们这样玩过？至少可以回答我你有没有印象吧？嗯，很好，我就知道你行的。好勇敢。好棒。后来我就不记得了，你也曾经历那种年纪，只要有一群大人要你怎么说或是鼓动你怎么说，就会觉得那……那才是真相。加上我爸妈是那么坚决地认为：说实话没关系，说实话没关系。所以我只好撒谎，好让他们以为我说的是实话。”

我想起案发后警方派给我的心理医生：布鲁乐医生。他每次心理辅导都穿着我最喜欢的蓝色衣服，而且只要我顺着他的话讲，他就会在辅导结束后请我吃糖。“告诉我，你看到班恩拿枪射杀你妈妈。我知道这对你来说很困难，但是如果你说出来、大声地说出来，就可以帮助妈妈、帮助姐姐，还可以帮助自己赶快好起来。不要憋在心里，丽比，不要把真相憋在心里。帮帮我们，让班恩因为伤害家人而遭受应有的惩罚。”为了当一个勇敢的小女孩，我告诉他我看到班恩砍死了姐姐，杀死了妈妈。然后我就可以吃到我最喜欢的杏仁花生酱果冻；布鲁乐医生每次都请我吃这个。我想他真的觉得自己帮了我大忙。

“他们为了让你舒坦一点而无所不用其极，以为只要相信你，你心里就会比较好过。”我说，“他们想帮助你，你也想帮助他们。”就在我提出证词，法官定案后，布鲁乐医生送了我一枚星星徽章，上面写着“超级聪明、明日之星”。

“就是这样！”可丽希瞪大了眼睛。“那个心理医生，他要帮我把整件事情具体化，然后我们一起用娃娃演出来。接着他又找了其他女生来问话，她们连班恩的脸都没亲过！就这样，也不过几天时间，我们编造出一个幻想世界，在这个世界里，班恩崇拜魔鬼、屠杀兔子，一边骚扰我们一边要我们吃掉兔子的内脏。我是说，这真的很离谱。可是又……很好玩。我知道这个想法很恐怖，可是……总之我们后来又开了一场睡衣派对，一群小女生一起在卧室里围成一圈坐着，彼此搔弄，你一言我一语，整件事绘声绘色、越闹越大，到了最后……你玩过碟仙吗？”

“小时候玩过。”

“太好了！这样说你就懂了，既然要玩，大家都希望是玩真的。所以有人动了一下碟子，你明知道是其他人动的手脚，但另一方面又希望是真的，真的是碟仙；大家表面上不说，心里都知道其他人想要相信。”

“但你从没把真相告诉大家。”

“我告诉过我爸妈。就是那一天，你来我家的那一天，当天警察也来了，所有女生也被叫来了，警察还请大家吃蛋糕……天啊，这不是乱来吗？我爸妈还说要买一只小狗给我，让我好过一点。然后警察走了，同学走了，心理医生走了，我回到房间，开始哭个不停，那时候我才知道……才开始思考。”

“但你不是说你爸冲出去找班恩？”

“哎呀，那是我瞎编的。”说着，她的视线再度看向客厅另一边。“我把真相告诉他，你猜他怎样？他用力摇我的肩膀，我的头差点没被他摇下来。凶杀案发生后，其他同学都吓坏了，一个一个都说了实话。我们都觉得是自己把魔鬼招来的。就好像我们说了班恩一堆坏话，结果有些就成真了。”

“学校是不是给了你们家一大笔和解金？”

“也没多少。”她看着玻璃杯底。

“但你说出真相之后，你爸妈仍然坚持原先的谎话啊。”

“我爸是生意人。他想要拿到赔偿金。”

“可是你爸明知道班恩没有骚扰你。”

“对，他知道。”她的鸡脖子朝我一歪，起了戒心。美元走过来，在她裤管磨蹭，她一脸平静，用长长的指甲帮美元梳毛。“那年我们搬家了。我爸说那个地方不干净。可是有钱也没用。我记得他真的买了一只狗给我，但每次只要我想聊狗狗的事，他就举起手，一副够了的样子。至于我妈，她说什么也不肯原谅我。每天放学回家，不管我告诉她学校发生了什么事，她一律质问我是真的吗。好像我撒谎一样。就算我跟她说今天学校午餐吃土豆泥，她还是那句真的吗，然后就不说话了。每天我一进门，她先是看着我，然后就走进厨房开一瓶酒，喝完一杯再斟一杯，游魂似的在家里晃来晃去，不发一语，只是径自猛摇头。记得有一次我告诉她，我不想看她这么难过，结果她回我‘你真的让我很难过’。”

可丽希泪流满面，一边有节奏地抚摸着美元。

“反正就是这样。那一年年底，我妈离家出走。有一天我放学回家，她的房间已经空了。”她把头埋在膝盖中间，披头散发的，姿势夸张得像个小女孩似的。我想我应该拍拍她、安慰她，但我只是杵在一旁。终于，她抬头看着我。

“我做了那么多坏事，没有人会原谅我。”她啜泣着，下巴颤抖。我本来想告诉我不怪她，但是终究没有说出口，只是再帮她斟了一杯酒。

佩蒂·天 / 1985年1月2号，下午6点11分

劳尔·凯兹把佩蒂猛推到门口，佩蒂仍一直抱歉个不停，突然间，她就站在门阶上，立在寒风中，眼睛眨呀眨的。就在她眨眼的瞬间，就在她动嘴、挤出任何字之前，门又开了，一个年纪大约五十出头的男人走了出来。

他关上门，所有人全挤在小小的前庭：佩蒂、黛安、丽比和这名中年男子。他水漾的眼睛下方的眼袋比巴吉度猎犬的还垂，灰白头发全往后梳。他一边打量佩蒂，一边用手顺了顺抹着发油的灰发，手上那枚爱尔兰的克拉达戒指[①]闪闪发亮。

"请问是佩蒂·天吗？"他嘴里散发出的咖啡味飘逸在寒冷的空气中，淡淡地褪去。

"是。我是班恩·天的妈妈。"

"我们来是想知道究竟发生了什么事。"黛安打岔道，"我们听到谣言满天飞，却没有半个人来问我们是怎么回事。"

---

① 克拉达戒指的外观宛如双手捧着一颗戴着皇冠的心，表示"把心呈献给你，用我的爱，为心加冕"，通常是恋人互赠，表示此情不渝。——编者注

中年男子两手叉腰，低头看了看丽比，接着迅速移开视线。“我是警探吉姆·柯林斯，这起案件由我负责调查。我今天来这里找人问话，问完他们当然就要联系你。你让我省了一趟车程。你想到别的地方谈谈吗？这里有点冷。”

他们分两辆车，下公路后找了一家甜甜圈店，黛安压低声音讲起了警察和甜甜圈多密不可分的笑话，接着开始咒骂起凯兹太太：贱人，跟我们多说一句话是会死吗？通常这时候佩蒂会帮凯兹太太说话。黛安和佩蒂就是这样，一个直言不讳，一个满嘴抱歉，改不了的。但凯兹一家完全不需要旁人帮腔。

她们下车时，柯林斯警探已经拿着三杯咖啡和一盒给丽比的牛奶，在那边等着她们。

“不知道你们准不准她吃甜食。”警探说完，佩蒂暗忖：如果她买甜甜圈给丽比，他会不会觉得她这个妈妈很不称职？要是他知道今天早餐还给她吃薄饼就惨了。我以后的人生都要这样了，她心想，不管做什么都要顾虑别人的想法。然而，丽比已经把整张脸贴在玻璃橱窗上，两只脚踮呀踮的，佩蒂只好从口袋里掏出零钱，买了一个裹着粉红色糖衣的甜甜圈，用纸巾垫着拿给丽比。她不希望当大人在一旁讨论班恩是不是性骚扰犯时，丽比觉得自己格格不入，只能哀伤地盯着五颜六色的甜甜圈。她又差点笑了出来。她让丽比坐在他们身后，要她乖乖坐着吃甜甜圈，不要打扰大人说话。

“你们全家都是红发？”柯林斯问，“因为有爱尔兰血统吗？”

佩蒂立刻想起她和伦恩总是千篇一律地谈论红发，接着她想起了农场：农场快没了，我怎么差点忘了这事？

“德国血统。”她今天同样的话已经说了两遍。

“你家里还有其他小孩吧？”柯林斯说。

“对。我有四个小孩。”

“同一个父亲？”

旁边的黛安挪动身子发出沙沙声。“当然！那还用说！”

“但你是单亲妈妈，对吧？”柯林斯问。

“对，我离婚了。”佩蒂说，试着让语调和每周上教堂的主妇一样正经八百。

“这跟班恩有什么关系？”黛安上身前倾，大声怒斥。“对了，我是佩蒂的姐姐。我照顾那些小孩的时间跟我妹差不多长。”

佩蒂眉头一皱，柯林斯警探看到了。

“我们试着好好地谈这事吧。”柯林斯说，“在案情水落石出之前，我们还要相处好长一段时间。天太太，你儿子遭到非常严重的指控，令人担忧。到目前为止，总共有四位小女孩指控班恩骚扰她们。”

“可是班恩……”佩蒂的声音几乎小到听不见。

“十一岁和十五岁虽然只差四岁，可这四年非常关键。”柯林斯继续说，“如果指控属实，班恩就会被当成夺人童贞的危险分子。坦白讲，我们不仅需要找你儿子，还要找你女儿来问话。”

“班恩是个乖小孩。”佩蒂话才出口，立刻憎恶起自己软弱的语气。“大家都很喜欢他。”

“他在学校的口碑怎么样？”柯林斯问。

“抱歉，你说什么？”

“他人缘好吗？”

“他朋友很多。”佩蒂含糊地说。

“这恐怕不好说吧，天太太。”柯林斯说，“据警方所知，班恩的朋友不多，甚至有点独来独往。”

“那又怎么样？”黛安的口气很凶。

“是不怎么……呃……请问你是？”

“我姓克劳斯。”

“是不怎么样，克劳斯小姐。不过综合各种事实，加上他又没有严厉威武的父亲看管，我难免会认为他比较容易受到负面影响，例如酗酒、抽烟，结交一些使用暴力、制造麻烦的小混混。”

“如果这是你担心的，我告诉你班恩没有跟不良少年往来。”佩蒂说。

“那告诉我他有哪些朋友。”柯林斯问，“说说看他都跟谁出去玩，说说看他上周末跟谁在一块儿。”

佩蒂舌头打结似的坐在那里，摇摇头，双手交叠，差一点沾到别人留在桌面的巧克力糖霜。这次拖得也真够久了，但是她的真面目还是被揭穿了：总之她就是一个生活乱七八糟的女人，每天危机不断，手上永远缺钱，睡眠严重不足，应该要照顾班恩的时候却放任不管，应该要鼓励他培养爱好、参加社团，而不是当他把自己锁在房间里，或是整个晚上不见人影时却谢天谢地：终于少一个小鬼要照顾。

“看来你管教不力。”柯林斯叹了一口气，好像对整件案子了然于心。

“不管警方接下来有什么动作，还是你要找人问话，都得先等我们找到律师再说。”黛安插嘴道。

“坦白说，天太太，”柯林斯继续说，连瞄也没瞄黛安一眼，“换作是我，如果我家里有三个宝贝女儿，我一定会比任何人都更想知道真相。骚扰女童这种行为不是想戒就可以戒掉的。我就直说吧，如果指控属实，我想你女儿很有可能就是班恩最早下手的对象。”

佩蒂回头看着丽比：她正在舔甜甜圈上的糖霜。她想到丽比多喜欢缠着班恩啊！这些孩子帮她分担了多少家务事，有时甚至一整天都和班恩一起在谷仓里忙着，一进门三个小女生就嘟着嘴，一副快哭出来的样子，但是……那又怎么样？她们还那么小，当然会累也会发脾气。她恨不得拿起咖啡就往柯林斯的脸上泼过去。

“容我说句实话？”柯林斯说，他的声音让她纠结。“我无法想象身为母亲的你，听到这种事情会有多……震惊。不过你听我说，我们的心理医生一对一找那些女生谈过，我可以把他的话转述给你听。他说从这些小女生口中问出来的事，除非亲身经历，五年级的学生是不可能知道的，性方面的事。他说她们是典型的被人虐待。你知道麦克马丁幼儿园的案子吧。”

佩蒂隐约有点印象。好像是加州的一个幼儿园，家长指控老师性骚扰幼童。她还记得当天的晚间新闻报道：镜头是阳光明媚的加州的一间漂亮洋房，然后斗大的黑字打在洋房上：地狱托儿所。

“你有证据吗？”黛安对着柯林斯吼道，“除了那群十一岁的小女生之外，你找得到其他证人吗？你自己有小孩吗？你知道小孩的想象力有多丰富吗？小孩子成天都在做白日梦。所以除了那群丫头和那位无所不知、让你们佩服得五体投地的哈佛心理医生外，你还有谁可以证实这些谎话？”

“说到证据，那些女生说班恩把她们的内裤带回家当纪念品了。”柯林斯对佩蒂说，“如果你让警方到你家搜一搜，案情很快就会水落石出。”

“不行，要先找律师。”黛安对着佩蒂咕哝。

柯林斯灌了一大口咖啡，握紧拳头捶打胸口以抑制打嗝，对着佩蒂肩后的丽比哀伤地一笑。他的鼻子像醉汉般通红。

“现在只要保持冷静就对了。我们会询问案件的所有相关人士。”柯林斯依然不理会黛安。“今天下午我们才找了班恩的小学、中学老师来问话，不过，问到的结果并不乐观。天太太，你知道西尔弗老师吧？”

他看着佩蒂的眼睛以确认她听过这个名字。佩蒂点点头。西尔弗老师向来喜欢班恩，他是她最钟爱的学生。

“就在今天早上，西尔弗老师看到班恩在可丽希·凯兹的储物柜附近打转。现在是圣诞假期，而他却出现在小学校园里。这让我很不安。”

他从眼皮底下看着佩蒂，盯着她红红的眼眶。“西尔弗老师说他显然很兴奋。”

“你说这话什么意思？”黛安破口大骂。

“警方搜查可丽希的柜子，结果在里面发现带有性暗示的纸条。天太太，从我们的询问结果来看，你儿子是大家口中的怪胎、边缘分子，也就是异类，甚至被认为是定时炸弹。有些老师还觉得他很可怕。”

“可怕？”佩蒂重复他的话。“他们为什么怕一个不过才十五岁的男生？”

“那是因为你不知道警方在他的储物柜里找到什么。”

警方在他的储物柜里找到什么？佩蒂以为柯林斯要说色情杂志之类的，或者，如果上帝怜悯，可能只找到违法的爆竹。班恩把烟火藏在背包里，这就是她想象中的大麻烦。这状况她还可以接受。

柯林斯油腔滑调地吊她胃口：天太太，这东西让人很恐慌，我劝你最好做好心理准备。佩蒂心想：那大概是枪吧。班恩喜欢枪械，就像他喜欢飞机、喜欢砂石车一样，只是他对枪械的喜爱一直持续到现在。他们常常一起去射击、打猎，不过那都是以前的事了。也许班恩把枪带去学校炫耀吧！八成是那把他最喜欢的柯特左轮手枪。没有她的允许，班恩不准擅自到枪柜里拿枪，但如果他真的拿了，到时候再看着办。所以，就是枪吧！

柯林斯清了清喉咙，用令人想凑近的声音说：“我们发现……尸体……在你儿子的储物柜里。某个器官。我们本来以为是婴儿身上的某个部位，但那似乎比较像动物的尸体，用塑料袋装着，好像是从猫或是狗身上割下来的。你家里有猫或是狗失踪吗？”

听到警方竟然以为班恩在柜子里窝藏婴儿尸体，佩蒂感到一阵晕眩。原来警方以为班恩心理异常到让他们的第一反应是猜他杀婴。她垂下眼睛，看着零星散布在桌面的五颜六色的甜甜圈糖霜，突然明白，班恩要坐牢了。如果警方对他的误会这么深，恐怕不可能有翻身的机会。

“没有。没有任何宠物失踪。”

“我们家族以农牧狩猎谋生。”黛安说，“我们一天到晚与动物为伍，处理动物尸体更是家常便饭。所以就算他柜子里有动物器官也没什么好大惊小怪。”

“真的吗？你会在家里存放动物尸体？”这是柯林斯第一次用正眼瞧黛安，他狠狠地盯了她几秒，接着又别过视线。

“存放动物尸体犯法了吗？”黛安吼回去。

“天太太，献祭动物也是恶魔血祭仪式的一环。”柯林斯说，“我想你应该也听说了劳伦斯市附近的牛群遭人用斧头开膛破肚，我们认为这次的性骚扰案和牛群屠杀案有关联。”

佩蒂的脸都绿了。完了，这下真的死定了。“那你要我怎么办？”她问。

“我跟你回去，和你儿子好好谈谈，好吗？”柯林斯说到最后有如父亲哄小孩般，尾音还上扬。佩蒂感觉到一旁的黛安握紧了拳头。

“班恩不在家。我们也在找他。”

“天太太，我们真的需要跟你儿子谈一谈，你知道我们可以在哪里找到他吗？”

“我们也不知道他在哪儿。”黛安插嘴道，“我们跟你一样毫无头绪。”

“你会逮捕他吗？”佩蒂问。

“在问话之前，警方不会有任何动作，所以越快找到他，就能越快厘清真相。”

“这不是答案。”黛安说。

“我只能言尽于此。”

“班恩要被捕了是吗？”说到这里，黛安终于垂下视线。柯林斯则早已起身走到丽比身旁，只见他蹲下来，对她说：“嗨，小朋友。”

黛安一把抓住他的手臂。“你少烦她。”

柯林斯眉头深锁看着她。“我只是想帮忙。难道你不关心丽比有没有事吗？”

“我们知道丽比没事啊。”

“为什么不能让她亲口跟我说？不然我们可以找儿童福利机构……”

“王八蛋！”说着黛安冲到他面前，佩蒂依旧坐在座位上，努力假装事不关己。她耳朵听着黛安和柯林斯在身后叫嚣，而她只是坐着，眼睛盯着柜台后方的女店员煮咖啡，然后试着将焦点专注在咖啡上；但是没过几秒，黛安就把佩蒂和丽比从椅子上拉起来，丽比的嘴巴上都是甜甜圈屑，然后离开了甜甜圈店。

回家的路上，佩蒂好想大哭一场，但又想等黛安离开了再哭。黛安要佩蒂开车，说这可以帮助她集中精神。

然而，整趟车程中，黛安反而必须告诉佩蒂换挡，她实在太魂不守舍了。小佩，是不是该打三挡了？我想现在应该要换到二挡。丽比坐在后座，一声不吭，下巴抵着膝盖，整个人蜷缩着。

“是不是有坏事要发生了？”丽比终于发问。

“没有，乖。”

“可是真的好像有坏事要发生了。”

佩蒂再次心头一惊：她是怎么回事啊？居然把七岁小孩扯进来。老妈绝对不会让这种事发生。话说回来，老妈才不会像自己这样草率、敷衍地养育班恩，所以根本不会出事。

她现在一心只想回家躲起来求个清静。目前的计划是，佩蒂守在家里等班恩回来——现在他也快回家了；而黛安则外出，查看八卦到底传到什么程度，谁又听到了什么，谁又站在谁那一边，还有班恩到底都跟谁鬼混。

车子隆隆隆驶回家门前，只见佩蒂那辆雪佛兰旁边还停了一辆车，座位是赛车椅，车身沾满了泥巴，车龄看起来少说也有十年了。

“谁来了？”

“不知道。”她那语气很悲痛似的。其实不论来者是谁，佩蒂都知道准没好事。

大门一开，热气立刻滚滚而来。看来暖气少说也开到二十六七摄氏度。首先映入眼帘的是一盒开封的可可粉，就是号称有棉花糖的那种，正摆在餐桌上，一地的可可粉一路撒进厨房。佩蒂听到一阵呼呼的笑声，她知道是谁来了。路尼坐在地上小口地啜饮热可可，女儿们全靠在他身边。电视上正在播动物节目，当鳄鱼轰的一声跃出水面，大口咬住某种长角的动物时，女儿纷纷抓住他的手臂放声尖叫。

他懒洋洋地抬起头，好像她是来送货的。“嗨，佩蒂，好久不见啦。”

“家里出了点事。”黛安打岔道，“你请回吧。”

路尼待在家里的那几个星期，他和黛安摩擦不断。黛安对着路尼大吼大叫，路尼则四两拨千斤地说“黛安，这个家又不是你当家”。他走进车库，喝个烂醉，对着墙壁打棒球，一打就是好几个小时。黛安是没办法把路尼请出家门的。

“没关系，小黛。你去忙你的吧！一小时之后打给我，让我了解一下状况，好吗？”

黛安怒目瞪着路尼，压低声音在心里咕哝，气冲冲地走了出去，大门应声关上。

蜜雪说：“天啊！搞什么鬼嘛！”说完朝父亲扮了个鬼脸。蜜雪这个小叛徒，一头褐发因为静电而乱翘，肯定是被路尼揉乱的。路尼跟孩子相处的方式很诡异，他不像一般大人呵护孩子那样，而是粗暴地疼爱。他会捏捏她们，或是轻轻地打她们，好引起她们的注意。例如当她们在看电视时，他偏偏就爱猛然扑过去，啪啪地打她们几下；被打疼的女孩便转过头，泪眼汪汪地看着他，小嘴巴气嘟嘟的，却见他哈哈大笑说“干吗这样！”或是“老爸只是想跟你打招呼啊。嗨！”还有，每次他带她们出门，他从来不走在她们旁边，永远都落后个几步，斜眼盯着她们。而这总让她们想起紧跟在猎物后头的老狼，前几公里先捉弄，随后便发动攻击。

“爸爸煮了通心粉。”黛比说，“爸爸说要留下来吃晚餐。”

“我不是说了，我不在家的时候不可以随便让陌生人进来。”佩蒂边说边用发臭的抹布擦地上的可可粉。

蜜雪翻了个白眼，往路尼的肩膀上一靠，“妈，他是爸爸呀。”

要是路尼死了，一切就简单多了。他既不陪孩子玩，又帮不上孩子的忙，如果他死了，一切都将改善。他还是一如既往，平常都在外头逍遥自在，偶尔闯入他们的生活，甩出一些点子、一些计划、一些命令，孩子就乖乖照做，还说是爸爸说的。

她巴不得立刻骂他一顿，把班恩在储物柜里藏东西这事告诉他。一想到班恩把动物尸体切下来收藏，她就觉得喉咙一紧。凯兹家的小女孩和她那些朋友之间的误会也许能解开，也许不能。像她这么会找借口的人，竟然无法解释那些动物尸体。她一点也不担心柯林斯说的话，说什么班恩会性骚扰妹妹。开车回家的路上，她反复检验这个念头：她掰开它的嘴巴、检查它的牙齿，一点细节也不放过。她可以毫不怀疑地说：班恩绝对不会做这种事。

但是她知道儿子确实有暴力倾向。那次杀老鼠的时候，他咬牙切齿，机器人似的连续重重铲着，脸颊上的汗水缓缓滴下。她知道他从中获得了快感。他老爱跟妹妹打打闹闹，而且闹得很凶，有时候嬉笑声会变成尖叫，她绕过来一看，只见班恩把蜜雪的手反压在她背后，然后慢慢地往上拉；或者是像握着花瓶那样捏着黛比的手臂，然后拧毛巾似的扭转，刚开始还只是闹着玩，后来就越来越疯，他会咬牙切齿地拧到手臂充血。在班恩身上，她看见了路尼跟孩子相处时的表情：既兴奋又紧张。

“爸爸要回去了。”

“喂，佩蒂，你连招呼都没打就想把我赶出去？来嘛，我们聊一聊，有一笔生意想找你谈一谈。”

“路尼，我连做生意的本钱都没有。”她说，“我破产了。”

“你从不像你说的那样没钱。”他咧嘴一笑，把戴在散乱头发上的棒球帽往后一转。他让这话听来像是在逗她玩，其实却带有恐吓意味，好像是在暗示她应该知道怎样的状况对她有利，所以最好别破产。

他把女儿支开，起身走向她，一如往常地站得离她很近，身上的卫衣因为流汗而贴着胸膛，散发出淡淡的啤酒味。

“你不是才卖了一台旋耕机？韦恩·艾佛里告诉我你把它卖了。”

“卖掉的钱早就花完了。我的钱总是来得快、去得也快。”她假装在整理信件。他依然赖在她身边不走。

“我需要你帮忙。没钱我去不了得州。”

路尼嘛，当然会想找个温暖的地方过冬，像自由自在的孩子似的到处旅行，像吉普赛人那样春夏秋冬四处流浪，他这么做简直是在侮辱她和她的农场，侮辱她对这一片土地的痴心依恋。他打零工赚钱，把赚来的钱花在愚蠢的事物上，例如参加高尔夫球俱乐部，只因他幻想自己会在球场上挥杆；或是买下整套他根本连装都不会装的立体音响。这次他还想远走高飞到得州去。佩蒂高中的时候曾经和黛安开车到墨西哥湾玩。佩蒂就只出过那么一次远门。她永远记得空气中有咸咸的海水味，那股咸味一路咸上你的发梢，让你可以光闻头发就流口水。路尼最后一定能把钱弄到手，在海边林立的廉价酒吧度过残冬，而他啜饮啤酒的同时，儿子却正准备坐牢。她没钱替班恩请律师。她心里一直想着这件事。

“抱歉，路尼，我帮不上忙。”

她想把他请出去，他却把她推进厨房里，他口气中的酒味熏得她别过脸。

“不要这样嘛，佩蒂，干吗一定要我求你呢？我这次真的麻烦大了，不是生就是死哪。再不离开道奇城就不行了。你知道我这个人，要不是有要紧的事情我也不会这样求你。今晚要是再凑不到钱，我就死定了。我只要八百美元就好。”

这数字让她笑了。这家伙以为八百美元是她口袋里的零钱吗？难道他就不能看一看周围，看看他们的生活有多拮据吗？孩子们在冬天里只穿着衬衫，厨房冰箱里堆着一盒盒廉价肉，早就不知道过期几年了。他们天家人过的就是这种保质期限以外的生活。

“我什么也没有，路尼。”

他盯着她不放，一只手倚着门框让她无法离开。

“首饰你总有吧？你有一个我送你的戒指。”

“路尼，班恩有麻烦、大麻烦，我现在有一堆烂摊子等着我去收拾。你可以下次再来吗？”

“班恩到底是闯了什么祸？”

“他在学校捅了娄子，又在镇上惹出麻烦，这次真的很严重，我想很可能需要请律师，所以我需要钱帮他请律师……”

“这么说你有钱嘛。”

“路尼，我真的一毛钱也没有。”

“那至少把戒指给我。”

“不在我身上。”

三个女儿虽然假装在看电视，但是她和路尼越吵越凶，蜜雪这多管闲事的孩子忍不住回头盯着他们看。

“佩蒂，戒指拿来。”他伸出手，仿佛她还把戒指戴在手上似的。那枚廉价的假黄金订婚戒指本来就是劣质品，就连十七岁的她都知道那戒指有多丢人。他先求婚后买戒指，这中间一拖就是三个月，他才愿意抬起屁股跑一趟百元商店买下这个金属环，回到家也是先喝了三罐酒才把它送给她，还说“宝贝，我永远爱你”。她当下立刻领悟：这个男人根本不能依靠，他迟早会离开她，而她也没那么喜欢他。但是她后来还是又帮他生了三个孩子，因为他不喜欢戴安全套，如果抱怨就等于是自找麻烦。

“路尼，你忘了吗？那枚戒指换不到钱的。你当初买的时候不到十美元。”

“所以你现在才嘴贱，嫌弃那戒指？”

“相信我，如果真的有价值，我早就拿去当掉了。”

他们面对面站着，路尼双手发抖，像只驴子似的愤怒地喷气。他一把抓住她的臂膀，接着又像费尽力气似的把手松开，这下连胡子都在颤抖了。

“你一定会后悔的，佩蒂。”

“我早就在后悔中活了好多年了，路尼。”

他一转身，夹克衣角把一袋可可粉扫到地上，撒得他脚边到处都是。“再见啦，宝贝女儿。你们的妈妈……是个贱人！”说着他脚一踢，踢翻了一张高脚椅，椅子一路从厨房滚到客厅。路尼来回转圈踱步，她们像森林里的小动物吓得动也不敢动，佩蒂一边盘算着要不要冲出去拿枪或是菜刀，一边在心里祈求他赶快离开。

“真感谢他妈的什么都没有！”他沉重地走到门口，用力一推，门撞上墙壁又反弹回来。他又踹了门一脚，一把抓住门就往墙上撞，他再次低头，使劲一遍又一遍地撞着。

终于，他走了，车子吱的一声，扬长而去。佩蒂取出猎枪，上膛，把枪支连子弹放在壁炉上。以防万一。

丽比·天
/
现在

可丽希最后睡在我家沙发上。我送她到门口时才发现她鞋子也没穿好，睫毛膏都晕到脸颊上了，根本就没办法开车。她摇摇晃晃地走到门廊，突然转身，问我知不知道她妈妈在哪里、要去哪里找她什么的，我听了立刻把她拖进门，让她坐在沙发上，帮她盖毯子，还替她做了一个芝士三明治。当她转身陷入昏睡之前，她把吃剩的四分之一三明治小心翼翼地放在她身边的地板上，结果从她口袋里滚出来三瓶乳液；趁她睡死之后我把它们悄悄放回她口袋里。

我起床的时候，她已经走了，折好的毯子上面还留了一个信封，信封背面潦草地写着：谢谢。对不起。

如果可丽希说的是事实，劳尔·凯兹就不是杀害我们全家的凶手。我相信她，至少在这件事情上。

我没有理会莱尔那两条留言，也不理会黛安阿姨那边没消息，决定开车南下去找我爸。开车去找我爸问个清楚吧！不管爸的女友怎么说，我都不认为他和凶杀案有任何关联，不过我怀疑他或许知道一些隐情，毕竟他欠债欠了那么多，喝酒喝得那么凶，又交了一堆道上朋友。也许他真的知道或听到什么，搞不好是他的赌债招致债主报复。也许我应该再相信我哥一次，我想要相信他。我现在知道为什么我从不去监狱看他了，因为我太想、也太容易相信他，相信到会忘了自己人在监狱，满心只想看到他，听他说话时特有的抑扬顿挫，他每句话说到最后尾音总是下降，好像已经说完了一样。光是看到他，就可以勾起好多回忆，也许是好事，也许是不怎么好的事，或者只是一些寻常小事，但足以让我嗅到家的味道，让我回到当年家人都还在的时候。天啊，我只要那样。

出城的时候，我在一家 7-11 便利店附近停车，买了一份地图和几包芝士口味的饼干，一咬下去，发现是减肥饼干，但我还是照吃不误，并往南开去，橘色的芝士粉掉得车内到处都是。在开往俄克拉何马州的公路上，食物的气味扑鼻而来，又是薯条又是鱼排又是炸鸡，我本来打算停车吃顿饭，却异常恐慌起来，莫名其妙地担心自己如果下车就会来不及见到爸爸，最后索性只吃减肥饼干和一颗我出门前在厨房料理台角落里找到的干巴巴的苹果。

如果那张内容低俗的纸条不是写给班恩的，为什么会跟蜜雪的东西放在同一个箱子里？如果蜜雪发现班恩交了女朋友，一定会对他颐指气使，他越害怕消息走漏，她就会越过分。班恩恨死蜜雪了。他对我还算包容，对黛比不屑一顾，对蜜雪则是恨之入骨。我记得他曾抓着蜜雪的手臂，把她从他房间里拖出来，蜜雪侧身、踮着脚在他后面走，免得被硬扯；他手一甩，她撞上墙并跌坐在地，他放话说：要是她敢再进他房间，他就杀了她。

班恩跟蜜雪说话的时候总是咬牙切齿，每次骂她都是因为她多管闲事，一天到晚总是在他的门边逗留、偷听。蜜雪总能知道所有人的秘密，而且一说起秘密总爱拐弯抹角。自从看过她那稀奇古怪的笔记本后，我对这一点印象深刻。如果你没钱，握有别人的把柄倒是不错的生财之道，就算是家人也是一样。

有一天吃早餐的时候，蜜雪大声地宣告："班恩会自言自语。"班恩手伸过桌面打翻她的盘子，盘子掉到她腿上，然后他揪住她的衣领。

"少管我！"他厉声说。妈妈总是安抚他，叫他回房间去，接着训斥我们。后来我们在餐桌正上方的塑料吊灯上找到炒蛋的碎屑，吊灯很像在比萨屋看到的那种。

这是什么意思？班恩总不会因为被妹妹发现交了女朋友，所以干脆把全家人都杀了吧！

我开过一片饲养牛群的牧场，牛群纹丝不动地站着，让我想起在我成长的岁月里，不时会听到牛群惨遭屠杀的谣言，大家总说是魔鬼的信徒干的好事。魔鬼潜藏在我们堪萨斯城附近，邪恶的程度有如山一样自然，有形有体。我们教会的牧师虽然不常讲炼狱之苦，但是一定会灌输我们魔鬼的形象：残暴嗜血，眼睛如山羊，稍不留神，魔鬼就会把圣灵赶出去，住进我们心里。

在我住过的城镇里，总会有几个"魔鬼的小孩"，有几幢"魔鬼的房子"，就像总有个开着白色货车四处打转的"杀人小丑"。此外，大家也都知道城镇边缘有间废弃的老仓库，仓库地上有个沾血的床垫，那血是血祭魔鬼时留下来的；而大家也总会有个朋友，说他某个堂表兄弟姐妹看过血祭，但是因为太害怕，所以不记得细节。

我在俄克拉何马州里开了十分钟，还要再开三小时才会到；突然，我闻到一阵腐烂的腥甜味，刺得我的眼睛直流眼泪。我莫名其妙地打了个冷战，担心是因为我想到恶魔而召唤了它。在远方，天空风流云散，呈现出乌青般的色彩。我看到了，原来是一家造纸厂。

我扭开收音机，一台转过一台：难听的音乐，噪声，汽车广告，又是噪声。我就把收音机关了。

我开过一块上头有牛仔图片的指示牌：伙伴，欢迎来到俄克拉何马州利杰伍德镇！我下了高速公路，直直朝利杰伍德镇开去，原来这地方是个没落的旅游景点。以前这里颇有西部风情，主要干道的商店门窗全用毛玻璃，中间夹杂几家伪西部酒馆。有家店的门面写着“老照相馆”，可以让客人打扮成西部垦荒者，拍摄出复古的全家福照。照相馆的橱窗里挂着一张海报大小的相片，相片里的爸爸手拿套索，戴上超大的牛仔帽，努力摆出要挟人的样子；小女孩穿着印花连衣裙，头戴包头软帽，因年纪太小而以为是在玩游戏；妈妈则打扮成妓女，笑得很尴尬，双手交叠放在大腿上，挡住衬裙开高衩的地方。这张全家福旁边挂着一面写着“出售”的招牌；隔壁的黛妃太妃糖也是“出售”，再隔壁的比尔牛欢乐世界也是“出售”，就连店名又臭又长的西部警长怀厄尔普思乐冰也还是“出售”。整座城镇仿佛蒙着一层灰。远方废弃的水上回旋滑梯也覆着厚厚一层泥。

伯特·诺兰男性收容所与枯燥的市中心只隔三条街，是一栋四四方方的低矮建筑，小小的前院里满是狐尾草。我小时候很喜欢狐尾草，我喜欢名副其实的东西，而狐尾草正好草如其名：细长的茎，顶端一截毛茸茸的，真的就像狐狸尾巴，只是颜色是绿色的。我们的农场上长满了狐尾草，整片草原都是。蜜雪、黛比和我总爱掐下那毛茸茸的一截，互相搔对方的手腕。妈妈教了我们所有植物的俗名，例如小羊耳、鸡冠花，每一种植物都有自己的名字。小羊耳摸起来跟小羊的耳朵一样柔软。鸡冠花长得真的好像公鸡红红的鸡冠。我下了车，用手拂过狐尾草顶端。我想要在花园里种满野草。风车草的顶端像风车的扇叶。皇后蕾丝会开出纯白的碎花。宛如魔鬼手爪的巫婆草也许很适合我。

伯特·诺兰收容所的大门是像潜水艇般的深灰色铁门，让我想起班恩在监狱里的牢门。我按了一下门铃，便在一旁等着。对街两个少年懒洋洋地骑着自行车绕圈，兴趣盎然地看着我。我又按了一下门铃，用力敲门，但是敲门声根本传不进去。我挣扎着要不要问问对街的少年，里面到底有没有人，至少打破这片死寂也好。就在他们一边绕圈一边朝我骑过来时，大门开了，里面走出来一位体型如妖精般的先生，他穿着白色球鞋、笔挺的牛仔裤，搭配一件西部格纹衬衫。他嘴里的牙签晃动，看都不看我一眼，只顾着翻阅手上的《爱猫人》杂志。

“我们还没开门呢，要到晚上……”他一看到我，立刻话锋一转，“啊，漂亮的小姐，不好意思。我们这里是男性收容所，你必须是个男的，而且要十八岁以上才行。”

“我是来找我爸的。”我拖拖拉拉地说，“他叫路尼·天。你是经理吗？”

“哈！是经理、会计、牧师、清洁工！”他一边说一边把门打开。“我以前是酒鬼，是赌徒，是无业游民，但现在全都改了。我是伯特·诺兰。这里就是我家。进来吧，甜心，你叫什么名字？给我一点提示。”

走进大门，室内满满都是行军床，地上散发着浓浓的漂白粉味。矮小的诺兰先生带着我穿过一排又一排窄小的行军床，每张床上都有人在前一晚睡过的痕迹。我们进入一间大小适合他和我体型的办公室，里面有一张小小的书桌，一个档案柜，两张折叠椅，我们一人挑了一张坐下。日光灯照得他丑态毕露，坑坑洼洼的脸上有好多黑斑痘痕。

“对了，我不是怪人。”他一边说一边朝我挥动那本《爱猫人》。“我最近开始养猫，以前从没养过。我到目前为止还是不太喜欢我这只猫。那只猫应该有好教养才是，但这只畜生只会在床上撒尿。”

“我也养猫。”我心中对美元的热爱油然而生，连我自己都吓了一跳。“猫咪如果离开猫窝，通常是因为生气了。”

“是吗？”

“嗯，其实猫咪挺好照顾的。”

“嗯哼。”诺兰先生说，“嗯哼。你……你是来找你爸的？啊，我想起来了，我们聊过，姓天嘛。他跟这里的人差不多，有人肯来找他们就该偷笑喽，这些人就只会给家里添麻烦。通常是跟钱有关的事，而且通常都是因为缺钱，没钱却又爱喝酒。这样说起来实在很糟糕。路尼……嗯哼。”

“他写了一封信给我。说他又回到这里了。”

“你想带他回家，好好照顾他吗？”诺兰先生像在说笑话给自己听一样，眼神变得又黑又亮。

“这我还不确定。我只是想来看看他。”

“哈，很好。我刚才那样问其实只是想考考你。口头上答应会好好照顾的，没有一个做得到。”诺兰先生闻了闻指尖，“我已经戒烟了，但是我该死的手指头偶尔还是有烟味。”

“我爸在吗？”

“不在。他又走了。我这里不欢迎酒鬼。这是他第三次违规了。”

“他说他去哪里了吗？”

“啊，小甜心，我不能把地址告诉你。不行就是不行。我发现最好的回答方式就是什么都不说。不过看在你好像挺正经的，我告诉你吧……”

外面传来一声怒吼。

“唉，别理他，只是一个想早点进来的人。这是我学到的另一件万万不能做的事：不管是谁，都不能太早进来。绝对不行。太晚进来也不行。”

他忘了自己刚刚说到哪里，一个劲地盯着我看，希望我提醒他。

“你刚刚说要告诉我什么？”我提示他。

“什么？”

“你要告诉我怎样才能找到我爸。”

“哦，对。你可以写信，我帮你转交给他。”

“诺兰先生，这我已经试过了。不然我也不会亲自跑来这里。

我真的真的需要找到他。”我发现我的站姿简直是我爸的翻版：掌心抵在桌缘，准备发火时立刻推桌起身。

诺兰先生拿起一个石灰塑像，是个秃头，两手摊开像是恼火的老头，底座写着字，但是我看不见。诺兰先生好像从塑像上找到了安慰。他嘴巴微微张开，轻轻叹了一口气。

“好吧，小甜心，这么说吧，他也许不会来我这里，但是我确定他还在利杰伍德镇。住在这里的人说昨晚才在‘库尼’外面看到他。他虽然躲起来了，但一定还是在这附近。你要做好心理准备，不要太失望。”

“有什么好失望的？”

“你一定会大失所望。”

诺兰先生起身带我离开办公室，他一背对我，我立刻拿走石灰塑像。最后我还是逼自己放下，改拿走他的铅笔和一包玉米脆果。有进步。当我开车前往最近的一家酒吧——库尼酒吧，那包零食和那支铅笔就陪在我身旁。

库尼酒吧没有向西部风格低头，以破烂的姿态傲视现在。一推开门，三张满是皱纹的脸转过来面对着我。其中一位还是酒保。我点了一杯啤酒，酒保嚷着要我出示驾照，并高举在灯光下检视，再拿低在肚子附近看个仔细；当看不出来有任何造假时便哼了一声。我一边喝着啤酒一边找位置坐下，先让其他顾客习惯我的存在，这才开口发问。我提到“路尼”，整家店立刻热络起来。

“那王八蛋从我这里偷走了三箱啤酒。”酒保说，“大白天跑到我这里来，从卡车上拿了啤酒就跑。我让他白喝了很多酒，真的。”

隔着我两张椅子而坐的中年男子使劲抓住我的手臂说：“你那天杀的老爸欠了我两百美元。我要要回我的割草机。告诉他我正在找他。”

“我知道上哪儿可以找到他。”一个蓄着海明威胡，身材像小姑娘一样纤细的老人说。

“哪里？”大家异口同声地说。

“我敢打赌他一定跟那些无业游民住在污染场那里。你应该亲自去瞧一瞧。”最后这句话与其说是对我说的，倒不如说是对酒保说的。“好像经济大萧条时的胡佛村[①]，放眼望去都是棚屋，还生营火呢。”

“谁会想住在污染场啊？”酒保大声说道。

“哎呀，因为政府不会派人去那里啊。”

大家都发泄似的笑了。

“到那种地方去会不会有危险？”我问。我想象着那里满地是有毒废弃桶和荧光绿的淤泥。

“怎么会，只要你不喝井水就没事，你又不是蝗虫。”

我挑眉。

“是这样的：那里砷污染很严重，因为大家都把杀蝗虫用的杀虫剂扔在那里。”

“烂人也都在那里。”酒保补上一句。

① 胡佛村是美国经济大萧条时非常著名的贫民窟。——编者注

班恩·天
/
1985年1月2号，下午8点38分

他们往市中心开去。开始飘雪了，班恩想起自行车还在仓库那里，说不定已经被偷走了。“嘿！”他对着前座大叫。崔伊和黛安卓正在聊天，但是收音机放的音乐像裂成锯齿状的金属薄板那样刺耳，咿哟咿哟咿哟咿哟的，所以他根本听不见他们在聊什么。“可以在工地那里停一下，让我去拿自行车吗？”

崔伊和黛安卓交换了一下眼神。

“不可以。”黛安卓咧开嘴，和崔伊一起哈哈大笑。班恩往回坐了一下，又立刻凑上前，“我是认真的。我需要那辆自行车。”

“算了吧，老兄。早就不见了。”崔伊说，“你连屎都不能留在那种地方。”

他们开上布尔哈德大道，这是当地最热闹的地方，单调乏味一如既往。汉堡店晕黄的灯光映照出肌肉男勾搭女伴的身影。整排商店的灯都暗着，似乎连酒吧也没开，只有一道微弱的光线从长方形窗口透出，除此之外就连大门都漆成深蓝色，里面什么也看不见。

他们停在酒吧门口，黛安卓还在喝啤酒，崔伊一把抢过来，把剩下的喝完——小宝宝不会介意的。人行道上有个老头，脸上是乱七八糟的皱纹，鼻子和嘴巴好像用黏土捏出来的，他不悦地看了他们一眼，转身走进酒吧。

“我们上！”说着崔伊便下了卡车。他看到班恩犹豫地坐在后座，双手放在膝上，便把头探进车里，露出专业的笑容。“放心吧小鬼，有我罩着你。我来这里喝过好几次了，而且……哈！你这样非常像你要去公司找你爸。”

黛安卓用手整理她那头蓬松卷发的发梢，那是她特有的梳理方式。然后他们便跟崔伊一起进入酒吧。黛安卓噘着嘴，换上她拍照时常常摆出的性感迷蒙睡眼，那表情好像你刚把她从梦到你的梦境中叫醒。站在黛安卓旁边，班恩总是觉得自己显得特别瘦、特别颓丧。他拖着脚慢慢走。

酒吧里烟雾弥漫，呛得班恩才进门就咳了起来。黛安卓迅速点起一根烟，无精打采地靠在他身旁，故作老成。有个神情紧张的少年慌慌张张地跑到崔伊身边，头发一块块的像是掉毛的鸟，只见他低头在崔伊耳边耳语，崔伊点点头，抿一抿嘴，一副这都不是事的样子。班恩猜那男的大概是经理，是来把他们撵出去的，黛安卓虽然因为浓妆而看起来成熟，班恩却不是。不过崔伊拍了拍少年的背，好像说了声“别让我等太久”之类的，紧张兮兮的少年便咧嘴大笑，说：“当然不会，别担心、别担心，绝对不会。”崔伊撂下“星期天”三个字后便离开少年，径自到吧台前面点了三杯啤酒和一杯金馥香甜酒，立刻将甜酒一饮而尽。

酒保也是个银发胖老头。说来好笑，这里的人长相都差不多，仿佛所有的特色都在艰辛的岁月中磨灭了，所有显著的特征一概被抹杀。酒保对班恩和黛安卓不以为然地笑了笑，一副彼此心知肚明的表情，但还是推给他们两杯啤酒。班恩转过身，背着吧台喝起啤酒，单脚勾着高脚椅，使出他一贯的伎俩，装出一派轻松的模样。他感觉到崔伊正在打量他，想抓住他的把柄嘲笑一番。

"我看到他了，我看到路尼了。"黛安卓说。班恩还来不及问她怎么可以随便叫他爸的名字，崔伊便朗声说道："喂！路尼！过来！"跟刚才的少年一样，路尼的表情紧张，跟黄鼠狼一样猥琐。

他迈开步伐走过来，像跷跷板似的走着，双手插在口袋里，两只眼睛又大又黄。

"我这里真的没有。没有就是没有。刚才想去凑一点回来，但实在……我来这里就是想来找你，看我不是自动送上门来了吗？我可以先把最后一批货给你……"

"你不跟黛安卓打声招呼吗？"崔伊打断他。

路尼愣了一下，接着露出笑容。"哦哦哦，黛安卓啊，嘿嘿嘿，我想我一定是喝醉了，竟然没看见你！"他闭起一只眼睛，踮了踮脚，装出一副想要好好看清楚的样子。"哎呀，我喝酒喝得都斗鸡眼了，就知道我这一次是真的怕了。"

"我说路尼，你要不要也看一看黛安卓旁边是谁啊？"班恩几乎是背对着他，正试着想出除了"嗨，老爸"以外的话，因此只能杵在原地，无可奈何地等着尴尬的事发生。

路尼透过昏暗的吧台灯光瞄着班恩，却认不出他是谁。

"……你好……"说完他看着崔伊，"你表弟？我看得不是很清楚。晚上视力不太好。我需要戴隐形眼镜，可……”

“哎哟，我的天啊！”说着崔伊背往后一靠，假装哈哈大笑，但一听就知道他生气了。“看清楚一点，王八蛋！”班恩不知是否应该像那些想骗钱的女孩子一样，摆个姿势，他还是死板地站着，眼睛盯着挂在远方墙壁上、映出黑发的自己的陈旧舒立兹镜。他看到爸爸侧身走到他身边，像童话故事里写的那样朝他伸出手，仿佛巨怪发现宝藏般。他越靠越近，还被班恩的脚绊了一下，突然间，他们四目相接，路尼“哇哇哇哇”地叫了起来，神情显得更加紧张。“怎么不是红头发？”

“想起你儿子的长相啦！没错，这是你儿子对吧，路尼？”

“是……是我儿子！嗨，班恩。不过这也不能怪我，谁叫你头发不是红色的！我不知道你也认识崔伊。”

班恩耸了耸肩，看着爸在镜子里的背影离他越来越远。班恩好奇爸究竟欠崔伊多少钱，为什么他觉得自己好像人质一样……不过爸才不会管他的死活呢！他也纳闷在这里见到爸爸算不算巧合，一开始他们好像是临时起意来到这里，但是班恩猜想他们今晚势必在此做个了结不可。

“我真的搞不懂，路尼。”崔伊说，声音盖过店里的乡村音乐。“你说你没钱，班恩也说你没钱，但是你几个星期前却藏着货。”

“哎呀，那又不是什么好货。”他把肩膀朝向崔伊，转头瞪着班恩，不给他插嘴的机会，同时一边朝崔伊走近，想把他逼到酒吧中间。崔伊没有移动，最后忍不住说：“离我远一点！”路尼这才把鞋跟踏在地上站好。

“是，是，你说得没错，那的确不是什么好货。”崔伊继续说，“但是你卖的是好货的价钱啊！你还欠我钱。你这蠢货！多出来的钱在哪里？你全交给你老婆保管啦？”

“是前妻！前妻！”路尼大叫，接着又说，“是我去找她要钱，不是拿钱回家。我知道她有的是钱，我们还在一起的时候，她就会把收成卖来的好几百美元一捆一捆藏起来，藏在一些莫名其妙的地方。有一次我还在她的裤袜里找到两百美元呢！我想我该回去了。”他回头看了看班恩，班恩假装在玩黛安卓的头发，其实是在偷听他们说话，黛安卓也懒懒地配合着他。

“我们可以去那边私底下谈吗？”路尼指了指酒吧的角落，三个身材像拖船一样魁梧的壮汉正在那里打台球，其中最高的那个白发老头一脸苍白，手臂上有着海军陆战队的刺青，正竖着台球杆，鼓起胸膛打量他们。

“好啊！”崔伊说。

“有什么事在我面前说就好。”班恩假装满不在乎地说。

“你儿子跟我一样，都要找你讨钱。”崔伊说，“说不定他比我还急呢！”

在崔伊漆黑的目光下，路尼的身体缩成一团，转过身，走向班恩，挺起腰来。去年夏天班恩不知不觉长高了。他现在比爸爸还高一点，一个一米六五,一个一米六七。

“你欠崔伊钱？你妈说你麻烦大了。你欠崔伊钱？”他对着班恩破口大骂，他的口臭是黄色的，混合着啤酒和香烟的味道，可能还混杂着黄芥末金枪鱼三明治的味道。班恩饿得肚子咕噜咕噜叫。

“不，不是这样！”他注意到自己的声音听起来很懦弱、很紧张。一旁的黛安卓挪了挪身子。“我谁也不欠。”班恩说，“没事了。”

“那我干吗要把我辛辛苦苦赚来的钱给你，啊？”路尼挖苦地说，“我真搞不懂什么救济金，我要付赡养费又要付抚养费，现在政府还要把手伸进我的口袋。我连自己都养不活了，不懂为何我还要打三份工养我前妻——她有她自己的农场！农场上还有她自己的房子！而且还有四个小孩帮她做事。我的意思是，我从小到大从来没想过我爸应该让我过更好的生活，或者奢望我爸给我钱买耐克球鞋、供我上大学、买衣服，还有……”

“食物。”班恩低头看着自己的破靴子，上面沾着肉酱的污渍。

“什么？你刚才跟我说什么？”路尼的一张脸就在班恩面前，蓝色瞳孔在黄色眼白中打转，好像鱼浮在发臭的湖上。

“没什么。”班恩小声地说。

“你要钱染头发是不是？要钱上美容院？”

“他要钱养他女朋友……”崔伊说到一半，黛安卓就做出砍断自己脖子的手势，警告他不准说。

“哦，我绝对不会给他钱让他买东西给他女朋友。”路尼说，“你是他的女朋友啊，黛安卓？我说世界还真小，但这又关我什么事。”

原本在打台球的人都不打了，全部转过头来看笑话，其中那位白发老头蹒跚地走过来，手强而有力地搭着崔伊的肩膀。

“怎么啦，崔伊？路尼他呀，不得了的！再给他二十四小时吧？算在我身上。知道了吗？”老头的站姿呈 Y 字形，仿佛地心引力将他的两条腿往地底下拉，但是他的手满是肌肉，沉沉地按在崔伊的肩膀上。

路尼嘴角上扬，对着班恩抖动眉毛，这下他们父子俩皆大欢喜啦。“别担心，小老弟，没事的。”崔伊被老人按着的肩头忽然一紧，似乎想耸肩让老人放手，视线则落在半空中。

“好啊，威尼，就二十四小时。这账就算在你身上。”

“谢啦，红番。”老头说着眨了眨眼睛，从嘴里发出欢愉的嘎嘎声，好像在喊马一样，接着又回到朋友身旁，三个人窸窸窣窣笑了一阵，拿起球杆开球。

“你这孬种！”崔伊对路尼说，“明晚，这里见。否则，我说真的，路尼，不要以为我不敢动你。”

路尼原本有如万圣节灯笼般的胜利笑容，这下瞬间消失。他点了两次头，面向吧台，气急败坏地说：“来就来。但先说好，以后我的事你少管。”

“哼，谁想管你的事。”

他们起身准备离开，班恩期待路尼跟他说几句话——抱歉，再见，什么都好。但是路尼却跟酒保说让他免费喝一杯，或是算在威尼的账上，威尼一定不会介意请他一杯。路尼显然已经忘了班恩，崔伊和黛安卓也一样，他们已经走到门口，用力推开大门，班恩则双手插在口袋站在原地。他无意间看到镜中的自己，感觉自己好像变了一个人，他一边看着镜子中的自己，一边转过身找路尼。

“嘿，爸。”班恩说。路尼抬头，有点生气他居然还没走。刚刚他叫他小兄弟时，他心里微微震了一下，好像父子俩是一对死党。他想要找回这种感觉。他刚才脑中有个一闪即逝的画面：他和爸一起在酒吧里喝酒。他想要从这家伙身上获得的就只有这样：偶尔一起喝杯啤酒。“我有件事想告诉你。你听了可能会觉得……不知道，可能觉得会很不错。”班恩忍不住地咯咯笑。

路尼就只是满眼睡意地坐在那里，脸上一点表情也没有。

“……呃……黛安卓怀孕了。我……呃……我们……我和黛安卓要有孩子了。”他笑得更开怀了，这是他第一次这么高兴、这么大声地把这件事情说出来。他要当爸爸了。爸爸呀！以后就会有个小家伙依赖他，把他当成伟人一样。

路尼把头歪向一边，慵懒地举起啤酒说：“确定是你的就好。我个人倒是挺怀疑的。”说完便转过身背对着班恩。

酒吧外，崔伊正踢着卡车侧面，边踢边从齿缝间大声咆哮。“告诉你，那些老家伙最好赶快去死，他们只知道保护自己人让我真的很不爽！你还说那是什么荣誉，狗屁，不过就是一群爱管闲事的白人老头，因为他们知道自己再过不久就要大小便失禁，要是身上没挂名牌就不记得自己叫啥。他妈的死白人！”说着他对班恩竖起中指。雪下得班恩满身都是，落在衬衫上，融在颈弯里。“而且你爸真是屎。你跟他越不亲越好，因为我要像冲大便那样除掉他！”

“走吧，崔伊。”说着黛安卓打开车门，要班恩坐到后座。“我爸下周就回来了，反正我死定了。”

班恩好想揍自己一顿。他居然把自己不可告人的秘密浪费在路尼身上。坐进后座时，他开始恨自己竟然连想都没想就这么口沫横飞地说了出来。他握拳敲车顶，抬脚踢椅垫，一次又一次地用头去撞玻璃，撞到额头又开始流血。黛安卓尖叫着说："宝贝宝贝，怎么了？"

"我对上帝发过誓的！我对他妈的上帝发过誓！黛安卓！"

他不能把自己泄密的事情告诉黛安卓。

"让他去死！"班恩大吼。他把头埋在两手中间，感觉崔伊和黛安卓在窃窃私语。一阵沉默后，崔伊终于说："老兄，你爸真的太差劲了。"说完后猛地倒车，吱一声冲到街上，让班恩的头再度撞上车窗。黛安卓一只手往后伸，搓揉班恩的头发，他好不容易能比较挺直地坐着，但其实还是缩成一团。在路灯的照耀下，黛安卓整张脸都是绿色的。突然间，班恩仿佛可以看见她二十年后的模样，两颊松垮，布满红斑，就像她所形容的老妈一样；而且皮肤粗糙、满是皱纹。

"杂物箱里有个好东西。"崔伊说完，黛安卓啪地打开箱子，开始在里头翻找起来。她抽出一支塞满了烟草的特大号烟斗，烟草撒得车内到处都是；崔伊说别急，慢慢来，她点火，吸了一口，传给崔伊。班恩伸出一只手，他现在非常虚弱，因饥饿而发抖，闪烁的街灯让他头晕目眩，但是他不想被人忽略。

丽比·天
/
现在

我离开库尼酒吧，开上通往污染场的颠簸砂石路，天空紫得很不自然。我心想：他们会怎么说我呢？老爸住在有毒的废弃工厂里，而我既不知情，也不在乎。杀蝗虫用的杀虫剂。在 20 世纪 30 年代，大家用麦麸、糖蜜和砷做成诱饵，结束了蝗灾；当大家用不着诱饵了，便掩埋它，一袋一袋地掩埋——就像开放式棺材。结果大家都生病了。

早知道就找人陪我来了。真希望穿着紧身外套的莱尔就坐立不安地坐在我身边。我应该先打通电话给他的。

我就这样慌慌张张地跑来这里，没有人知道我的行踪，自从在堪萨斯城加油之后，就再也没有用过信用卡了。要是真的出了什么事，也不会有人发现我失踪，唯一知道我的下落的，就是酒吧里那几个家伙，但是他们看起来不像什么好人。

这真是太荒谬了，我大声地对自己说。一想到我大老远跑来这里找我爸的原因，就不由得打了个寒战：有不少人认为他杀了我们全家人。但是关于这一点，我还是想不通，即使他没有不在场证明。老实说，我无法想象老爸拿斧头的样子；我可以想象他发怒拿枪——拔枪、上膛、砰！但是斧头不太适合，太费事了！再说，案发后一早他被警方发现在家里呼呼大睡，醉得不省人事。没错，他有可能先把我们全家杀了才去买醉，但是他没有按兵不动的自制力。他一定会潜逃，不小心把自己的罪行告诉大家。

污染场四周用廉价的铁丝网围着，网子上破了好几个锯齿状的大洞，及腰的杂草丛生，好像一大片草原，远方有稀微的营火在闪烁。我沿着铁丝网的周围绕圈，往前开，杂草和飞石喀啦喀啦地震动底盘，直到我停车。我紧紧地关上车门，视线落在远方的营火上。走到营地至少要十分钟。我轻而易举地从右手边那个被剪破的铁丝网钻了进去，迈步走向营地。狐尾草在我的脚边拍打。天空颜色迅速消散，地平线那端覆上了一弯粉红。我发现自己莫名其妙地哼起《约翰叔叔的乐队》这首歌。

远方的树木稀疏，最初几百米，及腰的杂草随风翻腾。我又再次回想起童年，想起青草摩挲耳朵、手腕和小腿内侧的感觉，好像在安慰你，让你安心。我随意走着，鞋尖正巧踢中女人的肋骨而被绊倒，真真切切地感觉到鞋尖从肋骨中间滑过。她蜷缩在一摊尿当中，怀里抱着没有标签的酒瓶。她半坐起来，迷迷糊糊的，脸上、头发上都粘着泥巴。她皱着一张脸，露出漂亮的牙齿，低声嘶吼道："滚开！滚开！"

"搞什么鬼！"我吼回去，急忙跑开，双手举高以示我才懒得碰她。我快步向前走，假装什么事都没发生，希望她马上就会昏睡过去，但是她仍在我身后大声咒骂，一边骂一边灌酒：滚开滚开滚开滚开滚开，尖叫声变成哭号，最后转为啜泣。

女人的哭声引起三个男人的注意，他们从我面前的矮树林里出现，其中两人瞪着我，好像要找人单挑般，年纪看起来最轻的那一个大约四十出头，骨瘦如柴，却铆足火力冲出来，手里拿着一根点燃的树枝。我往后退了两步，站稳脚跟。

“谁呀？是谁？”他大叫，火把微弱的火焰因一阵狂风而忽明忽灭，靠近我时，刚好被风吹熄，他急忙向前走几步，站在我面前，无力地看着火把的余烬和白烟，刚刚的气势也随着熄灭的火焰而收敛。他闷闷不乐地说：“你来干什么？你不该出现在这里。要经过同意你才可以进来。你这样是不行的。”他瞪大眼睛，满身污泥，但是一头金发却充满光泽，好像戴着一顶帽子，看来这是他唯一在意的地方。“这样不行。”他又说了一遍，但这次比较像是对着树说而非对着我。我真希望我带着我那把科尔特枪。我要到什么时候才不再这么笨啊！

“我是来找人的，他叫路尼·天。”我虽然不清楚我爸会不会使用化名，但是我想他就算用了，三五杯酒下肚之后他就会马上忘记。果然。

“路尼？你找路尼干么？他偷你东西了？偷了什么？他把我的手表拿走了，说什么都不肯还我。”他无精打采的，像个小孩子一样，玩弄起衬衫最下面那颗松脱的纽扣。

小径旁边，距离我大约十二米的地方，忽然出现一阵骚动。是一对发情的情侣，头发和四条腿纠缠在一起，五官也纠结，不知是生气还是恶心。两人的牛仔裤都褪到脚踝，男人的红屁股像电钻似的往前钻，金发男看了他们一眼，嗤嗤地笑了笑，不知咕哝了些什么，大概是有趣之类的。

“我跟他没有过结，我是说路尼。”我把他的注意力从那对情侣那里拉回来。“我是他的家人。”

“路——尼——！”他突然回头大叫，接着又转回来看着我，“路尼住在最里面那间，在这里的边缘。你带吃的来了吗？”

我没回答就自顾自地走了，背后传来那对男女亢奋的高潮声。我往主干道走，离得越近，营火也越发明亮；地上有烧焦的痕迹，星罗棋布的帐篷塌陷得像是在强风中毁坏的雨伞。营地中间有个火坑，一旁有个双下巴女人在远处冷默地凝视着火焰，完全没有注意到那几罐汤和豆子早已因高温而变黑，滚到都烧焦了。一对年轻的情侣从帐篷里探出上半身，盯着双下巴女人看，两人的手臂上满是结痂痕迹。双下巴女人头上戴着一顶儿童的毛帽，戴得歪歪的，露出一张苍白的脸，比鱼肚还要恶心。在他们旁边，坐着两个用蒲公英色毛帽盖住乱发的老头，用手贪婪地扒着罐头里的食物吃。空气中飘散着烹煮食物的气味。

“快一点，贝弗莉！”结痂男吼着看火的双下巴女人。“我看都煮过头了。”

我一走进营区，他们立刻安静下来。他们全都听到刚才那声吼叫路尼的声音。有个老人伸出肮脏的手指，往西一指——他在那边。我离开温暖的营火，走进凉爽的灌木丛中。眼前的山丘连绵起伏如海浪，一波接着一波，浪头高约一米到一米半，就在第九个山丘外，我看到了稳定的光源，仿佛日出一般。

随着坡度高低起伏，我爬上最后一座小山丘，看清楚光的来源。原来我爸住在工业用的巨大搅拌桶里，外观像极了地上泳池。光从桶里流泻出来。突然间，我疑心那会不会是辐射，给蝗虫吃的诱饵会发光吗？

我迈步往搅拌桶走去，听到老爸的一举一动都像用扬声器一样传出来，比甲虫走过油桶鼓面还大声。他在自言自语，语气好像老师在教训学生：聪明先生，我认为你应该早点想到啊！类似这样。搅拌桶将内部的声音放大后对天空广播，这时的天空宛如丧服，紫得发黑。他说：路尼，我想你这次死定了！搅拌桶高约三米，一旁搭着梯子，我使劲蹬上去，呼唤我爸的名字。

“路尼，是我，你的女儿丽比。”我大吼，手心因为梯子的铁锈痒得不得了。桶里传出漱口的声音。我爬了几阶，从洞口往里面一看：老爸正弯着腰，往地上吐，吐出紫色的球状秽物，好像球员在吐烟草渣。然后，他在一条肮脏的海滩巾上躺下来，将棒球帽调整到一边，点个头，好像不知在称赞谁“做得好”一样。他身边围着六支手电筒，像烛光般照亮了他瘦骨嶙峋且黝黑的脸，以及满地的废物：少了旋钮的烤箱、水桶、一堆手表和金项链、一个没插电的小冰箱。他面朝上，像做日光浴般慵懒地躺着，跷着二郎腿，手上拎着一罐啤酒，身边还有一打用凹陷的纸箱装着的啤酒。我再次大喊他的名字，他定睛一看，对我皱了皱鼻子，好像一头凶恶的猎犬，跟我的表情很像。

“你要干吗？”爸朝着我破口大骂，五根手指头紧捏着啤酒罐。“我不是说了，今晚不做生意！”

“路尼，我是丽比。是丽比啊，你的女儿。”

他用手肘撑起上半身，把棒球帽反过来戴，伸手去抹下巴上干掉的口水，但只擦掉一半。

“丽比？”他咧嘴而笑。“丽比！小丽比！快，快下来啊，小宝贝！快来跟你老爸打声招呼。”他吃力地直起腰杆，站在桶的正中央，他低沉且悦耳的嗓音从四面墙壁反弹回来；手电筒的光像营火似的打在他身上。我已爬上桶的顶端，桶内没有梯子，因此我犹豫地站在梯子上。

“下来啊，丽比，来你老爸的新家玩！”他朝着我高举双手。跳进桶里虽然不危险，但也没那么容易。

“快啊！我的老天啊！你大老远跑来看你老爸，却在最后关头变成缩头乌龟！”老爸大声咆哮。被他这样一讲，我把脚伸进桶里，坐在桶边，像个紧张的泳者。路尼又喊了一声：哦，天啊！我这才笨手笨脚地慢慢往下走。爸爸老爱说我们是爱哭鬼、胆小鬼。我真正认识他的时间只有一个暑假，但那个暑假对我来说真是受够了。他的嘲弄对我总是管用，我最后不是抓着树枝荡秋千，就是从储草的仓库屋顶跳下来；有一次我还跳进溪里，而我根本不会游泳！而且每次做完后都没有得意扬扬的感觉，只有不舒服。现在的我正在想办法走进生锈的桶里，我两手发抖，双腿发软，爸走过来从墙上抓住我的腰，把我抱起来疯狂转圈，我的两条腿离地飞转，好像又回到七岁那年。我死命地想让足尖点地，但这样只是让老爸把我抱得更紧，他手撑着我的胸部，我像洋娃娃一样凌空飞舞。

“住手！路尼！放我下来！住手！”两支手电筒被撞倒在地上，滚了好几圈，光线四处跳跃，当天晚上的场景又掠过我心头。

“叫叔叔。”爸爸咯咯笑着说。

“放我下来。”他转得更快了。我的胸部被推到脖子，腋下被他抓得好疼。

“叫叔叔。”

“叔叔！”我大叫，眼睛气得眯成一条线。

他放开我。我就像从荡秋千飞出去般，身体一下失重，整个人往前冲，脚跟着地后又往前跨了三步，结果撞到桶壁，砰的好大一声。我揉了揉肩膀。

“天啊，我的孩子真是大娃娃！”他双手扶着膝盖，大口喘气，接着往后仰，大力扭动脖子。“小宝贝，帮我拿一罐啤酒过来。”

路尼就是这样，上一秒还疯疯癫癫的，下一秒则不管他刚才把你惹得多生气，都要你跟他一起假装没事。我站在原地，完全没有要去拿啤酒的意思。

“黛比……丽比。你在搞男女平等啊？就帮你老爸一个忙而已。”

“路尼，你知道我为什么来找你吗？”我问。

“不知道。”他自己走过去拿了一罐啤酒，挑眉瞪了我一眼，这让他整个额头皱得全是皱纹。我本来以为他看到我应该会很惊讶才是，但是他脑中负责掌管惊讶的区域早就没了知觉。他每天就这样漫无目的、浑浑噩噩，大风大浪看多了，突然见到五年多没见的女儿算什么？

“我上次见到你是什么时候啊，小乖？你收到我寄给你的红鹤烟灰缸了吧？”我收到那烟灰缸是二十多年前的事了，而那时我还只是个不会抽烟的十岁小孩！

“路尼，你还记得你写给我的信吗？”我问，“你信里面提到班恩，还说你知道他不是……凶手。”

“班恩？我写信提那个混账干吗？那个笨蛋。要知道，把他养成那样的不是我，而是你妈！那小鬼生来古怪，长大还是那样。他如果是动物，会是一窝幼崽里最瘦弱的那一只，我们老早就弃养啦。”

“我是问你记不记得几天前你写给我的信。你说你快死了，还说你想把那天晚上发生的事一五一十说出来。”

“有时候，我实在很怀疑他到底是不是我生的，他真的是我的孩子吗？养出这种小孩让我觉得自己很窝囊，总觉得别人都在背后笑话我。因为他跟我一点也不像，他百分之百像你妈。妈妈的乖宝贝！”

“我是问你那封信，记得那封信吗？你几天前才写的？你说你知道班恩不是凶手。还有你知道帕特里夏撤销你的不在场证明了吗？你忘了帕特里夏啦？你那个老情人啊？”

路尼灌了一大口啤酒，皱了皱眉头。他的大拇指插在牛仔裤口袋里，发出气愤的笑声。

“对啊，我给你写过信。我都忘了。没错，我快死了，得了什么硬……那个肝脏病怎么说啊？”

“肝硬化？”

“没错，就是肝硬化。然后肺也有毛病。医生说我活不过今年了。早知道我就娶个有医疗保险的。帕特里夏就有医保，她动不动就要洗牙，还找医生开处方咧。”他说得好像帕特里夏是大口吃鱼子酱似的，不过是拿个处方罢了。

“丽比，记得一定要上医疗保险。这非常重要。没有保险，你什么都不是。”他端详了一下手背，眨了眨眼睛。“我写了一封信给你，是觉得有些事应该要做个了结。丽比，凶杀案那天真是衰事连连。后来我想了很多，那一直折磨着我。那天真是被诅咒的一天，被诅咒的一‘天’！”说着他指了指自己的胸膛。

“可是，哎哟，当时大家都指责来指责去的，还把人关进监狱里；虽然当时我想挺身而出，但实在不敢。要是那么做就真是太不聪明了。”

听他说得好像这只不过是买卖东西这样的芝麻小事，说着还小声地打了个嗝。我真想拿起水桶往他脸上砸过去。

“那你现在可以说啦！到底发生了什么事，路尼？告诉我到底发生什么事？班恩已经被关了几十年了，如果你知道真相就说出来吧。”

“说出来？然后换我去坐牢？”他生气地哼了一声，坐在海滩巾上，抓起其中一角来擤鼻涕。“你哥又不是在森林里迷路的小朋友。一天到晚跟魔鬼混在一起，迟早会出事……我看到他跟崔伊·堤百诺那家伙在一起的时候，就该知道了！那狗娘养的王八蛋！”

崔伊·堤百诺？这名字我老是听人提起，却又摸不着头绪。

“崔伊·堤百诺做了什么吗？”

路尼露出大大的笑容，可以看到他下排牙齿有一颗牙断了。“哇，大家还真的不知道那天晚上发生了什么啊，真是笑死人了！”

“有什么好笑的。我妈死了，而我哥在坐牢。路尼，你的小孩全死光了！”

他歪了歪头，看着天上那弯如扳手的月亮。

“你就没死啊！”他说。

“蜜雪和黛比都死了。妈也死了。”

“但你为什么没有死，难道你都不好奇吗？”他吐了一口血痰。“这很奇怪啊。”

“这跟崔伊·堤百诺有什么关系？”我又问了他一次。

“如果我说了会有赏金吗？”

“一定会，当然。”

“我不是清白的，不完全是，你哥也不是，崔伊·堤百诺也不是。”

“你做了什么好事？”

“钱最后到哪儿去了？我一毛也没分到。”

“什么钱？我们根本没钱。”

“你妈有的是钱。相信我，你妈那贱女人可有钱了。”

“说到这里，他站起来，愤怒地瞪着我，瞳孔大到几乎看不见虹膜，使得一双蓝眼宛如蓝色火焰一般。他头一歪，动作又似抽搐又似野兽，朝着我走来。他把掌心向外翻转，一副不会伤害人的样子，却让我更加确定他要动粗了。

“我说钱都到哪里去了，丽比？你妈保险理赔的钱呢？这又是另一个值得你伤脑筋的悬案，因为我真的一美元都没拿到。”

“路尼，那笔钱没有人分到，全都花在哥的诉讼上了。”

他居高临下地看着我，想让我害怕，像小时候那样。他虽然不高，但就是硬比我多出十五厘米，还猛把鼻息往我脸上喷，全是罐装啤酒的味道。

“那天晚上到底出了什么事？”

“你妈有钱总是自己留着花，从来不肯拿出来帮我，我在农场工作了那么多年，连一毛钱也没见过。我只能说她咎由自取，这全是你妈自找的。如果她当年肯把钱给我……”

“所以那天你去跟妈要钱？”

“我这辈子都在欠钱。”他说，“我没有发财的命，只有欠钱的份。你有钱吧，丽比？你当然有钱啦！你不是出了一本书吗？所以你也不完全是清白的嘛。给我钱，丽比，给你老爸几张现钞，让我拿去黑市买肝，然后你要我帮你做什么证都好。小乖要我怎么做都行。”他伸出两根手指，往我胸部中间戳下去，我开始慢慢往后退。

“如果那天晚上的事你也有份，你迟早会被揭发的。”

“既然当年没被揭发，现在要怎么揭发呢？你以为那些警察啊、律师啊、每个和这件案子有关的人、靠这件……”说着他指了指我，而且还噘起下唇，“你以为他们会说‘啊，抱歉抱歉，搞错了，你回家去好好享受人生吧，小班恩’吗？不可能。不管真相如何，他都要坐牢坐一辈子。”

“如果你肯说实话，他就不用坐牢了。”

“你简直跟你妈一个样，真够……麻烦，从不随波逐流，老爱自找麻烦。要是那几年她肯帮我，哪怕是一次也好，但她偏偏就是犯贱。我可没说她该死……”他哈哈一笑，咬了咬指甲旁的倒刺。

“你说她是不是差劲，而且还把儿子养成性骚扰犯。恶心。真不像个男人。哦，还有，你去告诉帕特里夏，下地狱吧！”

听到这里，我转身就要走，可是如果他不帮我，我根本出不去，所以我只好再次和他面对面。

“班恩那小子，你真以为单凭他就可以杀掉那么多人吗？就班恩一个人？”

“那么当时还有其他人在场吗？你到底想说什么？”

“我是在说崔伊，他需要钱啊！那个赌鬼，到处催人还钱。”

“催你吗？”

“我不想随便抹黑别人，但总之他是个赌鬼，而且那天晚上他跟班恩在一起。不然你以为他是怎么进去那鬼地方的？”

“如果你认为事情是这样，如果你认为崔伊·堤百诺是杀害我们家人的凶手，你就要出面指证。”我顿了一下，“如果你说的是实话的话。”

“哇，你什么都不懂。”他抓住我的手臂。“你想免费从我这儿听到所有的事，想从我这儿要东西，哪有这么大方！赌上我的性命就为了……不是叫你带钱来吗？我告诉过你的。”

我挣脱他的手，抱住冰箱就往梯子的方向拖，整间屋子嘎嘎作响，淹没爸的声音。我爬到冰箱上，手还差十厘米才摸得到桶子边缘。

“给我五十美元，我就推你上去。”他说，懒洋洋地打量着我。我踮起脚尖，拉长身子，双手拼命地往上够；突然间，我感觉到脚下的冰箱倾斜，下一秒就摔到了地上，撞伤下巴、咬到舌头，痛得我眼泪直流。他哈哈大笑。“天啊，真是惨啊！”他低头看着我说，“你吓到我了，小乖。”

我赶紧跑到冰箱后面，视线盯着他不放，同时用眼角余光四处搜索，看有没有东西可以垫在冰箱上，帮我顺利逃出去。

“我不杀女孩子的。”他没头没脑地说，“从来就不杀。”说完他眼睛一亮。“嘿，你去找过黛安卓吗？”

我听过这个名字，我知道他在说谁。

“黛安卓？”

“对，黛——安——卓！”

“你又知道她什么？”

“我一直很好奇，他们那天是不是连她也一起杀了，自从那天之后就再也没见过她了。”

“班恩的……女朋友？”我提示地说。

“对，没错，我估计也是这样。我最后一次看到她的时候，她跟班恩、崔伊在一起，我有点希望她可以就这样逃走。有时候想一想，可以当爷爷也挺开心的。”

“你到底在说什么？”

“班恩让她怀孕了。反正他是这么说的。好像多了不起似的，好像这是多难的事。总之，自从我那天晚上看到她，她就再也没出现过。我担心她会不会也死了。”

“你也没把这件事告诉警察？”

“我说这关我什么事啊？”

佩蒂·天

/

1985年1月2号，晚上9点12分

路尼匆忙离去后，家里一片沉默。他一定是去向别人要钱了，大概是去找帕特里夏了吧！听说是他的新女友。他干吗不去烦她呢？大概早就去过了。

一秒钟。两秒钟。三秒钟。女儿们满肚子的疑问和担心，三双小手在她身上到处摸，好像正偎着微弱的营火烤火取暖。路尼这次真的很吓人。虽然他总是带着一丝危险，只要事情不如他意就大发脾气，但是就过去的情况而言，像今天这样差点对她拳脚相向倒还是第一次。以前还是夫妻的时候，两人经常因争执而扭打，他会捶她的头，但那是为了警告她，让她知道自己有多没用，倒不是真的想伤害她。冰箱里怎么都没东西？啪。家里怎么像个屎坑啊？啪。佩蒂，你把钱都花到哪儿了？啪啪啪。有没有听我说话啊？你怎么管钱的？这男人的心里只有钱。就连勉强陪孩子玩“大富翁”，难得表现一下父爱的时候，他依然忙着偷拿银行的钱，紧抓着一摞橘色和紫色玩具钞。你说我作弊？啪。居然说你老爸是骗子，班恩？啪啪啪。你自以为比我聪明吗？啪。

路尼已经离开将近一个小时了，女儿们还是赖在她身边，躲在她身后，依偎在她左右，全都坐在沙发上，追问她怎么了，班恩怎么了，爸爸为什么生气？她为什么让爸爸生气？丽比坐得离她最远，整个人蜷在一起，吸着手指头，小脑袋里还想着刚才去凯兹家的事，以及刚才的警察。她看起来焦躁不安，佩蒂伸手去摸她的脸颊，她吓得缩了一下。

“没事的，丽比。”

“才怪！”她眼睛眨也不眨地看着佩蒂。“我想要班恩回来。”

“他会回来的。”佩蒂说。

“你怎么知道？”丽比呜咽地说。

黛比逮住机会。“你知道他在哪里吗？为什么都找不到他？他的头发给他惹麻烦了吗？”

“我知道他惹了什么麻烦。”蜜雪用她吊人胃口的语气说，“因为他偷尝禁果。”

佩蒂转过身去看她，生气她那做作、八卦的语气，好像上着发卷、在超市里窃窃私语的三姑六婆。现在整个金纳吉镇的人都在用这种语气讨论她的家务事。她一把抓住蜜雪的手臂，力道比她预期的还大。

“你这话是什么意思，蜜雪？你知道什么？”

“没有，妈咪，我什么都不知道。”蜜雪脱口而出，“我说我什么都不知道。”她开始哭哭啼啼，每次只要她自知闯祸了，就爱号啕大哭。

“班恩是你哥哥，你不可以用那种语气说哥哥的坏话，在家里不行，在外面更不行，不管是在教堂、学校，全都不行。”

“可是妈……”蜜雪说，仍在哭，“我不喜欢哥哥。”

“怎么可以说这种话。”

“他很坏，他做坏事，学校里大家都知道……”

“知道什么，蜜雪？”她觉得额头发烫，要是黛安也在就好了。“我听不懂你的意思，难道班恩……你是说哥哥……对你做了什么……坏事吗？”

她答应自己绝对不会问这个问题，即使只是想着这件事，也是背叛班恩。班恩再小一点的时候，大概七八岁，他会半夜溜到她床上，她醒来发现他在摸她的头发、捏她的乳房。虽然纯真，却也让她心慌，她有种被挑逗的感觉，赶紧跳下床，像个花容失色的少女般抓起睡衣睡袍就往身上围。不行不行，不可以这样摸妈妈。她从来没有怀疑过他，直到现在——班恩也许对他的妹妹上下其手。她让刚才的问题悬在半空中，蜜雪越来越激动，大大的眼镜在她的翘鼻子上溜上溜下，哭个不停。

“蜜雪，对不起，我竟然吼你。班恩闯祸了。告诉我，他有没有对你做什么不该做的事，跟妈妈说？”她紧张到头痛欲裂，在一阵惊慌过后，接踵而来的是疏离的淡漠。她感觉到恐惧在心头爬升，推进推进再推进，宛如飞机起飞。

“对我做什么？”

“像是乱碰你，不像一般哥哥碰妹妹那样？”她感觉自己飘在半空中，仿佛引擎熄了火。

“每次他碰我不是推我，就是拉我头发，再不然就是撞我！”蜜雪像平常一样喋喋不休地抱怨。

太好了，哦，太好了。

“那学校的人都说他什么？”

“说他是怪胎，很丢人。大家都不喜欢他。我是说，只要看他房间就知道了，妈。他有一大堆奇奇怪怪的东西。”

她想要教训蜜雪，没有经过班恩的允许不能擅自进入他的房间；接着又想赏自己一巴掌。她想起柯林斯警探说的话，想起装在塑料袋里的动物器官。她想象那景象：有些干巴巴的像木球，有些还很新鲜，盖子一打开，味道就扑鼻而来。

佩蒂站起来。“他房间里有什么？”

她沿着走廊走，一如往常被班恩那条讨厌的电话线绊到，经过他用挂锁锁着的房门，继续往走廊深处走去，走到底左转，经过女儿的房间，进入自己的卧室。袜子、鞋子、牛仔裤到处都是，一堆一堆的生活残骸。

她拉开床头柜，发现一枚信封，上面是黛安用潦草且瘦长的字体写着“急用”，那笔迹跟妈妈的字完全一样。信封里装着五百二十美元。黛安居然偷偷溜进她的房间塞钱给她，她却毫不知情。还好她不晓得，否则一定会在路尼面前露出马脚。她把钞票凑到鼻尖闻一闻，接着把信封塞回去，拿出几个星期前她买的大铁剪；她刻意买来备用，以防她真的需要闯进班恩的狗窝。这让她感到羞耻。她沿着原路往回走，女儿的房间像是廉价旅馆，三张床靠墙排在一起。她可以想象警方皱起鼻头——她们全都睡在这里？接着一股尿骚味扑鼻而来，她立刻知道她们其中有人昨晚还是前晚尿床了。

她想着要不要先换掉床单，但还是逼着自己走到班恩的房门前，视线正对着门上的那个被班恩刮掉一半的旧芬达牌电吉他贴纸。她突然作呕，差点打消破门而入的念头。要是她发现能将班恩治罪的证据、令人作呕的拍立得相片那该怎么办？

啪哒。挂锁落到地毯上。女儿们像惊慌的小鹿般从客厅探出头来，她叫她们回去看电视，说了整整三次——回去看电视回去看电视回去看电视——蜜雪才乖乖走开。

班恩没叠棉被，毛衣、外套、牛仔裤零乱地散在床上，但整体而言，房间还算整齐。他的桌上堆着一叠一叠的笔记本和录音带，此外还摆了一个黛安给他的旧地球仪，布满了灰尘。佩蒂伸手去转，在罗德西亚上留下了指印，接着便开始翻阅笔记本。每一本的封面都画着乐队的标志：有中间一道闪电的 AC/DC 乐队，还有毒液（Venom）和铁娘子（Iron Maiden）乐队。

她继续翻，直到她翻到一页上面写着几个女生的名字，排列有如薄饼般一层又一层：海瑟、阿曼达、布瑞安娜、丹妮儿、妮可，接着则是一整排用哥特式字体且逐步修饰过的名字：可丽希、可丽希·天、可丽希·天、可丽希·天、可丽希·天！

一个大爱心的中间写着可丽希·天！

佩蒂把头靠在冰凉的书桌上。可丽希·天。写得好像他要娶小可丽希·凯兹似的。天家小两口班恩和可丽希。他真的是这样想吗？因为这样，所以他觉得可以那样对她吗？他是不是想把小女友带回家吃晚饭，让妈妈见见他的女朋友？还有海瑟。那是辛柯家的女儿，她刚刚也在凯兹家。难道这些女孩都被他骚扰过吗？

佩蒂感觉头好重。她努力让自己不要动，乖乖把头靠在桌子上就好，直到有人来告诉她该怎么做。这种事她最拿手了。有时候她可以坐在椅子上好几个小时，头就像疗养院里的老人一样点啊点的，回想着自己的童年，以前爸妈都会列出一堆家务要她做，制订她起床和睡觉的时间，以及一天的行程，她从来不用自己做决定。她看着班恩床上那有着飞机图案的凌乱被单，想起班恩一年前要她将被单换成没有图案的；就在这时，她发现床底下有一袋塞满东西的塑料袋。

她整个人趴下去，拉出那个陈旧的塑料袋。重量不轻，像钟摆一样左右晃动。她看了一眼，只看到一堆衣服，接着她发现那些全是女孩子的东西，图案不是花朵、爱心，就是彩虹、蘑菇。她把那袋衣服倒在地板上，一边倒一边担心会倒出什么不堪入目的拍立得相片。不过里面全是衣服，包括内衣、内裤、安全裤，尺寸大小都不同，尺寸包含了从小婴儿到可丽希这个年龄段。全都是二手的。换句话说，这些衣服全部都被小女孩穿过。这岂不是应验了警探说的话。佩蒂急忙把衣服塞回袋子里。

儿子啊儿子。他真的要坐牢了！这下农场被没收、儿子被关，而女儿们……她发现自己像往常一样不知该如何是好。班恩需要请一个好律师，她却不知道该怎么请。

她走进客厅，想象审判的场景，想象自己再也无法承受的心情。她气得把女儿赶回房间，女儿张大嘴回头看着她，一副受伤、害怕的模样，让她觉得自己甚至让儿子的处境更难堪。她这个单亲妈妈既不称职，又手无缚鸡之力，只会让儿子的形象更糟而已；

她把报纸和火柴丢进壁炉里，最后再摆上几根木柴，放火把衣服全烧了。

一条雏菊小内裤的裤头才刚着火，电话就响了。

是伦恩那个要钱的。她开始找借口搪塞，说她现在忙到没时间谈农场抵押的事。她儿子捅了娄子……

“这正是我打来的原因。”他打断她的话，“我听说班恩的事了。我本来不想打来的。但是。我想我帮得上忙。我不知道你肯不肯让我帮，但是我有一个办法。”

“帮助班恩的办法？”

“对。可以帮班恩筹到诉讼费。依你现在的情况，少说也要一大笔钱才能解决。”

“我以为我们已经走投无路了。”佩蒂说。

“还没到那种地步。”

伦恩不肯来农场，也不肯到镇上见她。他对她保密到家，坚持要她开上五号乡道，到野餐区停车。他们讨价还价、争执不休，伦恩最后对着话筒长叹，佩蒂不以为然地嘁嘴。“如果你想要我帮忙，现在就过去。不要带人，也不要张扬。佩蒂，我之所以这么做是因为我相信你、喜欢你。我是真心想要帮你。”电话另一头陷入深深的沉默，佩蒂看着话筒，轻轻唤了声伦恩，以为他已经不在了，便准备挂上电话。

“佩蒂，我能帮你的也只有这么多。我想……呃……到时候你就知道了。我真的是在为你做打算。”

她回到壁炉边，仔细查看火焰，只见半数的衣服已烧成灰烬，木柴也没了，她连忙到车库拿起父亲那把重且锋口锐利的斧头——想当年的工具做得多好啊——砍了一捆木柴，扛回去。

她将木柴放入火中，感觉到蜜雪的身影在一旁摇摇晃晃。“妈！”

“怎么啦，蜜雪？”

她抬起头，蜜雪正穿着睡袍、指着炉火说：“你也把斧头丢进木柴里了。”蜜雪的笑意藏不住，“冒冒失失的。”佩蒂像抱着木柴那样抱着斧头。蜜雪把斧头从她手上接过来，按照妈妈教她的将锋口朝外，把斧头放到门边。

佩蒂看着蜜雪踌躇地走回房间，有如在草地上择路而行。她跟在蜜雪身后。只见三个丫头挤在地板上，对着洋娃娃喃喃自语。人们常说一句玩笑话：父母最爱孩子熟睡的时候，哈哈。这让佩蒂觉得心头一刺。她的确最爱孩子熟睡的时候，不会问东问西、要东西吃，也不会吵着要玩游戏。她第二喜欢的就是眼前这个时候：孩子都累了，不哭不闹，对妈妈爱理不理。她要蜜雪负责照顾妹妹，接着就出门了。她筋疲力尽到什么都不想做，但也只能听伦恩那个讨债鬼的话。

不要抱太高的期望，她告诉自己。不要有所期待。

佩蒂在雪中开了半个小时，飘落的雪花在车灯的映照下化为点点繁星。佩蒂的母亲最喜欢冬天，如果她还在世，应该会说这场雪“下得真好”吧。佩蒂想着明天那群女孩们一定会玩一整天雪，转念又想：会吗？明天的事谁知道？班恩又会在哪儿？

班恩到底在哪儿？

她把车停在荒废的野餐区，遮雨棚是在20世纪70年代用钢筋水泥混建而成，里面摆了几张公用的长桌，屋顶倾斜的角度诡异得有如折坏的纸艺。两张秋千陷在十厘米高的积雪里，陈旧的轮胎座椅动也不动，这让佩蒂很纳闷：明明有微风，为什么秋千却没有丝毫动静呢？

没看到伦恩的车。放眼望去，连一辆车也没见到。她坐立不安地玩起大衣拉链，用指甲划过链齿，发出当啷当啷的声响。接下来会发生什么事？说不定她会在长椅上发现伦恩留下来的信封，信封里是一沓钞票，这么绅士的举动她来日必定回报；或者是伦恩动员了一群同情她处境的人，这群人正在前来的路上，决定像电影《风云人物》那样支援她资金，让她知道世界上还有温暖？

车窗外传来一阵敲打声，首先映入眼帘的是红通通的指节，接着是男人壮硕的身子。不是伦恩。她把车窗微微摇下，外往瞥了一眼，暗忖这名男子应该是要她移车。不然还会有什么事呢？

“跟我来。”男子出乎意料地说。他没有弯下身子，她看不到他的长相。“来吧，我们到长椅那边谈。”

她熄火下车，男人已经大步走在前面。他穿着厚重的毛皮大衣，头戴软呢牛仔帽。她头上那顶毛线帽老是戴不好，耳朵总是露出来，她一边跟上男子的脚步，一边猛搓耳梢。

他看起来人还不错，她心想，他非得是个好人不可。他有一双深色的眼睛，留着两撇八字胡，胡梢垂至下巴，年约四十，看上去像是当地人。他看起来人还不错，这念头再次闪过她心头。他们在野餐椅上坐下，假装大雪没有落得他们满身都是。或许他是个律师？她暗忖。说不定伦恩说服他帮班恩辩护。但是，为什么要约在这里见面……

“你遇上了一些麻烦。”他说，低沉的嗓音正好衬托他的眼眸。佩蒂点点头。

“你的农场即将被抵押，儿子也要被警方逮捕。”

“警方只是想找他问问关于那件事……”

“你儿子要被捕了，原因我很清楚。新的一年你需要钱打发债主，你们一家人才不至于无家可归。至少要有个家可以回吧！除此之外，你也需要一笔钱来帮你儿子请律师，你总不会希望你儿子以儿童性骚扰犯的罪名被关起来。”

“绝对不会有这种事，班恩他……”

“不，我是说，你不会希望你儿子以‘儿童性骚扰犯’的罪名而入狱。那些儿童性骚扰犯在监狱里的遭遇是最惨的！这我见识过。他们在监狱里对那些犯人所做的事简直是场噩梦。所以你需要一个很优秀的律师，而这得花上一大笔钱。你现在就得找到律师，再等几周就来不及了，现在就要马上找才行！就是现在！否则就一发不可收拾了。”

佩蒂点点头，等他继续说。这男子说的话让她想起了汽车销售员：“这个价格、这种款式，你现在就买吧！”她总是拗不过销售员，总是买下对方推销的东西。

男子压低了牛仔帽，像牛一样用力地喷了一口气。

“我以前也是农夫，我爸爸也是，我爸爸的爸爸也是，农场就在密苏里州的罗伯涅特外，有七千九百英亩的地，养些牛，种些玉米跟小麦。面积够大了，就像你的农场一样。”

“我们家的土地没那么大。”

“但你还是拥有祖传的农场，拥有你自己的土地。那可是你的土地啊！我们这些农民都被骗了。政府说‘种啊！多种多赚啊！’，我们竟然还真就乖乖听话了。他们说买地，因为地卖完就没喽！然后，啊，抱歉抱歉，之前的建议错了，土地我们收回啦，你们也靠这块地吃了好几年的饭了，就让我们拿走吧，我们也没有恶意，是你们自己笨得相信我们，这真的不是我们的错。”

佩蒂听过这种说法，也曾经这样想过。这的确是不公平的交易。但还是谈谈我儿子吧！她把身体倾向一边，抖了一下，试着让自己有耐心。

“回到正题。我不是商人，不是会计师，也不是政客，但你如果感兴趣的话，我可以帮你。”

“当然感兴趣，我需要你的帮助。”她说，“拜托了。”

然后她在心中告诉自己，不要期待，不要抱太大的期望。

丽比·天 / 现在

我开车穿过那片令人作呕的森林回家，据说其中一条长长的小路尽头是一座垃圾掩埋场。虽然没亲眼见过那垃圾场，但是我开了三十多公里沿途满是垃圾的路。环顾左右，一路上至少散布了上千个装杂货用的塑料袋，在草地上盘旋飞舞，犹如鬼魅一般。

滴滴答答地开始下起雨了，接着雨势转大，寒意逼人。车窗外的所有东西看起来都扭曲变形了。每当我看到孤单的风景，像是地面上的小坑、老树丛，我就会想象黛安卓已化为白骨埋在那地底下，旁边还有塑料碎屑——也许是手表，也许是鞋底，也许是她当年拍毕业照时戴的红色耳环。

哪个脑袋正常的人会去想黛安卓啊？我这么想着，黛安阿姨的口头禅冷不防地蹦入我脑中：就算班恩杀了她又怎样，他可是杀了你们全家，反正人都会死！

我多希望爸能松口，让我相信他才是真正的杀人凶手，但看到他只会提醒我：人不可能是他杀的，他这个大笨蛋。大笨蛋，只有小孩子才会骂人大笨蛋，但用来形容我爸却再合适不过，他这个人又笨又狡猾。玛格达和杀手俱乐部的人一定很失望，但如果他们还想继续跟我爸聊一聊，我很乐意给他们地址。至于我呢，我只希望他赶快去死。

我开过一片平坦的棕色土壤的原野，滂沱大雨中，有个少年斜倚在篱笆上盯着高速公路看，黑暗中看不出他是面带愠色还是一脸无聊。我的思绪又回到班恩身上，黛安卓和班恩。未婚先孕。关于那天晚上的事，班恩说得都没错，也都令人信服，唯独有关黛安卓的事，他接二连三地撒谎，实在令人担心。

下车后我冲进屋子，感觉自己很肮脏。我冲进浴室用力擦洗身体，用硬毛刷死命地搓，洗完澡之后，我的皮肤看起来好像被一群野猫攻击过似的。我钻进被窝里，仍觉得自己好像带着病菌，在棉被下天人交战了快一个小时，起身再去冲了一次澡。大约是凌晨 2 点，我掉入了一个令我满身大汗的噩梦中，梦里有一群老人不怀好意地笑着，我还以为是我爸，直到走近一瞧才发现他们的脸全都融化了。紧接着，更逼真的噩梦袭来：蜜雪正准备煎薄饼，而蝗虫则漂在面糊里，蜜雪一边搅拌，蝗虫的细腿随之断裂。面糊下锅，煎成了薄饼。妈妈坚持让我们一定要吃掉，咔嗞咔嗞的，就当补充蛋白质吧！忽然，我们开始感到窒息、口吐白沫、频频翻白眼，像是快要死了——原来那些蝗虫有毒！我吞下的其中一只大蝗虫正准备爬上我的喉咙，它那黏糊糊的身体滑进我的嘴巴，用触须刺激我的舌头，再把头从我的齿缝间钻出来企图逃走……

清晨降临在一片不起眼的灰暗中。起床后我又冲了澡，但还是觉得浑身不对劲。然后我开车到镇上那栋由银行改建而成的公立图书馆，那是栋立着大柱子的白色大楼。我坐在一个浑身馊气、满脸胡茬，身上穿着脏兮兮军装外套的男人旁边——我在公共场所总是遇到这种人——开始上网。我在网络上搜寻到庞大且让人难过的“失踪人口数据库”，然后立刻输入她的名字。

当屏幕发出搜寻东西的喀喀声响时，我微微出汗，祈祷着屏幕出现“无符合数据”。然而……希望落空。屏幕上她的照片虽然和毕业照不一样，但是相差并不多；黛安卓一头抹了强力定型摩丝的卷发、刘海高高往上梳，深灰色眼线搭配粉红色唇膏，她笑得很隐晦，双唇稍稍噘起。

黛安卓·苏·华兹纳

出生日期：1967 年 10 月 28 日

失踪日期：1985 年 1 月 21 日

我又让班恩等了，这次他双手交叉，身体往后斜靠着椅背，一副挑衅的模样。他和我足足冷战了一个星期，才答应让我去见他。现在我正要准备坐下，他却对我摇了摇头。

看得我一肚子火。

“丽比，你知道吗？自从上次我们谈过以后，我就一直在想。”他终于开口，“我一直在想我不该受这种……这种煎熬。我是说，事已至此，你相信我也好，不相信我也罢，我都不想再见你。在该死的二十四年后你再来问我一堆奇奇怪怪的问题，让我整天提心吊胆的。我不需要这么神经紧绷。如果你来这里只是为了‘刨根问底’……”他愤愤地强调了这几个字，“那你可以离开了。因为我不需要这些。”

“我找到路尼了。”他仍稳稳地坐在椅子上。接着，他叹了一口气，大有“这样也好”的意味。

“哇，丽比，你没去当侦探真是太可惜了。路尼说了什么吗？他还住在俄克拉何马州吗？”

我的嘴角不识相地抽动了一下。“他住在利杰伍德镇边缘的污染场。他被赶出收容所了。”

班恩听了咧嘴大笑，“跟有毒废弃物住在一起！哈！”

“他说黛安卓·华兹纳是你女朋友，还说你让她怀孕了；而且凶杀案那晚，她跟你在一起，那时她就已经怀孕了。”

班恩的手指遮住脸。我从指缝中看到他的眼睛眨呀眨。他说话的时候也不把手移开，所以根本听不清楚他在说什么。他说了两次，我也问了两次，问他究竟在讲什么，第三次他索性抬起头，两颊向内缩，身体前倾。

“你他妈的干吗一直问黛安卓的事？你满脑子都是黛安卓！你明明知道再这样搞下去，事情会被你搞砸的！本来你还有机会可以相信我的，你可以痛改前非，相信你亲哥哥这一次！我可是你认识的人！别说你不懂我这种谎话。你还不明白吗，丽比？这是我们最后的机会。说我有罪也好，无罪也罢，我们都知道我哪儿都去不了。没有什么 DNA 可以救我出去——我们的家早就没了。也就是说，我出不去了。也就是说，全世界都认为我杀了我们的家人也无所谓，我唯一在乎的、唯一想让她相信我没有杀了全家的人，就是你啊！”

“你怎么可以怪我怀疑你是……”

“为什么不可以！我当然可以怪你啊！我可以怪你不相信我。听着，小时候你撒谎、你脑袋糊涂，我都可以原谅你；但是，丽比，现在呢？我说你，你都三十好几了，怎么还相信我们天家人会做出这种事？”

“我真的相信我们天家人就会做这种事。”我火气也上来了，胸口剧烈起伏。“我绝对相信我们的血统有问题。我也流着天家的血。我会把人打到满地找牙。对，我就是这种人。我会砸了门窗……而且也会杀生。每次我低下头，十次有五次看到自己的手握成拳头。”

“你觉得我们天家人就那么坏？

“没错。”

“即使我们身上也流着妈妈的血？”

“没错。”

“小妹，我真替你感到难过。”

“黛安卓在哪里？”

“别再问了，丽比。”

“孩子呢？你把孩子怎么了？”

我浑身发热，觉得恶心。如果这孩子还活着，今年已经（不知是男孩，还是女孩）——天啊，二十四岁了，已经不是当年的小宝宝了。我想象这孩子长大成人的模样，但是我脑海里浮现的还是当年那个襁褓中的孩子。算了，反正我连想象自己长大成人都有困难。明年生日我就满三十二岁，正好是妈遇害时的年纪。那时候的她已经是个成熟的大人了。我这辈子永远都不可能像她那么成熟。

如果那孩子还活着的话，今年已经二十四岁了。我又开始胡思乱想——想着要是这样该有多好：如果大家都还活着的话，我们会一起住在金纳吉镇的家，蜜雪坐镇客厅，还是推着她那副超大的眼镜，对着一群朝她翻白眼的小鬼大呼小叫，而小鬼们还是乖乖照着她的话去做；二姐黛比还是一样胖，话也还是一样多，嫁给务农的大块头金发姐夫，她的农舍里有一间她专属的房间，里面随处可见缎带、拼布和热熔胶枪，让她可以做手工艺；我妈五十好几，身体胖了、头发白了，但还是爱和黛安阿姨拌嘴；然后，班恩的小孩走进来——是个女儿，满头红发，大约二十来岁，身材苗条、充满自信，纤细的手腕戴着叮叮当当的手镯，大学刚毕业，根本不把我们这些人放在眼里，典型的天家人。

我被自己的口水呛到，气管收缩，一时间咳嗽不止。隔壁的访客探头看了看，确定我不会咳死后，便回头和儿子说话去了。

“班恩，那天晚上到底发生了什么事？我要知道。我就是要知道。”

“丽比，你赢不了的。如果我告诉你我没罪，那表示你有罪了，你毁了我的人生。如果我告诉你我有罪……我想你也不会好过到哪儿去，不是吗？”

他说得没错。这正是我多年来进退两难的原因之一。我抛出别的问题：“那崔伊·堤百诺呢？”

“崔伊·堤百诺。”

“我知道他是个赌鬼，还爱胡作非为，跟你是朋友，那晚跟你在一起，还有黛安卓。听起来不太妙。”

“你从哪里听来的？”班恩看着我的眼睛，接着视线往上，盯着我红色的发根，盯得我的耳朵都红了。

“爸跟我说的。他说他欠了崔伊·堤百诺一笔钱，而且——”

“爸？你现在也叫他‘爸’啦？”

“路尼说——”

“路尼放屁！成熟一点吧，丽比。你非选一边站不可。你可以用一辈子的时间去想那天晚上到底发生了什么事，想到你想破头；或者你也可以选择相信你自己。选一边站吧！站在我这边，比较好。”

丽比·天
/
现在

我去俄克拉何马州那几天，与外界完全失联，期间莱尔留了九条语音消息给我，每一条语气都不同，刚开始还像捏着鼻子在讲话，听起来像极了忧心的贵妇，问候我最近好不好，偶尔穿插几个笑话；接下来几条口气越来越坏，一会儿生气，一会儿刻薄，一会儿咄咄逼人，一会儿惊慌失措，最后一条则回到疯狂路线，尖叫道："你再不回电，我就直接杀去找你……地狱与我同在！"接着又补上一句："我不确定你有没有看过电影《绝命终结者》。"

看过，库尔特·拉塞尔主演的烂片。

我打给他，告诉他我家地址（我很少这么做），叫他想来就来。我听到电话那一头好像有女人的声音，问他在跟谁说话，还要他问我什么问题，赶快问她！问她问她问她！

莱尔则草草挂了电话。说不定是玛格达要我汇报路尼的事。这有什么问题，我正想找人说，不然我早就跳上床蒙头大睡，十年都不下床。

等待莱尔的时候，我顺便整理我的头发。看完班恩回家的路上，我在生活用品店买了染发剂，原本我想象平常一样挑选"耀眼金灿”，最后却选了“俏红莓果”，包装上的红发妞调皮地看着我。色彩持久，无须补染。太好了，我最懒得补染了。正好我也想恢复原来的发色，自从班恩说我跟妈很像之后，这想法一直吸引着我；我幻想自己突然出现在黛安阿姨的房车屋门口，仿佛我妈复活般，也许她就会让我进去。可恶，黛安阿姨为什么还不回我电话！

我挤了一坨红色化学药剂到头上，一股焦味扑鼻而来。还要十四分钟才能冲水，这时门铃却响了。是莱尔。他不提早到才奇怪。他冲进来，嘴里说着接到我的回电后他松了一口气，接着突然往后一步。

“怎么回事？你在烫头发吗？”

“我要染回红色。”

“哦，太好了。我是说，染回原来的颜色很好。”

还有十三分钟，我一边等一边把路尼还有黛安卓的事告诉他。

“好。”莱尔说，把脸转向左边，耳朵朝着我，表示他一边听一边在想。“那么根据班恩的说法，那天晚上他回了一趟家，跟你妈吵了一会儿，然后又离开，后来发生什么事他完全不知道。”

“根据班恩的说法，是这样没错。”我点点头。

“接下来呢，根据路尼的说法，有可能是因为他欠崔伊钱，所以崔伊杀了你们全家。路尼对于旧情人撤销当年的证词有说什么吗？”

“他叫她去死。我要冲水了。”

他跟着我到浴室门口，身子塞满了整个门框，一手撑在一边，思考着。

我弯腰在浴缸旁边，水从接着水管的水龙头哗啦哗啦地流到这种鸟不生蛋的地方，我先停止冲水。

“你不觉得这个案子有哪里不对吗？有没有这种感觉？蜜雪死得很干脆……你妈和黛比……嗯……则被凶手追捕。蜜雪死在床上，连被子都盖得好好的。我觉得，手法看起来很不一样。”

我僵硬地耸了耸肩，内心的暗处开始蠢蠢欲动，我把头伸到水柱下，什么也听不到。洗头的水流向排水口，是紫红色的。当我的头还在水柱下时，我感觉到莱尔从我手上抢过水管，手笨拙地在我后脑勺上搓揉，动作一点也不浪漫，只想赶快冲干净了事。

“你没冲干净。”他的声音盖过水声，接着把水管塞回我手上。我直起腰，他伸出手，捏着我的耳垂，用力搓了几下。“耳垂上也红红的，可能跟你的耳环颜色不相配。”

“我没穿耳洞。”我一边说一边梳头，顺便看一看这颜色对不对，同时努力逼自己不要去想我妈和我姐的尸体，全神贯注在发色上。

“真的吗？我以为全世界的女人都穿耳洞。”

“从来没有人帮我穿过。”

他看着我梳头，笑得很白痴。

“这颜色对吗？”他问。

“干了就知道了。”

我们一人一边坐在客厅受潮的沙发上，听着外头再度出现的雨声。

“崔伊·堤百诺有不在场证明。”隔了好久他才终于吐出这句话。

“嗯，路尼也有不在场证明。看来要有不在场证明很简单嘛。

“或许你应该先撤销当年的证词？”

“除非有把握，否则我不会撤销证词。”我说，“而我现在一点儿把握也没有。”

雨下得越来越大，我希望有个壁炉。

“你知道凶杀案当天，你家的农场遭法院扣押了吧？”莱尔说。

我点头。多亏了莱尔和他那一大摞档案，我脑袋里多了四万条信息。

“你不觉得这其中有鬼吗？”他说，“这一切是不是都太诡异了？好像还遗漏了什么显而易见的事实？我们现在知道可丽希撒谎，你家农场遭法院扣押，还欠了一个赌徒赌债。这么多事情居然都挤在同一天。”

“而且扯进这件案子的人没有一个不说谎的，以前说谎，现在也是一样。”

“那我们现在要怎么办？”他问。

“看电视吧！”我起身按开电视，一屁股坐回沙发上，撩起半干的发尾确认发色。这颜色简直红得吓人，但它确确实实就是我原来的发色。

“知道吗，丽比，我以你做的一切为荣。”莱尔别扭地说。

“省省吧，这话听起来很肉麻，每次你只要这样，我就一肚子火。”

“我没有肉麻啊！”他的声音高了八度。

“你只是疯了。”

“我才没有。我只是想告诉你，认识你真的很棒。”

“哇，好激励人心。原来我这么有价值。”

“你的确很有价值啊。”

“莱尔，别来这招好吗？”我弯起腿，下巴靠着膝盖。我们一起假装专心看着电视上的烹饪节目。主持人的声音也太开朗了吧。

“丽比？”

我朝他慢慢地翻了个白眼，以示不耐烦。

“我可以跟你说一件事吗？”

“什么事？”

“你知道加州圣伯纳蒂诺那场大火吗？发生在1999年的那场，烧掉大概八十栋房子，方圆三百六十五公里无一幸免。”

我耸耸肩。反正加州一天到晚发生火灾。

“纵火的人就是我。我那时候还很小，而且我真的不是故意的，至少我不是有意要让火势失控的。”

“什么？”

“我那时候还小，才十二岁，也没有纵火前科，只是手上刚好有打火机——我连打火机怎么来的都不记得了，只记得我很喜欢拿起来乱点。那天我在我们家后面的山丘散步，走得很无聊，路上刚好又长了好多草，我一边走一边玩打火机，想着点点看，看这些野草会不会烧起来，就是那种上面毛茸茸的……”

“狐尾草。”

“总之我一转身，然后……草全都着火了，大概有二十几处火苗，烧得如火炬般，加上那时刚好吹圣塔安娜焚风[①]，所以着火的野草四处纷飞，一落地，四周立刻又烧了起来，火势瞬间蔓延了三十米；转眼间，星星之火不见了，变成了森林大火。”

“这么快？”

“真的。不过短短几秒钟，大火就烧起来了。我还记得当时的感觉，有那么一瞬间，我以为自己还有办法挽回，但是来不及了，火势已经完全超乎我的控制，而且愈演愈烈。记得我当时心想，我正在做一件我一辈子都无法原谅自己的事。结果的确如此。在那么小的时候就了解这种事，真的很不容易。”

我这时应该说点什么才对。

“你不是故意的，莱尔。你还那么小，你只是运气不好罢了。”

“嗯，我知道，但这就是为什么我……你知道……这就是为什么我能了解你的感受。不久前，我听说了你的故事，我心想：也许她跟我一样。也许她也懂这种感觉，了解事情失控是什么滋味。你懂我的意思吧？就像你提出证词，然后……”

“我懂。”

“我从来没有跟别人说过这段往事。从来没有主动提起过。我只是觉得你……”

“我知道。谢谢。”

如果我是个善心人士，听到这里，早该把手搭在莱尔的手上，

① 圣塔安娜焚风是造成高温气候的主要原因，在秋季至初春产生，通常造成大强度阵风和湿度降低，会带来大范围的火灾灾害。——编者注

握着他、给他温暖，让他知道我懂他，我同情他，但我的心肠可没这么好，光是刚才那句“谢谢”我都很难说出口了。美元跳上沙发，窝在我们两个人中间，要我喂它。

“所以……呃……你这个周末有什么活动吗？”莱尔边说边伸手去抠沙发边缘，正好就是可丽希把脸埋在手心大哭的地方。

“没有。”

“呃……我妈这周末要帮我办生日派对，她要我问你能不能过来。”莱尔说，“就只是邀请朋友来家里吃顿晚餐而已。”

谁不庆生啊，即使是大人也要庆生，但看莱尔说话的样子让我觉得他的生日会上仿佛会有小丑和气球，说不定还有小马可以骑。

“我想你的生日还是跟朋友一起过就好。”我一边说一边环顾客厅，想找遥控器在哪里。

“对，所以我才邀请你。”

“哦，那好吧！”

我努力憋笑，在这种时候笑出来也太尴尬了。我努力想找话题来聊，譬如问他几岁之类的——如果1999年的时候他十二岁，那表示他现在才……天啊，二十二岁？——电视画面上突然闪过一则新闻。今天一早，莉赛特·斯蒂芬斯被发现遭人杀害，弃尸在山谷，推测应该好几个月前就死了。

佩蒂·天
/
1985年1月3号，深夜0点01分

好个破烂的金纳吉镇，这种地方她一点也不会留恋，尤其是这里的冬天，路面坑坑洼洼，开车在路上感觉骨头都要散了。佩蒂回家的时候，女儿们都睡死了，黛比和蜜雪一如往常，呈大字形躺在地板上，黛比用动物玩偶当枕头，蜜雪嘴里含着钢笔，一手抱着日记本，虽然有条腿压在身体下面，但看起来睡得挺舒服的。丽比缩成一颗球躺在床铺上，握拳的双手靠在下巴旁边，正磨着牙。佩蒂想把她们抱上床、盖好被子，又怕吵醒她们；于是她给女儿一个吻，关上房门，突然一股尿骚味扑鼻而来，她这才想起早上说要换被单，到现在都还没换。

那袋衣服已经全部烧毁，只是壁炉底部还飘着些许碎布，其中一块上面有着紫色星星的白色棉布仍顽强地混在灰烬里，不肯向火舌屈服。佩蒂又添了一段木柴，一心想将那块棉布一并烧了。她打电话给黛安，请她明天早点儿过来，最好天一亮就来，这样才有时间再去找班恩。

“如果你需要人陪的话，我现在就可以过去。”

“不用，我准备上床睡觉了。”佩蒂说，“谢谢你，信封我收到

了，里面有钱。”

“我已经到处打电话找律师了，明天应该就会有人选。别担心，班恩会回来的。他大概是吓坏了，今晚先睡在朋友家，明天就回来了。”

“黛安，我很爱他……”

佩蒂起了个头，但又适时打住。“晚安。”

“我明天会带玉米片过去，今天忘了带。”

玉米片啊。像这样闲话家常，肚子倒像挨了一拳。

佩蒂回到自己的房间，想坐下来思索一番，仔仔细细且深入地思考。这股冲动虽然强烈，但她还是按捺住了，就像忍住一个喷嚏。她替自己斟了一点约两指高的威士忌，然后拿起充当睡衣的厚衣服往身上套。思考时间结束，该是放松的时候了。

她原本以为当重担解除，自己会哭出来，但是她一滴眼泪也没掉。她爬上床，仰望着破损的天花板，心想：以后再也不用担心屋顶会塌下来了。她再也不用看着床边有破洞的纱窗，年复一年地想着她应该修补那个破洞；她也不用担心一早醒来想喝咖啡，却发现咖啡机终于坏了；再也不用烦恼民生物价或是经营成本，也不用关心利息高低，烦恼路尼刷爆她的卡，害得她债台高筑，永远偿还不完；她再也不用跟凯兹那家人碰面，至少不会很快遇到；她也用不着操心路尼，忍受他那气焰嚣张的模样；审判的事也用不着她管了，也不用见梳油头、戴金表、想办法安慰她却在内心评判她的骚包律师；她也不需要半夜翻来覆去睡不着，烦恼律师回家后会怎么跟他太太说——她想象那对律师夫妻盖着羽绒被，在被子里讨论

“天家的妈妈”和她那窝肮脏的小鬼；她也不用烦恼班恩要坐牢，担心自己没办法照顾他或是女儿们。事情会慢慢好转的。

十几年来，这还是第一次她可以将烦恼抛诸脑后，她一滴眼泪也没有流。1 点左右，丽比砰地把门推开，梦游似的爬上床，在她身边躺下来。佩蒂翻身，在丽比脸上亲了一下，说了声“晚安，我爱你”。佩蒂很高兴自己能把爱大声地对孩子说出来，但是丽比很快就睡着了，不知道究竟有没有听到。

丽比·天
/
现在

我醒来，似乎梦到我妈了。我突然很想吃她做的怪怪汉堡，里面有胡萝卜和一点儿大头菜，有时还会加上熟烂的水果，我们总是嘲笑里头的怪东西。说来奇怪，我明明不吃肉的啊！但我就是想尝尝妈妈的味道。

我正在想汉堡要怎么做，莱尔就打电话来了，以他惯有的音调说“又多一个”。他老是这么说：“又多一个我觉得应该要谈谈的人，如果这次谈完再没进展，那就算了。”而这次是崔伊·堤百诺。他要我去找崔伊·堤百诺。

我才说要找他不容易，莱尔就把他的地址背给我听。“很容易的，他有自己的店面，就叫‘堤百诺农具’。”我本来想称赞他“好厉害，追查崔伊的下落谈何容易？”最后还是没说出口。莱尔说只要我去探崔伊的口风，玛格达她们就会付我五百美元。虽然我可以免费服务，但我还是把钱收下了。

我知道我会一直找下去，直到我找到答案为止。班恩知道的！我敢说班恩一定知道什么，只是他不肯讲而已。那我就继续找吧！我记得有一次在电视上听到一位精明的恋爱达人说：“别气馁，反正就一直失恋下去，总有一天，对的人会出现。”这句话完全道尽我的心声。我苦苦追查了那么久，每一个访谈的人都让我失望，但是总有一天，我会找到对的人，揭晓那天晚上的谜底。

莱尔陪我一起去“堤百诺农具”，一来他想看看崔伊长什么样，二来也许他对崔伊不放心。“堤百诺农具”位于堪萨斯州曼哈顿市以东，在这片新兴的近郊住宅区中间的那块农地上。这片住宅区整齐单调，看起来假得像是利杰伍德镇上的牛仔纪念品店，感觉这里的居民只是在玩角色扮演，而非认真地活出自己的人生。我左边那排正正方方的住宅尽头是个有着绿油油草皮的潟湖，原来是一座高尔夫球场，小小的，还很新。几名男子不顾晨雨寒冷，兀自留在球道上侧身、扭腰、挥杆，远远望去，宛如在草地上翻飞的黄旗和粉红旗。

无论是住宅也好，绿地也好，还是穿着粉色高尔夫球装的男子也好，这片幻景出现得快，消失得也快，现在在我眼前的是一片原野，原野上有一群漂亮的棕色泽西牛，一只只眼巴巴地望着我，我也望了回去。牛可是世上少有的灵性动物。

我看牛看得太专心，错过了那栋挂着“堤百诺农具”招牌的陈旧砖房；莱尔一边拍我肩膀一边喊“丽比、丽比、丽比”，我才紧急刹车，车子像水上飞机，整整滑行了一米半。那种飞起来的感觉就像路尼拉着我转圈，转到一半突然松手。我疯狂倒车，驶入满地碎石的停车场。

店门口只停了一辆车，整个地方看来残破不堪。砖块间的水泥凹槽满是污垢，靠近前门的地方有座旋转木马，每投二十五美分就可以玩一次，好多匹马的座椅都不见了。我走上店门前的宽木板楼梯，嵌在窗户上的跑马灯闪过“我们卖骆马”等千奇百怪的信息。一块写着“含 5% 的杀虫粉”的锡制招牌悬挂在一根柱子上。我们来到楼梯顶端，莱尔冷不防冒出一句：“法老王鹌鹑到底是什么东西？”当我打开店门，门上的风铃立刻响起。

我们走进比外面还冷的店里，空调轰轰作响，跟正在播放嘈杂刺耳的爵士乐的音响比音量，听得人头痛欲裂。

在长长的柜台后方，闪闪发亮的柜子里锁着步枪，那玻璃宛如池塘表面般诱人。店里面陈列着一排又一排的肥料和弹丸、十字镐、泥土和马鞍。墙角的一只铁笼里头关着几只小兔子，眼睛眨也不眨。兔子真是世上最笨的宠物了，我心想。谁想养只会坐在那里发抖和随地大小便的兔子啊？还说可以用盆子训练它定点大小便，简直一派胡言。

“不……知道吧？”我看到莱尔那副东张西望的模样，就知道他又要问东问西了。“明白吗？不准……”

“我不会的。”

让人头痛欲裂的爵士乐持续放送，莱尔大喊了一声“哈啰”，看来店里面半个员工也没有，连个顾客的影子也见不着。不过今天是下着雨的周二早晨。在音乐和炽热的日光灯无情的照射下，我忽然感到一阵晕眩。才回过神，就感觉到一阵骚动，我瞄到最里面那排货架前有个人弯腰蹲下，立刻走过去一探究竟。那个人黝黑结实，黑色头发扎成一束马尾辫，一看到我们立刻走上前来。

“见鬼啦！”他畏缩地说。他看看我们，然后又看看门口，好像已经忘记现在是开门在做生意。“我没有听到你们进来的声音。”

“可能是音乐太吵吧！”莱尔指着天花板，扯开嗓门大喊。

“太大声了吗？说得也是。等我一下。”他走进里面的办公室，霎时间音乐就停了。

“好多了吧？那现在有什么我可以替两位效劳的？”他靠着一袋种子，频频向我们投来眼神，好像在说：他音乐都关了，我们最好不要让他失望。

“我在找崔伊·堤百诺。”我说，“他就是这里的老板吗？”

“我是，我就是崔伊，有什么我可以服务的？”他精力旺盛，一双脚踮呀踮的，嘴唇抿成一条线，帅气十足，从这个角度看有熟男的魅力，从那个角度看有少年的俊美。

“这……”这个嘛，我还真不知道。他的名字如同咒语般在我脑中挥之不去，但是下一步该做什么？问他是不是赌鬼？认不认识黛安卓？指控他就是杀人犯？

“是关于我哥的事。”

“班恩。”

“对！”我很讶异。

崔伊·堤百诺牵动嘴角，皮笑肉不笑。“果然。这可让我有点蒙，但还是认出你了。我想是因为红头发吧！脸也很像。你是唯一活下来的，对吗？是叫黛比吗？”

“丽比。”

“对，丽比。那这位是？”

“我是她的朋友。”莱尔主动回答。我能感觉出来他正逼自己闭紧嘴巴，以免重蹈覆辙。

崔伊开始整理货架，重新调整一罐罐杀虫剂的位置，但他装忙碌的技巧实在不太高明，好像假装在看书，可是书却上下颠倒。

“你也认识我爸吗？”

“你说路尼？谁不认识他！”

“我最后一次见到路尼的时候，他跟我提过你。”

他甩了一下马尾辫，书却上下颠倒。

“这样啊，他过世了吗？”

“没有，他现在住在俄克拉何马州，他说你好像……他说那天晚上的事情，你好像也有份，也许你可以提供一些线索……关于那起凶杀案的经过。”

“也是。这老头还像以前一样，疯疯癫癫的。”

“他说你以前……好像是个赌鬼之类的。”

“是啊。”

“而且你还搞些破坏。”

“是啊。”

他答话的语气像褪色的牛仔裤或戒毒的瘾君子，带着浪子回头的调调。

“那么这一切都是真的？”莱尔说完，心虚地瞄了我一眼。

“对，而且路尼还欠我钱，一堆的钱，到现在都还没还。但这并不代表我知道那天晚上你家发生了什么事。毕竟那都是十年前的事了。”

“是二十五年前。”

崔伊眉头一皱。

“哇，好像是！”他嘴上虽然这么说，但好像还是不太敢相信。看他在计算究竟事隔多少年的时候，整张脸都皱在一起了。

“你真的认识班恩？”我追问。

“认识，但不太熟。”

“常常有人跟我提起你的名字。”

“我的名字朗朗上口嘛。”他耸了耸肩。“听我说，在以前，金纳吉这个地方种族歧视得很厉害，像我这种印第安人他们最讨厌，我经常因为一堆我没做过的事被人诬陷；毕竟那是电影《与狼共舞》的时代，你知道我在说什么吗？那时候在 BFE[①]，大家总是在 BTI。”

“什么？”

“BTI 就是什么事都怪印第安人就对了（Blame the Indian）。我承认，我以前是个混球，老实说不是什么好东西。但是那晚你家发生那件事之后，我吓坏了，就决定不干了。好吧，其实也没那么快，大概是一年多之后，我改邪归正。”

“那黛安卓·华兹纳呢？”我问。

他顿了一下，转过身，背对着我们走向兔笼，食指穿过铁网，

① BFE(Butt Fucked Egypt) 是美国中南部地区的俚语，意思是：很遥远偏僻的地方，远离都市的地方或名不见经传的地方。因为大多数人都没听过BFE,因此，说话者一般都会猜到对方会反问BFE是什么意思，以此作为笑点。——编者注

抚摸里头的兔子。

“你问这个干吗，黛……呃，丽比？”

“我在找黛安卓·华兹纳，听说她当年怀了班恩的孩子，凶杀案发生后，她就失踪了。有人最后一次看到黛安卓的时候，她跟你和班恩在一起。”

“噢！该死的黛安卓，我就知道这女的总有一天会反咬我一口。”这次，他咧嘴而笑。“黛安卓嘛，天知道她在哪里。这女人以前一天到晚都在玩失踪，总是闹得天翻地覆。每次她离家出走，她爸妈就担心得要命，等到她回家，一家三口就会上演一出‘我的家庭真可爱’这样的戏码，但是没过多久，她爸妈又会开始冷落她，所以她只好再去惹是生非、离家出走，反正就是这一类的，搞得跟肥皂剧一样。我想她最后真的就离家出走，痛下决心认为那个家不值得回去了。我说你查过电话簿了吗？”

“她被列为失踪人口。”莱尔再次看了我一眼，看我介不介意他插嘴。我一点也不介意。

“哦，她没事！她一定又改名换姓不知在哪里过活。”崔伊说。

“改名？”我边说边把手搭在莱尔的手臂上，暗示他不要开口。

“哦，没什么，她就是那种女人啊，总是喜欢特立独行，今天操英国腔，明天又变成南方口音。她从不向人透露自己真正的名字，去剪头发用假名，去买比萨也用假名。你知道吗？她就是爱耍人，反正就是很爱恶作剧。例如‘我叫朵朵，得州达拉斯人’或是

‘我叫莉莉，从伦敦来的’。总之，她喜欢用……嗯……用艺名，懂我的意思吗？”

“她做过色情服务？”我问。

“那倒没有，她只是爱玩而已。你小时候养的宠物叫什么名字？”

我呆望着他。

“你小时候养的宠物叫什么名字？”他催促着。

“格拉西亚。”我用黛安阿姨那条死狗的名字糊弄他。

“你小时候住在哪条路？”

“乡村二路。”

他哈哈大笑，“她就不可能用‘乡村二路’当艺名。艺名应该听起来风骚才行，像‘斑比爱芙琳’之类的。黛安卓好像叫……叫波丽什么……波丽·波恩？波丽·波恩！这名字不错吧？”

“你认为她没死？”

他耸耸肩。

“你真的认为班恩有罪吗？”我问。

“不予置评。可能有吧。”

莱尔突然全身僵硬，脚一踮一踮的，不停用指尖戳我的背，示意我往门口的方向移动。

“谢谢你。”莱尔突然脱口而出，我皱眉瞧他一眼，他也皱起眉头回看我。我们头上的日光灯忽然一明一灭，发出嗡嗡嗡的声音，惨白的日光灯照在我们脸上，笼子里的兔子在稻草堆里蹿跳。崔伊吼了一声，日光灯不闪了，好像挨骂以后变乖巧的孩子。

“这样吧，我留个电话给你，你想到什么再告诉我？”我说。

崔伊淡淡一笑，摇摇头说：“不必了。”

崔伊转过身，我们朝门口的方向走去，走到一半，音乐声又大了起来。我回过头，远方正好响起一声轰雷，只见外头的天空半边阴暗、半边昏黄。崔伊从办公室走出来，双手叉腰看着我们，身后的兔子突然一阵骚动。

“嘿，崔伊，BFE 是什么意思？”我提高了音量。

“鸟不生蛋的地方（Butt Fucked Egypt），就是在说我们的家乡啦。”

莱尔跑在我前面，蹦蹦跳跳地下了阶梯，三步并作两步地冲到车子旁边，颤抖地抓住门把手，一个劲地催我快快快快快！我坐进他身旁的驾驶座，差点没被他惹怒。“搞什么啊？”我问。车外又是一声轰雷，强风吹过，袭来一股潮湿的碎石味。

“先开车！我们先离开这里再说。快点！”

“遵命。”

我把油门踩到底，加速开出停车场，往堪萨斯城的方向开。雨势越来越猛烈，我们在雨中开了五分钟，莱尔要我把车停在路边。他侧身面向我说：“我的天啊！”

班恩·天
/
1985年1月3号，深夜0点02分

他动弹不得——他被困在黛安卓家里。没有自行车，他别想回家。外面冷得要命，简直要冷死人，而且又下起雪来，冷风不断从烟囱里灌进来。如果变成暴风雪，而农场主人又偷懒不做事，恐怕要遭受不少损失。也好，给他们一点教训。班恩怒火中烧，全身紧绷。

好好教训这些人吧！这些讨厌鬼，每次好像都没他们的事一样，总能侥幸逃过一劫。就连醉成那副德行的路尼，惹上的麻烦也没自己多。世界上太多需要被教训的人，而且都应该要跟班恩一样，了解世事没那么简单，大部分的事情只会越来越糟。

崔伊看着电视，看着看着就渐渐昏睡过去。刚开始他还猛眨眼睛抵抗睡意，接着摇头晃脑打起盹儿来，接着突然坐直，最后身子一歪，不知神游何处了。

黛安卓说要去小便，班恩只好坐在客厅里等，希望自己正在家里。他想象自己盖着棉被、躺在床上，跟黛安卓打电话。她从不打家里电话给他，也不准他打过去，省得她爸妈抓狂。她总是带着香烟，坐在加油站或便利店附近的电话亭里打给他。这是她唯一肯为他牺牲的事，他开心死了，看她这么努力，他真的很开心。比起真的跟她面对面说话，说不定靠想象还更美好，最近她对他简直是太恶劣了。突然，从卧室里传来黛安卓的尖叫声，她在大叫他的名字。

他转个弯，看见她站在那台红得发亮的电话录音机旁边，歪着头说："你死定了！"她按下播放的按钮。

"小黛，我是梅根！我差点没被班恩·天的事吓死。你听说了吗？他竟然性骚扰小学女生。我妹今年小学六年级，谢天谢地幸好她没事，但还真是恶心。警察应该已经逮捕他了。再打给我吧！"

咔嚓。录音带空转。接着是另一个女生低沉的带着浓浓的鼻音的嗓音。"嗨，黛安卓，我是珍妮。早就跟你说了班恩·天不是什么好东西，那丑事你听说了吧？我看他现在八成跑路了。我想明天学校应该会开记者会说明这件事。到底开不开我也不知道，只是想问你去不去。"

黛安卓高高在上地站着，那架势仿佛随时要毁掉那台电话录音机，好像那只不过是一只随她任意使唤的小动物。她转向班恩，大吼："你在搞什么啊？"她涨红着脸，脸色非常难看。但班恩一开口就说错话："我看我还是回家好了。"

"你说你还是回家好了？这是在搞什么啊？到底是怎么回事？"

"我不知道，所以我才说我还是回家好了。"

"不准！你这个妈宝！你这个没用的妈宝。你想怎么样，你回家，坐在那里等警察来抓你？把我和你那该死的、我无法拿掉的宝宝留在这里，坐着等我爸回来把我给杀了？"

“不然你要我怎么办？”回家！他一心只想回家。

“我们今晚私奔吧！我身上还有我爸妈留给我的两百美元。你家里有多少钱？”班恩没有马上回答，他的心思全在可丽希·凯兹身上，纳闷有必要因为一个吻而逮捕他吗？那些流言有多少是真的？警察真的会来抓他吗？黛安卓朝他走过来，赏了他一记耳光。“你家里还有多少钱？”

“我不知道。我自己存了一点，我妈喜欢在家里到处藏钱，大约有一百……呃，两百美元左右。但我不知道她藏在哪里。”

黛安卓转身，闭上一只眼睛，看着床头的闹钟。“你妈很晚睡吗？现在还醒着吗？”

“如果警察在家，我想她还醒着。”如果不在，她一定就睡了，就算吓个半死，她也照常睡。他们一家人总爱打趣她，笑她从来没跨过年，每次都撑不到半夜就睡着了。

“我们去你家，如果没看到警车就一起进去，你拿钱，收拾衣服，我们一起离开这里。”

“离开以后呢？”

黛安卓走到他身边，拍拍他还刺痛的脸颊。虽然她的眼妆都晕到颧骨上了，他还是觉得心中涌起一股……爱意？还是力量？总之就是一种感觉，一种很棒的感觉。

“班恩宝贝，我是你孩子的妈，不是吗？”他轻轻地点了点头。“那就对啦。带我离开这里。我们一起远走高飞。没有你，我哪里都不想去。一起往西走吧！不走不行。我们可以四处搭帐篷，也可以睡在车上。如果继续留在这里，警察会把你抓走，我爸会把我杀了。他会要我先把小孩生下来，然后亲手解决我。你总不希望我们的孩子成为孤儿吧？趁我们现在还能扭转命运！我们一起走吧！”

“我没有做他们说的那种事，对那些小女生做那种下流的事，我真的没有。”班恩低语，黛安卓靠着他的肩膀，她的发丝攀着他，蜿蜒进他的嘴巴。

“就算你真的做了，有谁会在乎呢？”她把脸埋在他的胸膛。

丽比・天
/
现在

莱尔兴奋地坐在副驾驶座，说："丽比，你注意到了吗？天啊，你注意到了吗？"

"注意到什么？"

"黛安卓的艺名啊！就是那个她常用的假名，你没注意到吗？"

"波丽・波恩，怎么了？"

莱尔露齿而笑，车子里面很黑，只看到他两排牙齿在发亮。

"丽比，你哥在手臂上刺的是什么名字？记得我们那时候猜了哪些吗？茉丽、莎丽，还有一个我说叫起来很像宠物……"

"哦，天啊！"

"波丽，对吧？"

"哦，天啊！"我又重复相同的话。

"我说这不可能是巧合，对吗？"

当然不可能。所有藏着秘密的人其实都很想说出来。原来这就是班恩泄密的方式。他以此表示对秘密情人矢志不渝，但是又不能刺她的本名，毕竟黛安卓是失踪人口，所以他用了她的艺名。我想象他抚过手臂上凸起的刺青，伤口隐隐刺痛，一股骄傲油然而生。

波丽。或许这是他爱的表现，是对往日情的纪念。

“不知道刺多久了？”莱尔问。

“看起来没有很久。”我说，“感觉还……不知道怎么说……油亮？没有褪色的迹象。”

莱尔咻地打开笔记本电脑，搁在僵硬的膝盖上。

“快！快！就算只有一格信号也好！”

“你在干吗？”

“我想黛安卓还活着，只不过躲了起来！如果你想躲起来，非得另外取个名字，你难道不会想用之前用过的名字吗？一个只有少数朋友知道的名字，平常开玩笑时用的名字，用起来让你有点……家的感觉？而且还能让男朋友刺在手臂上，一个有意义的名字，一个能永远凝视的名字。快啊！”他咒骂笔记本电脑。

我们又开了二十分钟，在高速公路上奔驰，莱尔终于收到网络信号，开始跟着雨点的节奏敲击键盘，我一边偷看屏幕，一边小心开车，以免闹出人命。

终于他抬起头，脸上露出大大的笑容。“丽比！”他说，“你可能又要在路边停一下。”

我急转向路边停靠，堪萨斯城就在眼前，一辆半挂货车朝我猛按喇叭，抗议我随便切换车道，接着从旁边呼啸而过，震得我整辆车都在颤抖。

她的名字出现在屏幕上：密苏里州卡尼市，波丽·波恩。地址和电话都列得一清二楚，整个美国叫波丽·波恩的就只有她一个，唯一和她同名的是一家在路易斯安那州的美甲沙龙。

“看来我真的需要接网线了。”我说。

“是她吧？”莱尔一边说，一边盯着那名字，仿佛怕它会消失似的。“不可能是别人吧？”

“试试看就知道了。”我翻出手机。

就在我已经深呼吸，盘算要留什么语音消息时，电话响了四声她才接起。

“请问是波丽·波恩吗？”

“是。”声音很好听，混合着香烟和牛奶的味道。

“是黛安卓·华兹纳吗？”

沉默。咔嚓。

“可以帮我指路吗，莱尔？”

莱尔想跟来，他真的想跟来，他真的真的觉得自己应该跟来，但我怎么看都觉得他来会坏事，而且我也不想要他跟来，所以我把他丢在莎拉酒吧。他强颜欢笑，我开车离去，答应他我一离开黛安卓家就打给他。

“我是认真的，不要忘记了！”他对着车尾大喊，“真的不要忘记！”我按了声喇叭，开走了，开到路口转弯时，他好像还在对着我远去的车影大喊。

我方向盘握得太紧，握到手指都僵硬了。卡尼市就在堪萨斯城东北方，大约四十五分钟车程。根据莱尔详细到不能再详细的指引，进入卡尼市后，再往前开十五分钟，就能抵达黛安卓家。当我看到一堆“大盗杰西·詹姆斯农场”“大盗杰西·詹姆斯之墓”的路标指引时，我就知道目的地不远了。我纳闷黛安卓为什么选择住在一个强盗的家乡。这好像是我才会做的事。我下了通往杰西·詹姆斯农场的公路，印象中小学的时候去过，依稀记得这地方很小、很冷，这里曾发生过突袭，杰西的弟弟还因此遇害——我当时心想："这跟我们家一模一样。"我继续往前开，驶上蜿蜒小路，经过上坡下坡，最后又回到乡间，田野间坐落着许多灰扑扑的隔板屋，每户人家的院子里用链子拴着的狗都叫了起来。四下不见人影，空空荡荡的，就只剩几条狗、几匹马。远远望去有一片开发时被保留下来的蓊郁树林，横亘在公路和房舍之间。

十分钟之后，黛安卓的家出现在眼前，外观很丑，但颇具特色，整幢房子斜向一边，好像翘着屁股的泼妇。

不过还好这房子还真需要有这特色，不然就什么都没有了。房子盖得离马路很远，好像哪个大户农家盖给佃农住的工舍，可是放眼望去也不见其他房子，四周全是泥巴地，地面就像脸上的青春痘那样坑坑洼洼，再过去就是那片萧索的树林。我沿着长长的泥巴路开到黛安卓家门口，担心轮胎随时会陷在泥里，如果车子陷进去我该怎么办才好。

我关上车门，往屋子的方向走，躲在乌云后面的午后太阳刹那间破云而出，刺得我睁不开眼睛，而我的心也凉了半截。正准备踏上台阶，一只母负鼠从阳台下蹿出，冲着我嘶嘶乱叫，吓得我心惊肉跳。母负鼠的脸又尖又白，眼睛一圈黑，看起来好像死尸。附带说明一下，母负鼠可是最下流的雌性动物！那只母负鼠钻进树丛里，我踢了踢台阶，确认没有其他负鼠躲在底下，这才拾级而上。残缺的右脚在我的靴子里发出吧唧吧唧的声响。门口挂着一张捕梦网，上面垂挂着羽毛和缀有雕饰的兽牙。

城市里的雨带着水泥的气味，而这里的雨混合着泥土和肥料味，闻起来就像家的味道，很不对劲。

我敲了敲门，一阵疏落的沉默，接着响起了安静的脚步声。黛安卓打开门。她下定决心要复活了！她跟我在照片上看到的没什么两样。虽然发型不像以前那样卷曲，但还是一头黑色的大波浪，眼线也还是画得又黑又粗，让眼珠看起来像是复活节彩蛋，眸子蓝得像糖果才有的颜色。她的睫毛膏好像蜘蛛的脚那样根根分明且细长，晕得眼睛下面一点一点黑黑的。她的嘴唇很丰满，从头到脚都是曲线，微微耸起的颧骨透着粉红，双乳从胸罩里鼓出乳沟，牛仔裤的裤头上堆着一圈肉。

"哦。"她在开门时同时开口，一股热气从室内流泻出来，"丽比？"

"对。"

她用手捧住我的脸。"我的天啊，丽比！我一直觉得你迟早会来找我。你这个鬼灵精。"她先抱了我，接着伸直手臂，打量我。"嗨，进来吧。"

我走进厨房，厨房旁边有个小房间，这格局让我回想起多年前的老家。我们穿过短廊，右边通往地下室的门开着，风从底下灌进来。真不小心。我们走进天花板低矮的客厅，香烟从地板上那只烟灰缸氤氲而出，熏得墙壁发黄，家具干瘪。一台大电视机像双人沙发似的靠在墙边。

"能不能麻烦你脱鞋呢，亲爱的？"说着她指了指客厅那脏脏黏黏的地毯，整间房子又脏又破，怎么看都不是什么正经的地方，楼梯附近还有一小坨狗屎。黛安卓脚步轻盈地在那附近绕来绕去。

她带我到沙发上，走在她后面至少可以闻到三种香味：发型喷雾是葡萄味，乳液是花香调，还有一种……也许是杀虫剂的味道？她穿着一件低领衬衫，一条紧身牛仔裤，戴着青少年戴的那种假钻、假珠宝。显然自以为女人四十一枝花。

我跟在她身后，少了那几厘米的鞋跟，感觉自己简直像小孩子一样。黛安卓转过来，拿侧脸对着我，用眼角余光打量我，我仿佛看见她尖尖的犬牙从上嘴唇底下露出。

她头一歪，说道："来吧，坐下来。我的妈啊，你真的是天家的人啊！火红的头发，向来是我的最爱。"

我们一坐下，三条短腿贵宾犬立刻冲了进来，项圈像雪橇铃声一样叮当作响，一只一只跳到她的膝盖上。我立刻紧张起来。

"哇，你还真的是天家人呢！"她哈哈大笑。"班恩也是一看到狗就坐立不安。不过我以前养的狗当然比这几只大得多。"她让小狗舔她的手指，粉红色的舌头一伸一缩一伸一缩。"丽比，"她又是那种语气，好像我的名字，甚至我这个人，都是她和某人暗中嘲笑的对象。"是班恩让你来这里找我的吗？你老实说。"

"我从崔伊·堤百诺那边打听到消息，这才找到你的。"

"崔伊？妈啊，你怎么找得到崔伊·堤百诺？"

"他开了一家农具店，电话簿上有登记。"

"农具店？最好那是叫农具店。他看起来怎么样？"

我热情地点点头——在我打算说"他看起来挺不错的"时即时

打住，改口说："那天晚上你和班恩在一起吗？"

"嗯——哼。没错。"她谨慎却又很感兴趣地端详我。

"我想知道发生了什么事？"

"为什么？"她问。

"为什么？"

"抱歉，丽比小姐，你出现得实在太突然了。是班恩跟你说了什么吗？我的意思是，为什么你现在突然跑来找我？为什么是现在？"

"我非得搞清楚究竟是怎么回事。"

"哦，丽比。哦。"她同情地看了我一眼，"那天晚上发生的事，班恩愿意用他一生的时间来偿还。这是他自己愿意的，你就随他去吧。"

"是他杀了我的家人吗？"

"你来就是为了这个？"

"班恩真的杀了我的家人吗？"

她笑而不答，那毫无唇纹的丰唇就这样僵着。

"我需要内心的宁静，黛安卓，求求你告诉我发生了什么事。"

"你想要的是内心的宁静，丽比？你认为只要找出答案，你就可以问心无愧了？只要知道答案，你的人生就可以得救？你认为在知道答案以后，你就能获得心灵上的平静吗？这样吧！与其问自己发生了什么事，不如接受现实。宁静祷告词是这么说的：'主啊！求你赐我宁静的心，去接受我不能改变的一切！'这句话让我受益良多。"

“你就说出来吧，黛安卓，拜托你告诉我。你先说，我再接受。”

夕阳西下，余晖从后窗照到我们身上，刺得我睁不开眼。她凑过来，握住我的双手。

“丽比，对不起，我真的不知道。那天晚上我和班恩在一起，正准备要私奔。当时我肚子里怀着他的孩子，我们打算逃走。他先回家拿钱。一个钟头过去，两个钟头过去，三个钟头过去了，我以为他临阵退缩，哭着哭着就睡着了。第二天一早，我听说出事了。起初我以为他也死了，后来才知道他还活着，被警方拘留，还说他是某个崇拜撒旦或杀人魔王曼森家族的一分子，警方已经追捕了这个团体好一阵子。我一直在等警方来敲我家的门，但是没有人来。日子就这样一天一天过去。我只听说班恩没有不在场证明，他从头到尾都没有提到我的名字，就是为了要保护我。”

“而且还保护了这么多年。”

“对，这么多年来他一直保护着我。警方一直觉得这件案子不可能是班恩一个人做的，他们希望可以找到帮凶，至少这整件案子看起来会比较合理，但是班恩打死都不说。他是我的英雄。”

“所以那天晚上发生的事没有人知道。看来我这辈子也别想找到答案了。”说出这句话让我感到异样的轻松。或许我可以就此收手了。如果永远找不到答案，那就放手吧！

“如果你接受现实，我想你可以找到内心的宁静。我的意思是，我认为班恩不是凶手，他是在保护你爸爸，我是这样想的。但是谁知道呢？虽然我不愿意这么说，但是不论那晚发生了什么事，班恩都得要坐牢。这是他亲口说的。他的内心有点歪斜，跟外面的世界格格不入。待在监狱里对他来说比较好，他在那里很受欢迎，交了很多女性笔友，每个都爱死他了，一年少说也有十几个抢着要嫁给他。他偶尔也想出狱，但最终还是放弃了。”

“你怎么知道？”

“我们一直保持联络。”她突然提高音量，接着又甜甜一笑。金色的夕阳照亮她的下巴，她的眼睛突然笼罩在阴影之中。

“孩子呢，黛安卓？你当年怀的那个孩子呢？”

“我在这里。”回话的是我们天家的孩子。

班恩·天 / 1985年1月3号，深夜1点11分

班恩打开门，进入黑漆漆的客厅，心想：终于回家了。这种心情好比水手在海上航行数月后光荣返乡。他差点当着黛安卓的面把门关上，心里默想：哈哈，抓不到我。但后来还是让她进来了，因为——因为他害怕如果不让她进门，后果将不堪设想。算了，至少崔伊没跟来，这让他松了一口气。他知道自己的家很不堪，才不想让崔伊在他家里走来走去，自以为是地指指点点。

大家都睡了，整间房子规律地呼吸着。他想摇醒老妈，用念力让她从房间走出来，转弯，身上穿着层层衣服，睡眼惺忪地拷问他：你是死到哪儿去了？被魔鬼附身了是不是？

是。妈，我被魔鬼附身了。

他想甩开黛安卓，可是她一直黏着他，怒气像热气一样从她全身上下散发出来，她杏眼圆瞪，催他快一点！

快一点！他只好加快手脚，默默地翻箱倒柜，从老妈藏私房钱的地方寻找现金。他先是在橱柜里找到一盒干麦片，看起来已经放很久了，他打开包装，能吞多少就吞多少，吞得满嘴都是，还有几颗麦片卡在喉咙里，他只好像小宝宝溢奶那样地咳出来。接着他整

只手伸进盒子里，抓起大把麦片往嘴里塞；他还打开冰箱，找到一个保鲜盒，里面装着豌豆和切丁的红萝卜，上面铺着一层薄薄的奶油，他找了汤匙来挖，把嘴巴凑到保鲜盒边，胡乱地把食物全往嘴里送，其中几颗豌豆还从他的胸前滑落到地上。

“快一点！”黛安卓低声呵斥。她穿着红色毛衣配上新买的牛仔裤，脚上则是她很喜欢的男款黑色皮鞋，这是因为她脚大，只有男款鞋才穿得下，但她可不会承认这点。她一只脚轻叩地板，催促他快一点快一点快一点。

“到我房间吧！”他说，“我确定我房间里有钱，而且还有个礼物要给你。”听到这里，黛安卓的脸立刻亮了起来！即便眼前情况如此紧急，她一双大眼睛眨啊眨的，身体因酒精的作用而摇晃着，不过礼物成功地转移了她的注意力。

房间的锁被撬开了，班恩先是不爽，接着担心起来。是老妈做的，还是警察？虽然房间里什么也没有，但还是令人忧心。他打开门，扭亮电灯，黛安卓把门带上，一屁股在床上坐下，一张嘴说个不停，但他根本没在听，然后她边说边哭，他只好停下打包的工作，也在她身边躺下。他帮她把头发往后拨，抚摸她的肚皮，努力让她安静下来，嘴里不忘安慰她几句：以后就要携手共度未来啦，日子一定会越来越好啦之类的。总之就是撒谎。半个钟头后，她终于安静下来，然后又开始催促他动作快一点。每次都这样。

他直起身子，看一看时钟；如果真的要私奔，他不快一点不行了。房门开了一个小缝，他也不去关，宁可让它开着，这种危机感反而逼他加快动作。他把毛衣和牛仔裤往运动包里丢，此外还带了一本笔记本，里面写满了他替宝宝想好的名字，其中第一选择就是“可丽希·天”。这名字多好啊！“可丽希·天”或者“可丽希·派翠希·天”也可以，或者是“可丽希·黛安·天”(Krissi Diane Day)，他喜欢这名字是因为她的朋友就会叫他“D-Day”，真是太酷了！不过他一定会为此和黛安卓吵架，她嫌他想的名字都太普通了。她想帮女儿取名叫“安柏西亚”“卡利俄珀”或是“夜莺”。

他把背包背在肩上，手伸进抽屉，抽出藏在最里面的一沓钞票。一直以来，他这里塞张五美元，那里塞张十美元，边塞边帮自己洗脑，骗自己说至少也有三百美元，甚至四百美元，但其实眼前他连一百美元也没有。他把钞票塞进裤带，整个人趴在地上，伸手往床底下够，才发现那袋衣服已经不翼而飞，床底下空空如也。女儿的衣服就这样没了。

“我的礼物呢？”黛安卓说，她喉音很重，因为她平躺在床上，肚子朝上，像在竖中指般，一副想找人打架的态势。

班恩从床底下探出头，看着她，她口红糊掉、眼妆晕开，心想这女人简直跟妖怪一样。“找不到。”他说。

“什么意思？找不到？”

“真的找不到，有人闯进我房间。”

他们在炽热的灯泡底下对峙，不知道下一步该怎么做。

“会不会是你妹？”

“有可能。蜜雪动不动就乱翻我的东西。还有，我手边的现金没有我想象中的多。”

黛安卓坐起来，一手抓着肚子，手势里没有一点爱意和保护宝宝的意思。她抓着肚子，好像那是她沉重的负担，因为他笨到无法帮她分担。这次她又挺起肚子，用手抓着，对着他说："我肚子里怀的是你的孩子，你最好赶快想办法，当初还不是你让我怀孕的，你看着办吧！我都快七个月了，孩子随时随地都会出来，你却还在那……"

房门闪过一个身影，先是闪过睡衣一角，接着一只脚伸出，试图保持平衡，就在这时，忽然砰的一声，房门大开。蜜雪原本站在走廊上隔着门板偷听，但因为离门太远，刚想凑近一些，就被发现了。她那副大眼镜的两个镜片反射着灯泡的灯光，手里拿着新的日记本，嘴边沾着钢笔的墨水。

蜜雪看看班恩，又看看黛安卓，然后指着黛安卓的肚子："哥哥把人家的肚子搞大了。我早就知道！"

隔着镜片，班恩看不到蜜雪的眼睛，只看见镜片上的反光，还有镜片底下上扬的嘴角。

"你跟老妈说了吗？"蜜雪轻佻地问，大有挑衅的意味。"要不要我帮你跟她说啊？"

班恩正想冲上前抓住她，把她押回床上好好威吓一番，但黛安卓抢先一步，整个人扑了上去。蜜雪拔腿就要往门口跑，但是黛安卓一把抓住她棕色的长发，硬是把她拖到地上；蜜雪的尾骨重重摔了一下，黛安卓附在她耳边威胁她不准说——"你这王八蛋！一个字都不准说。"蜜雪用穿着拖鞋的脚抵住墙壁，挣扎着逃走了，黛安卓手里只剩一绺头发。她把头发扔在地上，便去追蜜雪。如果蜜雪跑去老妈的房间求救就好了，老妈会处理的，但她偏偏跑回自己三姐妹的卧室，黛安卓跟了进去，班恩跟在后面用气音要她住手，“黛安卓，放过她吧！”

但是黛安卓没这个打算。她走到蜜雪的床边，只见蜜雪缩在墙边啜泣，黛安卓拖拉蜜雪的一只脚，蜜雪倒在床上，她跨坐在蜜雪身上，气鼓鼓地说：“你想让全世界都知道我怀孕了！这就是你的打算吧！你的馊主意！一些他妈的小秘密，就可以拿到五十美元？去跟你妈妈告密？猜猜我知道什么？我不认为你这小贱货会得逞，你们这家怎么专出笨蛋哪！”黛安卓一把掐住蜜雪的脖子，蜜雪脚上穿着狗掌模样的拖鞋在半空中蹬呀蹬的，班恩看着那双拖鞋，也没多想那是自己的亲妹妹，只想着这拖鞋做得还真像狗掌；就在这时，黛比像僵尸一样，慢慢从床上爬起来，班恩没有开门叫醒老妈，反而还把房门关上。他下意识地想照着原计划走，不要吵醒任何人，也不要让任何人知道。他一边想着不会有事的，一边劝黛安卓：“黛安卓，冷静，她不会说的，放过她吧！”但黛安卓却掐得更用力了，“我才不要让这个小贱货害我担惊受怕一辈子！”接着蜜雪伸手一抓，拿起钢笔就往黛安卓的手上戳，突然血光闪烁，黛安卓心里一惊，不自觉地松开手，一副不敢相信的模样，蜜雪侧躺着，大口大口地吸气；黛安卓再次掐住她的脖子，班恩抓住黛安卓的肩膀，想把她架走，突然一声尖叫从走廊传来。

丽比・天
/
现在

班恩的女儿很苗条，称得上高挑。等她走进客厅，我才发现她长得跟我很像。她也有家族标志性的红发，虽然染成棕色，但是发根还是红的，就像几天前的我一样。她的身高显然遗传自黛安卓，不过五官却是我们天家人的，她像我，像班恩，也像我妈。她直盯着我，然后摇摇头。

“抱歉，这真是太诡异了。”说着，她脸红了，红晕中还可以看见我们天家人的雀斑。“真没想到。我是说，我知道我们长得像是理所当然的事，但是……哇！”她看了看她母亲，再看看我，瞄了一下我的手，又瞄一下自己的手，然后看了看我截短的那根指头。“我叫克丽思朵，是你的侄女。”

我觉得自己应该抱她一下，而我的确也想抱她。我们握了握手。

她微微颤抖地走近我和黛安卓，双手如发辫交叉在胸前，并用眼角余光打量我，那打量的方式就像你在经过店家的落地窗时，想趁机看看自己的身影，但是又不想被发现。

“宝贝，我不是说了吗，该来的还是会来。”黛安卓说，“这就是你姑姑。来，坐下来吧！”

女孩懒懒地在妈妈身边坐下，整个人靠着妈妈的臂弯，脸贴着妈妈的肩膀，黛安卓顺势玩起女儿的红棕发。女孩躲在妈妈的羽翼下打量我。真是个有利的位置。

“真不敢相信终于见到你了。”她说，“我不该见你的。我是个不能说的秘密。”她视线往上，看着妈妈。

“我是爱的秘密结晶，对吧？”

“没错。”

她知道自己是谁！也知道天家人的故事！还知道班恩·天就是她爸爸！我好惊讶，黛安卓竟然那么信任女儿，不但让她知道这一切，还要她保密，不让她来找我。我好奇克丽思朵知道这些事多久了，她有没有曾故意开车经过我家，就为看我一眼？我纳闷黛安卓为什么要把这么可怕的事实告诉女儿，她大可不必这么做。

黛安卓想必是看穿了我的心思。“不要紧。”她说，“克丽思朵知道整件事的来龙去脉。我什么事都告诉她。我们是好朋友嘛。”

女儿也点头说：“我还有一本小小的剪贴簿，里面贴满了天家人的照片，是我从杂志报纸上剪下来的，假装这是一本家族相册。我一直很想见你。我应该喊你一声丽比姑姑吗？是不是有点怪怪的？好像真的很奇怪。”

我不知道该说什么，只觉得松了一口气。我们天家的人还没死光。事实上，天家还是人丁兴旺，眼前就有一位高挑的美女，她长得像我，而且手指、脚趾都健全，也不会像我整天噩梦连连。我的脑子里冒出一大堆问题想问她：她是不是跟蜜雪一样弱视？会不会像我妈一样对草莓过敏？还是跟黛比一样血特别甜，蚊子特别喜欢叮，所以每到夏天，身上总是飘着樟脑油的味道？她会不会像我一样爱发脾气？还是像班恩一样跟人保持距离？还是说，她跟路尼一样，城府很深又爱装无辜？她到底是怎么样的一个人呢？告诉我她有哪些地方像我们天家人，让我好好回味一下我的家人。

“我也看过你的书。”克丽思朵说，“《崭新的一天》。写得很棒。我好想告诉大家我认识你，因为……因为我以你为荣。”她的声音像笛声一样轻快，仿佛随时都会笑出声来。

“谢谢。”

“你没事吧，丽比？”黛安卓问。

“嗯……我在想……我还是不明白你们为什么隐姓埋名了那么久。还有为什么你还要班恩假装不知道你的存在。我的意思是，我哥大概从来没见过自己的亲生女儿。”

克丽思朵摇摇头，表示她也没见过自己的亲生父亲。“不过我很想见他一面。他是我的英雄。他保护了我妈，保护了我，而且还保护了这么多年。”

“我们真的需要你帮我保密，丽比。”黛安卓说，“我们真的希望你可以保密。我真的不能冒这个险，让别人以为我是共犯还是什么的。那样太危险了，就当为了克丽思朵。”

“我只是觉得你们没有必要……”

“求求你？”克丽思朵说。她的声音没有多余的情绪，但是很迫切。“拜托你。我只要一想到那些人随时都有可能闯进来抓走妈咪，我就受不了；我妈真的是我最好的朋友。”

这对母女还真是一个样！我本来想翻白眼，但是看她一副快哭出来的样子，才知道她真的被黛安卓编的鬼话唬住了，什么警察会突击家里，把妈妈掳走之类的。我敢说黛安卓真的是她女儿最好的朋友。她们在这豆荚般的房子里相依为命了这么多年。爱的秘密结晶。她当然死也要替妈妈保密。

“你就这样离家出走，一句话也没跟你爸妈说？”

“我一发现瞒不住就跑走了。”黛安卓说，“我爸妈都是疯子。我很高兴这辈子都不用再见到他们。这是我们的秘密，这个孩子是我和班恩之间的秘密。”

天家人居然有秘密，这真是太不寻常了。蜜雪也有错过八卦的时候。

“你笑了。”克丽思朵说着，嘴角也泛起了同样的微笑。

“我只是在想，我姐姐蜜雪一定很想抢到这个独家。她最爱看好戏了。”

她们的表情好像被我扇了一巴掌。

“我不是故意要拿这件事情开玩笑的，抱歉。”我说。

“哦，没事没事，别担心。”黛安卓说。我们望着对方，手脚不安地扭动起来。黛安卓打破沉默说：“留下来一起吃晚餐吧，丽比？”

她煮了一锅咸死人不偿命的炖锅烤肉，我费了千辛万苦才咽下去。另外她还开了一瓶红酒，不管怎么喝好像都不会见底。而且我们不是小酌，可以说是拼酒了。她跟我一样，都是酒国女英雄。我们聊了很多以前做过的蠢事，聊我哥的事，克丽思朵则在一旁问东问西，我因为答不上来而觉得尴尬。她问我班恩喜欢听摇滚乐还是古典乐，爱不爱看书，有没有糖尿病（因为她自己有低血糖的问题），还有奶奶是怎样的人……

“我想了解他们，把他们当作……呃……一般人，而不是受害者。”她带着二十多岁特有的率真说。

我说了声抱歉，借用了洗手间，我需要喘息一下，让自己从回忆中抽离出来，跟黛安卓母女保持距离。调查到这里，可以说一切都水落石出了，而我却找不到人诉说；我绕了一圈，回到原点，又想起路尼的事。这间厕所跟整栋房子一样恶心，墙上长满了霉菌，马桶的水流个不停，垃圾桶周围散着一小团一小团沾着口红印的卫生纸。这是我踏进这间房子以来第一次独处，于是忍不住打量，想要看看有没有什么纪念品可以带走。马桶水箱上有个上釉的红色花瓶，但我没带手提包，只好挑一些小东西。我打开药柜，在里面找到好几瓶处方药，标签上写着妙丽·波恩，包括安眠药、止痛药和过敏药。我吃了几颗止痛药，顺手把温度计和一条粉红色口红放进口袋。真是太幸运了！我这辈子想都没想过要买温度计，但其实我非常需要。下次我卧病在床的时候，就可以知道自己究竟是生病了还是只是懒惰而已。

我回到餐桌上，克丽思朵一条腿弯在椅子上，下巴抵着膝盖而坐。“我还有好多问题想问你。”她的声音像长笛般高低起伏。

“可是我不一定知道答案。”我阻挡她的问题攻势。“事情发生的时候我还小，好多事情都不记得了，直到跟班恩聊天后才慢慢回想起来。”

“你连相册都没有吗？”克丽思朵问。

“有是有，但是我把这些相册用箱子装起来好一阵子了。”

“回忆太痛苦了。”克丽思朵轻声说。

“我直到最近才开始把这些箱子打开来看，里面有相册、毕业纪念册，还有一大堆没用的垃圾。”

“比如什么呢？”黛安卓边问边用叉子把豌豆压扁，像个无聊的中学生。

“我想，大概一半以上都是蜜雪的垃圾吧！”我大方回答，表示自己也是有确定答案的时候。

“都是玩具吗？”克丽思朵一边问一边玩着裙摆。

“不是，大部分是纸条之类的杂物，还有日记。蜜雪不论什么事都非记下来不可，发现老师做了什么事情怪怪的，写进日记里；觉得妈妈偏心，写进日记里；因为跟好朋友喜欢上同一个男生，所以吵架了，写进——”

“托德·戴亨。”克丽思朵一面喃喃自语一面点头，咕噜咕噜地又喝了好几口红酒。

“——日记里。”我自顾自地说，没听见她在讲什么，但突然又听懂了。她刚刚是说托德·戴亨吗？没错，是托德·戴亨，我就算想破头也想不到这个名字，当年蜜雪就是为了托德·戴亨才和好朋友吵架。记得是圣诞节的事，就在凶杀案发生前没多久，印象中圣诞节那天早上她都在生闷气，在日记里乱涂乱画的。但是——托德·戴亨？她怎么——？

“你认识蜜雪吗？”我问黛安卓，脑袋快速运转着。

“不太认识。”黛安卓说，“不算熟。”她又补上一句，听她的语气，跟班恩假装不认识她的时候一模一样。

“我去一下厕所。”克丽思朵说着，将杯子里的酒一饮而尽。

“所以……”我起了个话头，却没接下去。克丽思朵不可能知道蜜雪暗恋托德·戴亨的事，除非——除非她看过蜜雪的日记！那本日记是她在圣诞节早上收到的，让她记录1985年发生的事情。我一直以为蜜雪的日记全都在我那里，因为1984年那一本就好端端地躺在箱子里，但我完全没想到1985年那本。那是蜜雪的新日记本，只写了九天——克丽思朵就是从里面看来的。她读过我死去姐姐的……

金属光影从我右手边一闪而过，克丽思朵使劲用老熨斗朝我的太阳穴砸来。她嘴巴张得大大的，在冰冷中发出尖叫。

佩蒂·天
/
1985 年 1 月 3 号，凌晨 2 点 03 分

佩蒂恍恍惚惚地睡着了，想来还真可笑。她在凌晨 2 点 02 分醒过来，急忙从丽比身边离开，蹑手蹑脚地走过走廊。女儿的卧室里一阵骚动，床嘎吱作响。蜜雪和黛比虽然睡得沉，但是不安静，不仅会踢被子，还会说梦话。她经过班恩的房间，灯亮着，她之前闯进去时忘记关了。本来她想进去关灯再走，但是已经迟到了，卡文·杜尔看起来很不喜欢别人迟到。

班恩宝贝。

还是别浪费时间了。她走到家门口，门外再冷她也不怕，因为她想起海洋，想起年轻时去的得州海边，想象自己涂满防晒霜，在做日光浴；潮水来了，嘴里净是咸味。

门一开，刀入胸膛，她一弯腰，倒在男人的臂弯里，他附在她耳边低语：别担心，再忍三十秒就过去了，我们再刺一刀，确保不会有任何差错。他让她往反方向倒，姿势像极了舞者仰倒般，她感觉到刀子在她心口扭转。

刚刚那一刀没有刺进她的心脏，她明明应该要一刀毙命的，这下却还能感觉到刀口在她体内移动。男人和善地俯视她，准备好再

补一刀，但是，他的视线越过她的肩膀，脸上立刻青一阵、白一阵，胡子也颤抖起来。“搞什么鬼？”

佩蒂略略转头看向屋内，只见黛比穿着薰衣草色的睡袍，发辫睡歪了，一条白色的缎带沿着手臂垂下，嘴里不住大叫：妈！有人要杀蜜雪！她没注意到有人也要杀妈妈，一心只想把话说完：快来啊，妈！快一点！佩蒂脑袋里一片空白，心想这噩梦来得真不是时候，紧接着脑筋一转：快把门关上。血不住地往她腿上流，但她却试着把门关上，不让黛比目睹这一切，但男人硬是把门推开，大喊：他妈的他妈的他妈的！喊得佩蒂的耳膜都要破了。她发现他想把刀子从她胸口抽出来，立刻猜到他的意图：他想杀了黛比。之前他千叮咛万嘱咐，绝对不能让其他人看到他；这下好了，他要黛比一起陪葬。佩蒂紧紧握着刀柄，将刀口往自己身上刺得更深，男人大吼大叫，松开手、踹开门，大步地走进去。佩蒂跌坐在地，眼睁睁地看着他走向斧头，就是蜜雪立在门边的那把斧头！黛比赶紧跑到妈妈身边，想要保护妈妈，佩蒂尖叫着要她快跑！黛比愣了一下，放声尖叫，吐了一地，脚在瓷砖地上滑了一下，这才往回跑向走廊尽头；正要转弯时，男人追到了她，他高举斧头，在佩蒂眼前砍了下来。

佩蒂奋力站起身，像个醉汉般踉踉跄跄，一只眼睛已经看不清楚了，只觉得自己深陷在噩梦里，明明脚拼命地往前走，却无法前进，只能一个劲地叫着：快跑！快跑！快跑！一转弯，只见黛比倒在地上，两旁的血印如同翅膀。男人的眼睛好像在喷火，嘴里狂吼：为什么要逼我做出这种事？他转身往回走，佩蒂跑上前和他擦身而过，扶起黛比，她像小时候刚学走路时那样，摇摇晃晃地走了几步，她真的伤得很重，她的手臂，她可爱的手臂……没事的宝贝，没事的，刀子从佩蒂的胸口滑了出来，哐啷掉到地上。鲜血汩汩流出，越流越快；男人又走回来，手上还多了一把猎枪。是佩蒂的猎枪。平常她都放在客厅的壁炉台上，以防女儿拿到。男人用猎枪指着她，她挡在黛比前面，不可以，她还不能死。

男人扳起扳机，佩蒂闪过生前最后一个念头：我希望……我希望……我希望这一切能够重来。

接着，咻的一声，仿佛夏天的风从车窗外呼啸而过，轰掉了她半个脑袋。

丽比·天
/
现在

“妈，对不起。”克丽思朵说。我呈现半盲状态，眼前一片焦橘色，就是当你闭上眼睛向着太阳时感觉到的颜色。厨房的景象从我眼前一溜而过，转眼又消失不见。我的脸颊发疼，疼痛一阵又一阵地沿着脊椎往下走，直达我的脚。我脸朝下趴在地上，黛安卓跨坐在我身上。我可以闻到是她，就是那股杀虫剂的味道。

“天啊，我搞砸了。”

“没关系的，宝贝。把枪拿给我。”

我听见克丽思朵上楼的脚步声，黛安卓帮我翻身，然后一把掐住我的喉咙。我宁可她吼我、咒骂我，但是她一言不发，只是沉重且平稳地呼吸着，十根手指头越掐越紧，我的颈静脉怦怦怦地撞击她的拇指。我还是什么也看不见。我快死了。我知道我的死期将至，脉搏忽然加快，接着又慢了下来。她用膝盖压住我的双臂，我整个人动弹不得，一双脚在地上踢啊踢，脚底滑啊滑的。她的鼻息喷在我脸上，我可以感觉到热气，我可以在脑中想象她嘴巴张开的模样。对了！我知道她的嘴巴在哪儿！我一扭身，用力顶了她一下，手臂挣扎出来，一拳朝她脸上挥过去。

虽然不知道打到哪里，但是力道足够把她从我身上推开，或许她只是轻微骨折，但我的拳头可是痛得要命。

我勉强站起来走了几步，摸索哪里有椅子，正试着看清楚时，忽然间，她一把抓住我的脚踝，宝贝，这次你别想逃，她抓住我穿着袜子的脚，但不巧那只刚好是我的右脚，也就是缺了脚趾的那只，我连找只合脚的袜子都不容易了，更何况想抓牢；我很快就挣脱了她的魔掌，她手中只剩下我的袜子，而克丽思朵也还没回来，大家手上都没有枪，我拔腿便往屋子里面跑，依然什么都看不到，连跑直线都有困难，整个人不断向右偏；忽然我跌进一扇门里，整个人面朝下地从楼梯上滚了下去，滚进冰冷的地下室；我就像小孩子一样放松，完全没有抗拒，跌倒的时候就是要这样，也因此我一碰到地就立刻站起来，呼吸着周围潮湿的空气。我的视线像陈旧的电视，亮一下暗一下，忽然，我看见黛安卓的身影在明亮的楼梯口逗留，然后她关上门。

楼上传来她们说话的声响，克丽思朵拿枪回来了。“我们真的有必要——”

“现在有必要。”

“我简直不敢相信，我竟然说漏嘴了，真够蠢的。”

我在地下室来回踱步，想找个地方逃出去：这里三面是水泥墙，朝里的那一面是座堆得跟天花板一样高的杂物。黛安卓和克丽思朵丝毫不担心我，两个人在那扇门后面叽里呱啦地说话，我在这堆破铜烂铁里面翻找，想找一个可以藏身的地方，顺便看看能不能找到东西当武器。

“——不知道怎么回事，莫名其妙就——”

我打开一只皮箱，我可以躲在里面，或者死在里面。

“——知道，她不笨——”

我把衣帽架、两个自行车的车轮往地上扔，努力想从中辟出一条通道。那堆废弃物开始滑动。

“——我来下手，都是我的错——”

我找到一堆陈旧的箱子，软塌得跟我堆在楼梯下面的那堆一样。我推开箱子，弹簧单高跷①重到我连拿都拿不动。

“——让我来吧，不要紧的——”

她们的语调在生气与自责间反反复复，最后终于下定决心。

地下室比房子还大，是很典型的美国中西部地下室，龙卷风来袭时可以避难，也可贮藏蔬菜，所以空间很深也很脏。我一边开辟通道一边把废物往一旁扔，好不容易钻到一张大书桌后面时，眼前出现一扇陈旧的门。打开门，里面又是一间房间，这里才真的是躲龙卷风的地方——而且，对，死路一条，但是我已经没时间思考了，必须赶快行动才行。我感觉到有光源照进地下室，黛安卓和克丽思朵下来了！我关上门，走进这间狭窄的房间，这里贮藏的东西比外面那间还多——黑胶唱片机、婴儿床、小冰箱，沿着墙壁一路往上堆。前方的路剩下不到六米，门后方传来杂物倒塌的声响，但就算是这样也没用，她们马上就会穿过那堆杂物了。

---

① 弹簧单高跷（pog stick）是一种游戏器具，上端有把手，下部有弹簧脚踏，可做跳跃。——编者注

“朝那边开枪！她一定在那个方向！”克丽思朵说。黛安卓示意她别出声。她们走下最后几级台阶，脚步很重，速度很慢。她们朝我的方向走过来，黛安卓同时把地上的杂物踢开，我就像是只患有狂犬病的动物遭人围捕，需要被安乐死。黛安卓似乎漫不经心，走着走着突然冒出一句：“晚上的炖锅烤肉太咸了。”我躲在这间小房间里，突然发现角落有微弱的光，不知道是从天花板的什么地方照进来的。

我推了推天花板，从红色手推车上摇摇晃晃地摔了下来，她们一听到我跌倒，立刻哈哈大笑，克丽思朵放声大喊：“这下瘀青了吧！”黛安卓继续把杂物踢开，我则站在光源正下方，发现光来自涡轮出风口，也就是这个龙卷风遮蔽室的通风井，虽然井口很小，一般人绝对钻不进去，但是我一定可以。我开始把杂物一个一个往上堆，站上去，伸长手够呀够，只要让我够到井口，就可以让自己逃出去。这时候黛安卓和克丽思朵也差不多经过剩余的小杂物了，我试着站在婴儿车上，底下垫的东西却突然垮了；我跌下来，腿上伤痕累累，急忙再找东西来堆。我找到一个变形的尿布台，在台面上堆上百科全书，我往那摞百科全书上面一站，尽管脚下的书感觉随时会崩塌，但我总算把整只手伸进了通风井、移开生锈的涡轮，然后用力一推——夜晚的冷空气扑面而来。就在我准备用力把自己撑出去的时候，克丽思朵一把抓住我的脚，把我往下拉，我踹了她一脚，急忙往上爬。尖叫声从底下传了上来：开枪射她！然后是克丽思朵大喊：我抓住她了！她利用她的重量把我往下拉，我身子一歪，半个人在通风井里，半个人在通风井外。我用有残疾的右脚用力一踢，脚跟正好击中她的脸，她的鼻血立刻涌了出来，紧接着是一声狼嚎似的鬼叫，黛安卓大喊了一声“天啊，宝贝”，然后，我自由了！我回到地面上了！虽然我的手臂被狭窄的通风井刮出深深的红色伤口，但是我逃出来了。我翻身仰躺在地上，大口喘气，呼吸着泥土的味道，耳边则听见黛安卓说：上楼去！上楼去！

我怎么都找不到车钥匙，一定是丢在屋里了。我转身往树林的方向跑，一拐一拐地狂奔，跑得像是有三条腿般。我一脚穿着袜子，一脚没穿，跛着脚走过的烂泥堆，在月光底下散发出肥料的恶臭。我转过身，觉得已经走得够远了，却看见她们母女正从屋子里跑出来，两张带血的苍白面孔对着我穷追不舍，于是我跑进了树林里。我感到一阵天旋地转、眼冒金星，一会儿看到树丛，一会儿看到夜空，一会儿看到兔子从我的眼前晃过。“丽比！”一声声呼唤从我身后传来。我往树林深处走，感觉自己随时都会晕倒。在我的视线全黑之前，我发现一棵巨大的橡树，四根粗壮的树根露在地表，多节的根像太阳光线一样往四周延伸；我趴在地上匍匐前进，钻进其中一根树根粗得有如男人腰围般、下面有着动物巢穴的地穴里。地穴里又冷又湿，我好像洞穴里的小动物，全身发抖并安静地躲着；这时候我也只能躲了。

手电筒的灯照了过来，把树干照得通亮，母女俩就在我正上方找来找去，裙裾从我眼前一晃而过，布满红色晒斑的腿在我面前来回地走。她一定就在这里！不可能跑远的！我死命憋住气——我现在如果正常呼吸，一定会大口大口喘气，然后下场就是被一枪毙命，索性还是憋着气，感觉她们的脚步在树根之间来来去去。克丽思朵问她会不会跑回屋子里了，黛安卓回答“再继续找！她速度很快的”。好像一副很了解状况的样子。我听见她们转身往林子深处走，这才对着地面大口喘气，鼻腔里都是泥土的味道，整张脸差不多都埋在泥土里。接下来几个钟头，她们的愤怒和怨怼在树林里不断回响——完了完了！这下死定了！不知过了多久，整座林子才恢复宁静。我继续在地穴里躲了几个小时，直到天亮才爬出来，一拐一拐地穿过树林，朝回家的方向走去。

班恩·天

/

1985年1月3号，凌晨2点12分

当一声声尖叫和咒骂从走廊上传来时，黛安卓依然跨坐在蜜雪身上，竖耳倾听。班恩缩成一团坐在地上，摇晃着身子。斧头挥砍。枪声震耳。一阵死寂过后，老妈的脚步声再度在走廊上响起。没事的，应该没事的，但是下一秒，班恩就知道老妈出事了，她胡言乱语了一阵，接着整个人撞到墙壁上，这时有人踩着靴子走过走廊，朝老妈的卧室走去，外面传来手在地上乱抓的恐怖声响——指甲在木头地板上一阵乱刮，接着是劈斧头的声音，然后是断气声，再后来是枪响。黛安卓坐在蜜雪身上，抖了一下。

虽然从黛安卓那头不住颤动的浓密卷发就知道她也很害怕，但她整个人依旧稳如泰山。就在这时，走廊的脚步声在房门外停了下来。门是关着的，方才一听见尖叫声他就立刻关上，在门板后面躲得好好的，任凭家人在门外倒下、死亡。他和黛安卓听见一声咆哮：可恶！然后是一阵沉重的脚步声。那人走远了，跑到屋子外面。

班恩压低嗓子，对着黛安卓说："她没事吧？"黛安卓眉头一皱，仿佛他在侮辱她似的。"怎么可能。她已经死了。"

班恩一时腿软站不起来。“你确定？”

“百分之百确定。”黛安卓说着便松开蜜雪，蜜雪的头立刻歪向一边，死不瞑目地瞪着班恩，镜片破损的眼镜跌落一旁。

黛安卓走到班恩坐的地方，膝盖在他面前晃，接着伸出手，“好了，可以起来了！”

房门一开，黛安卓立刻像看到初雪那样目瞪口呆。走廊上血流成河，黛比和老妈倒在血泊中，斧头和猎枪都扔在走廊上，再过去还有把刀。黛安卓上前想要看个究竟，黑黝黝的血流映着黛安卓的倒影，往班恩的方向流去。

她低语：“看来我们真的跟魔鬼打了交道！”

班恩跑向厨房，想在水槽吐个痛快。以前老妈总是这样说：吐出来，全部吐出来，把脏东西吐出来就好了。边说边把他的头按向马桶。可是他什么也吐不出来，最后只好蹒跚地走到电话旁，但黛安卓正在那儿，不让他打电话。

“你想告发我？因为蜜雪？”

“不报警不行。”他看着老妈沾到咖啡印的马克杯，杯底还剩几口速溶咖啡。

“你最小的妹妹呢？”黛安卓问，“那个小鬼跑哪里去了？”

“丽比！”他转身往走廊跑，尽量不去看倒在地上的尸体，在心里告诉自己那只是路障。他朝老妈的卧室里一探，一阵凉意袭来：窗户是开的，窗帘在风中微微飘动。他回到厨房。

“她跑了。”班恩说，“她成功逃跑了。”

“那快去把她带回来。”

班恩转向门口，准备出门去找妹妹，却立刻停止动作。“带她回来干什么？”

黛安卓走到班恩旁边，抓住他的手，放到她的肚皮上。“班恩，难道你看不出来？事情就是那么巧，我们想私奔但手边缺钱，然后突然间——砰！冒出一个人把你的家人给杀了。这下你妈的保险全都归你所有，以后你想干吗就可以干吗！你想搬到加州，还是去靠海的佛罗里达，我都可以陪你。”

班恩从来没想过要去加州或是佛罗里达。这些全是黛安卓的主意。

“我们现在是一家人了，我们可以好好组一个家庭，但是丽比会来搅局。如果被她看到的话……”

“如果她什么都没看到呢？”

不等他说完，黛安卓就已经猛摇头了。“一定要斩草除根，不然太危险了。你也该拿出魄力了。”

“可是如果我们今晚就要私奔，哪还有时间等保险金拨下来！”

“我们今晚当然还不能走。事情演变成这样，我们一定要留下来，如果你逃跑了，大家会怀疑你的。先看看这个天上掉下来的礼物——大家会忘记可丽希·凯兹那件狗屁事，只因为你是受害者，大家将会善待你。这个我再想办法隐瞒。”她指了指肚子，“大概还可以再瞒一个月，反正每天都穿外套总可以吧。然后保险金一到手，我们立刻远走高飞，飞向自由，以后你就可以天天吃香喝辣了。”

“那蜜雪怎么办？”

“她的日记在我手上。”黛安卓说着，把手上那本米老鼠封面的日记本给班恩看。

“厉害吧。”

“如果别人问起蜜雪，我们怎么说？”

“就说那个疯子把她杀啦！说他杀了你们全家，连丽比也不放过。”

“但如果——”

“还有班恩，在我们远走高飞以前，你绝对不能说你认识我。我不能被扯进这件事情里，了解吗？如果你让我在监狱里把孩子生下，你应该知道下场会是如何，孩子会被送给别人收养，而你这辈子就再也见不到你的孩子了。你希望你的孩子被人领养、孩子的母亲坐牢吗？想当个男子汉大丈夫，现在还来得及！是男人的话，就去把丽比给我抓回来！”

他带着多功能手电筒走进寒风中，呼喊丽比的名字。她速度很快，很会跑，现在很有可能已经从自家的车道跑到外面的大马路上了，不过也很有可能跑到池塘边那个她最常躲藏的地点躲起来。他唰唰唰地走在雪地上，心想，也许这一切只是幻觉。如果现在回家，说不就会像以前一样：门锁咔嗒一声打开，一切如常，家人都睡了，又是一个平凡的晚上。

接着他看到黛安卓像只猛禽压在蜜雪身上，黑暗中，两个身体剧烈摇晃的身影，而他知道自己永远不可能回到从前了，同时也知道绝对不能把丽比带回去。他让手电筒的光拂过一片芦苇丛，在一片新生的黄色芦苇中间，赫然看见一撮红发。他高声叫道：“丽比！

乖，待在这里不要动！”接着立刻转身跑回家。

黛安卓正在劈墙壁、砍沙发，她用鲜血涂满整面墙，还在上面写字。到处都是她那双男鞋的血印；她还在厨房吃脆米花，掉得满地碎屑，而且房子里到处都是她的指纹；她一边搞破坏一边大吼大叫：“要来就来真的！要来就来真的！”

他把她的血脚印擦得挺干净的，但是其实他分不清哪些脚印是黛安卓的，哪些脚印是那个陌生男子的——靠，那家伙到底是谁？他把黛安卓碰过的地方全都擦拭了一遍，包括电灯开关、斧头、桌子，还有他房间里所有的东西。黛安卓突然出现在房门口说：“蜜雪的脖子我擦过了。”班恩逼自己什么也不要想！什么都不要想！他略过墙上的鬼画符，因为他也不知道该怎么处理。只要他觉得骨头一软，快要支撑不住倒地时，他就会要自己撑下去！有种一点！男子汉大丈夫！该做的事情就是要做！他把黛安卓押到家门外，空气里飘散着死亡的气息。他闭上眼睛，脑中浮现红色的太阳，那两个字又出现在他心头：歼灭。

丽比·天 / 现在

我又要再度失去我的脚趾了。我在一家关门的加油站外面坐了将近一个小时，一边搓揉我冰冷的脚，一边等着莱尔来接我。每次只要有车子开过，我就立刻躲到加油站后面，担心会不会是克丽思朵和黛安卓来找我。如果现在被她们找到，我就跑不掉了，她们会逼我乖乖就范，然后整件事就这样完了。我想死也不是一两年的事了，但是我不想死在这种时候，也不想死在这两个贱人手里。

我用加油站外面的电话打给莱尔，由莱尔付费，本来我还以为一定拨不出去，没想到接线员还没挂断，莱尔就开始嚷嚷：听到了吗？听到了吗？我什么也没听到。我什么也不想听。快来接我吧。不等他发问，我立刻挂断电话。

“发生什么事了？”莱尔一停车马上拷问我。我冷到骨头都在发抖，四周的空气都冻结了。我把自己扔上车，两只手臂如木乃伊一样环抱着，以免让身体冻僵。

“黛安卓真的还活着！送我回家。我要回家。”

“你得去医院一趟，你的脸……你的脸……你照过镜子了吗？”他把我拉到车内的圆顶灯底下，好仔细地看个清楚。

“我感觉得出来。”

“要不我们去警察局？到底发生了什么事？早知道就跟你一起去了。丽比？丽比！这到底是怎么回事？”

我说了。我边哭边把整件事告诉他，他听不懂也只好自己猜，说到最后就是：然后她们——她们想要杀了我……最后那几个字说得格外委屈，好像小女孩在跟妈妈告状，说有人欺负她。

“这么说黛安卓是杀害蜜雪的凶手。”莱尔说，“这一定要报警啊。”

“不要。我要回家。”我的声音沾满了鼻涕和泪水。

“丽比，我们非报警不可。”

我开始大吼大叫骂脏话，但是这只是让莱尔更坚决要带我去警察局一趟。

“丽比，你会想报警的。等我把该说的话说完，再加上昨晚发生的事，你一定会想报警的。”

我知道我应该要去报警，但是回忆像病毒般侵袭我的大脑。当年凶杀案后发生的一切依然历历在目：我连续好几个小时，筋疲力尽地一遍又一遍对警方重述当晚发生的事，而我的两条短腿在宽大的椅子上晃来晃去，手里接过一杯又一杯冷掉的热巧克力，无话如何都暖和不起来，一心只想回家睡觉。我已经累到脸都麻掉了，警察问什么我都随便回答，反正也没什么区别，人都死光了。

莱尔把暖气开到最大，出风口全部对着我。

“丽比，我有个消息要告诉你，可以吗？那，我就说喽？可以吧？”

“别吓我，莱尔。你就说吧！”车内的圆顶灯不够亮，我不停地左顾右盼、四下打量，确定停车场里没有其他人。

“还记得债务天使吗？”莱尔开口就问，“就是我们杀手俱乐部在追查的那个债务天使？日前他在芝加哥郊区落网了。当时他正要下手帮助一位股票被套牢的穷鬼了结余生，没想到被警方逮了个正着。本来他想制造出死者骑马意外身亡的假象。警方赶到的时候，债务天使正在马场跑道上，手拿大石头准备往委托人的头上砸。他叫卡文·杜尔，以前也是务农为生。”

“这样……”我说，我知道莱尔还没讲完。

“经过调查之后发现，他从20世纪80年代就开始帮助财务困难的人结束生命。这个家伙很聪明。每一位委托人亲笔写的字条他都留着，二十多年来总共杀了三十二个人。他坚称自己是受雇于人。”

“这样……”

“那些字条里，有一张就是你妈妈写的。”

我整个人往前倾了一下，但还是看着莱尔。

“你妈雇用他。说好只要杀她就好，这样一来你们就可以领到保险金，农场有救，你们得救，班恩也得救了。那张字条就在警方手里。”

“就算是这样又怎样？这根本是不可能的事啊。黛安卓杀了蜜雪，还扣留蜜雪的日记。我们刚刚不是才说黛安卓——”

“这个嘛，事情是这样的。我们这位卡文·杜尔先生自认是小老百姓的英雄——我是说真的！这几天监狱外面围了一大群人，手上还举着牌子，上面写什么‘杜尔是我们的英雄’。我看再过不久就会有人替他写歌了，歌颂他帮助负债累累的人安乐死，不让银行扣押这些人的财产，还搞得保险公司没钱赚。大家都吃他这一套。不过，他说他绝对不会招供那三十二条人命是他杀的，他说他只不过是帮助这些人自杀，让他们死得有尊严，可是他愿意为黛比的死负责。他承认黛比是他杀的，他下手的时候，黛比正好走进来，目睹他犯下的罪行，所以后来事情才会一发不可收拾。他说这是他唯一感到歉疚的地方。”

“那蜜雪他怎么说？”

“他说他根本没看到蜜雪。我认为他没有理由撒谎。”

“所以有两个凶手。”我说，“一天晚上来了两个凶手。我们还真是好运啊。”

我先是躲在树林里按兵不动，又在加油站里大哭了一场，然后还在莱尔的车上嘶喊了一阵，最后才说服当地警察局里那个睡眼惺忪的副警长我真的没有精神异常，前前后后加起来，我总共浪费了七个小时。到了早上，黛安卓和克丽思朵已经消失得无影无踪。我是说真的无影无踪。她们把整间屋子洒满汽油，放火一烧，消防队员还来不及出动，房子已经被火夷为平地。

我把在黛安卓家发生的故事说了一遍又一遍，大家听得又是震惊又是怀疑，似信非信的。

“我们还需要一点时间，才能判断她和你姐姐的凶杀案有无关联。”有一位警探是这样跟我说的，说完还把一杯冷掉的咖啡塞到我手里。

两天后，两位警探出现在我家门口，手里拿着我妈当年那张字条的复印件，想问我有没有意愿看一看，帮忙辨认一下我妈的笔迹。

第一张字条非常简单，只有短短一页，主要是在帮卡文·杜尔脱罪。

第二张字条是给我们的。

亲爱的班恩、蜜雪、黛比、丽比：

我想这封信永远不会交到你们手上，不过杜尔先生说他愿意帮我保管，这让我觉得很安慰。你们的外公外婆叫我要“活得有意义”。我觉得我这辈子活得一点意义也没有，但是我想我至少可以死得有意义。希望你们原谅我。班恩，不管发生什么事，绝对不要责怪自己。事情演变到无可挽回的地步，只剩这一条路可走。在我看来，这也再明白不过了。我因此还挺得意的。我的人生一直被大大小小的意外推着走，如果这一场“意料中的意外”可以让事情回到正轨，好像也挺不错的。多开心的意外啊！你们要互相照顾，我知道你们的黛安阿姨会好好对待你们。唯一让我难过的是，我没办法看到你们长大之后变得多棒。但是也没这个必要，我对我的孩子有信心。

爱你们的

妈妈

我觉得整个人像被掏空一样。我妈死得一点意义也没有。我突然非常生她的气，但是转念一想，在她人生最后那几秒的腥风血雨里，她看着黛比在眼前死去，一定当下就明白自己做错了，而她黯淡的一生，就这样在悔恨中结束。我的怒气转为爱怜，这种感觉很陌生，很像妈妈对小孩才有的感情。至少她努力过了，我心想。在她生命的终点，她和世上所有人一样，都拼了命地努力过。就凭这一点，我想我终会找到内心的宁静。

卡文・杜尔 / 1985年1月3号，凌晨4点12分

蠢！怎么会搞成这样！一切都发生得太快了！那个红发村姑，他本来是来帮她忙的！居然还少付钱；明明说好两千美元的，信封里却只有八百一十二美元七十五美分。这真是太卑鄙、太愚蠢、太小心眼了，整晚都是。

这真是太惨了。都怪自己太马虎、太自大、太任性了，所以才会……还有她也太随便了！大部分人对于自己要怎么死这件事总是吹毛求疵，但是她只要求不要溺死。他大可像以前一样，挑个简单的办法下手。错就错在他贪杯，到酒吧喝了点小酒，其实这也没什么，酒吧里多的是卡车司机，没有人会好奇他的存在。但是说来也巧，她丈夫也在那家酒吧，这家伙獐头鼠目、混球儿一个，卡文不知不觉就开始偷听这家伙想干什么勾当。关于他的传闻很多，据说天家的农场就是败在他手上，他毁了自己的家庭，还欠了一屁股债。于是，“英雄”卡文・杜尔心想：就这么干！

在门口一刀把那个红发村妇刺死，嫁祸给路尼，让这家伙吃点苦头，这种不负责任的人渣就交给警方严刑拷问吧！让他知道凡事都要付出代价。反正这个案子到最后一定会被判为意外，就像他之

前犯过的案子一样，不是判为车祸毙命，就是坠机身亡。之前在阿肯色城，他把一名男子活埋在自己种的麦子里，让整起案件看起来像是机器失灵导致的意外。卡文杀人的手法是跟着季节走的：春天是溺毙事件，秋天是打猎意外，1月则是抢劫的大好时节，这时圣诞节刚过，而新年像在嘲笑你的人生毫无进展。唉，人到了1月，脾气总是特别暴躁。

那就一刀刺进她的心脏吧，快速解决。博伊猎刀可在三十秒内结束她的性命，听说这种死法不会给死者带来太大的痛苦，只是会很震惊。断气之后，她姐姐会是第一个发现她尸体的人。她还打电话要姐姐第二天早一点过来。就这方面，她设想得挺周到的。

卡文必须赶快回家，回到堪萨斯州和内布拉斯加州的交界，一进家门就先洗头。他已经用雪洗过一遍，冻得他头发都冒烟了，但还是黏得要命。他不应该让血沾到身上的，这下非得洗干净不可，他还可以闻到整辆车里弥漫的血腥味。

他在路边停了车，双手在手套里猛出汗。他似乎看到一个小孩子在前方的雪地上奔跑，但最后明白他看到的是刚才被他杀死的小女孩——矮矮胖胖的，两条辫子一边跑一边甩，他差点没吓坏了。在他眼里，她不是小女孩，而是待宰的猎物。虽然他不想对她下毒手，但是他不能被看见，他必须先保护自己，他不能让她吵醒其他孩子——他知道不止这一个小孩，也知道自己狠不下心杀光他们全家。杀人不是他的任务，助人才是。

他看到小女孩拔腿逃跑，手中突然就多了一把斧头——他也没看到猎枪，但斧头比较安静，他想：至少我可以让这一切安安静静地结束。

或许他是疯了吧，竟然对一个小女孩发那么大的脾气；他也恨那个红发村妇，恨她把事情搞砸了，恨她怎么没有一刀毙命。她人生的最后一刻就这样在惊恐中度过，眼睁睁地看着灾难降临自己家中，而不是像她预想的那样死在他怀里——她的头靠着他的胸膛，鲜血一滴一滴落在雪地上。

这是卡文·杜尔第一次觉得自己是杀人凶手。他整个人倒在椅背上，放声大哭。

丽比·天
/
现在

十三天过去了，警方还是没有黛安卓和克丽思朵的下落，也找不到物证证明黛安卓和蜜雪的死有任何关联。

于是搜索行动取消，改以纵火案处理，整件案子就此作罢。

莱尔到我家来跟我一起看垃圾节目——这是他的新嗜好。我答应他，只要他不吵不闹，我不介意他来我家。

尽管我耳提面命，叮嘱他在我家不准多话，可是他没来我家的那几天，我却很想念他。这一天，我们正在看某台的真人秀节目，内容相当荒谬；莱尔突然挺直腰杆，说："喂，那不是我的毛衣吗？"

我身上穿着套头毛衣，是我在他的汽车后座发现的，这件他穿起来太紧了，给我穿还好看一点。

"我穿起来比你好看。"我说。

"哎呀，丽比。你想要跟我说不就行了。"他转头回去看电视，屏幕上有两个女人像动物收容所的流浪狗那样大打出手。"丽比神偷，可惜你离开黛安卓家的时候，没有顺手牵羊一下，例如她的梳子。这样我们就有她的 DNA 采样了。"

“哈！神奇DNA是吧！”我早就不相信什么DNA了。

电视上的金发女孩正在扯另一个金发女孩的头发，还把人家推下楼梯，我换了台，改看动物频道的鳄鱼特辑。

“啊！啊！我的天啊！”我匆匆忙忙离开客厅。

回来的时候，我啪的一声把黛安卓的口红和温度计摆在桌上。

“莱尔·沃斯，你真是太聪明了！”我上前抱了他一下。

“这个……”他迟疑了一下，接着笑出声来，“哇！聪明是吧！丽比神偷觉得我很聪明是吧！”

“当然！”

这两项证物上的DNA都跟蜜雪床单上的血迹完全吻合。搜索行动再次展开。难怪黛安卓抵死不承认自己认识班恩。科学一年比一年进步，比对DNA越来越简单，所以随着时间流逝，她非但不觉得轻松，反而越来越提心吊胆。很好。

警方在得州阿马里洛市的一家低级酒吧逮捕了黛安卓。虽然克丽思朵仍然不知去向，但至少黛安卓已经落网，当时总共出动了四名警察才把她架上警车。现在黛安卓入狱了，卡文·杜尔招供了，就连某个骗钱的贷款经纪人也落网了——伦恩·韦纳，光听到这个名字我就全身起鸡皮疙瘩。事到如今，你觉得班恩总该出狱了吧？但是没那么容易。黛安卓还没招供，在她受审之前，警方还是会羁押我哥，而时至今日，他依然拒绝把黛安卓牵连进来。

到了5月底，我终于下定决心去探望他。

他神色憔悴，整个人略微浮肿。我坐下时，他虚弱地对我笑了笑。

“不知道你还想不想见我。”我说。

“黛安卓总觉得你迟早会找到她。她一直都这么想。看来她想的没有错。”

“我想也是。”

我们似乎都不想继续这个话题。这二十五年来，班恩每天都在保护黛安卓，没想到却毁在我手里。他看起来很懊恼，但是并不难过。或许他也暗自希望她有朝一日会曝光。算是为了我自己，我心甘情愿地这样相信！有些问题不要去问，事情会简单许多。

“你很快就能离开这里了，班恩。你敢相信吗？你就要出狱了！”其实一切都还不确定。发现蜜雪床单上的血属于黛安卓当然很好，但如果她能亲口招供更好。反正我还是怀抱着期望，期望班恩能够出狱。

“能出狱也不错啦。”他说，“也差不多是时候了。我想二十五年也够了。这么多年来我总是……置身事外，袖手旁观。”

“我想也是。”

莱尔和我从黛安卓的描述中拼凑出那晚的经过：她和我哥来我家收拾行李准备私奔，但不知什么事情坏了她的计划，所以她才会杀了蜜雪，班恩却没有出手阻止。我推测是蜜雪发现黛安卓怀孕，知道她和班恩有了爱的秘密结晶。至于细节，总有一天我会向班恩问个明白。我知道现在问他是不会有答案的。

我们两个天家人面面相觑，各怀心事，但是话到嘴边却又吞了下去。班恩抓一抓手臂上的青春痘，他刺的“波丽”的“丽”从袖口底下露出来。

“嗯，克丽思朵。可以跟我说一说克丽思朵的事吗，丽比？那天晚上到底发生了什么事？我听到各种说法。她做错事了吗？很过分吗？”

啊哈，这下轮到班恩想知道在那间孤立在城外的冰冷房子里到底发生了什么事。我摸一摸脸颊上那对泪滴形状的、被熨斗蒸汽管烫伤的痕迹。

“她躲避警方的追捕躲避了那么久，可见还挺聪明的。”我说，“黛安卓死也不肯透露她的下落。”

“谁问你这个了。”

“该怎么说……我想她是在保护她妈妈吧。黛安卓说她把一切都告诉了克丽思朵，我想这是真的。她真的什么都跟女儿说——蜜雪是妈妈杀的，这件事绝对不能让任何人知道。知道自己妈妈是杀人凶手，这对小孩子的影响有多大啊！她一定很困惑，想合理化这件事，还剪下死去亲人的照片，甚至把死去姑姑的日记来来回回读到都能背诵了，她可以从任何角度来解读这件凶杀案，准备好随时替妈妈辩护。接着，我出现了，而克丽思朵却说漏了嘴。她能怎么办呢？努力补救呗。这我还挺能理解的。我这次就放过她！犯不着因为我害得她也坐牢。”

做笔录时，有关克丽思朵的事我一律模糊带过——警方想传她来审讯纵火案，对于她杀人未遂一事则毫不知情。我不想再告发我们家族的成员了，真的不想了，纵使她真的有罪也一样。我不断告诉自己：她没有心理不正常，她只是为了保护妈妈，一时丧失理智。不过话说回来，她妈妈也曾经因为爱女心切而丧失理智，结果害死了我姐姐。

但愿我这辈子都不用再见到克丽思朵。如果真的不幸见到，我会很庆幸自己手上有枪。就这么办吧。

“你真的要放过她？”

“我有点懂那种明明努力想把事情做好，可是却搞砸的感觉。”我说。

“你是指老妈吗？”班恩问。

“我是指我自己。”

班恩把手贴在玻璃上，于是我们兄妹俩隔着玻璃，掌心贴着掌心对望。

班恩·天
/
现在

站在监狱的广场上，他闻到了烟味。那阵烟就在他头顶上方二点五米处，随着空气的流动缓缓飘过，他想起小时候秋收后总要烧麦秆，脑中浮现了当时星火燎原的景象，把所有没用的东西烧个精光。虽然他以前很恨自己是农家子弟，但现在他心心念念的却是外面的世界。夜里，隔壁狱友睡得呼噜作响，他闭上眼睛，眼前是一片无边无际的高粱田，闪亮的棕色穗子在他的膝头沙沙作响，犹如女孩的珠宝。他去过堪萨斯州的燧石山丘地，那一座连着一座的平缓山丘，多么奇特！仿佛每一座都有等着登上它的土狼仰天长嚎。有时他闭上眼睛，看见自己的脚踩在泥巴里，感觉泥土的吸附力，感觉大地的拥抱。

每周总会有一两次，他会感到一阵让他哑然失笑的茫然。他被关在牢里，就这样关上一辈子，因为他杀了自己的家人。这样对吗？他想起当年的班恩——才十五岁，几乎可以当他儿子了，当年的他跟现在的他多不一样啊！有时，他真想掐死当年那个小鬼，这个没种的家伙！他想象自己摇着他的肩膀，摇到他的面孔渐渐模糊。

不过有时候他也很自豪。

没错，那天晚上的他确实是个只会怪叫的胆小鬼，是个袖手旁观的人渣。他吓坏了。但是从那天以后，他就渐渐明白过来。为了救他的女人黛安卓，为了救他们的女儿，他一定要守口如瓶。她们是他唯一的家人了。当时他没能冲出卧室解救黛比和老妈，也没能阻止黛安卓、拯救蜜雪。他提不起行动的勇气，只能默默承受这一切。那不如就继续默默承受这一切吧。

反正他的个性本来就是这样。

后来他小有名气正是因为这样的个性。一开始他是人人喊打的魔鬼，大家见了无不退避三舍，连狱卒看到都害怕；然后，他变成了亲切且被冤枉的囚犯，好多女人来探他的监，而他能不说话就不说话，让她们自己去猜他在想什么。通常她们都认为他心存善念。偶尔确实是如此。偶尔他也会想：如果当年他和黛安卓私奔成功，他的人生不知会变成怎样。也许他和黛安卓、爱哭的宝宝会在堪萨斯州西部一带流亡；每周都得换不同的旅馆住，每个旅馆的房间都小到不行，地上、墙壁上都是食物的残渣，而黛安卓为此而哀号，他则因此而杀了她；在某个时刻，他也许真的会杀了她，或是带着小婴儿浪迹天涯，从此克丽思朵父女两人过着幸福快乐的日子，她上她的大学，他种他的田，家里的咖啡机总是开着，就像小时候的家一样。

现在或许该轮到他出狱，轮到黛安卓进来吃牢饭了。出去之后，就算是找到天涯海角，他也要找到克丽思朵。

她是温室里的花朵。她躲不了多久的。他要找到她，然后好好照顾她。做些真正对她好的事，不要再沉默并接受一切了。

虽然他心里这样想，但是他的理智却告诉他不要期望太高。期望越高，失落越大，这是他活了这么多年来学到的教训。他生来注定孤独，关于这一点他早有觉悟。他童年寂寞，青春期孤单，现在也依然孤独。有时候，他觉得自己这一生都在逃避——或者说是流亡在外，该在的时候他总是不在。他觉得自己像远征的士兵，总是渴望返家。但是，没有地方可以让他思乡。

如果他真的出狱了，也许，他会去找丽比吧。他这个妹妹长得像他，也像他老妈。他了解她每一个呼吸起伏，他们兄妹不用言语也能心灵相通。他可以用他的余生请求丽比原谅，就算找到死他也要找到她。他要找到丽比，找到他心爱的小妹，她一定就在某个地方。某个小小的地方。

这就是他的期望。

丽比·天
/
现在

当我抵达我的车旁，监狱的倒刺铁丝网在阳光下闪烁着金光，上车前，我一直想着这件案子不知害了多少人。

老妈、蜜雪、黛比、班恩、我、可丽希·凯兹、可丽希的爸妈、黛安卓的爸妈、黛安阿姨、崔伊、克丽思朵。这些人有的注定要受害、有的意外受波及，有的活该，有的无辜，有重伤，也有轻伤。

我纳闷这一切有没有办法补救，伤口会愈合吗？安慰一下就会好起来吗？

我在加油站停车问路。我已经不记得黛安阿姨的房车屋停车场怎么走了。可恶，现在真的要去见她了！我借用加油站的洗手间，对着镜子用手指梳头发，然后涂一点润唇膏——其实我本来想偷一只的，后来还是决定自己买，这让我一直懊恼到现在。我开过市区，进入黛安阿姨那个围着白色栅栏的房车屋停车场，这里遍地开着黄色的水仙。这个世界上还是有美丽的房车屋停车场存在的。

跟我想的一样，黛安阿姨的房车屋还在那个地方。我停车，按了三声喇叭，跟她以前来看我们的时候一样。

她正在她的小院子里整理郁金香，大屁股对着我，依旧是大块头，头发又硬又卷。

听到喇叭声，她回过头，我下车时，她猛眨眼睛。

“黛安阿姨？”我说。

她板着脸，往前跨大步地穿过院子，走到我面前，一把抓住我，拥抱我，抱得好紧好紧，紧到我的肺都要没有空气了。她用力地拍了我两下，接着伸直手臂好好端详我，然后又抱紧我。

“我就知道你可以的。我就知道你行的，丽比。”她整张脸埋在我的头发里，含糊地说话，我只觉得暖暖的，仿佛冒着烟。

“可以什么？”

“可以更努力。”

我在黛安阿姨家坐了两个小时，像往常一样，一直聊到我们无话可说为止。她生硬地抱了我一下，命令我星期六再过来一趟，帮她安装厨房台面。

我没有立刻开上高速公路，而是慢慢地开到我家以前的农场，假装只是路过。虽然是乍暖还寒的春天，但我却摇下车窗。我开到一条长路的尽头，尽头再过去就是以前我家农场的所在地，我鼓起勇气，准备面对一排新盖的房子或是商业街，没想到迎接我的却是一个陈旧的邮筒，侧面用草体写着“穆勒家”。我家的农场现在依旧是座农场。有个男人在田间干农活，妈妈则带着女儿在远处的池塘看着小狗玩水，小女孩扭动身体，在腰间左右晃动手臂，想来是很无聊吧。

我坐在车上仔细打量了几分钟，试图镇定，远离心中的暗处。这里没有尖叫，没有枪响，没有野生蓝鸟的鸣叫声。我静静地聆听这片安静。在田间忙碌的男子看到我，跟我挥了挥手。当他好像看到邻居一样地漫步过来，我也挥了个手，然后倒车离开。我不想跟他攀谈，也不想向他表明身份。我只是一个路人，正准备回自己的家。

致　谢

我在密苏里州的堪萨斯城长大，从那里出发只需要开二十分钟就能来到宽广、开阔的玉米田与小麦田。很神奇吗？其实不然，倒是可以说：很合理。非常感谢那些向我介绍农忙情况——包括危机重重的 19 世纪 80 年代和现代——的农民与专家们：堪萨斯农家服务热线的 Charlie Griffin，堪萨斯农业调解服务处的 Forrest Buhler、Jerrold Oliver，我的表姐 Christy Baioni 和她一辈子都在阿肯色州务农的丈夫 David。向 Joe 致上无比的谢意：Joe 不但让我在他密苏里的农地上担任一日农夫，还回答了我数不尽的关于农忙问题——从谷仓的升降机到阉割公牛。

我的兄弟 Travis Flynn 是密苏里堪萨斯一带最好的射手之一，他耐心地教我枪支的年代与特色，带我试射从十口径到点四四的麦格农——谢谢他的太太 Ruth 愿意忍受我们。

至于犯罪现场的问题，我再次寻求了 Emmet B. Helrich 探长的协助。摇滚乐部分，我挑了超级杀手（Slayer）、毒液（Venom）和铁娘子（Iron Maiden）乐团。我的表哥 Kevin Robinett 律师以他机智的头脑回答我法律方面的问题。非常感谢我的舅舅 Hon.

Robert M. Schieber 两年来忍受我《暗处》里提到的那些恶心又诡异的问题，而且永远腾出时间跟我讨论一旦牵涉到法律时应该发生、可能发生与最有机会发生的事。他的判断是无价的。任何有关农忙、武器及法律问题的失误都请归咎于我，我希望我的堪萨斯同乡们能够饶恕我那点小说式的自由发挥。

出版方面，要感谢 Stephanie Kip Rostan，他具有良好的幽默感、聪明、细心，让我可以依靠。谢谢我的编辑 Sarah Knight，她既挑战又信任我（极有趣的结合），而且知道如何带女孩在小镇度过美好的夜晚。在英国，Kirsty Dunseath 和她的朋友总是那么和善。最后要感谢独一无二的 Shaye Areheart 在几年前给了我一个机会！

我有一群可爱的朋友亲人不断帮我加油打气。特别感谢 Jennifer、Mike Arvia、Amie Brooks、Katy Caldwell、Kameren Dannhauser、Sarah、Alex Eckert、Ryan Enright、Paul、Benetta Jensen、Sean Kelly、Sally Kim、Steve、Trisha London、Kell Lowe、Tessa、Jessica Nagel、Jessica O' Donnell、Lauren Oliver、Brian Raftery、Dave Samson、Susan、Errol Stone、Josh Wolk、Bill、Kelly Ye，以及和善且才华横溢的 Roy Flynn-Nolan，帮助我创造出一些美丽的句子。

献给我那巨大的密苏里堪萨斯田纳西家族：the Schiebers、the Dannhausers、the Nagels、the Welshes、the Baslers、the Garretts、the Flynns 和我的祖母 Rose Page。我的阿姨 Leslie Garrette 和叔叔 Tim Flynn 给了我特别多的帮助，为我

的“怪诞女权主义”写作带来许多想法。

献给我的姻亲：James与Cathy Nolan、Jennifer Nolan，以及Megan与Pablo Marroquin，你们对我的作品总是那么友善，在意料之外的时刻逗我笑，还让我吃你们做的点心。我很幸运有这么可爱的家庭。

献给我的超级好友写作班：Emily Stone美妙的眼睛能检视细节，并提醒我在沉闷的写作过程中应适时放松一下；Scott Brown一读再读，总是能让我觉得很棒，此外他知道何时该停笔并拜访一下亚拉巴马州的游乐场鬼屋。

献给我的父母，Matt与Judith Flynn：爸，你的幽默、创造力与善良总能让我惊讶；妈，你是我知道的最亲切、大方的人，总有一天我会写一本书，里面的妈妈不会跟魔鬼一样，也不会被杀死，你应该得到更好的！谢谢你们两个陪伴我走过密苏里到堪萨斯的无数旅程，而且永远让我知道我是你们的骄傲。一个孩子的要求最多也只有这么多了。

最后，谢谢我聪明、风趣、宽宏大量、超级帅的老公Brett Nolan。一个知道我在想什么还愿意关灯睡在我旁边的男人，一个通过问问题来帮我找出方向的男人，对一个拼命读书、做的浓汤难喝、穿燕尾服看起来很聪明而且口哨吹得比谁都好的男人，对一个有着Nick Charles的老派酷劲、哭起来很大声的男人——我还能说什么呢？

对我们之间还能说什么呢？就三个字：我愿意。